대하소설

주 원 장(2)
(朱元璋)

오함 원작 정철 저작

지성문화사

차   례

만 남

"멈춰라! 멈춰!"

이때 허공을 가른 다급한 목소리가 장덕산을 우뚝 세웠다. 법해를 결박한 오랏줄은 손에 꽉 잡은 채였다.

작달막한 사나이가 숨이 턱에 닿아 달려왔다.

"이 사람은 내 친구요!"

탕화였다. 그는 전선에 나가 있었다. 보고할 일이 있어 본영에 들렀다가 이 광경을 본 것이다.

"탕천호, 저 자와 친구라고?"

곽자흥이 물었다.

"네, 코흘리개 친구입니다. 전에 내가 이곳에 오라고 편지를 보낸 일도 있었습니다."

"장덕산, 결박을 풀게."

손덕애가 얼굴을 찡그렸다. 별달리 법해가 띠웠던 것은 아니다. 곽자흥이 용서해 줄 것 같아 제동을 걸었을 뿐이다.

용서해 준다면 그가 가지고 있던 백은 50냥도 돌려 주어야 할 것이 아닌가. 돈을 돌려 주기 싫어 사건을 빨리 종말짓고 끌어내어 목을 치라고 했던 것이다.

장덕산의 생각은 손덕애와 같았다. 50냥 가운데 40냥은 20냥씩 자흥과 덕애의 두 절제 원수가 나누어 갖고 나머지 10냥쯤은 자기 몫이 되리라 계산했다. 그러나 그것이 엉뚱한 탕화의 출현으로 모두 틀어져 버렸다.

덕산은 주춤했다.

"하지만, 곽원수님. 탕천호의 어릴 적 친구라고는 하지만 누가 압니까? 납득할 수 없는 큰 돈을 가지고 있다는 게 무엇보다 수상쩍습니다."

탕화는 이 말에 얼굴이 시뻘개지며 소리질렀다.

"너는 내 말을 못믿겠다는 것이냐? 지금이야 알았지만 돈 때문에 이 사람을 죽이려 했단 말인가!"

덕산은 어물거리며 말을 더듬었다.

"그것이 아니지만 워낙 거금이라……."

"거금? 대체 얼마야!"

"백은 50냥이나 가지고 있어서……."

"백은 50냥이면 1정이 아니냐. 이제 생각난다. 몇 년 전 나와 등유는 진야선(陳也先)이라는 도적을 친 일이 있었다. 그때 돈을 빼앗았는데 주중팔에게 작별할 때 전별금으로 2정 남짓을 준 일이 있다. 돈이 있다면 그때의 것이겠지."

등유란 말에 덕산은 물론이고 손덕애도 얼굴이 흙빛으로 되었다.

왜냐 하면 등유는 무용이 뛰어나 누구도 감히 함부로 보지 못했기 때문이다.

"등유를 불러다 증언을 시킬까!"

"아냐, 아냐. 내가 호걸을 몰라보았어."

덕산은 급히 법해의 결박을 풀어 주었다.

곽자홍은 즉시 법해를 당상에 올라오게 하여 조촐한 술잔치를 베풀었다. 곽자홍, 손덕애, 탕화, 등유, 그리고 나중에 소식을 듣고 온 곽광경 등이 주석에 참석했다. 자홍은 백은 50냥을 돌려 주며 정중히 사과했다.

"호걸을 몰라보고 실례가 많았소이다. 지나간 일은 모두 물에 씻어 흘려 버리기 바라오."

자홍은 이때 40살쯤 되었다. 그는 본디 정원(定遠=안휘성)에 살고 있던 토호인데 조상 대대의 고향은 산동 반도의 조주(曹州)였다.

아버지의 이름은 곽공(郭公)이라고만 나와 있다. 요컨대 이름도 없는 곽영감이란 뜻으로 미천한 집안 출신이었다.

그런데 곽공은 글을 좀 배웠던 모양이다. 주역을 응얼거리며 점을 쳐주고 작은 돈을 모았다. 그리하여 30세가 넘어 관가에서 고녀(瞽女)를 불하받아 아내로 삼았다.

고녀란 눈먼 여자다. 예사 눈먼 여자가 아니었다. 옛날부터 중국엔 가난한 집의 딸을 어렸을 때 사다가 꼬챙이로 눈동자를 찔러 실명시키고 소녀에게 음곡(音曲) 따위를 가르쳐 부자에게 팔아먹는 자가 있었다.

이런 고녀는 어디까지나 성의 노리개감인 만큼 소녀 때부터 사내를 기쁘게 하는 온갖 성기교를 가르쳤다.

멀쩡한 소녀를 어째서 장님으로 만드느냐 하면 까닭이 있었다.

창부로 사물을 볼 수 있다면 호오(好惡)의 기호(嗜好)가 생긴다는 것이다.

"이 사내는 늙어 싫어. 추악하여 손길만 닿아도 소름이 끼쳐!"

인간의 이런 감정도 눈으로 보기 때문에 생긴다. 차라리 보지 못한다면 그런 좋고 나쁘다는 기호가 생길 까닭이 없고 오로지 사내를 위해 헌신적으로 봉사한다.

이런 사고방식은 유녀(幼女)를 데려다가 이빨을 모두 뽑아 버리고 틀니를 해주는 잔인함과도 통한다. 이빨을 뽑게 함으로써 구음(口淫)을 잘하게 하는 것이다.

"너는 지금 아프다고 나를 원망하겠지. 그러나 이담에 네가 늙게 되면 나를 고맙게 생각할 거다. 여자의 미색은 꽃과 같은 것으로 길어야 10년을 가지 못한다. 말하자면 언제까지 젊어 사내가 너를 찾아주지 않는다는 말이다. 그런 네가 자식도 없고 별 재간도 없이 굶어 죽지 않으려면 무슨 짓을 해야 하겠니? 그런 때 이빨 없는 네 입이 사내들을 기쁘게 해주어 늙어도 안심하고 살아간다."

이런 말을 하여 가여운 소녀를 꾀는 포주도 있었던 것이다.

곽공은 고녀를 아내로 맞아 3형제를 두었고, 그 둘째 아들이 곽자흥이었다.

곽공은 이 아내가 자랑이다. 고녀라 남편을 하늘처럼 받든다. 딴 사내에게 한눈을 팔 염려도 없다.

"너는 나에게 보물이거든. 밤마다 나를 즐겁게 해주고 아들만 셋을 뽑아 주었어."

"저야 오로지…… 영감님의 기술이 좋아서이지요."

"아냐, 그것이 아냐. 너를 얻고서부터 무슨 일이든 마음 먹은 대로 척척 들어맞았어. 돈은 발이 달린 것처럼 우리 집에 기어 들어온단 말야. 그리고 너의 이 꽃샘처럼 돈을 꽉 붙들고 하나도 새어 나가지 않도록 해주었어."

그러면서 두 발목을 높이 천장에 달아올린 아내의 볼기를 철썩 때려가며 좋아했다. 여인의 두 다리를 어깨에 메는 것이 이들의 정상위(正常位)인데 침상에는 천장에서 늘어뜨려진 끈도 있었다.

곽공의 말처럼 그의 세 아들은 모두 상재(商才)가 있어 돈장사(환전)나 곡물 투기 따위로 20년도 지나기 전에 정원에서 첫째 둘째 가는 대지주가 되었다. 그러나 가문이 천하여 지방관이나 구실아치에게 늘 경멸받고 돈을 뜯겼다.

자홍은 어려서부터 권법을 배웠다. 그리고 돈을 아낌없이 뿌려 협객들과 사귀었다. 말이 협객이지 이들은 건달이다. 노름꾼이 있는가 하면 도둑도 있고 살인자도 있었다. 자홍은 차츰 이들의 두목처럼 되어 버렸다.

이윽고 자홍은 강남 일대에서 비밀리에 포교되고 있는 미륵교에 입신(入信)했다. 난세엔 민중의 마음이 손톱끝만한 안심이라도 잡으려고 안간힘을 한다. 그러나 곽자홍은 안심을 얻으려거나 불신(佛信)이 있어 들어간 것은 아니었다. 어쩌다가 입신하고 설교를 들었던 것인데 이런 말이 귀에 남았다.

"염불만 하여도 극락에 태어날 수 있다. 그리고 무엇인가 한 가지 좋은 일만 하여도 극락에 갈 수 있다."

불교는 중국에 들어와 많이 변질되고 도교와 결부되는가 하면 미신과도 뒤섞였다. 그리하여 불안한 세대에 사는 인간은 무엇인가 초자연적인 것을 믿었다. 살인자나 형편없는 망나니가 의외로 경건한 신심을 갖는 것도 이 때문이다.

자홍은 어느 날 술에 취해 비틀거리며 집으로 돌아오고 있었는데 어디선가 가냘픈 어린애 울음소리가 들렸다. 울음소리는 너무나 약하여 무심코 그냥 지나칠 수도 있었다.

"이상하다. 분명히 아이 울음소리가 들렸는데……."

자홍은 중얼거리며 사방을 두리번거렸다. 울음소리는 그쳐 있었다. 그 대신 말 울음소리가 히잉 하고 들렸다.

바로 길 모퉁이에 마방(馬房)이 있었는데, 마굿간에서 말이 뒷발질을 하며 뒷벽을 차고 있었다.

"내가 말 울음소리를 잘못 들었군."

자홍은 다시 걸어가려 했다. 그러자 응애응애 하는 울음소리가 또 들렸다. 울음소리는 말 구유 속에서 들리고 있었다. 말이 구유에 고개를 디밀고 핥아 주면 어린애가 울음을 그치고, 그렇지 않으면 아이가 우는 모양이었다.

"누가 애를 버렸구나."

자홍은 중얼거리며 집으로 가려고 했다. 가을이나 겨울같이 기온이 떨어질 때에는 마소의 구유에 어린애를 버리는 게 보통이라 이상할 것도 없었기 때문이다. 그러나 몇 발짝 걸어가다가 그는 걸음을 멈추고 생각했다.

(가만 있자. 무엇인가 한 가지 좋은 일을 하면 극락에 간다고 했다. 저 아이는 내가 그대로 가면 얼어 죽을지도 모르니까 구해 주자.)

그는 그야말로 불심을 일으켰던 것이다. 아이는 생후 이레도 안된 여자아이였다.

자홍의 아내는 눈썹을 곤두세웠다. 그녀는 남편이 밤늦도록 돌아오지 않아 암상이 나 있었다.

"당신답지 않아요! 그런 것을 무엇 때문에 주워 왔지요?"

"고양이 새끼처럼 가여운 생각이 문득 들었던 거야."

"흥! 당신의 작은 마누라가 아이를 낳지 못하여 안달이니 그 사람한테나 갖다 주어요. 난 아이들 똥기저귀는 질색이니까."

"알았어."

자홍은 여자아이를 첩인 장씨에게 맡겨 키우게 했다. 마굿간에서 데려왔다고 하여 성을 마씨(馬氏)라 했다. 그애도 커서 지금은 15세가 되어 있었다.

법해가 일어나 인사를 했다.

"나는 본의 아닌 오해를 받아 죽을 뻔했지만, 그렇다고 누구를 원망할 생각은 조금도 없습니다. 또 이 돈으로 말한다면 애당초 홍건당에 바칠 생각이었지요. 이것을 모두 내놓겠으니 아무쪼록 군자금(軍資金)

으로 써 주십시오. 그리고 저도 새로 태어난 마음으로 홍건에 가담하고 싶습니다."

이 말에 자홍을 비롯한 손덕애도 기뻐했다.

"그리고 부탁할 것이 있습니다."

법해는 일부러 말을 끊고 좌중을 둘러보았다. 사람들은 법해의 입을 지켜 본다.

"저는 보졸(步卒)로 싸우고 싶습니다. 그것도 되도록이면 장덕산님의 부하로 말입니다."

사람들은 뜻밖인 그의 말에 감동했다. 통이 큰 인물이라고 생각했다.

손덕애는 가난한 농부 출신으로 단순한 성격이다. 힘이 좀 세다는 것과 일찍부터 유복통과 안다는 것 외에는 별 특기도 없었다.

"그것이 좋네. 이 자리에 장덕산을 불러 화해하도록 하세."

이리하여 법해는 덕산의 부하가 되었다. 탕화나 등유와 동격(同格)으로 처음부터 홍건의 간부가 될 수도 있었다. 하지만 그렇게 하지 않음으로써 덕애 등의 호감을 샀다.

어느새 덕산은 새로운 부하 법해에게 주눅이 들어 있었다. 하지만 법해는 조금도 그런 내색을 하지 않는다.

덕산의 분대가 동쪽 성벽의 보초 임무를 맡았다. 덕산은 조심스럽게 말했다.

"법해, 보초를 서 주어야 하겠네. 밤중에 보초를 선다는 것은 졸리겠지만 초저녁에 서는 것은 편할 걸세."

덕산은 특별히 법해의 편의를 보아 인심을 쓴다는 태도였다.

"아닙니다. 저야 아무 때 서도 좋지만 남들이 싫어하는 시간을 할당해주십시오."

"정말인가!"

덕산은 기뻐하며 인시(寅時)부터 묘시(卯時)에 걸쳐 시간을 할당했다.

(이놈이 지금은 가장 겸손한 체 하지만 멀지 않아 본색을 드러내겠

지. 남이 모처럼 친절을 베풀겠다는데 그것을 사양해!)

덕산은 그런 반발심도 가졌다. 인시는 오늘날의 시간으로 새벽 3시부터 5시이고, 묘시는 5시부터 7시 사이다.

즉, 보초를 서 본 사람이면 어느 때가 제일 졸린지 알고 있다. 그것은 한밤중보다 오히려 해가 떠오르기 직전의 새벽녘이 가장 졸린다.

"하루뿐입니까?"

"앞으로 열흘만 계속 그 시간에 서 주게. 그리고 다른 사람과 교대해주겠네."

"좋습니다. 물론 혼자서는 서지 않겠지요?"

"우리가 맡은 성벽은 동초(動哨)로 2인 1조가 되어 근무하게 되어 있다."

"그렇다면 구부장(九夫長=아홉 명의 장)님, 부탁이 있습니다."

"무엇인가?"

"이왕이면 함께 설 보초를 제가 고르도록 해주십시오."

덕산은 조금 생각한 뒤 고개를 끄덕였다. 가장 힘든 시간대를 떠맡겼기 때문에 혹시 반발을 사지 않을까 염려하여 승낙했던 것이다.

"좋도록 하게. 그런데 누구하고 함께 서고 싶나?"

"조신(曹信)입니다."

"호오!"

덕산은 속으로 놀랐다. 조신은 그의 부하로, 가장 나이 먹은 홍건이었다. 조신 같은 자가 어떻게 홍건당에 들어왔는지 이해가 되지 않을 만큼 아무런 쓸모가 없는 촌무지렁이었다.

조신은 늘 고향에 있는 처자식이 보고 싶다고 했다. 그래서 집에 보내 주겠다고 했더니 제발 있게 해달라고 애원을 했다. 나이가 많아 몸도 굼뜨고 병사로 가치가 없는데 밥만은 남보다 갑절 축내고 있었다.

그런 조신과 보초를 서겠다고 하는 것이다.

"어째서 그런 밥벌레와 보초를 서겠다는 건가! 자네가 오히려 귀찮기만 할 텐데?"

그러나 법해는 씨익 웃고 대답을 하지 않았다.

첫날 보초를 서면서 법해와 조신은 서로 이야기를 나누었다. 새벽녘의 달이 밝은 밤이었다. 법해가 홍건적에 몸을 던진 지도 두 달 남짓이 지나고 있었다. 음력 5월로 보리가 누렇게 익어 이삭도 무겁게 고개 숙이고 있었다.

달빛이 그런 보리밭을 바다처럼 은색으로 비추고 있다.

"지금 고향에서 아이들은 어떻게 지내고 있을까? 하루 한 끼의 끼니라도 거르지 않고 먹고 있을까?"

조신의 고향은 정주(鄭州)라고 했다. 호주에서는 먼 북쪽으로 변양 서쪽에 있는 고을이다. 산악지대로 강남처럼 물산이 풍부하지는 못한 곳이었다.

늙은 조신의 뺨에 줄을 긋듯이 흰 이슬 방울이 굴러 떨어졌다.

"조신, 고향 생각이 나나, 마누라 생각이 나서이겠지."

"아냐, 마누라보다 자식들이 보고 싶어. 내가 집을 떠나올 때 제일 큰 아이가 열 살로 그 밑에 올망졸망 연년생으로 여섯 아이나 있었어. 집 떠난 지 3년이 넘었으니까 그애들도 살아 있다면 그만큼 컸겠지."

법해는 공연히 콧속이 시큰했다. 법해는 자라난 환경으로 보아 몹시 각박하고 무자비한 인간이었다. 그런 성격은 그가 방랑생활을 하면서 더욱 조장(助長)되었다.

그러면서 모순되긴 하나 인정도 있었다. 남이 모르는 눈물을 짓는 일면도 있다. 그것은 그가 조실 부모하고 인생의 온갖 신산(辛酸)을 맛본 까닭이었다.

그가 애당초 보초의 동료로 조신을 택한 데는 생각이 있었다. 결코 인정에서가 아니었다.

"조신, 언제고 내가 너를 집에 보내 주겠다. 하지만 이 말은 절대로 비밀이야."

조신의 눈이 둥그래졌다.

"나는 거짓말을 하지 않아. 중으로 거짓말을 하는 것은 큰 죄이니까. 내 말을 믿겠지."

"응."

조신은 고개를 끄덕였다.

소처럼 둔한 조신이라도 법해가 어떤 인간인지 알고 있었다. 자기라면 죽었다 살아난들 만져 보지도 못할 백은 50냥을 선뜻 홍건당에 바쳤다지 않는가. 얼굴도 험상궂게 생긴 사내가 그에게는 무슨 신비스러운 힘을 가진 요술쟁이처럼 생각되었다.

"너도 죽고 싶지는 않겠지? 귀여운 자식들을 만나볼 생각을 해서라도 죽어선 안되겠지!"

조신은 고개를 크게 끄덕였다. 또 눈물이 그의 볼을 타고 흘러 내렸다. 법해의 말로 자식들이 다시금 생각났던 것이다.

"그렇다면 됐어. 울 것은 없다. 내가 시키는 대로만 하면 돼."

"……."

"나는 이제부터 잠을 자겠어. 둘씩이나 깨어 있을 필요는 없는 거야. 적의 첩자가 성벽을 살그머니 기어 오르거나 구부장이 순찰을 오면 나를 깨워 주어. 그것은 할 수 있겠지?"

조신은 최면술에 걸린 것처럼 고개를 끄덕였다. 그런 일이라면 그로서 할 수 있었다. 그리하여 그는 아무리 졸리더라도 졸지 않았다.

주원장은 뒷날 휘하 장군들에게 엄명을 내렸다. 야간에 보초를 세울 때 되도록이면 기혼자와 미혼자의 2인 1조로 근무케 했다.

야전에 있어 보초가 잠자면 적의 기습을 받거나 전멸할 염려도 있다. 미혼자는 아무래도 수마를 견디지 못하고 잠을 자는 일이 종종 있다. 그러나 기혼자는 졸리더라도 보다 참을성있게 이를 극복한다. 그만큼 생명에 대한 집착력이 강한 것이다.

사소한 일 같지만 법해는 세심하고 진지한 면이 있음과 동시에 대담하기도 했다. 그는 명령이 내려지면 즉시 이를 실행하여 훌륭히 해냈고, 기억력도 좋았다. 한 번 본 것은 결코 잊지 않았다. 계책을 쓸 줄 알았고 결단력이 있었으며 태도가 침착, 임기응변의 재간도 있었기 때문에 동료들이 모두 그를 믿었다.

이렇게 말하면 지나친 칭찬이라고 생각될지 모르지만, 사실이 그랬었다.

이 무렵 곽자홍과 손덕애는 자주 의견 충돌을 일으켰다.

덕애는 주장했다.

"지금 보리가 익고 한창 수확중이다. 우리가 적과 싸우자면 보다 많은 식량을 확보할 필요가 있다. 가난한 농민은 저희들 먹을 것도 없으니까 그들로부터는 보리를 공출(供出)받을 수 없다. 지주들로부터 빼앗아야 한다."

홍건적뿐만 아니라 이때의 군대는 부하들을 먹여 살릴 수 있는 능력에 따라 유능한 장군이 될 수 있었다.

그리하여 군사들은 등에 우산 대용의 기름 종이 벙거지와 냄비 따위를 짊어지고 종군했다. 간부급들은 처자식은 물론이고 첩까지 데리고 다녔다.

"장군들은 얼마나 좋겠어. 제대로 지은 집에서 침상에 미녀를 밤마다 끼고 자니 말이야."

"올라갈 수 없는 나무는 쳐다보지도 말라고 했네. 그런 것이 부럽다면 하다못해 구부장이라도 하면 되잖는가."

"그것도 누가 시켜 주어야지."

병사들은 웃었지만 그들로선 자기들을 배불리 먹여만 준다면 장군들이 무슨 짓을 하든 관계 없는 딴 세계의 일이었다. 따라서 이들은 집단을 이루며 곡창을 메뚜기 떼처럼 옮겨 다녔다.

그러다가 일단 부하들을 먹이지 못하기라도 하면 흩어져 버려 군대가 하루 아침에 공중분해를 한다. 혹은 반란이라도 일어나면 보다 센 놈이 우두머리가 되고 부하들을 먹여 살릴 방법을 찾는다.

애당초 왕조 교체기에 큰 민란이 일어나는 까닭도 이것과 다를 바 없었다. 중앙의 통제가 약해지고 관리들이 부패하여 백성들이 굶주리고, 참을 수 없는 폭발점에 이르면 마침내 벌떼처럼 일어난다. 원인은 각각 달랐을 지 모르지만 왕조의 몰락과 신흥의 과정은 같았다.

"그건 옳은 말이오. 문제는 지주들로부터 얼마를 내놓게 하느냐 하는 점이오."

자홍이 말하자 덕애는 핏대를 올려가며 반박했다.

"할당이고 무엇이고 필요 없어. 그들은 평소 농민의 피 땀을 빨아먹은 놈들이야. 그런 자들로부터는 몽땅 빼앗아야 해."

자홍으로선 그런 주장이 못마땅했다. 그는 지주들도 세금 내듯 곡식을 당연히 내놓아야 하겠지만 숨돌릴 여유는 주어야 한다고 믿었다.

"지주들에게 지나친 요구를 하면 견디다 못해 그들은 도망칠 것이오. 그들이 도망친다면 그나마 뒤죽박죽이 되어 엉망이 되고 말 것이오."

"엉망이라고?"

"그렇소."

자홍은 잘 설명을 할 수 없었지만 경제질서가 파괴되어 혼란을 가져오고 생산성이 저하된다는 것이었다.

말하자면 지주는 필요악(必要惡)이었다. 그들에 의해 자금이 공급되고 소비도 촉진되며 경제가 순환을 한다.

"지금 지주를 호되게 다룬다면, 마치 씨암탉을 잡아먹는 것이나 같소. 어떤 일이든 먼 앞날을 바라보며 천천히 밀고 나가야지 한꺼번에 이룩하려면 실패하는 법이오."

이때 호주의 홍건적에는 다섯 명의 장군이 있었다. 다른 3명의 장군 또한 무지한 농민으로 덕애와 한편이 되어 과격한 주장을 폈다.

"당신 말대로라면 지주를 봐주겠다는 것인데, 그렇다면 모자라는 군량(軍糧)을 어떻게 확보하지?"

"내 생각은 가난한 농민이든 토지를 조금 가진 사람이든 응분(應分)의 곡식은 내놓아야 한다는 것이오. 대지주는 수십 명에 지나지 않지만 농민들은 수가 많소. 비록 그들이 조금씩 내놓더라도 티끌 모아 태산이라고 큰 숫자가 되는 것이오."

"흥."

덕애 등은 끝끝내 자기들 주장을 굽히지 않았다. 자홍은 그런 그들의 거친 태도가 싫었다. 말에 조리가 없고 제멋대로이며 감정적이다. 도저히 큰 일을 함께 할 수 없다는 생각마저 들었다.

자홍은 마침내 화를 내며 자리를 박차고 나와 버렸다.

그러자 4명의 장군들은 자기들 주장대로 결정을 해버렸다.

법해도 이 명령에 좇아 동료들과 출동했다. 그들이 간 곳은 남문 밖 동가촌(董家村)이었다. 구부장 장덕산은 이런 때야말로 자기 실력을 보일 기회라고 설쳤다.

동가촌에 이르자 마을에서 가장 큰 집 주인을 끌어내어 마당에 꿇리며 자못 호통이었다.

주인은 턱수염도 허연 노인이었다.

"곡식을 있는 대로 다 내놓아! 조금이라도 섣부른 짓을 했다가는 집에 불을 질러 버리겠다."

덕산은 대뜸 으름장부터 놓았다.

그러자 노인은 우뚝 서 있는 법해의 다리를 싸안으며 애원했다.

"대장님, 자비를 베풀어 주십시오. 올해는……."

노인은 몸집도 가장 크고 험상 궂은 얼굴이라 법해를 대장으로 안 모양이다. 덕산은 화가 나서 발로 노인의 허리를 걷어차며 소리쳤다.

"이봐, 대장은 나야!"

"네!"

노인은 땅바닥을 구르며 의아스러운 듯이 법해와 덕산을 번갈아 쳐다보고 있다.

"있는 대로 빨리 내놔! 일각이 바쁘다."

덕산이 한번 더 노인을 걷어차자 그제서야 죽는 시늉을 하며 그에게 애원했다.

"나으리, 살려 주십시오. 올해는 난리가 나서 소작인들이 보리 한 톨 가져오지 않습니다요."

"거짓말 마라. 보리 20 섬을 내놓아라. 거기서 한 톨이라도 모자라면 정말 불을 질러 버리겠다."

"나으리 너무하십니다. 두 섬도 없는데 어찌 20 섬을 내놓으라고 하십니까!"

"닥쳐라!"

덕산은 다리를 번쩍 들었다. 노인을 마구 짓밟겠다는 위협이다.

"제발, 홍건당 나으리."

애원하며 아들인 듯싶은 50대 사내가 뛰어왔다.

"저의 아버님은 연세가 많습니다. 보리 10섬을 내놓겠습니다. 그것이 전부입니다. 그 이상을 내놓으라고 하신다면 차라리 저를 죽여 주십시오."

덕산은 힐끗 그를 쳐다보았다. 빼앗는 쪽도 빼앗기는 쪽도 끈질겼다. 아들의 낯짝을 보니 목이 잘려도 그 이상은 나오지 않을 것이 뻔했다.

덕산은 처음부터 20섬을 빼앗을 수 있으리라고 계산하지는 않았다.

"좋아! 10섬을 당장 수레에 싣도록 하라."

아들은 잔뜩 긴장되었던 마음을 풀었다. 법해는 옆에서 보고 있어 그것을 알 수 있었다. 어깨에 주었던 힘을 풀며, 10섬만의 피해로 끝난 게 다행이라고 한숨 돌리고 있었다.

그러나 노인은 땅을 치며 통곡한다. 불한당에게 마구 짓밟히는 한이 있더라도 자기라면 두 섬 이상 빼앗기지 않는다는 분함인 것 같았다.

아들은 노인을 부축하여 집 안으로 들어갔고 머슴을 시켜 보리 10섬을 수레에 내다 실었다.

덕산은 그런 광경을 싱글벙글 웃으며 보고 있다. 말로 협박하여 보리 10섬을 얻었다는 만족일까 — .

그러나 보리 10섬을 다 싣고 나자 그는 딴소리를 했다.

"여보, 주인! 이 집엔 여자들이 하나도 없나? 우리에게 여자 구경을 시켜 주는 게 어떻소?"

주인 아들로선 아찔한 순간이었을 것이다. 산 넘어 산이고, 강 건너 강이다. 아니, 산에 들어가 호랑이를 부른 꼴이었다.

주인 아들은 덕산의 이 말에 사색이 되며 털썩 주저앉았다. 그는 입술을 떨며 말조차 하지 못했다.

"뭐, 놀랄 것은 없어. 당신 아내를 달라는 것은 아냐. 당신에겐 첩도 있고 딸도 있을 게 아냐. 그것을 우리에게 잠시 빌려 달라는 것뿐이지."

여자를 빼앗긴다는 것은 재물을 빼앗긴다는 것 이상으로 고통이다.

애당초 아들이 보리 10섬을 선뜻 내놓겠다는 것도 그런 복선이 깔려 있었다. 여인은 자기만의 노리개여서 친구에게도 자기의 아내나 첩은 감추고 보이지 않는다. 차라리 자기 목숨을 주면 주었지 그것은 절대로 양보할 수 없는 선이었다.

"그, 그것은……."

주인 아들은 입에 거품까지 물어가며 말을 잇지 못했다. 그때 법해가 나섰다. 난세일수록 덕을 베풀어 두는 것이 현명하다는 것을 그는 알고 있었다.

"구부장님!"

"뭐야?"

"다른 방법도 있습니다."

"……?"

"돈을 내놓으라는 것입니다. 보아 하니 이 녀석은 마누라와 첩을 무나 감자 구덩이에 숨겨 놓고 벌벌 떨고 있나 봅니다. 하지만 그런 여인이라도 별것은 아니겠지요."

덕산은 영문을 몰라 어리둥절했으나 차츰 법해가 하고자 하는 말뜻을 이해했다.

"그러니까 돈을 두 냥쯤 내놓으라는 것입니다. 그러면 한 냥은 당신이 쓰고 나머지 한 냥으로 여덟 사람이 성안의 창녀 거리에 가서 젊고 예쁜 기녀를 품고 실컷 술과 고기도 먹을 수 있지 않겠어요?"

"음, 그것도 일리가 있군."

설명을 듣고 보니 덕산도 전혀 싫지가 않은 모양이었다.

법해는 이 기회를 놓치지 않았다.

"이봐 주인, 당신도 지금 우리의 말을 들었겠지? 돈 두 냥이 아까워 끝내 싫다고는 하지 않겠지! 돈만 순순히 내놓으면 사랑스런 첩이나 귀여운 딸들은 무사할 거야."

"하지만…… 하지만, 나으리."

"설마 돈이 없다는 것은 아니겠지?"

"네, 네. 아무쪼록 나으리!"

하고 이번에는 법해에게 애걸한다.

"잘 생각해 봐. 그러면 돈을 묻어 둔 곳이 생각날 거야. 그래도 생각나지 않는다면 나로서도 할 수 없지."

주인 아들은 법해의 얼굴을 필사적으로 쳐다보고 있었지만 마침내 울음소리를 내었다.

"아닙니다, 아닙니다. 돈이야 내놓겠지만 아무쪼록……."

"우릴 못믿겠다는 말인가. 그런 것이라면 걱정 마라. 우린 대의를 위해 일어난 홍건당이니까 거짓말을 않는다. 그것만 내놓으면 순순히 물러 가겠다."

홍건당 운운은 필요 없는 말이었으나 덕산이 나중에 딴소리를 못하도록 못을 박은 것이었다.

"그러시다면 바치겠습니다."

주인 아들은 땅에 이마를 비벼대며 말했다. 그로서는 무섭게만 생긴 법해의 얼굴이 이 순간 금강동자(金剛童子)나 나한(羅漢)처럼 보였으리라.

덕산은 머쓱해지며 한마디 했다.

"당신도 솜씨가 보통이 아니구료."

"아닙니다. 저야 구부장님에게 비한다면 어림도 없습니다."

처음부터 그랬지만 덕산은 법해에 대해 심리적인 압박을 느꼈다. 자기 지위마저 위태롭지나 않을까 하는 악몽이 꿈에 나타났다.

인간에게 행운은 기약 없이 찾아드는 수도 있다.

그런 며칠 뒤였다.

곽원수가 친위대를 데리고 성안을 순찰했다.

원수의 사열을 받기 위해 대원들이 정렬했다. 그리고 원수에게 경의를 표한다. 법해는 키도 크고 체격도 뛰어나 열의 선두에 있었다.

"차렷, 원수 각하께 경례!"

곽자홍은 그의 모습을 보자 법해가 처음으로 홍건에 나타난 날의 일이 생각났다. 자홍은 사열을 끝내자 덕산을 불러 은근히 물었다.

"어떤가, 그 사내는 쓸 만한가."

덕산은 바삐 두뇌를 회전시켰다. 자기 분대에서 법해를 쫓아내자면 지금이 기회였다. 그는 입에 침이 마르도록 법해를 칭찬했다.

"원수 각하, 천에 하나 있을까 말까 한 대장감입니다. 남이 싫어하는 일을 앞장 서서 하는 모범대원입니다."

자홍은 기뻐하여 법해를 친위대의 구부장으로 발탁하고 원수부(元帥府)의 본영에서 일하도록 했다.

상(相)

반란부대 간부라면 일심동체가 되어야 하겠지만 그렇지 못한 것이 인간의 상정이다. 곽자흥은 요즘 남모를 고민이 있었다. 손덕애를 비롯한 네 원수와의 관계가 더욱 험악해졌다. 문제가 있을 때마다 그들은 서로 언쟁을 벌였다.

"그들은 도무지 말도 아닌 것들을 우기고 있어."

그러나 현실적으로는 자흥이 이론으로 덕애 등을 당하지 못했다. 자연히 불만이 쌓였다.

"어쩐 일이시죠? 요즘에는 통 기운이 없으신 것 같아요."

그가 총애하는 둘째인 장씨의 말이었다. 장씨는 성격이 활달하고 영악한 여자였다.

"술이나 가져와. 취해야 할 수 있겠다."

"또 원수부에서 싸우셨나요?"

"글쎄 술을 가져 오라니까. 여자가 알 일이 아니야."

장씨는 잠자코 밖으로 나갔다. 자흥은 혼자 화를 내고 있었다. 전번에 1차로 호주의 지주들로부터 보리 7백 석을 강제로 빼앗다시피했다.

"우리의 병영은 지금 3천 명으로 아껴 먹어도 하루에 7석씩 소비된다. 따라서 7백 석이면 석 달의 식량일세."

자흥은 잠자코 있었다.

"그런데 팽대(彭大)와 조균용(趙均用)의 부대가 새로이 도착하여 이제는 1만이 넘는 대식구가 되었네."

　팽대와 조균용은 지마리의 부하로 톡타가에게 격파된 뒤 각지에서
산적 노릇을 하다가 호주의 홍건과 합류했던 것이다. 그리하여 호주의
홍건은 어느덧 그들의 지휘 아래 들어갔다.

　손덕애 등은 곧 그들과 친해졌다.

　"장군님, 장군님."

　열심히 비위를 맞추고 있다.

　그것이 또한 자홍의 비위에 맞지 않는다.

　"그들은 손님이고 우리는 주인이 아닌가. 그런데 무엇 때문에 비위
를 맞추지? 서로 존경하는 정도면 충분하다."

　그런데 오늘 회의에서 결정적으로 비위가 상하고 말았다.

　조균용이 먼저 말했다.

"톡타가는 멀지 않아 가노를 시켜 이 호주성을 공격할 것이다. 그러므로 첫째로 군사들의 조련과 둘째로 군량의 확보가 시급하다."

"그렇지 않아도 군량에 대해선 늘 걱정하고 있었지요. 이번 기회에 홍주성 안은 물론이고 근교의 마을로 병사를 보내어 지주들의 곡물을 깡그리 빼앗아 와야 합니다."

"손원수, 지주들로부터는 이미 7백 석이나 거둬들이지 않았소, 차라리 농민을 포함해서 조금씩이라도 거두게 되면 1천 석 또는 1천 5백 석이라도 확보할 수 있으리다."

"당신은 또 그 소린가! 부자란 놈들은 쥐어짜면 쥐어짤수록 나오기 마련이야."

자홍은 더 이상 싸우고 싶지가 않아 그대로 회의장에서 나와 버렸다.

자홍이 생각에 팔려 있을 때 발소리가 났다. 무심코 돌아본 자홍은 눈이 둥그래졌다.

장씨가 알몸으로 술병과 술안주를 쟁반에 담아 가지고 왔던 것이다. 그녀는 벌쭉하니 웃으며 말했다.

"오랫동안 기다리셨지요. 이왕 나갔던 김에 목욕도 하고 간단한 화장도 하느라고 늦어졌어요."

"으음."

자홍은 지금까지의 우울함도 잊고 애첩의 나체에 넋을 잃고 있었다. 앞으로 보나 옆으로 보나 완전히 성숙한 서른 살 여인의 아름다움을 한껏 자랑하고 있다.

"왜 말씀이 없어요? 제가 늦게 왔다고 화가 나셨어요."

장씨는 생글생글 웃으며 다가오려 했다.

"아냐, 그대로 있어. 그리고 돌아서 봐요."

"이렇게요?"

가는 허리에서 갑자기 아래를 향해 퍼진 거대한 백옥처럼 둥근 골반이었다. 그리고 보는 자를 압도시킬 만큼 내밀은 볼기였다. 다시 그 아래 빈틈없이 밀착한 굵은 원주(圓柱)와도 같은 허벅다리가 사내의 눈길을 끌었다.

자홍은 의자에서 일어나자 성큼성큼 다가가서 뒤로 그녀를 안았다. 그리고 쟁반을 빼앗아 식탁에 놓자, 옆으로 돌려져 있는 그녀의 목을 한 손으로 받쳐주며 도톰하게 내밀어진 붉은 입술에 자기 입을 맞추었다.

이미 이렇게 되면 남녀의 도가 터있는 그들이다. 장씨의 두 팔이 사내의 목에 감겼다.

사내보다도 여인의 입술이나 혓바닥이 더욱 탐욕스러웠다. 눈썹이 우는 것처럼 좁혀졌고 속눈썹이 젖어 있는데 산뜻한 콧날의 콧방울이 성을 내며 헐떡이기 시작했다.

"침상으로, 침상으로 데려다 줘요."

자홍은 그녀의 허리를 안고 들어 올렸다. 그녀는 발을 사내 허리에 감으며 말했다.

"위태로워요?"

"염려 없어."

그녀는 두 팔을 자홍의 목에 단단히 감았다. 자홍의 왼팔은 그녀의 등을 안았고 오른팔은 무릎의 구부러진 뒤쪽을 받치고 있다. 그리하여 안겨진 여인의 볼기가 실제 이상으로 거대하게 과장되어 있었다.

"문을 열어."

"네."

장씨는 한 손으로 그들 부부만의 침실 문을 열었다. 방의 반 이상을 침상이 차지하고 있다. 왕후(王侯)의 침실이 연상될 만큼 가구도 호화롭고 휘장이 드리워져 있었다.

청사 등롱이 방안을 비추고 있다. 붉은 명주의 등옷을 통해 은은히 조명이 정취(情趣)를 돋운다.

그는 높은 침상 가장자리에 그녀를 걸치듯 내려놓았다. 여인의 상반신이 쓰러지며 목을 잡아당겨 그의 상체도 포개졌다.

그는 감겨 있는 여인의 팔을 조용히 풀며 속삭였다.

"얌전히 기다리고 있어."

"싫어, 싫어."

여인은 도리질을 하며 가슴을 크게 물결친다. 상반신은 침상에 있었으나 둔부가 가까스로 걸쳐져 있는 불안스러운 자세인 것이다. 그리하여 두 다리는 아래로 늘어뜨려져 발끝이 바닥에 닿을 듯 말 듯했다.

장씨는 처음에 이 자세가 싫었다. 자기로선 허전하고 포옹할 수 없었기 때문이다. 그러나 남편이 좋아한다면 하고 납득했다. 등롱의 조명 탓인지 부끄러움 때문인지 그녀의 살갗은 어둠의 깊은 못 속에 가라앉은 홍산호와 같았다.

그리고 사내가 아래로 이동할수록 그녀는 고개를 심하게 흔들었다. 자홍은 어느덧 바닥에 무릎을 꿇고 있었다.

"가만히 있으라니까."

"부끄러워요. 그리고 미끄러져 내릴 것만 같아요."

"그럼, 이렇게 해줄까."

사내의 큰 손바닥이 양쪽 젖가슴을 덮어주며 살짝 눌러 주었다. 그것만으로도 안정감이 생기며 허전하진 않았다. 그녀는 이제 탈진한 듯 두 팔을 한껏 벌렸고 황홀감에 젖어 있었다.

이윽고 그들은 침상에 누워 있었다. 장씨는 포옹과 애무의 간격을 자꾸만 메우고 싶었다.

"당신은 요즘 몹시 피로하신 것 같아요."

그는 쓴웃음을 지었다. 나이 탓인지 요즘에는 여인과의 잠자리도 피로했다. 그래서 되도록 몸을 덜 움직이는 방법을 택했던 것이다.

"당신은 말씀하시지 않더라도 저는 알고 있어요. 믿을 만한 심복을 두셔야 해요."

장씨의 말에 자홍은 감았던 눈을 번쩍 떴다.

"당신도 그렇게 생각하오?"

"부부는 일심 동체라고 하지 않아요. 저는 당신이 다른 원수들과 불화하여 충돌이 잦다는 것도 알고 있었지요. 그래서 당신이 법해를 구부장으로 원수부에 있게 하자 얼마나 기뻐했는지 몰라요."

자홍은 이 말에 노곤한 무력감(無力感)도 달아났다. 진중에서의 법해 평판은 아주 좋았다.

전장에선 남의 선두에 서고 전리품이 있으면 금·은이든 의복이든 가축·양식이든 고스란히 원수부에 바쳤다.

은상을 받게 되면 그 공로는 모두의 것이라 하면서 함께 출동한 전우들에게 공평히 나누어 주었다. 또 평소 쓸데없이 입을 놀리지 않고 말에 무게가 있었다.

"당신이 어떻게 그것을?"

"호호호. 당신 부하를 통해 들었지요. 그는 글도 알아 다른 사람의 편지도 써준다고 하더군요."

자흥은 고개를 끄덕였다. 원수부의 명령을 홍건들에게 읽어주든가 유복통이 보내온 지시를 자기들에게 읽어주기도 했던 것이다.

"그러나 아직은 완전히 우리 사람이 아니지요. 우리 사람을 만들어야 안심할 수 있어요."

장씨는 자흥의 여자처럼 큰 젖가슴을 만지작거리며 속삭였다.

"우리 사람을 만든다! 어떻게?"

"애지(愛只)가 있잖아요."

애지는 자흥이 마굿간 구유에서 주워다 기른 장씨의 수양딸이다. 벌써 16세로 미인은 아니었지만 무척이나 영리한 소녀였다.

"그렇지만 그애가 좋아할라구."

자흥은 눈을 껌벅거렸다.

용감하고 유능하고 대담하며, 견식도 있고 의협을 중히 여겨 남들이 곧잘 따르는 법해였으나 워낙 용모가 험악하여, 자흥 자신도 눈길을 돌리고 마는 괴물스러운 용모인데 한창 나이의 철모를 애지가 좋아할 까닭이 없었다.

"그 점이라면 저한테 맡겨 주셔요. 제가 잘 타이르면 그 아이도 틀림없이 승낙할 거예요."

"정말이오! 당신만 믿겠소."

자흥은 장씨를 힘껏 포옹했다. 그녀의 표정은 다시 몽롱해졌다. 살갖과 살갖의 감촉이 미묘하기만 하여 자기도 모를 울음소리를 내었다.

碧玉破瓜時
郎為情顛倒

芙蓉淩霜榮
秋容故尚好

사내의 치골결합(恥骨結合)이 가장 예민한 곳을 압박하고 마찰해 오는 것이었다.

법해와 마애지의 혼인은 서둘러졌다. 관군이 멀지 않아 진격해 온다는 소식이 들렸기 때문이다.

그 첫날밤.

법해는 마치 술에 취한 느낌이었다. 설마 자기가 곽원수의 사위가 되리라고는 꿈에도 생각지 못했던 것이다.

(그렇기는 하지만 신부의 마음이 궁금하다. 나 같은 사내에게 어째서 선뜻 승낙을 했을까? 그것보다 중요한 것은 나를 그렇게 싫어하지 않는 것 같다.)

법해는 침상에 가만히 누워 있었다. 얼마쯤 지났을까. 신부가,

"촛불을……."

하고 일어서려는 것을 막은 법해는 반쯤 몸을 일으켜 침구에서 목을 늘이며 촛불을 불어 껐다.

그리고 베개로 돌아가 침구를 끌어올렸을 때 정향유(丁香油)와 같은 처녀의 체취가 물씬 코를 찔렀다. 이 냄새에 잠자고 있던 법해의 사내피가 끓어올랐고 정염(情炎)의 깊은 못 속에 빠졌다. 궁금해서 물으려던 생각도 잊고 신부를 꽉 끌어안았다. 신부의 살갗도 불길처럼 뜨거웠다. 건강한 16세의 조숙한 처녀인 것이다.

두 사람의 포옹은 뜨거운 용암의 분출처럼 소용돌이 쳤다. 하지만 그것은 어디까지나 법해쪽의 형용이었다. 신부는 억센 힘 아래 신음을 죽여가며 파과(破瓜)의 순간순간을 넘겼다.

　　벽옥이 파과할 때(碧玉破瓜時)
　　낭군의 정을 받아 몸부림치네(郎爲情穎倒)
　　부용은 서리를 견뎌야(芙蓉凌霜榮)
　　가을에 모습이 더 아름다워져 사랑받네(秋用故尚好)

오이는 복숭아와 마찬가지로 여음(女淫)에 비유된다. 그 오이가 쪼

개질 때 16세이면 사랑도 아는 것이었다. 이윽고 그는 어둠 속에서 빨간 꽃처럼 물든 애지의 귀에 대고 속삭였다.

"내가 두렵지 않소?"

법해에게 가장 궁금했던 물음이었다. 나를 싫어하지 않느냐 하는 것과 같은 뜻이었다.

"몰라요."

이 역시 알쏭달쏭한 대답이었다.

그리고 아직도 불타고 있는 얼굴을 법해의 가슴에 밀어붙였다.

소녀 아닌 여인의 불탄 뒤의 체취와 흐트러진 살갗의 매끄러움이 법해를 다시금 맹수처럼 몰아댔다. 여체도 굽이치듯이 조용한 불길을 연소시켰다.

내당의 창문이 활짝 열려 있다. 감나무에 감이 다닥다닥 열렸다. 하늘도 맑고 공기도 상쾌했다. 음력 8월이다.

탁자를 가운데 두고 곽자흥과 법해가 마주 앉아 있었다. 장씨도 생글생글 웃는 얼굴로 의자 하나를 차지하고 있다.

"그래, 생각했나?"

"네."

장가를 들어 곽원수의 사위가 된 만큼 걸맞는 이름을 짓게 되었던 것이다.

"그래, 뭐라고 지었나?"

"주원장(朱元璋)입니다."

법해는 스스로 자기의 이름을 지었던 것이다.

"원장이라, 자(字)는?"

"국서(國瑞)라고 했습니다."

"국서?"

"나라의 상서란 뜻입니다."

자흥은 이 설명을 듣자 기뻐하며 큰소리로 외쳤다.

"여보, 국서의 말을 들었소? 나라에 복되고 길할 징조가 나타난다는 뜻이오. 당신도 앞으로는 국서라고 부르도록 하시오."

자는 장가 후의 호칭으로 친구지간에도 그렇게 불러야 한다.

"호호호, 역시 학자 사위라 좋은 이름이네요."

그곳에 애지가 손수 차를 가져왔다. 원장은 그녀의 얼굴을 되도록 보지 않으려고 했다. 역시 쑥스러워서이다.

"자, 차를 드셔요. 식기 전에…… 그리고 너도 앉아라. 너의 낭군께서 이름은 원장이고 자를 국서라고 지으셨다는구나."

장씨는 그렇게 말하며 장난끼 어린 눈으로 원장을 건너다 보았다. 원장은 아내의 얼굴을 정면으로 쳐다보지 못하고 찻잔을 들며 그녀의 붕긋한 가슴께로 시선을 보냈다.

"핫핫핫."

곽자홍이 크게 웃었다. 장씨는 약간 엄숙한 목소리로 재촉했다.

"국서님, 애지의 얼굴을 바로 보셔요. 낭군께서 얼굴도 똑바로 봐주지 않는다고 눈물을 글썽거리고 있잖아요."

"네?"

원장은 자기도 모르게 눈길을 돌렸다. 젊은 두 사람의 시선이 마주쳤다.

단정한 얼굴이었다. 더욱이 아내의 얼굴이 하룻밤 지나고 난 이날 아침, 별안간 다정스럽고 아름답다고 느낀 것은 자기 혼자만의 생각일까?

벽옥이 파과할 때(碧玉破瓜時)
낭군의 정을 받아 몸부림치네(郞爲情顚倒)
당신의 사랑을 알고 부끄러움도 잊어(感君不羞恥)
몸을 돌려 당신에게 안겼다오(廻身就郞抱)

마치 옛 시와도 같은 그녀의 변모였다. 애지의 눈썹은 먹자국이 번진 것처럼 윤기가 있었다. 약간 벌려진 듯한 붉은 입술에도 어젯밤의 정염이 남아 있는 듯 그의 눈길을 끌었다.

"자아, 우리는 자리를 피해 줍시다. 그리고 국서, 오늘부터 사흘 동안 이곳에서 푹 쉬고 새로운 마음으로 일해 주게."

"네."

하고 원장이 가볍게 고개를 숙였을 때는 벌써 자홍과 장씨는 의자에서
일어나 밖으로 나가고 있었다.

꿈결처럼 신혼의 한 달이 지났다. 진중에서 원장은 주공자(朱公子)
라고 불리며 참모로 일하고 있었다. 자홍과 덕애는 여전히 사사건건
다투고 그 사이는 더욱더 험악해졌다. 자홍은 성급한 편으로 의견이
맞지 않으면 회의장에서 곧잘 뛰어나왔다.

그러면 나머지 네 원수가 일을 결정하기 때문에 자홍의 불만은 더욱
커졌다. 또 자홍이 없게 되면 그들이 따로따로 명령을 내려 복종하지
않는 사태가 계속되었다. 이 때문에 그들은 호주를 점령한 지 반 년
가까이 지났지만 주변 농촌의 군량을 조달하러 나가는 일 말고는 한
걸음도 성 밖에 나가지 않았다.

"이렇다면 무엇 때문에 우리가 귀의했는지 모르지 않는가! 도대체
놈들은 군량 조달을 도둑들의 약탈처럼 하고 있어."

"그래도 참으셔야 합니다. 앞으로도 다섯 분이 힘을 합쳐 단결해야
힘도 커지고 발전도 있기 마련입니다."

자홍도 이 말을 듣자 스스로 반성하고 이튿날 원수부로 나가 모임에
참석했다. 하지만 사흘도 지나기 전에 덕애 등과 다투어 원수부를 뛰
쳐나와 버렸다.

양자의 감정적 대립은 더욱 악화되었고 상대가 비상수단으로 나오지
않을까 서로 의심하며 불신하는 상태가 되었다.

주원장은 이런 사태를 걱정하고 자홍에게 말했다.

"화가 나실 때는 며칠 집에 계시며 푹 쉬도록 하십시오. 일은 제가
알아서 처리할 테니까요."

원장은 그렇게 자홍을 달래놓고 덕애를 찾아가 대신 사과를 했다.

"손원수님, 지금 분열을 하면 우리는 자멸하게 됩니다. 잘못이야 어
느 쪽에 있든 아무쪼록 참으셔야 합니다."

덕애도 주원장의 실력을 알고 있다. 이 무렵 그는 구부장에 지나지 않았지만 등유, 탕화 등 많은 용사가 따르고 있었던 것이다.

"다른 사람도 아닌 자네의 말이니 이번만은 참겠네."

음력 9월이 되자 톡타가의 명을 받고 가노가 호주성을 포위했다. 원장은 서주의 홍건 두목이었던 조균용과 팽대를 자주 만났었는데 팽대와는 친했다.

팽대는 용감하고 담력도 있으며 지략이 뛰어났다. 조균용처럼 음흉하지 않았고 단순한 성격이었다.

원장을 만나면 그들은 이런 말로 대화를 했다.

"팽장군."

"오, 주공자인가. 그래, 흑장군, 홍장군과의 전투는 어떠한가. 너무 좋아했다가는 허리를 다치고 마네."

물론 농담이었다. 그러나 어떤 흉허물 없는 농담을 하는 팽대가 그로선 호감이 갔다.

"요즘엔 그럴 경황도 없습니다. 오늘은 알아볼 일이 있어 장군을 찾아뵈러 왔습니다."

"무엇인가?"

"톡타가는 원조 제일의 영감이라고 합니다. 그에 대해 알고 싶은 게 많습니다. 병법에도 말했지 않습니까? 적을 알고 나를 알면 백 번 싸우더라도 백 번 이긴다고 말입니다."

"그야 그렇지."

팽대는 전투 이야기라면 신바람이 나는 모양이었다.

"자네의 그 말은 손자병법에 나와 있는 말일세. 다음의 다섯 가지를 알아야 승리의 가능성을 안다고 했네. 다섯 가지란 무엇이냐? 싸워야 할 때와 싸워선 안될 때를 알고 있다면 이긴다. 병력이 많고 적음에 따라 작전을 생각할 수 있다면 이긴다. 상하가 하나로 단결돼 있으면 이긴다. 충분한 준비를 하고서 준비가 불충분한 상대를 공격하면 이긴다. 장군이 유능하고 임금이 쓸데없는 간섭을 않는다면 이긴다. 이 다섯 가지가 승리를 가능케 하는 방법인데 톡타가는 그것을 알고 있었네. 서주에서 그는 갖가지 모계(謀計)를 썼네. 그 고장의 소금 인부와 한인을 3만이나 고용하고 노란 군복에 노란 모자를 씌워 황군(黃軍)이라 일컬었네. 그리고 그들을 앞에 내세웠던 걸세. 그리하여 진짜 몽고군은 후방에 있으면서 서주를 포로 공격했지."

"포 말입니까?"

"그렇지. 바윗덩이를 날리는 포야."

포는 남송의 번성(樊城)과 양양(襄陽)을 공격했을 때 몽고군이 사용했다. 화약은 본디 중국에서 발명된 것으로 남송에서도 무기로 썼다. 옹기 그릇에 화약을 채워 넣고 이를 적진에 던졌다. 그런 무기를 진천뢰(震天雷) 또는 만인적(萬人敵)이라 불렀던 것이다.

쿠빌라이는 적의 견고한 성벽을 파괴하기 위해 페르시아인 포장(砲匠)을 초청했다. 포장은 그의 세 아들 아버비커(Aboubiker), 이브라힘(Ibrahim), 모하메드(Mohammed)와 더불어 7문의 거포를 제조했다. 이 포는 무게 3백 근의 돌을 멀리 날려 보내는 위력을 가졌다.

원장은 평대로부터 몽고군이 회회포(回回砲)를 쏜다는 말에 공포감마저 느꼈다. 곧 전방 진지의 탕화한테 가서 가노군이 포를 가지고 있나 탐색하기로 했다.

거의 1주일 동안 포위군을 관찰하고 정보를 수집했지만 가노는 포를 갖고 있지 않은 것 같았다.

"다행이야. 적에게 포가 있다면 우리는 크게 고전할 뻔했네."

그러고 있을 때 말 한 필이 쏜살같이 달려왔다.

"주공자님, 주공자님!"

원장과 탕화는 놀라며 말이 다가오기를 기다렸다.

"저것은 화운(花雲)이 아닌가. 대체 무슨 일이 있었을까?"

"주공자님, 큰일 났습니다."

화운은 말에서 굴러 떨어지듯이 내리며 외쳤다. 땀으로 온몸이 미역을 감은 것만 같았다.

"큰일났다고! 어서 말해 보게."

탕화가 다그쳐 물었으나 원장은 오히려 침착했다.

화운에게 물을 먹이고 숨이 진정되기를 기다렸다가 조용히 물었다.

"차근차근 말해 보게."

"곽원수께서 체포되어 감금되었습니다."

"뭐라고!"

탕화는 소리쳤지만 원장은 그를 제지했다.

"감금되어 있다면 아직 시간은 있다. 처음부터 자초지종을 말해 보게."

"전부터 곽원수와 손원수 등의 일파가 사이가 나쁜 것은 주공자님도 알고 계시겠지요? 손덕애가 조균용에게 고자질을 했습니다."

주원장은 자세한 내용을 듣지 않아도 대강 짐작이 갔다. 그러나 그는 그것을 내색하지 않고 다음 말을 재촉했다.

"그래서?"

"손원수가 조균용을 부추겼지요. 곽원수는 팽대와 친하며 조장군을 우습게 본다고 말입니다. 그래서 조균용이 부하를 시켜 곽장군을 자기 진막으로 끌고 갔습니다."

원장은 팔짱을 끼고 있었다. 화운이 덧붙였다.

"그러나 공자님의 가족은 무사하십니다. 저희들은 만일의 경우를 생각하여 화룡, 고시, 조계조 등이 엄중히 경계를 하고 있습니다."

화운 생각으로선 가족이 무사하다는 것을 알려 원장을 안심시키려 했던 것이다. 걱정가인 탕화는 곧 흥분했다.

"뭘, 꾸물거리고 있나? 등유, 곽광경에도 연락하여 그들을 공격하자."

그러나 원장은 여전히 조용한 목소리로 물었다.

"팽대 장군은 어떻게 되었나?"

그에겐 그 점이 중요했다. 탕화처럼 날뛰어 조균용과 손덕애를 공격한다는 것은 모든 상황이 절망일 때 생각할 수 있는 수단이다.

기회가 있다면 모험을 하지 않는 게 원장의 성격이었다.

"네, 그분께서는 자기 막사에 계시겠지요."

"그렇다면 한시 바삐 서둘러야 한다. 탕화, 자네는 여기서 움직이지 말게. 좋은 해결책이 생각났어. 말이나 한 필 빌려 주게."

탕화와 화운은 아직도 원장의 속셈을 모르는 모양이었다. 탕화가 외쳤다.

"자네 혼자서 조균용 일당과 맞설 작정인가? 나도 함께 가겠네."

"염려 말게. 나는 화운 하나면 충분해."

원장은 팽대를 이용할 생각이었다. 곧 이어 두 필의 말이 모래먼지를 일으키며 질주했다.

(어쩌면 이것이 나의 기회일지도 모른다!)

원장은 말을 달리며 축원하는 심정이었다. 조균용이 미리 손을 써서 팽대를 포섭해 버린다면 모든 기회는 사라진다.

(제발 조균용이나 손덕애 등이 팽대와 손을 잡지 않도록 해주십시오.)

팽대는 아무것도 모르고 있었다. 원장의 말을 듣자 격분했다.

"어느 놈이 그 따위 고자질을 했어."

팽대는 곧 부하를 동원하고 사람을 보내어 곽자홍을 석방하라고 항의했다. 조균용은 팽대의 요구를 선뜻 들어주지 않았다. 양파는 일촉즉발의 긴장이 감돌았다. 이때 원장은 중재에 나서 말했다.

"적이 성을 포위하고 있는데 내부 분열을 일으킨다면 어떻게 되겠습니까? 이것은 스스로 망하겠다는 것이 아니고 무엇이겠습니까?"

이리하여 조균용도 자홍을 풀어 주었다. 자홍은 체포되면서 몹시 두들겨 맞았던지 걸음도 걷지 못하고 한 달 동안이나 병석에 누웠다.

이 때문에 주원장은 진무(鎭撫＝지역 軍長)가 되었다. 이 해 9월부터 이듬해 봄까지 호주는 꼬박 7개월에 걸쳐 포위되었다. 다행히도 성벽은 높고 해자는 깊었으며 양식도 충분했다.

원의 대장 가노는 문관 출신이라 전투에 어두웠다. 톡타가는 잠시 조정에 돌아가 있었던 것이다.

가노는 여러 차례 공격을 시도했다. 그러나 결정적인 공격은 하지 못했다.

원장은 부하들을 지휘하여 성벽에서 기거했다. 진무가 된 뒤로 탕화도 등유도 그 지휘 아래 들어와 있었다.

"이것은 우리에게 공짜로 전투훈련을 시키는 거와 같다구."

등유와 탕화는 웃었다. 원장은 이어 말했다.

"내가 가노라면 찔금찔금 소병력을 투입하지 않겠어."

"그럼 어떻게 하시겠습니까?"

"가노는 부하를 아껴 조금만 고전이다 싶으면 군을 물린다. 마치 가난했던 자로 어쩌다가 돈을 잡게 되면 그 돈이 아까워 지불하는 데 발발 떠는 것처럼 말이다. 그것은 결국 아끼는 것도 아니고 고작해야 현상 유지 밖에 안돼. 공격을 한다면 희생이 있더라도 끝까지 병력을 총동원하여 총공격을 하는 거다. 적에게 숨돌릴 여유를 주지 않고 말일세."

11월이 되어 날씨가 추워지자 원장은 오랜만에 집으로 돌아왔다. 곽자흥이 지휘권을 맡으며 며칠 쉬라고 했기 때문이다.

저녁 늦게 집에 돌아와 장씨에게 인사를 하고 나자 그는 부부만의 침실로 갔다. 그리고 술부터 마셨는데 그만 취하여 침상에 쓰러져 잠이 들고 말았다.

새벽녘 그는 혼탁(混濁)한 것만 같은 깊은 피로의 잠에서 문득 깼다. 무의식으로 옆자리에 손을 뻗쳤지만 아내의 모습이 없었다.

(이상하다. 측간에 갔을까?)

그러나 그것도 아닌 것 같다. 잠자리 한쪽이 써늘했다. 자리를 빠져나간 지 오래된 듯싶다.

"어제 그냥 잠이 들어 버려 화가 난 것일까?"

그가 생각해도 애지라는 여자는 색다른 데가 있었다. 싸늘한 호색녀 ── 그런 표현이 있다면 어울리는 여자였다.

예사 여인처럼 가슴을 두근거리며 은은히 불붙는 부끄러움을 좀처럼 보이지 않는다. 맑은 물처럼 냉정하면서도 조금만 자극을 주면 확 불타오르는 것이었다.

조용한 모습은 그야말로 명경지수(明鏡止水)의 요조숙녀(窈窕淑女)다. 무릇 번뇌와 정치(精痴)로 몸부림을 쳐가며 미칠 것 같지 않다.

원장은 청루의 여인과 잔 일도 있다. 그런 세계의 설설마저도 처음에는 수치심으로 몸을 꼬았고 꽃을 피우기 전의 망설임 같은 게 있었다.

고향에 있을 때 첫경험이라고 할 애리(愛里)만 하더라도 너무나 부끄러워하고 지나친 공포감을 나타내어 얼마 동안은 그도 주저하고 단념했을 정도였다. 그리하여 몇 차례인가 옥신각신하고난 뒤 반은 강압적으로 맺어졌다.

발소리가, 옷자락 스치는 소리가 문 밖에 들렸다. 아내가 돌아온 것이다.

원장은 일부러 돌아누우며 잠든 척 했다. 애지는 머리의 바로 뒤쪽까지 와서 앉았다. 희미하게 옷자락 언저리 공기가 움직이며 아내의 체취가 풍겼다.

"서방님."

작은 목소리로 어깨에 손을 걸쳐왔다. 원장은 아직도 깊은 잠을 가장했다.

"서방님, 주무시고 계셔요?"

어깨에 걸쳤던 아내의 손바닥이 목언저리로 옮겨졌다. 매끄럽고 부드럽고 차가운 손이었다.

물씬 화장냄새가 흐름과 동시에 뜨거운 입이 그의 귀며 볼에 미끄러졌고, 이어 불붙듯이 입술은 포개졌다.

"요것을!"

원장은 마침내 웃음을 떠뜨렸다. 달콤한 과일을 탐하는 정념이 불타올랐다.

"나를 두고 어디에 갔다 왔지?"

"목욕물을 데웠어요."

"목욕?"

"당신은 몇 달이나 흙바닥에서 뒹굴었지 않아요. 그래서 깨끗이 씻고……."

그러면서 그녀의 목소리는 벌써 들떠 있다. 원장 못지않게 불이 붙어 강아지가 재롱을 피듯 부드럽고 매끄러운 육체를 덮어왔다.

마치 풀을 이긴 듯한 애지의 여체였다. 원장이 손을 뻗치자 그녀는 가쁘게 말했다.

"안되요. 일어나셔야 해요."

"벌써? 우리는 아직도 신혼이야. 신혼중엔 늦잠을 자기로 되어 있어."

"어머나! 목욕물이 식어요."

"참 그랬던가!"

미련을 끊어 버리듯 그는 벌떡 일어났다. 아직도 캄캄한 새벽인데 부엌에 끌려간 원장은 알몸이 되었다. 그러자 애지도 옷을 벗는다.

"오, 당신도야?"

"안되겠어요?"

"아냐, 감기들까 봐."

물론 욕조가 있는 것은 아니었다. 그러나 호주는 겨울이라도 그리 추운 지방은 아니다.

"때밀이를 하겠어요."

"응, 부탁해."

부엌 바닥에서 마주 안아 포옹하려는 남편에게 아내는,

"등이에요!"

하고 상체를 뒤로 젖혔다.

원장이 돌아앉자, 함지에 뜨거운 물과 찬물을 섞어가며 물을 끼얹었다. 그리고 그 등에 착 몸을 밀착시키며 팔을 앞으로 돌리더니 목과 가슴 언저리의 때를 밀어 주었다. 젖가슴이 그의 등에서 숨쉬고 있었다.

이윽고 그녀는 말했다.

"이쪽을 보시면 싫어요."

허리를 비틀 듯이 하며 허리부터 볼기에 걸친 여자다운 곳을 씻는다. 뒷물을 하고 나자 애지는 먼저 나갔다.

원장은 침상에 먼저 가 있을 아내를 생각하며 허둥지둥 몸을 씻었다.

이윽고 그들은 포옹하고 있었다. 아직도 도취에 빠진 듯 애지는 원장의 턱을 만져가며 중얼거렸다.

"여기 수염이 있다면……."

원장은 아내의 등을 쓰다듬던 손을 멈추었다.

"나더러 수염을 기르라는 말이오."

"네."

"으음."

원장은 신음했다.

그는 요즘처럼 자기 얼굴에 환멸을 느낀 일은 없었다.

며칠 전 군사 하나가 자기 얼굴을 보더니 픽 웃음을 터뜨렸던 것이다. 무엇인가를 연상하고 자기도 모르게 실소했으리라. 원장은 그때 분함을 참으려고 얼마나 애썼는지 모른다.

"턱수염을 기르시면 위엄이 있어 보일 거예요. 당신도 이젠 진무가 아니셔요. 저는 어려서 관상술(觀相術)을 배웠지요. 그리하여 저는 당신의 관상을 보고 당신 아내가 되기를 결심했어요."

원장으로선 처음 듣는 아내의 고백이었다. 그리고 비로소 고개가 끄덕여진다. 아내에게 묻고 싶어도 차마 묻지 못했던 비밀을 그제야 알았다.

인간의 관상법은 형상(形相), 색상(色相), 신상(神相)으로 나뉘어지고 있지만 궁극적으로는 얼굴이 복상(福相)이냐 흉상(凶相)이냐 하는데 있다.

원장의 얼굴은 바로 흉상이었다. 그것은 자기 자신도 인식하고 있다. 그렇기 때문에 자기 얼굴을 보고 웃은 군사를 나무라기 전에 스스로 참았던 것이다.

"사람의 얼굴이란 건강은 물론이고 마음도 나타나 있지요. 그리고 관상도 변합니다. 그리하여 40세가 지나면 그 사람의 완전한 얼굴이 완성되는 것이지요."

얼굴은 부모로부터 받아 태어나지만 기품(氣品)은 그 사람의 후천적인 교양에서 비롯된다. 그 완성을 40세로 보았던 것 같다.

"그래, 당신은 나의 어디가 좋아서 반했소?"

"서방님은 귀가 남달리 크셨습니다. 그리고 목소리가 크고 맑았습니다. 이 두 가지이죠."

복상의 조건으로 곡미(曲眉), 풍협(豐頰), 대이(大耳), 편체(鞭體), 청성(淸聲)의 다섯 가지를 꼽는다.

곡미는 버들잎처럼 둥글고 밋밋한 눈썹, 풍협은 느긋한 느낌을 주는 뺨이다. 볼이 깎아낸 것처럼 해쓱하다면 아무래도 빈약한 인상을 상대에게 준다. 대이는 귀가 큰 것인데 중국에선 예로부터 노자와 유방, 현덕의 귀가 가장 훌륭하다고 설명된다. 편체는 채찍처럼 나긋나긋한 몸, 딱딱하지가 않고 유연한 체격이리라. 그리고 청성은 목소리가 깨끗하고 맑아 우렁찬 것이었다.

"이 다섯 가지가 완전히 갖추어졌다면 복상 중의 복상이지요. 서방님은 그중의 두 가지를 가졌고, 게다가 뒷모습……"

"뒷모습이 어쨌다는 거지?"

"사람이란 어지간히 악상(惡相)이 아닌 다음에는 정면으로 볼 때 판단하기가 어렵습니다. 하지만 뒷모습만은 속일 수가 없습니다. 특히 목 뒤의 살이 얄팍한 모습은 흉상입니다. 여자라면 사슴 목처럼 긴 것이 미인일지 모르지만 대장부는 뒤에서 보아 듬직한 데가 있어야 합니다."

"내 뒷모습이 듬직했단 말이오?"

원장에겐 싫지 않은 아내의 관찰이었다. 아내로부터 많은 것을 배웠다는 심정이었다.

"행상(行相)도 중요해요."

"걸음걸이 말인가?"

"네. 행은 모름지기 정직앙연(正直昻然)이라고 했습니다. 대지를 단단히 밟고 자세도 바르게 당당히 활보해야 장부이지요."

몸이 구부정 하든가〔偏體〕, 고개를 흔들든가〔搖頭〕, 뱀처럼 구불구불

42

걷든가〔蛇行〕 하면 좋지 않다. 특히 자신 없는 장소에 나가면, 인간은 주눅이 들어 사행한다. 또 새나 쥐처럼 쪼르르 걷든가 깡총깡총 뛰듯이 걸으면 체통이 없다. 허리가 꼬부라져 있거나 목이 비뚤어져 있는 것도 안된다.

"그러나 서방님. 사람의 얼굴은 아침과 밤 사이에도 바뀐다고 해요. 늘 상이 바뀐다고 해도 지나친 말은 아니지요. 그런 만큼 얼굴은 마음가짐에 따라 고칠 수도 있어요. 제 말이 거짓이라고 서방님은 웃으시겠죠. 만일 거짓말이라 생각하신다면 오늘부터라도 거울에 비치는 얼굴을 보도록 하셔요. 그러면 마음과의 대결이라는 것을 아시게 될 것이어요."

"아냐, 난 당신의 말을 믿소."

원장은 아내를 힘껏 끌어안았다. 아내는 하늘이 자기에게 준 보물이라고 진정으로 생각했다. 한없이 사랑스럽고 귀엽기만 할 뿐아니라 지혜마저 갖추고 있는 것이다.

"저도 기뻐요. 당신의 얼굴이 처음보다도 지금이, 어제보다도 오늘이 달라져 보여 기뻐요."

인간에겐 정신이 있는 것이다.

그 정신을 연마하여 어느 선에 이르면 보석과 같은 마음의 광채가 절로 얼굴에 나타난다.

정신의 단련을 게을리하지 않는 사람의 얼굴은 어딘가 다른 데가 있다. 5백 명, 천 명의 속에 섞여 있어도 금방 알 수 있다. 그것을 발견한 마씨는 역시 현명한 여자였다.

스스로 서다

전쟁에는 뜻밖의 변수가 작용하는 수가 있다.

포위는 지정 13년(1353) 봄까지 계속되었는데 어느 날 아침 갑자기 관군의 모습이 사라지고 보이지 않았다. 가노가 진중에서 병사하자 관군은 스스로 포위를 풀고 떠나가 버렸던 것이다.

원군이 물러가자 호주 성안은 잔칫집마냥 들떴다. 특히 팽대와 조균용은 손뼉을 쳐가며 기뻐했다. 그리고 팽대는 노회왕(魯淮王), 조균용은 영의왕(永義王)이라고 자칭했다.

어느 날 곽자흥은 원장에게 씹어 뱉듯이 말했다.

"옛말에 추녀를 빌려 주었다가 안채까지 빼앗겼다고 했는데 그 말이 하나도 틀리지 않아. 팽대와 조균용은 서주에서 도망쳐 우리한테 의지하러 온 녀석들인데 이제는 왕 행세를 한단 말이다."

곽자흥을 비롯한 손덕애 등은 여전히 절제원수로 머물러 있어 그것이 불만이었다. 더욱이 눈꼴 사나운 일도 한두 가지가 아니었다.

"왕이라면 구색을 갖추어야 하지. 왕비도 왕자도 있어야 하고 후궁도 있어야 할 게 아닌가"

팽대는 어느 날 호주 성안의 반반한 처녀 30명을 후궁으로 삼았다.

조균용도 지지 않았다.

"농사꾼 출신 팽대란 놈이 30명의 후궁을 두었다고! 나는 그보다 많은 50명을 후궁으로 두겠다."

조균용은 전신이 도둑 두목이었던 것이다. 호주 성안은 물론이고 근교 농촌에서 50명의 후궁을 강탈하느라고 때아닌 소동이 벌어졌다.

　자홍은 이래저래 배가 아팠다.

　"장인어른, 그것은 할 수 없는 일입니다. 그들이 우리보다 병력도 많고 세력도 있으니까요. 그것보다 양식이 떨어져 큰일났습니다. 보리를 수확하려면 아직도 몇 달이 남았는데 호주 성안에는 곡식이 별로 없습니다."

　원장의 생각은 언제나 현실적이었다. 양식이 떨어지면 군사는 흩어진다. 군사가 많을수록 세력이 있기 마련인데 양식이 떨어진다면 왕이고 원수고 없다.

　"그럼 우리도 그들처럼 할까."

　팽대 등은 매일처럼 군사를 내보내어 농민들이 땅속에 파묻어 둔 곡식을 약탈하고 있었다. 자홍도 그것을 말한 것이다.

"우리는 그래서는 안됩니다. 농민들의 인심을 잃으면 정말로 급할 때 의지할 수가 없게 됩니다."

"그것은 나도 안다. 하지만 달리 방법이 없지 않느냐."

"소금입니다."

"소금?"

"지금 호주에는 소금이 있습니다. 이것을 딴 지방에 가져가 곡식과 바꾸어 오는 것입니다."

내륙지방으로 들어가면 소금이 귀하다. 소금이 곡식보다 더 비싼 곳도 있었다. 이리하여 원장은 몇 천 근의 소금을 여러 대의 수레에 나누어 싣고 회원(懷遠)까지 팔러 갔다.

곡식이 생기자 원장은 고향인 종리로 돌아가 모병을 했다.

이때 3백 명이 모였는데 그중에 서달, 주덕흥, 소영(邵榮)이 있었다. 서달과 주덕흥은 어렸을 때 친구다.

"아, 이거 몇 년 만인가!"

서달이 찾아왔을 때 원장은 눈물이 나도록 기뻤다. 서달은 원장보다 세 살이 적다. 이때 23세로 키도 컸고 광대뼈가 튀어나와 있었다.

그는 양부인 색목인 덕분으로 무예를 정식으로 배웠고 무술도장을 경영하고 있었는데 주원장의 모병 소문을 듣자 달려온 것이었다.

"그래 어떻게 지냈나! 자네 어머니는 아직도 잘 계신가?"

원장은 옛날 일이 생각나서 물었다.

"어머니는 그 뒤 돌아가셨어. 그래서 나도 각지를 방랑하다가 최근에 도장을 차리고 정착했지. 이 친구는 소영이라는 옛날의 항우 같은 호걸일세."

"음, 어머니께서는 돌아가셨나. 세월이 지나면 사람도 죽기 마련이지."

원장은 신병들을 데리고 호주로 돌아왔다. 그리고 이들을 매일처럼 훈련시켰다.

팽대와 조균용, 두 사람은 왕을 자칭했지만 그 부대는 훈련 부족이고 기율도 엉망이었다.

"좁은 호주성에 왕이 둘이나 있으니 멀지 않아 충돌을 하겠지. 그 전에 자립하여 세력을 확보해야겠다."

원장은 요즘 그런 생각으로 머리가 가득했다. 그날 밤 원장은 아내와의 애무를 끝내자 그 가슴을 만지며 중얼거렸다.

"꽤 달라졌어."

"무엇이 말이죠."

애지는 오른쪽 볼을 베개에 붙인 채 자기의 손을 가볍게 남편의 손에 포갰다. 젖가슴을 만져주는 남편의 손에 힘을 주려는 것이었다.

원장은 천장을 올려보듯이 하며 대꾸했다.

"당신의 마음 말이야."

"저의 서방님에 대한 마음을 말씀하시는 거예요?"

"아냐, 그것이 아니오. 나하고 이렇듯 사랑할 때의 당신 마음 말이오."

그 순간 애지의 온몸이 그의 몸으로서도 느낄 만큼 뜨거워졌다.

"반 년 동안에 당신은 놀랄 만큼 성장했어."

"부끄러운 말씀만 하셔요."

"아냐, 조금도 부끄러워할 것 없어."

조금 전 아내는 절묘(絶妙)한 음악처럼 여체의 기쁨을 연주했던 것이다. 전에도 그런 기쁨을 나타내지 않는 것은 아니었으나 오늘은 유난히도 그것이 두드러졌다.

잠시 침묵이 흘렀다.

"저……."

하려다가 애지는 말을 삼켜 버렸다.

"왜 그래, 무슨 일이 있소?"

"아아뇨. 저……, 아무것도……, 아무것도 아니에요."

평소 활달한 그녀로선 드물게 보이는 부끄러움이었다.

"무슨 말을 하려다 그만두었소. 아니, 무엇인가 하고 싶은 말이 분명히 있었던 것 같은데……."

"저 당신의 아기를……."

모기소리처럼 말하자 그녀는 얼굴을 베개에 파묻고 말았다.

"무엇이!"

원장은 자기도 놀랄 만큼 큰 목소리로 외치며 아내한테로 몸을 돌렸다.

"당신이 아기를 가졌단 말이오? 정말 장하오!"

원장은 감격하며 아내를 와락 끌어안는다. 그녀는 안겨오면서 눈을 살며시 올려 뜨고 소근거렸다.

"당신도 기쁘셔요?"

"기쁘다 뿐인가. 나는 가족이 많았었는데 모두 죽어버려 고아나 다름없소. 그러니 당신은 내 아들을 많이 낳아 주어야 해."

"어머나!"

애지는 행복에 겨운 듯이 눈을 살포시 감았다. 원장은 기뻐 어쩔 줄을 몰라 조그만 아내의 몸을 흔들어 주고 있었다.

이윽고 그녀는 또 소근거렸다.

"서방님, 부탁이 있어요."

"무엇이오?"

"서방님께서 저를 만나시기 전에 정을 주셨던 여자가 있겠지요?"

이것은 전혀 생각지도 못했던 질문이었다. 벌써부터 질투를 하는 것일까? 애지는 물처럼 맑은 눈으로 그를 빤히 쳐다보고 있었다.

그런 원장의 턱에는 염소 수염처럼 수염이 자라고 있었다.

"그야 한두 사람 있었소만……."

"그분들은 어떤 사람이었나요?"

"하나는 이웃에 살던 애리라는 여자였소. 식구가 모두 죽고 나자 이호주의 청루에 스스로 몸을 팔았는데 지금은 어떻게 되었는지 소식도 모르오."

"다른 분은요?"

"그역시, 집경(集慶＝건강, 지금의 남경)의 청루 여자였는데 설설이라는 이름이었소. 그러나 그 여인은 내 손길이 닿지 않는 곳으로 가버렸소."

"죽었나요?"

"아냐. 집경 제일가는 부호의 측실이 되었소."

그러자 애지는 한숨을 쉬며 묘한 말을 했다.

"그렇다면 애리 밖엔 없군요."

"애리 밖엔 없다니 무슨 말이오! 나에게는 당신이라는 아내가 있고 그 여자는 이미 얼굴도 잊은 지 오래요."

아내는 미소지었다. 그리고 담담하게 말했다.

"서방님, 그 애리를 찾도록 하셔요. 그리고 제 동생이 되게 해주셔요."

원장은 다시금 놀랐다. 애리를 찾아내어 자기의 측실로 앉히라는 말이었기 때문이다.

"당신은 앞으로 얼마든지 출세하실 수 있는 분이지요. 측실 한두 사람이 문제이겠어요."

그것은 그랬다. 왕후장상(王侯將相)은 아니라도 첩을 거느린다는 것은 보통으로 여겨졌다. 그렇지만 아내 쪽에서 측실을 권한다는 것은 그리 흔한 일이 아니었다.

"제가 애리를 서방님께 권하는 것은 세 가지 득이 있기 때문입니다. 무릇 여인은 남자분을 기쁘게 해드려야 합니다. 남자분이 밖에 나가 그날 있었던 일을 안에서 깨끗이 잊고 즐겁게 해드리는 게 아내의 소임이지요. 청루에 있던 여인이라면 많은 사내를 알아 당신을 틀림없이 기쁘게 해줄 수 있을 게 아니에요?"

"허허, 그것이 당신의 첫째 득이란 말이오?"

하고 원장은 말했지만 아내의 말이 전혀 엉뚱하다고는 생각지 않았다.

"그리고 두 번째 득은 당신은 앞으로 많은 부하들을 거느리게 되겠지요. 부하들이 당신을 따르는 이유는 무엇일까요? 의리일까요, 아니면 한 고향이란 연대의식일까요?"

탕화, 등유, 서달, 주덕홍, 소영……, 이런 동향의 친구들이 그의 심복이 되었던 것은 틀림없다.

좀더 넓게 주원장과 더불어 변함없이 생사고락을 함께 한 부하들은 회하 서쪽 일대 출신, 회서인(淮西人)이었다. 고향이 같았고 친척 관계인 자도 많아 단결이 철석 같았다.

뒷날 주원장의 군사력이 날로 등대하자 이들 회서 출신들은 고참 장군이 되고 군의 주심이 된다. 또 그 뒤 원장이 황제가 되자 회서의 제장과 군중의 막료들은 모두 개국공신이 되었다. 이들은 군 수뇌부뿐 아니라 정치적으로도 높은 지위에 올라간다.

물론 이때는 그런 것을 내다보고 있는 단계는 아니다. 애지는 말을 이었다.

"장군으로 부하를 이끌자면 돈, 명예 그리고 연대의식(連帶意識)입니다. 아무리 생사고락을 함께 하는 사람이라도 명리(名利)가 따르지 않는다면 마침내는 서방님께 등을 돌리고 떠나버리겠지요."

"으음."

원장은 신음소리를 내지 않을 수 없었다.

아직 어린 아내이지만 얼마나 인간 심리를 꿰뚫어 보는 말인가?

관상술을 공부했던 만큼 인간 심리에 대해 그녀는 깊은 고찰(考察)이 있는 모양이었다.

"명리, 돈과 명예보다 중요한 것이 연대감입니다. 언제고 부하들이 소외당하고 있다는 생각을 갖지 않도록 자주 집에 초대하여 음식을 대접하거나 해야 합니다. 그런 때 당신의 정실 부인인 제가 연석(宴席)에 나갈 순 없습니다. 또 절대로 나가선 안됩니다. 내외(內外)의 법이 엄연히 있고 저는 저대로의 권위와 체통이 있어야 하니까요."

"……."

"그러나 측실이라면 연석에 참석할 수 있습니다. 여주인으로 그들을 대접할 수 있지요. 그것이 두 번째 득입니다."

"알았소. 그럼 세 번째 득은 무엇이오?"

"애리는 어려서 당신의 이웃에 살았었다고 하시지 않았습니까? 그러면 당신이 완전히 믿을 수가 있지 않겠어요."

첩이란 존재는 성의 노리개로 하나의 물건처럼 취급되고 있었다.

중국의 지나온 수천 년의 역사가 그러했다. 총애하는 애첩을 주군에

50

게 바치고 출세의 수단으로 삼은 사내들도 많았다. 오늘날의 상식으로선 이해되지 않지만 당시로선 보통이었다.

"알았소. 곧 애리를 찾아보도록 하리다."

원장은 자립할 기회를 노리고 있었다. 그는 이제껏 팽대나 조균용에게 빌렸던 군사를 돌려 주고 3백 명의 회서인 부대의 주장(主將)이 되게 해달라고 청했다.

팽대는 별로 의심하지 않고 선뜻 승낙했다. 그뿐 아니라 그는 원장을 진무로부터 총관(摠管)이라는 직책으로 올려 주었다.

그에겐 오히려 다행이었다.

"후궁 30명의 유지비도 엄청나거든. 여자 하나에 화장품 값만 하더라도 군사 10명의 봉급보다 더 들어가고 있지. 그 녀석이 자립한다면 오히려 잘된 일이야. 그녀석과 그의 부하 3백 명을 먹여 살릴 걱정이 없어지니까. 하지만 그녀석이 내 밑에서 완전히 떨어져 나가면 곤란해. 총관이라는 벼슬을 주어 나에게 계속 붙들어 매놓자."

이런 생각이었다. 팽대는 원장에게 명예를 주어 잡아둘 속셈이었던 것이다.

원장은 자립할 땅을 신중히 물색했다. 자홍이 그에게 조언을 해주었다.

"내가 있었던 정원(定遠)은 땅이 기름지고 물산이 풍부하여 수천 명의 군마를 기를 수 있다."

이리하여 원장은 오하(五河)를 공격했고 정원을 점령했다.

정원 이웃에 장가보(張家堡), 노패채(驢牌寨)라는 산적의 산채가 있었다. 산채 우두머리는 손염(孫炎)이라는 자로 부하 3천 명을 거느렸다.

손염은 곽자홍과 어렸을 때의 친구였다. 곧 탕화를 시켜 자홍의 편지를 가져가게 했다. 편지는 합작(合作)을 권하는 내용이었다.

'지금 천하가 어지럽고 사방의 호걸이 난립하고 있다. 주원장은 내 사위로 칭찬하기는 뭣하지만 신진기예(新進氣銳)의 젊은이며 장래성이

있다. 귀공이 내 대신 정원에서 원장을 후견(後見)하고 뒤를 밀어주기 바라오.'

손염은 이 편지를 읽자 부하인 이이(李二)와 의논했다.

"어떨까, 이 편지대로 그를 도와주는 것이?"

"장군, 그것은 위험합니다. 원장의 무리가 이 고장에 나타난 것부터가 불리한 조건입니다. 하물며 그를 도와준다고요! 이는 호랑이를 길러 후환을 만드는 거나 같습니다. 차라리 이 기회에 공격하여 없애 버리도록 하십시오."

"그렇지만 그것은 의리에 어긋난다. 모처럼 내 친구 곽자홍의 편지까지 가져왔는데 어떻게 그를 칠 수 있겠는가!"

이이는 한숨을 쉬며 말했다.

"그렇다면 차선책(次善策)을 쓰십시오. 원장을 공격하지 않는 대신 원조나 합작도 않는 것입니다. 그렇다면 누구도 의리를 저버렸다고 하지 못할 것이고, 그들의 세력을 억제하는 것이 됩니다."

"그것이 좋겠다."

손염은 기뻐하고 탕화에게 말했다.

"돌아가서 주총관께 잘 말씀해 주시구료. 나는 이미 늙어 천하 일에 적극 나서기가 아무래도 주저된다고. 지금의 이 자리를 유지하는 것만도 만족이라고 말이오."

탕화의 보고를 듣자 원장은 즉시 서달, 등유 등과 더불어 작전회의를 열었다. 이 자리에서 탕화가 먼저 자기 의견을 내놓았다.

"내가 보건대 손염은 무기력한 늙은이로 요컨대 호인이었소. 다만 이이란 자가 참모로 깐깐하게 산채를 좌지우지하고 있었습니다."

그러자 서달이 의견을 제시했다.

"장군, 먼저 손염을 정중히 초대하십시오. 어른에 대한 예의로 잔치를 베푼다고 하면 손염도 거절하지 못할 것입니다."

"음."

"손염이 오면 이를 감금하고 다시 손염의 명이라 하여 산채의 3천 병력을 꾀어내어 접수하는 것입니다. 그러나 그대로 접수한다면 그들이 심복(心腹)하지 않을 뿐더러 세상 사람의 비난을 받을 우려가 있습니다. 따라서 그것을 피하기 위해……."

서달은 원장의 귀에 대고 계책을 속삭였다.

원장은 기뻐하고 서달의 계획대로 모계(謀計)를 쓰기로 했다.

며칠 뒤 다시 탕화가 노패채로 갔다.

"총관께서는 손장군의 전갈을 듣자 몹시 감격하고 은혜는 오래오래 잊지 않겠다고 하셨습니다. 그리하여 우선 은혜에 보답하는 의미로 정원부에서 크게 잔치를 베풀고 주빈으로 장군을 초대하기로 했습니다. 이는 후배가 선배에 대한 예의로 딴 뜻은 없사오니 아무쪼록 참석하시어 자리를 빛내 주십시오."

손염은 탕화를 일단 숙소에 물러가게 하고 이이와 의논했다.

"잔치에 초대를 하니 안 간다고 할 수도 없고, 더욱이 주총관이 나를 위해 가마까지 보냈으니 어쩌면 좋을까?"

이이는 잠시 고개를 갸웃하며 생각하고 나서 대답했다.

"이번엔 초대에 응할 수밖에 없겠지요. 그러나 만일을 위해 5백 명 군사를 이끌고 가십시오. 저도 함께 가서 장군을 측근에서 모시며 만일의 사태에 대비하겠습니다."

손염은 탕화를 불러 초대에 응할 것을 통고했다.

"주총관의 초대를 기꺼이 승낙하겠소. 그러나 우리 측의 병사 5백 명을 동행하겠으니 그리 아시오."

"고맙습니다. 주총관께서는 5백 명 아닌 천 명을 데리고 오셔도 상관 없다고 하셨습니다. 이 기쁜 소식은 곧 부하를 시켜 알리겠습니다. 음식을 장만하려면 준비가 필요하니까요."

탕화의 능청스런 대답에 손염은 기뻐했다.

"당신이 직접 가지 않고 부하를 먼저 보내겠소?"

"네, 저는 산채에 이대로 남아 있다가 잔칫날 장군을 모시고 내려가겠습니다."

탕화의 이 말에 손염은 의심을 완전히 풀었다.

정원에서는 잔치 준비가 한창이었다. 접대 책임자는 주덕흥으로, 그는 임안에서 가무를 잘하는 미녀 20명을 사왔다. 또 손염을 접대할 여주인으로 애리가 음식 장만을 지휘했다.

그녀는 그동안 소주(蘇州)의 청루에 있었는데, 원장이 몸값을 치르고 측실로 맞아들였던 것이다.

벌써 30 가까운 나이었으나 그 동안 청루에서 닦여 농익은 모란꽃과도 같은 색향(色香)을 풍기고 있었다.

잔칫날이 되었다.

손염은 이이와 5백 명의 산적을 데리고 정원에 나타났다. 정원부의 7만 주민들은 말만 듣던 산적을 구경하려고 거리에 쏟아져 나왔다. 산적들 또한 도시의 번화한 상점들이며 아름답게 화장한 여인들을 보고 눈이 둥그래졌다.

원장은 등유, 서달, 주덕흥 등과 함께 현당(縣堂) 문 밖까지 나가 손염을 정중히 맞았다. 손염은 몹시 기분이 흐뭇했다.

(생김새는 험악한 도둑 같은데 예의는 바르구나.)

덕흥이 원장과 손염을 비롯한 간부들을 현당의 빈청(賓廳)에 안내했고 졸개들은 적당한 곳에 안내되었다. 서로 인사가 끝나자 곧 잔치가 시작되었다. 원장이 주인으로서 말했다.

"먼저 제가 어른께 술을 따라 올리겠습니다."

손염도 흐뭇한 마음으로 술을 받아 마시며 말했다.

"답례로 나도 총관께 술을 따라 올리리다."

이리하여 자리는 한결 무르익었고 여기저기 웃음소리도 들렸다. 이이도 경계심을 어지간히 풀었다.

이어 음악이 연주되며 소주 미녀 20명의 가무가 시작되었다. 산채의 원숭이들은 이런 미녀들을 처음 보는지 침마저 흘려가며 넋을 잃었다. 화려한 의상과 짙은 화장, 흥겨운 음악과 우아로운 춤, 그리고 요리와 술이 분위기를 돋우어 주어 평범한 여인이라도 선녀처럼 보이는 것이었다.

손염의 흥취를 더욱 돋우어 주었던 것은 애리의 등장이었다. 그녀는 손수 비파를 타며 청아한 목소리로 노래를 불렀다.

打起黃鶯兒

莫教枝上啼

啼時驚妾夢

不得到遼西

(꾀꼬리를 쫓아 다오. 나뭇가지에서 제발 울지 않도록 해다오. 울음소리에 놀라 꿈을 깨면, 멀리 요서에 출정한 낭군님을 만날 수 없게 된다오.)

노래의 내용도 내용이지만 손염은 아름다운 목소리에 취해 버렸다. 더욱이 아름다운 여인은 노래를 끝내자 사뿐사뿐 걸어와 자기에게 술을 따른다.

"총관, 대체 이 미녀는 누구요?"

손염은 입가에 침마저 흘리며 물었다.

"장군, 제 소실입니다."

"총관의 측실?"

손염은 감격해 마지않았다. 자기의 안식구까지 연석에 내보낸다는 것은 가장 친밀함을 표시하는 접대인 것이다.

손염은 얼떨떨하며 술을 연거푸 석 잔이나 마셨다. 그러면서 한숨을 푹 쉬었다.

"나는 60평생 이렇듯 미인은 처음이오. 늘 산속에서만 있어서 그런지 눈마저 부시구료."

"장군께서 취하셨나 봅니다. 이 뒤에 쉬실 곳도 준비돼 있습니다. 제 소실을 시켜 침소로 안내해 드리겠습니다."

원장의 이 말은 미묘한 의미가 내포돼 있었다. 침소까지 안내하여 수청까지 들게 해주겠다는 제의처럼 들린다.

원장의 말에 애리는 부끄러운 듯이 소맷자락으로 얼굴을 가리고 손염의 옆으로 다가갔다. 손염은 그런 애리에게 부축되어 발을 떼어 놓았다.

이이가 주인의 뒤를 따르려고 했으나 그때 원장은 소리없이 눈을 부릅뜨며 이이를 노려 보았다.

'너는 내 첩까지 기꺼이 제공하는 내 호의를 아직도 의심의 눈으로 보겠다는 거냐.'

날카로운 눈초리는 그렇게 질타하는 것 같았다. 이이는 그만 원장의 기백에 눌려 주춤했고 불안한 표정으로 자기 자리에 다시 앉았다.

원장은 아무 일도 없었던 것처럼 어디론가 나가 버렸다.

잔치는 아직도 계속되고 있었다. 오히려 전보다 더 무르익었다. 손염과 원장이 퇴장함으로써 보다 난장판인 술자리가 벌어졌다. 춤추던 미녀들이 하나씩 사내들을 맡으며 술을 따라 주고 안주를 집어 입에 넣어 주었기 때문이었다.

어떤 자는 벌써 여인과 희롱하며 낄낄대고 깔깔대고 있다.

이이한테도 여자 하나가 왔다. 그러나 그는 왜인지 자꾸만 불안하여 안절부절 못했다.

한편 애리의 부축을 받은 손염은 구름을 밟고 나아가는 심정이었다. 복도는 꽤나 길었고 침소는 훨씬 안쪽에 있는 것 같았다.

그러나 그런 것은 그에게 조금도 고통스럽지가 않았다. 절세 미녀로 노래의 명수인 이 여자가 이윽고 자기의 품에 안긴다 생각하자 욕망으로 걸음 걷는 것조차 불편했을 정도였다.

마침내 침소에 이르렀다. 침소 입구에 젊은 시녀 둘이 읍하며 서 있다.

"장군님, 다 왔습니다. 아무쪼록 푹 쉬도록 하세요."

애리는 마치 사내를 시녀에게 인계하듯 살짝 밀어주며 생긋 웃었다.

"그럼, 부인은?"

손염은 그렇게 말했으나 애리는 벌써 뒷모습을 보이며 멀어져 가고 있었다.

바로 이때였다.

소영이 쌍도끼를 갖고 나타나 외쳤다.

"홍건의 대의를 감히 거역하려는 자가 누구냐! 그런 놈은 당장 끌어내어 천하를 위해 효수하리라."

이이는 얼굴이 흙빛이 되며 달아나려 했다. 그러나 그는 소영의 도끼 아래 처절한 비명을 지르며 피를 내뿜었다. 소영은 그 목을 잘라 높이 들어 보이며 수라장이 된 좌중을 향해 소리쳤다.

"천주(天誅)는 끝났다. 다른 사람들은 부디 즐겁게 술을 들도록 하시오."

이날 원장, 서달, 등유 등은 노패채의 산적을 꾀어내어 손염의 명이라 속이고 횡간산(橫澗山)을 습격했다.

횡간산엔 민병(民兵)이 2만 있었다. 민병은 지주나 부호들이 자위를 위해 고용한 군대로 그 대장은 유대형(繆大亨)이라는 인물이었다.

그는 원군과 협력하여 호주를 공격하고 있었는데 관군이 철수하자 갈 곳을 잃고 횡간산에 들어갔던 것이다.

원조에서는 유대형에게 의병 원수라는 직함을 내렸고 군관 장지원(張知院)을 파견하여 감독하고 있었다.

이날 캄캄한 어둠을 틈타 화원, 화룡, 고시, 조계조 등의 부대는 적을 기습했다. 천지를 진동하는 함성과 불길이 치솟자 자다가 놀란 민병은 우왕좌왕했다.

원장은 부하들에게 엄명했다.

"저항하지 않는 자는 죽이지 말라. 적은 오로지 장지원 한 놈이다."

전투는 세(勢)이다. 더욱이 싸울 목표가 없는 군대는 허수아비와 같다.

이날 화운의 활동이 가장 눈부셨다. 키가 남달리 크고 얼굴이 검어 그는 흑선봉(黑先鋒)이라는 별명을 듣는다.

민병은 싸우지도 않고 집단으로 항복했다. 장지원은 자다가 발가벗은 채 달아났고 유대형도 항복했다.

주원장은 담숨에 2만 3천의 병력을 가진 정원성의 주인이 되었다. 특히 무익한 살생을 되도록 피하는 그의 평판은 사람들에게 호감을 주었다.

하루는 풍용(馮用), 풍승(馮勝) 형제가 원장의 막부(莫府=사령부)를 찾아왔다. 이들 형제는 정원 사람으로 수만 평의 땅을 가진 지주 출신이었다.

형제는 어려서부터 글공부를 했고 특히 병법에 밝았다. 풍용은 사려 깊은 지모(智謀)를 가졌고 풍승은 용맹한 데다가 지략이 있었다.

홍건적이 난을 일으키자 두 사람은 자기 고장의 지주와 향병을 모아 자위하고 있었다. 그런데 유대형의 부대가 원장에게 흡수되자 그들은 심각한 고민에 빠졌다.

"이대로 있다가는 자멸할 수밖에 없다."

"형님, 주원장의 군은 기율이 있다고 들었습니다. 특히 그들은 예사 홍건적과는 다른 것 같습니다."

그래서 형제는 정보를 수집하고 신중한 검토를 거듭한 뒤 수병(手兵)을 이끌고 원장에게 항복하기로 했던 것이다.

원장은 풍용, 풍승 형제를 만나보고 그들이 비범한 인물임을 알았다. 그래서 한 가지 질문을 던졌다.

"우리가 장차 자립하려면 어떤 방책을 써야 하오?"

풍용이 대답했다.

"보다 확고한 근거지를 가져야 합니다. 그러자면 역대의 제왕이 도읍을 삼았던 건강(집경)을 손에 넣은 뒤 지반을 확대해 나가야 합니다."

원장은 고개를 끄덕였다. 건강은 그가 꿈에서 늘 동경해 마지않는 도시였다. 그곳에는 그가 구름 위 여인으로 단념했던 설설이 있는 곳이기도 했다.

"그러나 당장은 건강 점령이 어렵겠지요. 먼저 장군의 병력을 군기가 엄정한 군대로 만드십시오. 특히 여인과 재물을 약탈하지 않도록 하십시오. 그러면 백성들의 지지를 얻어 대업을 이루기도 어렵지 않습니다."

원장은 기뻐하고 이들을 참모로 임명했다. 원장은 이들의 건의를 좇아 부대를 재편성했다. 나이 많거나 장남, 독자 등은 약간의 노자를 주어 집으로 돌려 보냈다.

그리고 2만의 정예를 뽑아 훈련을 시켰다. 훈련은 등유와 서달이 주로 담당했다. 원장은 부대를 사열할 적마다 군기(軍紀)를 강조했다.

"너희들은 본디 유대형의 부하로 대부대였으나 어렵지 않게 우리 편으로 넘어 왔다. 그 원인은 어디에 있었을까? 첫째로 지도자에게 기율이 없었기 때문이다. 그리고 또 한 가지는 병사에게 훈련이 되어 있지 않았기 때문이다. 우리들은 이제부터 엄격한 군기 아래 엄격한 훈련을 한다. 필요 없이 살생을 하지 말라. 백성의 재물을 약탈하는 것을 금한다. 특히 부녀자를 겁탈하면 사형이다. 이것을 어기는 자는 지위 고하를 불문하고 엄중히 처벌하겠다."

주원장의 군대와 홍건적이 다른 점은 이런 데 있었다.

처음에 홍건적은 자연 발생적으로 생긴 폭민(暴民)의 집단이었다. 그들은 눈사람처럼 불어났고 메뚜기떼처럼 지나는 곳마다 쑥밭을 만들었다.

무슨 재정이나 예산이 있는 것도 아니었고 식량은 현지 조달한다. 먼저 큰 도시를 점령하여 부고(府庫)를 약탈하고 그것을 다 먹어 치우면 근교의 부호 재산을 약탈한다. 그것도 없어지면 그들의 편인 농민의 적이 되어 백성들의 것을 노략질했다.

식량 외에도 재물과 여인은 약탈의 대상이었다. 또 그것을 무슨 전리품처럼 내거는 장군도 있었다.

이런 군대는 마침내 도둑의 집단으로 전락되고 끝내는 자멸하고 만다.

주원장은 우선 기율부터 세웠다. 부하들 중에서 이것을 불만스럽게 여기고 어기는 자도 있다. 그런 때 원장은 이들을 가차없이 처벌하여 일벌백계(一罰百戒) 주의로 나갔다.

그러나 아직도 확고한 주견(主見)이 있었던 것은 아니다. 그 자신 한낱 유개(遊丐) 출신으로 너무도 배울 것이 많았다. 그 배움을 전투라는 과정을 통해 적절하게 배워 나갔다는 데 그의 성공 비결이 있었다.

정원을 완전히 장악한 주원장은 군사와 행정을 조금씩 정비해 나갔다. 또 다음 목표로 저주(滁州) 점령을 계획했다. 그러던 어느 날 찢어진 갓을 쓴 선비 하나가 찾아와 만나기를 청했다.

"갓을 썼다면 선비냐?"

"아마 그런 것 같습니다."

원장은 선비를 병적이다 할 만큼 싫어한다. 그러나 지금은 인재가 필요한 때라 돌려 생각하고 만나기로 했다.

선비는 들어와 원장에게 인사를 했다.

"저는 정원 사람으로 이선장(李善長)이라 합니다."

"그래 무슨 일로 오셨습니까?"

"지금 군웅이 난립하며 서로 싸우고 있지만 별것들이 아닙니다. 저는 가장 지혜가 있는 자가 아니면 더불어 모의(謀議)할 수 없다고 생각합니다."

대단한 자부심이다. 자기를 비싸게 팔려면 과장되게 자기 선전을 하는 것도 하나의 방법이다.

"또 대장에 따라 제장이 공을 이루기도 하고 혹은 패하기도 하는 것입니다. 즉, 대장에 의해 흥망이 정해지는 것이지요."

원장은 선장이 예사 선비와는 다르다는 생각이 들었다. 흥미를 가졌던 것이다.

"재미있는 말씀을 하시는군요. 지금 사방에서 군웅이 일어나고 있는데 언제쯤 천하가 태평하겠소?"

"한고조 유방을 본받도록 하십시오. 고조도 이름 없는 평민 출신이었지만 도량이 넓고 긴 안목으로 사물을 보았으며 관대하게 행동했습니다. 인재를 잘 등용했고 함부로 사람을 죽이지 않았습니다. 유방은 고작 5년으로 천하를 평정했던 것입니다. 지금 원조는 인심을 잃고 있습니다. 상하 불화로 이미 토붕와해(土崩瓦解)의 단계까지 이르고 있습니다. 호주는 패(沛=유방의 출신지)와 그리 멀지 않은 곳에 있습니다. 장군이 만일 동향의 선배를 본받는다면 천하태평은 멀지 않습니다."

원장은 기뻐했다.

"좋소, 그 의견이 매우 좋소."

그는 선장을 참군(參軍)에 임명하고 군정(軍政)을 맡도록 했다.

법가(法家)

주원장이 유방을 이상의 인물로 생각했다면, 이선장은 바로 소하(蕭何) 같은 역할을 맡은 사람이었다. 물론 소하와 이선장은 인물의 스케일이 다르고 운명도 달랐다. 하지만 주원장에게 큰 영향을 끼쳤다.

선장은 법가(法家)사상의 신봉자였다. 법가는 인(仁)·의(義)·예(禮)와 같은 도덕을 배척한다. 천하를 통치하자면 도덕보다 법률이 중요하다고 주장한다.

원장과 선장은 그날 밤이 깊도록 이야기를 나누었다.

"인(仁)으로선 정치를 할 수 없습니다. 유가(儒家)나 묵가(墨家)에선 옛날 선왕이 천하 백성을 차별 없이 사랑하여 부모가 자식을 대하듯이 했다고 하고 있습니다. 예를 들어 형리(刑吏)가 형을 집행하면 왕은 음악을 중지하고 눈물을 흘렸다고 말입니다. 하지만 법에 의해 형을 집행하고 왕이 그것에 눈물 흘려 인을 나타내 보였지만 정치는 아니었습니다. 눈물을 흘려 가며 형의 집행을 바라지 않았던 것은 분명히 인이었으나 형집행을 중지하지 않은 것은 그것이 법이었기 때문입니다."

이선장은 주원장에게 비로소 통치 기술의 기초라고 할 점을 풀이하고 있었다. 유교가 정치 지도의 표면적 간판이라면, 법가사상은 행정의 실제적인 방법으로 설명되고 있었다.

"인간은 타산적입니다. 뱀장어는 뱀을 닮았고 누에는 배추벌레를 닮았지요. 사람이 뱀을 보면 깜짝 놀라고 배추 벌레를 보면 징그럽다고 몸서리를 치기 마련입니다. 그런데도 어부는 뱀장어를 떡주무르듯이

하고 여자들도 누에를 겁없이 만집니다. 왜냐 하면 이익이 있기 때문입니다. 또 옛날의 유명한 어자(御者) 왕양(王良)은 말을 자식처럼 사랑했고 월왕 구천(勾踐)은 신하를 몹시 아꼈습니다. 이는 말을 잘 달리게 하기 위해서였고 전쟁에 나가 신하들을 결사적으로 싸우도록 하려는 데 목적이 있었습니다. 의사가 환자의 상처의 피고름을 더럽다 않고 입으로 빨아내는 것도 골육(骨肉)의 애정이 있어서가 아닙니다. 그렇게 함으로써 이익이 있기 때문입니다. 수레를 만드는 목수는 세상 사람이 모두 부귀를 누리기 바라고, 관을 만드는 목수는 사람이 빨리 죽기를 바랍니다. 이것은 수레 목수가 인자(仁者)이고, 관 목수가 잔인해서도 아닙니다. 사람들이 부귀를 누리지 못한다면 수레가 팔리지 않고 사람이 죽지 않는다면 관을 사는 자가 없기 때문입니다."

한비(韓非)는 춘추전국시대의 여러 학문과 정치사상을 흡수하고 법가사상을 집대성한 인물이다. 그는 중국인 사고(思考)의 원형(原型) 모두를 흡수하고 인간 본성이나 시대의 흐름 따위를 보아 역사를 관찰했으며 사실(史實)이나 설화를 자료로써 검증하여 해결책을 찾아냈고 이를 책으로 남겼다. 「한비자」가 그 책이다.

그의 정치 철학은 평범한 군주라도 약육강식(弱肉强食)의 경쟁을 이겨내고 새로운 시대에 살아 남으려면 어떻게 해야 하느냐 하는 것이었다.

한비의 실천적 정치 경제론은 수천 년에 걸친 역대 왕조의 기본 골격으로 숨겨져 왔다. 한(漢)시대 유교가 정치 지도의 정통적 이념으로 인정되면서 법가사상은 이면의 실질적 통치술로 이용되었다. 겉으로는 유교를 내세웠지만 왕도와 패도 유술과 법술을 교묘히 병용하여 정권을 유지했던 것이다.

"본디 인간의 본성은 악(惡)으로 이욕(利慾)을 탐하기 마련입니다. 심지어 부모자식, 부부지간에도 인간은 타산적입니다. 부모의 자식에 대한 태도를 생각해 보십시오. 사내아이가 태어나면 경사났다고 서로 기뻐하지만 계집아이가 태어나면 별로 좋아하지도 않습니다."

원장은 고개를 끄덕였다. 「시경」을 보면 사내아이는 옥을 가지고 놀게 하고 계집아이는 질그릇 깨진 것을 가지고 놀게 한다는 노래도 있다.

"어느 쪽이나 같은 부모가 낳은 자식인데 아들은 경사롭다 하고 딸은 아무렇게나 기릅니다. 이것은 아들이 장차 자기에게 도움이 된다 생각하고 자기 이익을 계산하기 때문입니다. 즉, 부모조차도 자식에 대해 타산적인 마음으로 대하고 있는 것입니다. 하물며 부자의 은애가 없다면 더 말할 것도 없겠지요. 어렸을 때의 부모 양육이 소홀하다면, 그 자식은 성장하여 부모를 원망하기 마련입니다. 또 자식이 제몫을 하는 인간이 되었을 때 부모에 대한 효양(孝養)이 부족하면 부모는 노엽게 여기고 자식을 비난할 것입니다. 부모와 자식은 가장 친밀한 관계일 텐데 비난하든가 원망하든가 하는 것은 서로간에 몽땅 기울여 준다는 것만을 바라고 있기 때문이며, 자기 자신을 위해 한다는 심정이 좀처럼 되기 어렵기 때문입니다."

쉽게 말해서 부모자식 관계도 자기 이익을 위해 양육하고 효양하는 것이라 생각하면 된다. 부질없이 애정을 들먹거려 원망하든가 비난할 필요는 없는 것이다. 부모자식 관계도 이해 관계로 치부하면 속 편하다는 말이었다.

원장은 빙그레 웃었다. 선장의 말이 마음에 들었던 것이다.

"그래, 부부간의 이해 관계는 어떤 것이오?"

"어떤 부부가 함께 신에게 빌었습니다. 부디 저희 부부가 아무 탈 없이 살게 해주십시오 하고. 그런 뒤 아내는 또 이렇게 빌었습니다. 저에게 부디 무명 한 필만 내려 주십시오. 소원치고는 너무 적지 않느냐고 남편이 말하자 아내는 대답했습니다. 그 이상 재물이 들어오면 당신이 첩을 살려구요라고 말입니다. 이렇듯 부부 사이라도 생각하는 것은 다른 법입니다."

원장은 이선장을 얻으면서 세력이 불길 오르듯이 커졌다. 저주성도 용장 화운의 활약으로 단 하루만에 함락되었다. 지정 14년(1354) 2월의 일이다.

자립한 지 만 1년도 못되어 정원, 저주의 두 고을로 차지한 것이다.

이렇게 되자 사방에서 용사들이 몰려들었다. 노주(盧州) 합비(合肥) 출신으로 오정(吳鉦)이라는 사람이 부하를 데리고 찾아왔다. 무용과 지략을 겸비한 인물로 말을 더듬었다. 원장은 그 점이 오히려 마음에 들었다.

이 밖에 정원 출신으로 정덕홍(丁德興). 이는 얼굴이 유난히도 검었다. 소금밭에서 일하고 사공으로 장강을 오르내려 햇볕에 그을렸던 것이다. 원장은 검둥이라는 별명을 지어주고 친위대원으로 삼았다.

호주 사람 조덕승(趙德勝)은 창의 명수였다. 자기 키의 두 갑절이나 되는 장창을 마상에서 바람개비처럼 빨리 돌렸다. 몇 사람이 그에게 도전했지만 창자루에 얻어맞아 말에서 떨어졌다.

소문을 듣고 친척들도 찾아왔다. 죽은 누님의 남편인 이정(李貞)이 생질인 보아(保兒)를 데리고 거지꼴이 되어 찾아온 것이다.

이때 보아는 16세 밖에 되지 않았지만 매우 영리했다. 그리고 피는 물보다 진하다고 어딘지 남과는 다른 정이 갔다. 이어 조카인 주문정(朱文正)이 나타났다. 14세인 문정을 보자 원장은 그만 끌어안으며 눈물을 흘렸다. 문정은 맏형 중오의 아들이다. 그보다 형수 도씨 밑에서 고생을 해가며 어린 조카 남매를 돌보던 일이 생각났다.

"그동안 어떻게 지냈느냐? 중륙 숙부도 안녕하시냐?"

"돌아가셨어요."

"뭐, 죽었다고!"

원장은 그만 허공을 멍하니 바라보았다. 그렇게도 많던 주씨가 이제 겨우 자기와 문정, 둘 밖에 남지 않았다는 것을 생각하자 너무도 허망했던 것이다.

그날 밤 원장은 기분이 우울했다. 혼자 공청(公廳)에 앉아 생각에 잠겨 있었다. 여러 가지 일들이 머리 속에 떠오른다. 식구가 많아졌으므로 이들을 조직하고 관리할 필요성이 있었다.

문득 헛기침 소리가 들렸다. 보니까 이선장이었다.

"오, 장군! 그렇지 않아도 묻고 싶은 일이 있었소."

원장은 자기 앞의 교의를 가르킨다.

앉아 이야기를 하자는 것이다.

"지금 세상에 살아 나가려면 어떻게 하는 게 좋겠소?"

"선비들은 예로부터의 성현의 가르침은 불변이라 하고 있습니다. 그러나 난세일수록 과감하게 낡은 사상이나 관습을 타파해야 하겠지요."

시대와 더불어 세태(世態)나 인심도 바뀐다. 그것에 적응하지 않고 언제까지나 공맹의 가르침에 얽매어 있다면 시대에 뒤떨어지고 만다.

"송나라에 농부가 있었습니다. 밭을 갈고 있으려니까 어디선가 토끼가 튀어나와 그루터기에 부딪쳐 죽고 말았습니다. 그래서 농부는 괭이를 버리고 그루터기 위만 지켜 보았지요. 토끼가 또 제발로 걸어와 그루터기에 부딪치기를 기다렸던 겁니다. 물론 토끼가 다시 나타나 부딪처 죽을 리는 없습니다. 이렇듯 선왕(先王)의 정치로 현재의 백성을 통치하겠다는 것은 모두 이 그루터기를 감시하는 것과 같습니다."

이 토끼와 농부의 이야기는 수주대토(守株待兔)라는 고사 성어의 출처가 되어 있다.

원장은 고개를 끄덕였다.

"애당초 옛날과 지금은 관습도 달라졌고, 시대에 따라 대책도 다릅니다. 옛날의 너그러운 정치로 지금의 난세를 다스리고자 한다면 그것은 고삐나 채찍을 사용치 않고 야생마를 다루겠다는 것과 같습니다. 인간의 애정으로 부모의 애정보다 더한 것이 없고, 부모는 모두 자식에게 애정을 쏟지만 그 자식이 반드시 순순히 복종한다고 하지 못합니다. 그렇다면 대장이 아무리 부하를 신임하고 사랑해도 배반하지 않는다고 단언하지 못합니다. 오히려 그 가능성은 더 많겠지요. 신하나 부하는 자식보다는 덜 친밀할 테니까요."

"인덕만 갖고서는 안된다는 말인가?"

"그렇습니다. 여기 불량한 자식이 있습니다. 부모가 야단쳐도 마을 사람이 비난해도 연장자가 타일러도 개심하려 하지 않습니다. 이렇듯 어버이의 사랑, 마을 사람의 염려, 연장자의 지혜라는 수단을 동원해도 그 아이는 들은 척도 않습니다. 그런데 지방의 관리가 관병을 동원하고 법을 제시하여 불량배를 소탕한다고 하면 아이는 벌벌 떨고 빌어가며 개심할 것을 맹세합니다."

"어버이의 사랑보다 엄한 형벌이 효과가 있다는 말인가?"

"그렇습니다. 본디 인간이란 애정을 보이면 증장(增長)하고 전위에는 굴종하기 마련입니다. 속담에 손자를 귀여워하면 할아버지 수염을 잡아당긴다 하지 않습니까?"

법가 사상의 근본은 인간의 본성이란 악이라는 성악설(性惡說)이었다. 인간은 이욕(利慾)에 따라 움직이는 동물로 상을 기뻐하고 벌을 싫어한다. 그러므로 도덕은 규제력이 없고 상벌만이 인간을 움직이는 힘이 있다.

한비의 이론을 구성하는 것은 법(法), 술(術), 세(勢)인데,

'법이란 관아에서 명시하고 있는 규칙을 지켜야 할 명령이다. 그것은 형벌이 엄한 것이라는 관념을 백성이 속속들이 명심해야 하는 것으로, 법을 지키는 자에겐 상을 주고 명령을 어기는 자에겐 벌을 주는 것이다. 신하는 마땅히 이 법을 행동의 규범으로 삼아야 한다.'

법은 현대 용어로 법률, 금령, 규제, 기준 따위에 해당된다.

'술이란 군주가 신하의 능력에 따라 관직을 주고, 말한 것에 대해선 그 실적을 요구하며 생살(生殺)의 권력을 쥐고 신하들의 능력을 시험하는 것이다. 이것은 군주로 굳게 지켜야 하는 수단이다.'

즉, 관리의 임면·심사·상벌 방법 등인데, 좀더 현대적으로 말한다면 계획 입안과 조직 만들기, 고과(考課) 따위를 포함한 관리술(管理術)이었다. 그리고 세는 이런 법과 술을 유지해 나갈 수 있는 실질적 리더십을 말했다.

원장은 선장의 설명을 진지하게 귀기울이며 들었다. 그리고 그 나름대로의 통솔법을 터득했다.

끝으로 선장은 말했다.

"못난 대장은 자기 능력을 사용하고 잘난 대장은 남의 지혜를 사용합니다."

"좀더 쉽게 설명해 주게."

"옛날 위 소왕은 자기가 직접 공무를 처리하고 싶어 맹상군에게 말했습니다. 내가 직접 재판을 하고 싶다. 그랬더니 맹상군은 대답했습니다. 정사를 몸소 하시자면 나라의 법전을 읽으셔야 합니다. 소왕은 법전을 몇 장 읽었지만 졸음이 와서 자버렸습니다. 잠이 깨자 소왕은 말했습니다. 이따위 법전은 지루해서 못 읽겠다."

"그렇습니다. 군주란 정치 권력을 잡고 있으면 될 뿐이고, 신하가 할 일인 법전을 읽으려 했기 때문에 졸음이 왔던 것이지요."

"잘난 군주는 어떻게 하였나?"

"그것은 되도록 남의 지혜를 이용하는 데 있습니다. 자기 혼자의 지혜로 열 사람의 일을 모두 살피겠다는 것은 하책(下策)이며, 열 사람의 지혜로 한 사람의 일을 알려 하는 것이 상책(上策)입니다. 명군(明

君)은 이 상책·하책을 모두 사용하기 때문에 신하의 나쁜 일도 놓치지 않습니다.

원장은 선장이 가버린 뒤에도 혼자 오랫동안 생각했다.

이튿날 아침 그는 주문정과 이보아(문충이라고 나중에 이름을 바꿈)를 양자로 삼는다고 군중에 발표했다.

원장에게는 이때 이미 장남 주표(朱標)가 태어나 있었다.

그런데 조카나 생질을 양자로 삼았다. 이것은 이선장의 말을 듣고 자극되었기 때문이다.

원장으로선 진실로 믿을 수 있는 심복이 필요했다. 물론 그에게는 심복들이 있었다.

이선장, 탕화, 등유

화룡, 화순, 오정

조덕승, 서달, 오양(吳良)

주덕홍, 풍용, 풍승

고시, 조계조, 육중형(陸仲亨)

하지만 이들은 결국에 있어 남이었다. 핏줄을 나눈 형제는 아니다.

원장은 이 밖에도 주씨 아닌 사람도 양자로 삼아 심복을 만들었다. 그 대표적인 인물이 목영(沐英). 이 밖에 20여 명의 양자가 있었는데 주문손(朱文遜), 주문강(朱文剛) 등의 이름이 보인다.

이 양자들은 주원장의 손발이 되어 전장에서 용감히 싸웠을 뿐 아니라 제장의 감시를 하는 눈과 귀가 되어 주었다.

원장이 저주를 점령했을 무렵, 호주의 홍건적도 행동을 개시하여 우이(盱眙), 사주(泗州)를 공격했고 이를 점령했다.

그런데 팽대와 조균용은 마침내 충돌했다. 그들은 앞서의 곽자흥 일로 원한을 품고 있어 분열한 것이다. 균용에겐 손덕애 등 4명의 원수가 가담했고, 팽대는 고립되었다.

"에잇, 빌어먹을!"

팽대는 화가 나서 매일 술만 마셨다. 그리고 낮부터 후궁의 여인에 빠졌다.

지금 그는 황도(黃桃)라는 여인과 침상에 누워 있다. 그런 황도를 오른쪽에서 안고 있는 팽대의 몸이 오히려 작게 보였다. 그만큼 황도의 몸이 컸다.

두 사람의 잠자리는 이것이 처음이었다. 부하가 우이의 농가에서 보리 타작을 하던 처녀를 잡아왔던 것이다. 전쟁은 남자보다는 여자의 적이었다.

"네 이름이 무어냐?"

"황도입니다."

"흥, 어째서 황도이냐. 백도(白桃)라는 이름은 있다마는."

"성이 황씨라 황도입니다."

두 사람의 코가 서로 상대편 숨결을 들이마실 만큼 접근되어 있다. 황도는 그런 자세로 눈을 감고 있었다. 둔감(鈍感)한 체질인지 몸도 떨지 않았다.

"마치 흰 돼지 같구나."

팽대는 어떻게 도전할 것인가 궁리하여 새삼 오늘 밤의 꽃을 바라보았다. 제법 아름답다고 느꼈다. 흰 불상과 같은 장엄함을 느끼게 하는 얼굴이다.

두꺼운 입술엔 연지를 빨갛게 칠하고 있었지만 그것이 보통보다 오히려 작게 보인다. 거구에 비해 입이 작은 것이다. 게다가 미묘한 애교와 교태마저 있어 보이니 이상한 노릇이었다.

몸도 뜨겁다. 돌처럼 몸을 굳히고 꼼짝 않고 있었지만 건강한 육체라 자연히 발화(發火)되는 것일까.

팽대는 손을 놀려가며 웃도리의 앞가슴을 헤쳤다. 순간 옷깃 사이로 희고 큰 토끼가 뛰어나오듯 유방이 노출되었다.

다음이 문제였다. 그는 오른팔로 황도의 허리를 안고 다가 붙이려고 했지만 거구가 꼼짝도 하지 않았다.

"마치 바윗덩이 같잖아!"

그러면서도 여인은 무르익은 꽃향기를 풍기고 있다. 그는 다시 앞으로 당기려 했지만 요지부동이었다. 왼팔을 구부려 자기 젖가슴을 가리고 있다. 그 팔을 잡아 자기 등에 돌리려고 했지만 이 역시 천 근의 무게였다.

팽대는 짜증이 났다. 그렇지 않아도 조균용에게 심복 부하들을 자꾸만 빼앗기고 있어 울화가 치밀고 있는 요즘이다.

그때 산골짜기에 호젓하니 피어 있는 빨간 꽃과도 같은 가련한 입술이 눈에 띄었다. 옳지, 팽대는 그 빨간 꽃에 돌진을 시도했다.

꽃잎이 벌어졌다. 꽃잎 속에 흰 진주알 같은 잇몸이 반짝였다.

입술을 빨면서 그는 유방을 막고 있는 장애물을 제거했다. 무거웠던 팔도 가볍게 움직였다. 그리하여 여인의 팔은 사내의 어깨에 감겨졌다.

황도의 흰 젖가슴이 그의 눈앞에서 숨쉬고 있었다. 콩알만한 젖꼭지가 그의 입속에 삼켜졌다. 그러자 황도의 거구는 꿈틀거리며 떨었다.

그는 왼팔로 여인의 목을 더욱 힘있게 안았다.

"너는 나를 원망하고 있겠지. 그렇지만 모든 것을 잊어라. 여기서 내 후궁으로 편하게 살 수 있어."

그러면서 그의 입술이 다시 젖꼭지를 베물었다. 황도는 활짝 핀 꽃의 이슬을 넘쳐가며 마침내 울음소리를 내었다.

새벽녘 팽대는 일어나 측간에 갔다. 술이 아직도 덜 깼는지 몸이 뒤뚱거렸다. 그러다가 별안간 눈앞이 안보이며 쿵 하고 쓰러졌다.

팽대는 코만 골다가 사흘 만에 죽었다. 뇌일혈을 일으켰던 것이다.

팽대의 아들 팽조주(彭早住)가 계속해서 노회왕을 자칭했지만 그 세력은 보잘것이 없었다.

이렇게 되자 조균용은 손덕애를 시켜 팽대의 후궁 30여 명을 모조리 데려갔다. 그 대가인지 거들떠도 보지 않았지만 공격하지도 않았다.

입장이 딱해진 것은 곽자흥이었다. 팽대라는 후원자가 없어졌기 때문에 개밥에 도토리처럼 되어 버렸다.

더욱이 덕애는 구실을 찾아내어 자흥을 죽이려고 별렀다. 다만 저주에서 2만 남짓의 정병을 갖고 있는 원장이 두렵다.

"원장의 힘을 꺾자면 병력과 그를 격리시키면 된다."

원장은 자립했다곤 하나 아직도 영의왕 조균용의 지휘 아래 있는 것이다. 덕애는 균용을 찾아갔다.

영의왕 조균용은 기분이 흐뭇했다. 보리 이삭을 스치며 불어오는 바람이 향긋하기만 한 다락마루였다.

그는 그곳에서 술을 마시며 옆에 황도를 앉히고 아까부터 미주알고주알 캐묻고 있었다.

"핫핫핫…… 팽대 녀석이 그날 밤 너에게 두 번이나 올랐단 말이지. 녀석이 너무 힘들게 올랐다가 쓰러졌구나."

황도는 얼굴을 붉히고 있다. 누각에서 굽어보는 들은 온통 푸른데 그녀는 비지땀을 흘리고 있었다.

"너는 그렇게 힘이 좋으냐?"

문득 웃음을 그친 균용은 황도의 온몸을 핥듯이 살펴보며 말했다.

황도는 고개를 푹 숙였다.

"좋아, 나도 팽대 녀석의 마음을 알 것 같다. 그 녀석은 늘 가냘픈 여인만 품다가 싫증이 나서 너 같은 여자를 원했던 거야. 오늘 밤 나도 너를 품겠다."

그러자 황도는 마침내 옷소매로 얼굴을 가리고 푹 꺼꾸러지듯이 엎드렸다.

"왜 그러냐, 싫단 말이냐!"

"그게 아닙니다. 대왕님, 제발 저를 집으로 돌려 보내 주십시오."

"돌아가겠다고?"

"네. 저에겐 약혼자가 있습니다. 사실은 그날 노회왕께서 하루만 지나면 돌려 보내 주신다 했는데…….."

"죽어 버려 약속이 어긋났단 말이지."

황도는 어깨를 떨며 흐느끼고 있다. 마치 큰 소가 엎드려 어깨와 허리를 물결치고 있는 것 같았다. 그는 문득 무슨 생각이 났는지 심복 모육(毛六)을 불렀다.

"너는 궁전의 여자로 돼지처럼 살찌고 소처럼 힘센 계집을 선발해라. 그리고 여기 있는 황도와 힘겨루기를 시키는 것이다."

"그리고 어쩌시렵니까?"

"황도가 만일 힘겨루기에서 우승한다면 소원대로 집에 보내 주겠다. 그러면 너도 이의는 없겠지?"

황도는 희미하게 고개를 끄덕였다.

이윽고 ─ .

음력 5월 어느 날의 오후. 바깥의 햇볕은 따가울 정도였고 나뭇잎도 축 늘어져 있다. 매미만이 생명력을 과시하듯 맴맴하고 울었다.

여기는 후원을 향해 활짝 열어 젖혀진 왕의 거실 대청이다.

그곳에 갖가지 의상에 화장도 짙은 거구의 여인들 6명이 일렬로 섰다.

"장관이다!"

균용도 그만 감탄의 소리를 내었다. 그 옆에 모육 혼자만이 대기하고 있다.

균용이 물었다.

"제일 왼쪽 끝은?"

모육이 대답했다.

"이름은 홍낭(紅娘)으로 열여덟 살입니다. 부모가 호주에서 쌀가게를 하고 있습니다."

"좋아, 그 다음은?"

"네. 홍이낭(紅二娘)으로 홍낭과는 자매이고 열일곱 살입니다."

균용은 차례로 보아 나가다가 황도 옆에 있는 여인에게서 멈추었다. 다른 여자들은 부엌데기나 하녀라 얼굴도 이름도 몰랐지만 자기의 후궁이 하나 섞여 있어 새로운 흥미를 가졌다.

"너는 고대수(顧大嫂)가 아니냐!"

고대수는 얼굴이 빨개져 고개를 숙였다. 별로 총애하지는 않지만 몇 년 전 한두 번 품었던 기억이 난다.

"어디 걸어보라."

고대수는 망설이고 있다. 느닷없이 엉뚱한 명령이 떨어졌기 때문이었으리라. 그러나 마침내 조심스럽게 왕 앞을 걸었다. 섬뜩할 만큼 웅대한 체구였다. 특히 볼기가 좁은 바지 속에서 터질 것만 같았다.

"키는 얼마냐?"

고대수는 섬칫하며 왕 앞에서 우뚝 서버렸다.

"직접 아뢰이는 것을 허락하겠다. 키는 다섯 자가 넘을 테지."

"네."

"몸무게는?"

"네. 몇 년 전 백 근이었음을 기억하고 있습니다."

"그렇다면 지금은 훨씬 더 무거울 것이다. 지금은 얼마쯤이냐?"

고대수는 큰 몸을 움츠리듯이 고개를 푹 숙이고 있다. 살갖은 눈처럼 희고 윤기가 흐르고 있었지만 목 언저리는 부끄러움으로 새빨갛게 물들어 있었다.

모육이 대신 말했다.

"황송하오나 대왕님, 궁중에선 고대수 아씨를 잴 만한 저울이 없습니다. 꼭 아실려면 소금 도가에 가서 소금을 다는 큰 저울을 가져와야 합니다."

"그럼 나중에 달기로 하지."

균용으로선 이것도 하나의 놀이로 즐기고 있는 것이다.

"다음은 황도. 이리로 걸어오라."

황도 역시 얼굴에 불이 붙은 것처럼 걸어나왔다. 역시 고대수보다 큰 몸집이었다. 키도 컸고 어깨도 사내처럼 넓었으며 마루청이 삐걱거렸다.

그러나 그리 밉상은 아니다. 입이 작았고 콧날도 그런대로 오똑했다.

(역시 팽대 녀석이 좋아할 만하구나.)

균용은 여섯 여자를 다 걷게 한 뒤 제자리에 돌아가 다시 서자,

"일동 그대로 우측 방향이 되어라!"

일렬 횡대, 우향 우의 구령이었다. 6명의 여인은 시키는 대로 했다.

그는 여자들의 옆모습을 보고 있다. 하나같이 큰 몸집의 여인들이다. 여장을 한 씨름꾼 같았다.

"좋아. 그럼 다시 일동은 우측 방향이 되어라."

그러나 이 구령은 즉각적으로 실행되지 않았다. 왜냐 하면 그 구령대로 하면 엉덩이를 일제히 왕한테 돌려대는 것이 되기 때문이다. 더욱이 여자다. 어찌 그런 불경스런 짓을 할 수 있을까.

모육도 조언을 할 수 없었다.

"과인의 명령이다. 과인의 영을 거역하느냐!"

균용은 꾸짖은 것은 아니었으나 꾸짖는 목소리를 일부러 내었다. 그리하여 여인들은 일제히 볼기를 돌려댔다.

균용은 입을 헤벌렸다. 한창 때의 여인들. 그것도 백 근에서 백 오십 근에 이르는 거구의 여인들의 볼기를 내밀며 줄을 서 있는 것이다.

"됐다. 돌아서고 자리에 앉도록 하라."

여인들은 시킨 대로 했다. 모두들 콧잔등에 땀이 맺혀 있었다. 한창 젊은 나이의 생리도 왕성한 그녀들로선 땀도 많이 흘린다.

긴장된 실내의 공기가 한결 부드러워진 느낌이었다. 그러나 이것으로 끝난 것은 아니었다.

여자들이 땀을 흘리고 있자 균용은 모육을 돌아보며 물었다.

"경기를 할 도구는 준비되었나?"

"네."

모육이 방울을 흔들자 후원의 담작은 문이 열리며 하인 하나가 들어와 왕에게 절을 했다.

"부르셨습니까?"

후원 일각에 흰 모래가 깔려 있었다. 여름 햇볕이 모래에 반사되어 눈부셨다.

"돌을 셋쯤 가져오게."

"저, 큰 돌입니까?"

"그렇지, 50근쯤 되는 것과 70근쯤, 그리고 백 근쯤 되는 것이면 된다."

"알았습니다."

황도를 제외한 여자들은 영문을 몰라 눈이 둥그래져 있다. 곧 이어 세 개의 큰 돌이 운반되었다.

"너희들은 물러가라!"

하인을 내쫓고 나자 왕은 말했다.

"여자들은 모두 옷을 벗도록 해라."

드디어 엄청난 명령이 내려졌다.

"저 속옷만이라도……."

황도는 애원했다.

"안돼!"

여자들은 마지못해 옷을 벗었다. 그런 모습을 균용은 싱글벙글하며 보고 있다. 나이 젊은 홍이낭은 젖가슴을 두 팔로 가리며 눈물을 뚝뚝 떨어뜨리고 있다.

(대체 우리에게 무슨 죄가 있을까? 궁전에 들어와 밥을 많이 먹었다는 죄일까?)

(저 무거운 돌을 무릎에 안고 무릎 꿇림을 당하는 것이 아닐까?)

"발가벗은 몸에 수건이라도 하나씩 갖다 주어라. 머리띠로 매고 땀이 눈에 들어가지 않도록 해야 한다!"

모육은 수건을 가져다가 하나씩 나누어 주고 여자들을 데리고 뜰로 내려갔다.

돌은 세 개가 나란히 놓여 있다.

"돌은 왼쪽부터 50근, 70근, 백 근의 순서입니다. 먼저 제일 가벼운 돌부터 안아올려, 할 수만 있다면 머리 위로 번쩍 들어 올리는 것입니다."

모육이 여자들에게 경기 요령을 가르쳐 주었다.

첫번째 여자가 나섰다. 눈이 크고 목이 굵었으며 키는 6자 가까운 거녀였다.

50근 짜리 돌을 얼굴이 벌개지며 들어 올리려고 했지만 땅뜀도 되지 않았다.

"다음 !"

이 여자는 70근 짜리 돌을 두 손으로 잡자 허리를 앞으로 구부렸다. 그리고 기합을 줘가며 무릎 정갱이까지 올렸다. 하지만 힘은 그것이 한도였다.

"다음은 홍이낭 !"

홍이낭은 50근 짜리 돌을 배언저리까지 안아 올렸는데 털썩 주저않고 말았다. 다리가 하늘로 올라갔고 은밀한 곳이 그대로 드러났다. 다치지 않은 것만 해도 큰 다행이었다.

홍낭도 오십보 백보였다. 이어 고대수 차례였다. 그녀는 자신이 있다는 듯 백 근 짜리 돌에 도전했다. 체격도 황도를 제외하고선 가장 우람했다.

조균용도 눈이 둥그래졌다.

두 다리를 크게 벌리고 거대한 둔부를 뒤로 내민다.

"오오 !"

균용은 감탄의 소리를 내었다. 돌이 가슴 언저리까지 들어 올려졌던 것이다. 거기서 거대한 종을 엎어놓은 것만 같은 젖가슴에 걸려 올라가지 못하고 있다.

"조금만 더 힘써라 !"

균용이 외쳤을 때 돌은 떨어지고 말았다. 끝으로 남은 것은 황도였다.

더웠다. 음력 5월의 사양(斜陽)이 정면으로 비치고 있다.

살이 찐 체질의 사람은 남녀를 불문하고 더위를 타며 땀이 많다. 황도도 남다른 다한증(多汗症)이었다.

이마로부터 땀이 줄줄 흘러내렸다. 구릿빛으로 그을린 살갗도 땀을 이슬처럼 내뿜고 있다. 그리고 햇볕에 번들거렸다.

황도는 성이 나 있었다.

(왕이고 뭐고 너무하다. 사람을 마치 구경거리로 삼고 있다.)

그래서 불길 같은 노기로 씩씩거려가며 멀리 교의(交椅)에 앉아 있는 왕을 노려보듯이 하며 서 있었다.

이윽고 황도의 차례가 왔다. 드디어 죽을 때가 왔다고 각오해 마른 침을 삼키는 그녀였다. 왕을 향해 돌을 던지는 것이다. 그러면 그 자리에서 목이 잘리겠지?

옛날부터 강남인은 반골(反骨)로 알려졌다. 산 하나, 개울 하나를 사이에 두고도 언어의 발음이 달랐다. 고집스러울 만큼 자기 고장 사투리를 지킨다.

결코 동화되지 않는다는 반골 정신의 한 증거였다.

지금 그녀는 분노하고 있다. 증오한다. 순간적 번뜩임이었지만 자기가 우승해도 균용은 결코 약속을 지키지 않는 사내임을 알았던 것이다.

황도는 천천히 돌로 다가갔다. 과연 뛰어나게 큰 체구. 신장 5자 7치 5푼, 체중 180근의 여장부다.

그녀는 백 근짜리 돌을 택했다. 고대수가 떨어뜨려 땅이 움푹 패어 있다.

그녀는 먼저 왕에게 절했다. 그리고 상체를 일으키자 양팔을 벌렸고 넓적다리를 여덟팔자로 벌리며 땅을 한 번 굴렀다.

뜨거운 사양이 여인의 허여멀쑥한 허벅지를 사정없이 비춘다. 그녀는 허리를 낮추었다. 두 손바닥으로 돌의 양 모서리를 꽉 움겨 잡는다.

주위가 조용해졌다. 균용도 교의에서 일어나 툇마루까지 나왔다.

황도는 허리를 구부린 채 잠자코 있다. 호흡을 조절하는 모양이었다. 그러다가 하늘을 찌르는 날카로운 기합소리.

"앗!"

하고 균용은 공포에 질린 소리를 내었다. 황도가 백 근짜리 돌을 무릎 위까지 들어 올렸던 것이다.

늘어선 여자들은 입을 딱 벌렸다.

그녀는 양정강이를 앞으로 내밀고 엉덩이를 더욱 더 낮추는 자세가 되었다. 미역을 감은 듯 땀이 육체의 온갖 부분을 적시고 흘렀다. 그녀의 둥근 얼굴은 붉은 쟁반처럼 불타 빛나고 있다.

균용이 외쳤다.

"장하다, 장하다."

황도는 돌 양쪽 끝을 잡고 있는 팔에 힘을 주었다. 왕의 칭찬에 돌을 살며시 땅에 내려놓는다 싶었다. 그러나 그것은 틀린 생각으로 사람들은 다시금 아연해졌다.

그녀는 허리를 앞쪽으로 한껏 내밀고 상반신을 뒤로 발딱 젖혀가며,

"으음!"

하고 신음했다. 그리하여 돌은 돌출한 언덕과도 같은 젖가슴을 넘어 그 언저리까지 들어 올려져 있었다.

거기서 한숨 돌리고 두 손을 놓는다. 그렇지만 돌은 그녀의 가슴 위에 얹혀져 있는 것이다. 그리고 그녀의 두 손이 돌 양쪽 끝을 잡았다 싶자 머리끈이 끊어지며 검은 머리가 흘러내리는 것도 개의치 않고,

"얏!"

마침내 오른 어깨 위로 밀어 올렸다. 어지간한 균용도 말을 잃고 있다. 으스스한 느낌마저 들은 모양이다. 얼굴이 하얘져 있었다.

그녀는 돌을 어깨에 들러메자 허리를 낮추고 넓적다리를 더욱 벌린다.

"야앗!"

그리고 보라! 백 근 무게의 돌은 머리 위 높이 들어 올려져 있다. 들어올림과 동시에 허리를 펴고 벌렸던 다리를 모은다.

(자아, 이제부터 걸어가서 들어올린 돌을 왕이 있는 툇마루에 던진다! 그러면 돌이 왕을 묵사발로 만들겠지. 그래도 상관없다. 세상의 슬픈 숙명에 울고 있는 뚱보 처녀의 원한과 부끄러움을 대표로 나서 원수를 갚아줄 테다. 더욱이 힘겨루기에 이긴다면 집에 돌려 보내 준다고 했지만 그것은 새빨간 거짓말이다! 구경거리로 삼아 비웃고 놀릴 작정이었던 게 틀림없다.)

한 발을 떼어 놓으려고 했다. 그런데 발이 떼어지지 않는다. 다리가 마치 꽉 묶여 있는 것처럼 한 걸음도 한 치도 움직일 수 없었다.

황도는 순간 신의 벌이라고 생각했다. 미륵보살의 뜻이라 여겼다.

남을 해하려 하면 자기도 해를 입는다는 죄의식이 번뜩였다. 갑자기 대지가 빙그르르 도는 것 같다. 돌을 든 그녀의 팔이 떨렸다. 발끝에서 한치도 떨어지지 않은 지점.

쿵 하는 땅울림이 균용의 마루청까지 울렸다. 그녀는 쓰러졌다. 그 아랫도리 부근의 지면이 홍건하게 젖어 있다. 오줌을 싸며 까무러쳤던 것이다.

아무것도 모르며 균용은 쥘부채를 펴들며 외쳤다.

"장한지고! 정말 장한지고!"

그러다가 이상(異狀)을 발견했다.

"까무러친 게 아냐! 의원을 불러라."

곧 이어 황도는 방에 옮겨져 의원의 진찰과 치료를 받았다. 물론 용태는 별것이 아니었다. 극도의 피로와 정신적 충격이 잠시 정신을 잃게 한 것이었다.

저녁 때 모육이 나타났다. 그는 싱글벙글하며 황도에게 말했다.

"정말 놀라운 일이었소. 대왕께선 오늘 밤의 수청으로 당신을 지명하셨소. 얼마나 영광스런 일이오."

그녀는 그 말에 반박할 기력마저 없었다. 모육이 나가자 낮의 여인들이 들어왔다. 그녀의 목욕과 화장을 시중하러 온 것이었다.

이 무렵 균용은 손덕애를 만나고 있었다.

"대왕님, 지금 주원장은 덕원과 저주에서 제멋대로 행동하고 있습니다. 어쩌다가 공을 세워 우쭐하고 있는 것입니다. 그러므로 그에게 우이 수비를 명하여 만심을 꺾도록 하십시오."

균용은 덕애의 말대로 움직인다. 그는 이상도 없거니와 절조도 없었다. 오직 교만한 성격으로 거드름을 피우고 있었을 뿐이다.

"원수가 알아서 처리하시오."

이리하여 영의왕 이름으로 주원장에게 우이 수비를 명한다는 사자가 저주에 왔다.

"이것은 틀림없는 함정입니다. 가시면 안됩니다."

풍용이 말했다.

"그렇지만 왕명을 거슬릴 순 없잖은가?"

"구실을 내세워 완곡하게 거절하십시오. 더구나 지금 원군이 다시 쳐들어 올 움직임을 보이고 있습니다. 경솔히 이곳을 움직일 수 없습니다."

이것은 사실이었다. 그는 첩자를 각지에 보내어 정보를 수집하고 있었다.

정보에 의하면 막강한 고려 수군이 이미 원나라에 와 있다는 것이다.

기록을 보면 고려 공민왕(恭愍王) 3년(1354) 원나라 사신이 와서 서경의 용맹스러운 수군을 빌려 달라고 요구했다. 이리하여 이해 7월 유탁(柳濯), 염제신(廉悌臣)이 수군 3백을 이끌고 바닷길로 원나라에 건너갔던 것이다.

원장은 명령을 완곡히 거절함과 동시에 탕화를 시켜 영의왕 측근인 모육에게 뇌물을 갖다 주도록 했다. 모육이 균용을 간했다.

"대왕께서 앞서의 명령을 거두도록 하십시오. 저주는 우리 호주의 후방 요지로 보급 기지이기도 합니다. 만일 그곳의 주장을 바꾸어 저주를 잃든가 하면 어찌 하시렵니까?"

모육은 이렇게 이치로써 설득하고 이어 실리(實利)로써 균용의 마음을 달랬다.

"그리고 주원장은 대왕님께 세비로 백은 1천 냥을 바친다고 했습니다."

균용은 입이 딱 벌어졌다. 그는 팽대의 후궁까지 빼앗아 첩만 하여도 백 명이 훨씬 넘었다. 더욱이 요즘에는 황도라는 거녀에게 빠져 정신이 없었다.

이 후궁의 비용도 무시 못한다.

"그래, 원장이 나에게 백은을 보내 준단 말이지. 좋아, 좋아."

이어 저주에서 등유가 백은 1천 냥을 수레에 싣고 오자 감금해 두었던 자흥을 풀어 주고 저주로 가게 해주었다.

자흥이 도착하자 원장은 그에게 지휘권을 물려 주었다. 이선장과 풍용 형제 등이 이를 반대했으나 원장은 듣지 않았다.

"나는 의리를 중하게 여기오. 지금 나한테 모인 사람들은 모두 의리에 의해 뭉쳐 있소. 곽원수는 내 장인이고 연장이며 그가 아니었다면 오늘의 내가 있지 않았을 것이오."

"그렇지만……."

선장은 무엇인가 말하려 했지만 입을 다물었다. 법가로서 그는 협객과 선비는 나라를 어지럽히는 근원이 된다고 간하고 싶었던 것이다.

하지만 그것은 아직 말할 때가 아니었다.

자홍은 3만 남짓의 정예부대 지휘자가 되자 몹시 기뻐했다. 원장은 그 아래서 총관으로 있었다.

기황후(奇皇后)

중국 천하는 여전히 원(元)의 것이었다.

지정 14년(1354) 11월 톡타가는 대군을 일으켜 장사성이 있는 고우를 공격했다. 고려 수군을 빌려 온 것도 운하 지대의 장사성을 공격하기 위해서였다.

톡타가는 명장으로 장사성이 맞서 싸우기엔 역부족이었다. 그는 대패를 하고 성에 들어가 아무리 싸움을 걸어도 나오지 않았다.

톡타가는 고우성을 포위한 채 일대를 보내어 육합(六合)을 포위시켰다. 육합의 수비 장수는 급사를 곽자흥한테 보내어 구원을 청했다.

"육합은 저주의 동쪽에 있고 말하자면 저주의 방파제입니다. 그곳이 함락되면 저주로 적이 몰려올 것이 아닙니까?"

그러나 자흥은 고개를 가로 저었다.

"장사성의 무리는 우리 홍건당과는 다르다. 그들과는 아무런 의리 관계가 없다. 우리가 구해 줄 도의적 책임이 없는 것이다."

자흥은 장사성을 싫어했던 것이다.

"그러나 그들은 우리와 마찬가지로 원조와 싸우고 있습니다. 우리의 적과 싸우는데 어찌 가만히 보고만 있겠습니까?"

원장은 필사적으로 자흥을 설득했다. 자흥은 평계를 대고 좀처럼 승낙을 하지 않았다.

"듣건대 원군은 백 만이나 되는 대군이라더라. 우리가 별로 탐탁지도 않은 사성을 위해 무엇 때문에 사서 고생을 하려고 하느냐?"

"글쎄 그것이 아닙니다. 옛말에도 입술이 없으면 이빨이 시리다고

했습니다."

그러나 자홍이 승낙했을 때는 이미 때는 늦었다.

그 사이 육합은 원군의 맹렬한 공격을 받아 성벽이 뚫리고 말았다.

육합의 수비병은 마침내 더 이상 버티지 못하고 노인과 어린이, 여자들을 보호하며 저주로 퇴각했다.

원장은 이 패잔병과 피난민 중간에서 만났다.

"아뿔싸, 한발 늦었구나!"

그는 최근에 새로 참가한 경병문(耿炳文)과 재성(再成) 형제를 불러 계책을 하나 주었다.

"너희들은 전방에 나갔다가 적당히 싸우고 못이기는 척 패하여 달아나라. 그때 우리가 매복하고 있는 골짜기로 적을 유인하는 것이다."

"알았습니다."

과연 원군은 도망치는 경병문의 부대를 추격해 왔다. 그들이 골짜기 안으로 들어오자 양쪽 산마루에서 바위를 굴리고 화살을 쏘았다. 또한 저주의 수비군도 북을 울리며 쳐나왔다. 원군은 수많은 말과 무기를 버리고 달아났다.

이때 원장은 곰곰이 생각했다.

"적은 복병의 기습을 받아 일단 물러갔지만 대군을 이끌고 다시 쳐들어 올지도 모른다. 그렇게 되면 저주성은 고립된 성으로 구원군이 올 곳도 없다."

그래서 원장은 노획한 말에 원군의 시체와 무기를 싣고 그 고장 장로들을 시켜 원군에게 돌려 주었다. 원군은 말과 무기가 반환되자 기뻐했고 그대로 철수해 버렸다.

이리하여 저주성은 무사했다. 원군이 물러갔음을 알자 자흥은 기뻐했다. 그는 원장에게 의논했다.

"지금 천하를 둘러보면 어중이떠중이 왕이라 자칭하고 있다. 나라고 왕이 되지 말란 법은 없지 않은가?"

원장은 기가 찼다.

"저주는 한낱 산성(山城)입니다. 운하도 없어 큰 상인이 없고 소상인들이 봇짐과 등짐을 지고 다니며 장사를 하고 있을 뿐입니다. 게다가 지킬 수 있는 천연적 지형도 못됩니다."

"그럼 좀더 때를 기다리란 말이냐!"

자흥은 몹시 불만인 표정이었다. 하지만 왕이 되려면 군사력 못지않게 경제력도 있어야 했으므로 단념하지 않을 수 없었다.

톡타가는 병력을 총동원하여 고우성을 공격하고 있었다. 외성(外城)이 이미 파괴되고 내성(內城)만이 남았다.

장사성은 죽을 각오를 했다. 성안의 식량도 떨어지고 군사들은 매일같이 도망갔다. 12월이 되었다.

사성은 동생인 사의, 사덕, 사신, 그리고 사위 반원소(潘元紹) 등을 모아놓고 술잔치를 벌였다. 술잔치라곤 했지만 그것은 맹물로 술잔을 돌리는 것이었다.

"계집들아, 신나게 노래를 불러라! 사람은 비록 내일 죽더라도 오늘만은 유쾌하게 놀아야 한다."

좌우에 있는 후궁 가운데 하나가 노래를 불렀다.

> 양주의 술은 취하면 사십 리를 갈 수 있고
> 졸다가 과주에 이르러 장강을 건넜네
> 강바람에 홀연 술이 깨고 보니
> 외떨어진 기러기 해문 언저리를 날고 있네
> (楊州酒力七十里 睡到瓜州始渡江
> 忽被江風吹酒醒 海門飛雁不成行)

이것은 원의 시인 사트라[薩都刺]의 노래였다. 사트라는 자를 천석(天錫), 호를 직재(直齋)라 한다.

생몰 연대는 불분명하지만 원을 대표하는 시인이었다. 일부의 사람들은 그를 한인이라고 했지만 사실은 몽고인이었다. 그는 대대로 안문(雁門)에서 살았고, 「안문집」이란 문집을 남겼다.

시인은 외롭다고 할까. 사트라는 일행에서 떨어진 기러기에 자기를 비유하고 있다.

노래가 끝나자 사성은 시무룩해졌다. 시에 술이란 말이 나왔기 때문인지 모른다. 게다가 물은 아무리 마셔도 취하지 않는다.

"제기랄, 술이 없다면 계집이다."

그는 노래한 여인을 난폭하게 끌어 당겼다. 내일을 알 수 없는 목숨을 잊기 위해 찰나적인 쾌락을 찾는 것이었다.

이튿날 사성은 요란한 외침소리에 잠이 깨었다. 머리가 무겁고 눈이 침침했다. 간밤의 황음(荒淫)이 밤 사이 몇 년을 늙게 만든 것 같다. 옆에서 여인은 겁먹은 듯이 웅크리고 있었다.

"왜 시끄러우냐!"

"형님, 성벽에 나가 보십시오."

동생 사신이었다. 사성은 이 막내동생을 제일 신임했다.

"성벽에?"

"네, 기뻐하십시오, 원군의 모습이 하나도 보이지 않습니다."

그말에 사성은 벌떡 일어났다. 성벽에 뛰어 올라가 굽어 보았다. 정말이었다. 포위하고 있던 몽고병이 사라지고 없는 것이다. 사성은 자기가 꿈을 꾸고 있는 것이라 여기며 눈을 비볐다.

꿈은 아니었다.

"대체 이것이 어찌된 노릇일까?"

"글쎄, 까닭을 모르겠습니다. 하지만 적이 물러간 것은 틀림 없습니다. 우린 살았어요!"

사신은 젊은 만큼 기쁨도 솔직하게 표현한다. 사성도 다음 순간 뱃속부터 끓어오르는 기쁨을 느꼈다.

"앗핫핫핫!"

대체 무슨 일이 일어났을까?

순제가 갑자기 칙명을 내려 톡타가의 직위를 해임하고 회안로(淮安路)로 귀양보낸 것이다. 이때 동생인 야센 테무르도 벽지인 영하로(寧夏路)로 좌천되었다.

결정적인 순간 총사령관이 해임되자 원군은 스스로 붕괴되고 말았다. 몽고인은 소수에 지나지 않고 대부분이 한인이라 대군은 사방으로 흩어지고 말았던 것이다.

톡타가에겐 정적이 있었다. 전쟁에 군략이 있는 것처럼 정치에 정략·모략이 없을 수 없다. 평장참사(平章參事)로 있는 라마승 출신 하마(Hama＝哈麻)가 순제에게 톡타가를 참언했다.

"폐하, 톡타가는 대군을 움직이면서도 아직도 사방의 도둑을 제대로 없애지 못하고 있습니다. 막대한 군비와 병기를 낭비하고서도 말입니다."

하마와 동생 수에수에(SueSue)는 터키 계통의 강리인(康里人)으로 품행이 좋지 않다는 평이 있었지만 대신까지 올랐다.

하마는 그의 어머니가 궁중에 들어가 영종(寧宗)의 유모가 됨으로써 출세의 길을 걸었다. 영종은 쿠샤라의 둘째 아들로 일곱 살에 칸이 되었다가 그 해 병사한 린첸팔(Rintchenpal)을 말한다.

순제가 영종의 뒤를 이어 황제가 된 것인데 전 황제의 유모는 그대로 궁중에 남아 우대되었다.

하마는 일찍이 동료의 참언을 받아 사형선고를 받았으나 톡타가가 변명해 주어 목숨을 건진 일이 있었다. 이를테면 생명의 은인이고 그의 출세도 도왔다. 승상으로 톡타가가 임명되자 하마를 중서우승(中書右丞)에 발탁해 주었던 것이다. 그런데 이윽고 하마는 여중백(汝中柏)의 참소를 만나 선정원사(宣政院使)로 강등되었다.

하마는 자기의 억울함을 기황후(奇皇后)에게 호소했다. 하마와 기황후는 보통 사이가 아니었다.

벌써 몇 년 전의 일이었다. 황후가 거처하는 명덕궁(明德宮)에 밤마다 요물(妖物)이 드나들고 있다는 소문이 있다. 황후의 시녀들은 무서워 해만 떨어져도 자기 방에서 나오지 못했다. 측간에 가려 해도 몇 명씩 다듬이 방망이 따위로 무장하여 가곤 했다.

궁중을 지키는 금위대에서도 이 소문을 귓가로 흘려버릴 수가 없었다. 매일 밤 교대로 잠복 근무를 하며 지켰으나 요물의 정체를 파악하지 못했다.

"밤이면 저벅저벅 발소리가 들려요. 모래를 쫙 끼얹든가 조약돌을 던지든가 해요."

시녀들의 증언도 가지가지라 종잡을 수 없었다. 그런데 어느 날 밤 마침내 요물을 잡았다. 그 요물을 잡은 사람이 금위대의 젊은 군관 하마였던 것이다.

하마는 며칠이고 명덕궁 뜰에 거적을 덮고 누워 있었다. 대도의 겨울은 몹시 춥다. 동짓달에 얼음이 얼면 이듬해 정·이월까지 녹지를 않는다. 눈도 많이 내렸고 북풍은 살을 에는 것만 같았다.

그런데 하마는 거적을 뒤집어 쓰고 참을성 있게 요물을 기다렸다. 그리하여 마침내 요물을 잡았는데 잡고 보니 그 요물은 백 년이나 묵은 듯 싶은 암여우였다. 겨울철 먹을 것이 없게 되자 여우가 궁중을 다니며 밥찌꺼기를 찾았던 것이다.

기황후는 침전에서 일어나 공을 세운 군사를 불러오게 했다. 하마로 선 큰 영광이었다.

하마는 몸을 깨끗이 씻고 옷도 정갈하게 갈아입자 시녀 아리(阿里)의 안내를 받아 황후 어전에 나갔다. 감히 얼굴도 우러르지 못한다. 황후는 하마를 보더니 앗 하며 놀랐다. 그리고 그를 감탄하듯 말끄러미 쳐다보고 있었다.

며칠씩 밤을 새워가며 남들이 무서워하는 요물을 퇴치했다 하기에 무지막지하게 생긴 털복숭이 사내를 연상했던 것이다.

그러나 사내는 여자처럼 살결이 희고 키가 큰 호청년(好靑年)이었다.

"나이는 몇이죠?"

"네, 스물세 살입니다."

"젊군 그래. 아내는?"

"네, 아직 혼자입니다."

황후는 또 한 번 놀랐다. 몽고 풍습으로 스무 살이 넘었다면 아내는 물론이고 첩이 한둘 있어도 이상할 것은 없었다.

까닭을 물었더니 소년시절부터 극히 최근까지 라마승으로 수행을 했다고 한다. 아리가 차를 가져왔다.

"술을 조금 데워 오너라. 추운 밤의 용사를 위로해야만 하겠지. 나도 좀 마시겠다."

기황후도 서른 살 가까운 중년여인이 되어 있었다. 황후가 된 지 10년이 넘었다. 순제는 방중술에 미쳐 있어 황후궁을 좀처럼 찾아주지 않는다.

이윽고 아리를 비롯한 세 시녀가 술과 안주를 식탁에 날랐다.

"너무도 큰 공을 세웠다. 한 잔 마셔라."

황후는 누님이 동생을 위로하듯 따뜻하게 말했다. 하마는 감격하여 어쩔 줄 몰랐다.

"새벽도 멀지 않겠지. 나도 잠이 올 것 같지 않다. 이야기 좀 해주겠는가?"

"황공하신 분부이십니다."

"오, 기쁘다. 그렇다면 너희들은 물러가 쉬어라."

시녀를 물러가게 한 뒤 황후는 갑자기 스스럼없는 태도가 되었다.

"하마."

"넷!"

"어떻게 무서운 요물을 퇴치했는가?"

"네. 소인은 처음부터 요물이 있을 수 없다고 생각했지요. 반드시 여우나 너구리 따위라 짐작하고."

"그래, 용하군."

"여우라면 끈기있게 기다리면 낚을 수 있다고 생각했습니다."

"어머나, 여우도 낚을 수 있어?"

"여우는 닭을 곧잘 물어갑니다. 그래서 거적 위에 죽은 닭을 한 마리 얹어놓고 피도 근처에 뿌려 놓았지요."

"호호호, 머리가 좋구나."

"오늘 밤은 엿새째 되는 날이었습니다. 과연 냄새를 맡고 나타났습니다."

"어머나, 무서워. 그래서?"

"소인의 배 위에 올라와 닭을 물어가려는 것을…… 밑에서 꽉 잡았는데."

"무엇을?"

"여우의 급소. 그러나 암여우라 뒷다리를 꽉 잡았습니다."

"호호호…… 호호호."

황후는 여자아이처럼 배를 잡고 웃었다. 하마는 겸연쩍은 듯이 턱을 쓰다듬고 있었다.

황후는 의자를 다가붙였다. 귀엽다는 충동이 있었을까. 느닷없이 사내의 손을 잡으며 어깨를 안았다.

"장한 사람이야. 사랑스럽기도 하여라."

하마는 놀랐다. 심장이 마구 뛰었다.

상대는 고귀한 황후이다. 이름도 알 수 없는 강렬한 향내가 그의 피를 끓게 했다. 기황후도 그만 무의식적으로 취한 행동이, 포옹하고 싶다는 감정적인 접촉이 이내 이성(異性)을 느끼게 만들었다. 동시에 한창 때의 성욕이 돌발하였다. 인간은 강렬한 욕망 앞에 어린애처럼 무력한 법이다.

"따라오라."

손을 잡은 채 일어섰다.

"저……."

"잠자코 내가 시키는 대로 하라."

침전으로 끌고 들어갔다. 하마는 몸을 떨고 있다. 발각되는 날이면 목이 달아나고 말리라.

"추우니까 이곳에서 얘기하자."

침전은 적당히 보온이 되어 있다. 실내 사방에 큰 화로가 있고 숯불이 빨갛게 피워져 있는 것이다. 명향(名香)도 향로에서 푸른 연기를 나부끼고 황후의 체취도 은은히 풍겼다.

"떨고 있잖아. 아직도 추운가?"

"네."

기황후는 손수 유리잔에 피빛과도 같은 술을 따라 주었다.

"이것은 포도로 빚은 서역의 술이다. 마시면 몸이 따뜻해진다."

자기가 먼저 반쯤 마시고 내밀었다. 그래도 하마는 주저했다.

"이봐?"

다시 다가앉으며 한 손은 목에 감고 한쪽 손의 잔을 입에 대주며 말했다.

"내가 먹여 주지. 얌전히 받아 마셔요!"

짙고 자극성이 강한 달착지근한 술이었다. 꿀꺽꿀꺽 마셨는데도 목을 놓아 주지 않고 유리잔을 탁자에 놓더니, 그 손마저 사내 목에 걸자 풍만한 엉덩이를 무릎에 걸치며 온몸의 무게를 기울여 왔다.

뜨거운 몸이다. 아직도 10대 소녀처럼 몸이 유연했다.

"귀엽다."

귀를 깨물고 볼을 핥고 마침내는 입술을 빨아대며 무서운 힘으로 바닥에 쓰러뜨렸다.

"아, 이러시면…….."

"가만히 있어. 내가 하는 대로 하는 거다."

남자와 여자의 역할이 뒤집혀 주객이 전도됐다. 황제가 시녀를 범하듯이 황후가 신하의 띠를 풀고 바지를 벗겼다.

무서운 것을 모르는 황후 폐하의 폭풍이 불어닥쳤다.

그것은 영락없는 흰 맹수의 탐욕스런 포효였다. 싫증을 모르는 오랜 시간의 육체의 연소였다.

시녀 아리가 이를 엿보고 있었다. 자기 주인의 상상도 못할 추태. 한 여인이 무섭도록 처절하게 남자를 정복하는 짓을 덜덜 떨어가며 열심히 보고 있었다. 아리는 겨우 16세의 숫처녀였다.

며칠 뒤 하마는 전중시어사(殿中侍御史)가 되었다. 이제는 궁전의 당상에도 자유롭게 오를 수 있는 신분이 된 것이었다.

기황후와 하마의 관계는 그 뒤에도 계속되었다. 황후가 사람을 하마에게 보내면 저녁에 은밀히 찾아오는 그런 관계였다.

봄이 되었다. 겨우내 겹겹이 얼어붙어 있던 얼음도 어느새 얇아져 있었다. 봄이 올 듯하면서도 더디게만 느껴지는 철이었다.

이날 황태자 아율시리다라(Ayourschiridara)는 명덕궁에 와 있었다. 아율은 13세로 미남이고 혼자였다. 한 달이면 서너 차례 모후에게 문안을 한다.

편의상 황태자라고 했지만 정식으로 태자가 되어 있는 것은 아니다. 이것은 약간 설명이 필요하다. 몽고의 황실은 중국의 황실처럼 태자로 책봉되면 황태자비를 곧 맞거나 하지 않는다. 황제라는 것도 중국식 명칭이고 정식 이름은 칸이다. 그리하여 칸은 쿠릴타이에서 선출하게 되어 있으므로 미리부터 황태자라는 것이 없었던 것이다.

하지만 쿠빌라이 세조 이후 한문화를 많이 받아들였기 때문에 몽고와 중국의 관습이 뒤섞여 있었다. 정식 태자는 아니었으나 아율은 누구나 황태자로 인정하여 다음 대의 칸은 그라고 믿었다(아율시리다라는 이 뒤 1353년 황태자로 책봉됨).

아리는 혼자 은밀히 아율을 연모하고 있었다. 13세이지만 체격도 우람하고 어머니를 닮아 미남자였다.

"오!"

열심히 높은 탁자 위 향로를 닦고 있는 뒤에서 나는 사내 목소리였다. 획 돌아 본 순간 가슴이 울렁거리고 얼굴이 숯불을 쬔 것처럼 빨개졌다.

"네가 여기 있었구나."

그곳은 기황후의 휴게실이었다. 한족처럼 상투를 매고 있다. 그러나 앞머리는 면도로 민 것처럼 반질반질했다.

아리는 고개를 숙여 인사했다.

"청소를 하고 있사옵니다!"

"응. 나는 모후 폐하를 찾고 있다마는…… 나를 상관말고 청소를 계속하라!"

"네."

높은 탁자라 발돋움을 하듯히 허리를 높여야 했다. 그런 뒷모습의 아리 귓불이 불붙은 것처럼 빨갛다.

그녀는 향로에 걸레질을 했지만 제정신이 아니었다. 가슴이 뛰고 온몸이 달아올라 눈앞이 아른거렸다. 아율은 여인의 잘룩한 허리에 뜨거운 시선을 보낸다. 아리는 그것을 아플 만큼 의식했다.

태자는 아직 여인을 한둘 밖에 경험하지 못했다. 태자쯤되면 주위에 꽃들이 많아 유혹의 손짓을 한다. 그러나 지금 그는 여인의 뒷모습——잘룩한 허리부터 둥근 볼기에 흘러내리는 아름다운 곡선에 시선이 자꾸만 이끌리고 있었다. 이때까지는 꽃들이 자기쪽에서 꿀을 흘려가며 유혹했었는데 비로소 나비의 기욕(嗜欲)을 느꼈다.

이른 봄인데도 실내는 왜인지 덥기만 하였고 게다가 공기에 이상한 냄새마저 풍겼다. 관능을 자극하는 것이었다. 아리의 특이한 성취(性臭)인 것 같다.

"얘야!"

별안간 아리의 뒤에서 아율이 달려들었다. 허리를 끌어안고 한 손은 느닷없이 아랫도리로 침범해 들어왔다. 사내의 뜨거운 입김이 뒷목에 뿜어졌다.

"아!"

아리는 그 자리에 주저앉아 찌부러졌다. 이때 복도를 종종걸음으로 뛰어오는 소리가 들리며 아리를 부른다.

"아!"

아리는 무서운 힘으로 밀어냈다. 태자는 깜짝 놀라 허둥지둥 일어나더니 아리를 방에 남기고 입구의 문을 꽉 닫으며 복도로 나갔다.

"아, 태자님!"

아리를 불렀던 시녀가 놀라며 고개를 숙여 절했다.

"아리는 여기 없다."

총명한 아율시리다라였다.

"따라오너라!"

"네."

"모후께서 계신 곳에 안내하라."

태자는 시녀를 데리고 가버렸다. 아리는 가슴을 쓸어내렸다. 어둠침침한 실내에서 언제까지나 엎드려 있었다.

태자가 돌아가고 저녁 때 하마가 명덕궁에 나타났다.

불려 온 것이다. 그동안 그럭저럭 십여 차례 불렀기 때문에 하마로선 용건을 대충 짐작한다. 그런데 황후는 뜻밖의 말을 꺼냈다.

"그런데 하마!"

"넷!"

"전중시어사쯤 되면 독신으로 있어선 안된다. 참한 처녀로 아내를 삼고 싶은 아이가 있나?"

하마는 어리둥절했다. 전혀 뜻밖의 말이었기 때문이다.

"아직 없습니다!"

"그렇다면 내가 중매를 해주마. 가서 아리를 불러오라!"

아리가 나타났다. 그녀는 하마가 와 있음을 보고 공연히 얼굴을 붉혔다. 황후와 하마, 그리고 자기와 태자의 은밀한 남녀의 비밀이 겹쳐져 생각되었기 때문이다.

그런 아리의 표정을 기황후는 다르게 지레짐작했다. 역시 젊은 남녀, 아리는 하마에게 연정을 품고 있구나 하고 생각했다.

"부르셨습니까?"

아리가 묻자 기황후는 크게 고개를 끄덕였다.

"술과 안주를 어느 때처럼 준비해라!"

"네."

절하고서 물러가는 아리의 뒷모습을 턱짓하며 큰 목소리로 황후는 말했다.

"어떻소, 시어사. 저 아이라면 알맞은 신부감이지. 아리를 아내로 삼아요!"

그로부터 2년이 지났다. 아리는 지금 하마의 아내가 되어 있다.

여중백의 참소로 선정원사로 강등된 하마는 이를 갈았다.

어디 두고보자. 황후 폐하와 황태자 전하께 아뢰어 거꾸로 그놈을 없애 버리겠다.

여중백은 승상 톡타가의 심복이었다. 그 여중백을 없애자면 배후인물인 톡타가도 제거해야 한다. 강한 복수심은 보은(報恩)을 누르는 법이다. 집에 돌아오자 그는 아내인 아리를 시켜 기황후에게 연락을 취했다.

"한번 만나뵙고 긴히 부탁드릴 말씀이 있습니다."

황후를 만나 뵐 날과 시간을 정했다. 미시(未時=오후 1시~3시)가 궁중에서 가장 한적한 시간이다.

기황후는 명덕궁 서쪽 다락 난간에 서서 담 옆 고광나무 꽃을 보고 있었다. 꽃을 보며 사내 생각을 한다.

그녀는 이날따라 한껏 아름답게 화장하고 있다. 여자 서른 살이라는 생리가 농익은 백도(白桃)의 색향과 향기를 넘치게 하고 있는 모습으로 고광나무의 흰 꽃 속에 숨어 있는 것을 찾아 내려는지 눈길을 모으고 있었다.

멀지 않아 하마가 찾아온다. 보고 싶은 사내였다.

그러나 2년 전 아리를 그의 아내로 중매한 것은 계산이 있었기 때문이다.

무슨 일이고 오래 끌게 되면 꼬리가 밟힌다던가. 아직 독신이고 미남인 사내가 궁전에 자주 드나들면 사람들 이목을 끈다. 의혹도 사게 된다.

그래서 아리를 하마에게 시집보내 주었다. 그러면 사람들은 이렇게 생각하리라.

(황후가 자기 시녀를 시집보낼 정도인데 하마와 불미스러운 관계가 있을라구!)

현명한 그녀의 심모(深謀)였다. 그리하여 그녀는 하마를 일부러 멀리 했다. 그런데 사내쪽에서 만나자고 한다. 기황후는 희미한 미소를 입가에 그렸다.

하마가 맡고 있었던 중서좌승은 중서성의 정 2품 벼슬이었다. 원나라의 정치제도는 중앙에 중서성이 있고, 그곳에서 백관을 통할하며 정책을 결정한다.

중서성 위에 삼공(三公)인 태사(太師)·태부(太傅)·태보(太保)가 있긴 하다. 그러나 삼공은 별격이다.

중서성 으뜸 벼슬은 중서령(中書令)인데 태자가 이를 맡았다. 그 아래 승상(좌·우승상), 평장정사, 좌·우승, 참지정사(參知政事), 참의중서성사(參議中書省事), 좌·우사 낭중(郎中), 원외랑(員外郎), 도사(都事)의 순서로 이어진다.

그리고 중서성 아래 6부, 추밀원, 어사대, 선정원이 있다. 6부는 상서가 으뜸이고 각각 행정을 담당한다. 추밀원은 백관을 통할하고 군사(軍事)를 담당한다. 어사대는 감찰기관. 그리고 선정원은 종교 및 토번(티벳)의 관리를 하는 기관이었다.

하마가 중서성 우승에서 선정원사로 떨어졌다는 것이 얼마나 굴욕인지 알 만하리라.

참고 삼아 원조의 지방 관제도 살피는 게 도움이 될 것 같다.

지방관제도 행중서성(行中書省)이라는 것이 있었다. 이 기관엔 승상, 평장(平章), 좌·우승, 참지정치(參知政治), 낭중, 외랑(外郎), 도사가 있었다. 중서성의 지방판이라 하겠다.

선위사사(宣尉使司), 지방행정 조직과 중앙과의 중계적 기능을 가진 기관이었다. 산동동서도(山東東西道), 하동산서도(河東山西道), 회동도(淮東道), 절동도(浙東道), 형상북도(荊湘北道), 호남도(湖南道)의 6도로 나누어져 있었다.

그리고 로(路)·부(府)·주(州)·현(縣)의 행정 단위가 있다. 각 행정기관마다 몽고인의 다루가치가 있고 관장(官長)을 감독했다.

담의 작은 문이 열리며 쥘부채를 펴서 얼굴을 가린 미남이 나타났다. 지금은 선정원사인 하마였다.

두 사람의 시선이 마주쳤다. 황후의 눈이,

"아무도 없으니 빨리……."

하고 재촉한다. 하마는 소맷자락의 고광나무 꽃잎을 털면서 뜰을 가로질러 왔다.

황후는 문을 반쯤 닫고서 실내로 사라졌다. 하마는 헝겊신을 벗어 툇마루에 오르며 헝겊신을 화초분 뒤쪽에 감추었다.

병풍으로 가려져 있는 안으로 손을 잡고 끌어들이자 황후는 말없이 침상에 쓰러뜨렸다. 그리고 몸을 덮쳐가며 귀를 빨고 손가락을 깨물었다.

"미워!"

"예 오자마자 깨물고 물어뜯다니 너무나 박대하십니다."

"그동안……."

황후는 또 팔을 깨물었다.

"그러니 벌써 2년. 황후 폐하께서 저를 버리셨지 않습니까!"

"그래서 밉다니까."

이번에는 무릎 언저리를 심하게 꼬집었다.

"아픕니다."

그러면서 하마는 싱글벙글한다. 이 정도라면 자기의 부탁도 쉽게 들어줄 것 같다.

"정말로 죄송하게 되었습니다. 그동안이라도 자주 찾아 뵈어야 할 텐데 그만."

"그만이라고!"

이번에는 하마의 급소에 손톱 자국을 내었다. 어지간한 그도 눈물이 나올 만큼 아팠다.

"황후폐하, 어째서 저를 이토록 벌주십니까?"

"아쉬울 때만 찾아오기 때문이야."

아내 아리를 통해 대강의 용건은 전달하고 있는 터였다.

이윽고 사내의 입에 황후의 입술이 이빨 소리를 내면서 부딪쳐 왔다. 폭풍과도 같은 가쁜 호흡으로 머리의 비녀가 빠져 바닥에 떨어졌다.

병풍 안은 꽃밭의 폭풍이었다. 하마도 황후도 미역을 감은 것처럼 땀에 젖어 있었다.

격렬한 포옹에 두 사람 모두 거의 알몸이나 다름없는 옷의 흐트러짐이었다.

"아이, 더워."

"심한 땀이군요."

"잠깐 기다려요."

황후가 몸소 허벅다리도 눈부시게 침구를 걷어차고 침상에서 내려갔다. 병풍 밖에 나가 물소리를 내고 무엇인가 달그락 소리를 내더니 꼭 쥐어짠 물수건을 가져왔다.

"닦아 주겠다."

하마의 피부에 착 달라붙은 땀투성이 속옷을 깨끗이 벗겨내고 알몸을 반듯이 눕게 했다. 그리고 이마로부터 얼굴, 목둘레, 가슴으로 닦아 내려왔다. 가슴의 팥알만한 까만 사내의 젖꼭지를 발견하자 황후는 또 덤벼들었다. 혓바닥을 굴리고 쪽쪽 소리를 내어 빨았다.

"간지럽습니다."

황후는 감탄하듯 물었다.

"사내도 이곳이 욱신거리나?"

"그렇지는 않지만 이상하게도 간질간질한 느낌이……."

"미운 사람. 하지만 역시 여자와 마찬가지로 예민하겠지?"

"그야 그렇습니다. 젖도 그렇고, 그리고 이곳만 하더라도."

"아!"

이번에는 황후의 축축하게 젖은 잠옷을 얇은 가죽 벗기듯 하마가 벗겼다.

흰 인어(人魚). 은병풍으로 가리고 휘장을 드리운 어스름 속에서 흰 허벅다리가 연신 공중을 찼다. 흐느낌 소리가 얕게 흘러나왔다.

"이번에는 제가 닦아 드리겠습니다. 옥체는 쉬고 계십시오."

"싫어!"

"잠깐이면 됩니다. 그러는 편이 훨씬 상쾌하실 것입니다."

그제서야 황후도 그를 놓아 주었다. 하마는 벌거벗은 몸으로 침상에서 내려가 물수건을 쥐어짜 들고 돌아왔다.

황후는 크게 널브러져 있었다. 그는 정성껏 땀을 닦았다. 그렇지만 그것도 허사가 되어 버렸다. 그들은 또 포옹하고 땀을 흘렸던 것이다.

"그래 나에게 부탁할 일이 무엇이지?"

"톡타가를 몰아내게 해주십시오."

"톡타가?"

그녀는 오랫동안 생각하고 있었다.

"여중백의 참소로 저는 억울하게 선정원으로 쫓겨났지요. 여중백은 바로 톡타가의 손발입니다. 톡타가를 쓰러뜨리면 여중백은 저절로 세력을 잃게 되지요."

기황후는 총명한 여자였다. 단지 육의 환락만을 위해 어떤 약속을 하거나 하지 않는다.

한참만에 그녀는 입을 열었다.

"내가 만일 그렇게 해준다면?"

"은혜는 죽도록 잊지 않겠습니다. 그리고……."

하마는 황후의 위로 올라서며 정열적으로 입을 맞추었다.

사내가 입을 떼자 또 침착히 말했다.

"그것만으로는 안돼. 좀더 큰일을 도와주어야 해."

"그게 무엇입니까?"

기황후는 화제를 바꾸었다.

"하마는 황태자를 어떻게 생각하지? 훌륭히 성장했다고 생각하지 않나?"

기황후는 이렇게 말하면서 하마의 눈을 들여다본다.

태자 아율시리다라는 이때 15세였다. 학문을 좋아하고 총명하다는 신하들의 평이었다.

(그런 태자를 어떻게 생각하느냐고? 훌륭히 성장했다고?)

하마는 말 속의 말을 찾고 있었다. 하마도 바보는 아니다.

"알았습니다. 그렇게만 해주신다면 결사적으로……."

"호호호."

이번에는 기황후가 열렬히 그의 입을 빨았다. 말로선 발음되지 않았지만 그들은 교환을 한 것이었다. 톡타가를 제거시켜 주는 대신 황태자가 제위를 차지하도록 협력한다는 묵계였다.

이러면 만일의 사태가 벌어지더라도 반역죄가 되지 않는다.

그들은 서로 구체적으로 어떠한 약속을 한 일이 없다. 오직 눈과 눈으로 오고간 묵계가 있을 뿐이다…….

이리하여 톡타가는 어사대부의 탄핵을 받았다. 그리고 톡타가는 관직을 박탈당하고 회안으로 귀양 갔고 군사권은 태위 평장정사 유에코찰(Yuekoutchar)과 지추밀원사 수에수가 장악했다.

그리고 조정의 실권은 하마와 그의 매부 톡로테무르〔禿魯帖木兒〕가 잡았다.

하마는 그래도 안심이 안되어 톡타가를 대도에서 멀리 떨어진 벽지로 옮겼다.

즉, 톡타가를 운남(雲南)의 진서(鎭西)로 보냈고 장남 하라샨〔哈剌章〕은 숙주(肅州), 차남 사물스〔三兩奴〕는 난주(蘭州), 그리고 동생 야센테무르는 사천(四川)으로 귀양 보냈다.

톡타가가 운남에 이르자 그곳 지사인 고혜(高惠)가 말했다.

"승상께서 이런 곳까지 오시다니 얼마나 분하십니까. 모두가 간신이 성덕을 가린 때문이겠지요. 그런데 저에게 묘령의 딸이 하나 있습니다. 아무쪼록 승상 곁에 있게 해주시고 적적함을 달래도록 하십시오."

그러나 톡타가는 조용한 목소리로 이 친절을 사양했다.

"호의는 고맙지만 나는 죄인입니다. 어찌 여인을 가까이할 수 있겠습니까."

고혜는 이 말에 화가 났다.

"남이 모처럼 친절을 베풀려고 했는데 싫다고 한다. 그런 놈은 고생을 직사토록 해야 한다."

그리하여 운남에서도 가장 교통이 불편하고 기후가 좋지 않은 아걸경(阿乞輕)이란 곳으로 보내 버렸다. 그러나 그것도 며칠, 하마가 보낸 사자가 독약을 갖고 대도에서 멀리 달려왔다.

그는 독약을 받자 순제가 있는 곳을 향해 아홉 번 절하고 독약 그릇이 놓인 상 앞에 앉았다. 그리고 마지막 말을 남겼다.

"일찍이 나는 죽음을 겁내지 않고 오로지 나라가 멸망할 것을 슬퍼했는데, 이제 그런 날이 멀지 않았구나."

원조에는 그가 아까운 인물임에 틀림없다. 향년 42 세로 그는 명장임과 동시에 뛰어난 정치가이기도 했던 것이다.

명나라가 엮은 「원사」에서도 그는 높이 평가되고 있다.

'서역, 서번(西藩)이 모두 군을 보내어 그를 도왔다. 정기(旌旗)는 천리에 이어졌고 금고(金鼓)는 들판을 진동시켰다. 그 군대의 위용(威容)은 감히 누구도 따르지 못했다……'

톡타가는 가는 곳마다 연전연승했고 홍건적이 흩어졌던 것이다. 그리고 그는 군대가 제녕(濟寧)을 지날 때 사람을 궐리(闕里＝공자가 태어난 曲阜)에 보내어 공자를 제사지냈고 추현(鄒縣＝맹자의 고향)을 지날 때에는 맹자를 제사지냈다.

　이것은 그 지방 민심을 수렴하려는 세심한 배려였다. 예사 군사지도자로선 좀처럼 생각 못할 정치가적 안목이었다.

　그런 그가 가장 중요한 때 파면되었다. 순제를 명군이라 평하는 사람도 일부 있지만 이 한 가지 결정만 보아도 암군(暗君)이라고 하기에 충분하다.

난세(亂世)의 꽃

이 무렵, 앞서 왕을 자칭하고 호광(湖廣)의 수도 무창(武昌)을 점령한 서수휘는 면양(沔陽) 일대를 점령할 계획을 세웠다. 그리하여 그 임무를 부장 예문준(倪文俊)에게 맡겼다.

문준은 황주(黃州) 황파(黃陂)라는 곳에서 대대로 어부 노릇을 하던 자였다. 기운이 세고 성격이 난폭했는데 하루는 관인을 때려 죽이는 사고를 저질렀다. 그는 가족을 데리고 장강 지류의 호수로 도망쳤고 호적(湖賊)이 되었다.

만자(蠻子)는 몽고인이 강남인을 경멸하여 부르는 호칭이다.

"나는 만자다. 만자는 만자다운 방법으로 몽고의 오랑캐 놈들에게 복수해야 한다."

이리하여 그에게 모여드는 젊은이가 많았고 어느덧 수백 명의 부하를 거느렸다. 이윽고 그는 서수휘의 부하가 되었다. 수휘는 나라 이름을 천완국(天完國)이라 했고 연호를 치평(治平)이라 정했으며 스스로 황제가 되었다.

수휘는 장강 중류에 거점을 두고 있어 그 집단은 수전을 잘했다. 이들 무리도 머리에 붉은 수건을 동이고 있어 홍건적인데 서파(西派) 홍건당이라 불리고 있었다.

예문준이 면양 지방으로 몰려오자 이곳 진장(鎭將)인 위순왕(威順王)은 아들인 포안노(Pnannou＝報恩奴)를 시켜 이를 맞아 싸우게 했다.

포안노는 병선을 동원하여 한천(漢川)을 거슬러 올라갔다. 그런데 배가 크고 물은 얕아 배를 움직일 수 없게 되었다. 너무 상류까지 거

슬러 올라간 것이다.

문준은 이 기회를 놓치지 않았다. 그는 많은 뗏목을 만들게 하고 마름 섶을 싣자 어둠을 틈타 병선에 접근시켰다. 그리고 섶에 불을 질렀던 것이다.

뗏목의 불이 병선에 옮겨 붙고 원군은 불끄기에 바빴다.

그러자 발가숭이 몸에 불알만 겨우 가린 해적들이 갈고랑이 달린 밧줄을 사방에서 던져가며 원숭이처럼 배에 기어 올랐다. 그리고 등에 질머진 칼을 뽑아 닥치는 대로 적을 죽였다.

포안노와 그 부하 다수는 이때 목숨을 잃었다. 이리하여 예문준은 면양을 점거했다. 이듬해 그는 다시 양양을 공략하여 몽고의 원수 토울치판(Tourtchipan)의 목을 베었다.

이 공에 의해 문준은 천완국의 승상이 되었다. 한낱 어부가 승상이 되었으니 대단한 출세였다. 그러나 인간의 욕망은 끝이 없는 것일까? 그는 어느덧 서수휘를 죽이고 자기가 황제로 앉겠다는 야심을 품었다. 그래서 심복을 불러 매일같이 밀담을 했다.

"서수휘가 황제라면 난들 황제를 못하겠는가. 그는 고작 등짐장수로 백련교를 얻었다가 때를 만난 것이다. 요즘에는 살이 돼지처럼 찌고 후궁들과 밤낮으로 노닥거리며 희롱하고 있다. 부하들은 피를 흘려가며 적과 싸우고 있는데."

이보다 앞서 예문준은 아내를 잃었다. 아내는 아이를 낳고 산후의 병으로 죽고 말았던 것이다.

문준은 어린 자식을 위해 설파(薛婆)라는 유모를 고용했고 그녀가 안살림을 맡고 있었다. 설파는 홀아비가 된 문준을 위해 아름다운 두 소녀로 그를 시중들게 했다.

하나는 홍아(紅兒)로 17세. 홍아는 설파의 딸로 그녀가 일부러 문준의 눈길을 끌도록 가까이 있게 했던 것이다. 또 하나는 무창의 부유한 상인 딸로 이름은 청아(靑兒)였고 16세이다. 청아는 미인이고 성격도 온순했으며 영리하여 음곡에도 통달해 있었다.

문준은 어느 날 두 소녀를 데리고 바둑을 두었다.

바둑은 문준과 청아가 두고 있었다. 바둑 구경을 하고 있던 홍아가,

"어머나!"

별안간 깜짝 놀란 듯한 소리를 내며 얼굴빛이 달라졌다. 얼굴이 술 먹은 것처럼 벌개져 있었다.

"무슨 일이냐?"

"잠시 물러가게 해주세요……."

더욱더 빨개지며 밖으로 나가는 홍아의 뒷모습을 보며 청아가 소곤거렸다.

"대감님. 저 애는 병인 것 같아요."

"병이라고? 갑자기 무슨 병이냐."

"여자의 병입니다."

하고 청아도 얼굴을 붉힌다. 문준은 그제야 대강 짐작이 갔다 갑자기 월경이 시작되었던 모양이다.

이윽고 홍아가 돌아왔다. 아까는 불붙은 것처럼 빨개진 얼굴이었으나 지금은 오히려 창백한 안색이다. 문 있는 곳에서 실내에 들어오려 하지 않는다. 부정(不淨)한 몸이라 고귀한 신분의 주인과 동석을 꺼리고 있는 것이다.

청아가 대신 말해 주었다.

"대감님. 홍아에게 물러가 쉬라고 해주셔요."

"음, 물러가서 몸조리해라."

단둘만이 있게 되자 실내가 갑자기 답답해진 모양이다. 청아는 얼굴을 붉히며 바둑돌을 엉뚱한 곳에 놓는다.

문준은 그런 청아의 태도 변화가 재미있었다. 바둑판 넘어로 손을 뻗쳐 푹 숙이고 있는 턱을 젖히게 했다. 청아는 눈을 감고 있다.

"바둑도 싱거워졌다. 이리 와서 내 어깨 좀 주물러라."

물론 구실이었다. 네 하며 가까이 온 청아를 느닷없이 옆으로 안아 버렸다.

"앗."

그때는 이미 무릎에 안겨져 품안에 든 새였다. 청아는 당황하며 일어서려 했지만 사내가 속삭이자 힘을 잃었다.

"넌 내가 싫으냐?"

그것으로 충분했다. 이미 그렇게 정해져 있는 숙명이라고 체념했다.

며칠이 지났다. 설파는 자기 방에서 딸 홍아와 더불어 귤을 정성껏 닦고 있었다. 노란 것이 탐스러운 귤인데 백지로 정갈하게 닦아내고 있다.

"가지도 잎사귀도 괸 그대로 갖다 드려야 한다."

은쟁반에 담아 주인 문준에게 갖다 줄 작정이다. 그날 그런 일이 있은 뒤부터 주인 문준으로부터 시중은 하루 걸러 한 사람씩 들도록 하라는 말이 있었다.

오늘은 청아의 당번으로, 청아가 지금 밀실에서 주인의 애무를 받고 있다는 것은 꿈에도 모른다. 다만 설파로서 왜 그런지 불안한 느낌이 있는 것만은 사실이었다.

"자, 온주(溫州) 명물인 귤입니다 하고 바쳐야 한다."

"네."

홍아의 당번 날은 아니지만 귤을 핑계삼아 주인에게 보내려는 설파의 꾀였다. 그렇게 함으로써 청아와 단둘이 있을 위험성도 예방하겠다는 설파의 생각이다. 설파는 무엇보다도 먼저 자기 딸이 주인의 총애 받기를 바라고 있다.

"가거든 귤을 까드린다고 하며 되도록 오래 있도록 해라. 대감님도 너를 싫어하지는 않으실 테니까 나가라고 하지 않을 거다. 알겠니, 청아에게 져서는 안된다."

"네."

그대로 일어서려는 홍아를 설파는 불러 세웠다.

"그대로 어전에 나갈 셈이니?"

"옷을 갈아입어야 해요?"

"당연 하잖니. 대감님은 남자분이셔."

"호호호."

"무엇이 우습니? 세상의 남자란 아름다운 것 중에서도 아름다운 것을 기뻐하는 법, 너는 이제 곧 대감님의 정을 받을 몸이 아니냐. 그런 여자가 어전에 나가는데 화장도 고치지 않고 그대로 나가다니. 정말 너는 딱하구나. 언제까지나 철부지 어린애 같은 마음이라……."

딸이 나간 뒤 설파는 싱글벙글하고 있었다. 주인이 딸의 손만 잡아주면 되는 것이다. 그러면 딸이 승상의 마님, 밑져야 측실이다. 그러면 딸 덕분에 호강을 할 수 있다. 그런 공상을 하고 있는 설파 앞에 누군가 와 선다. 그런 낌새에 무심코 고개를 든 설파는 눈이 찢어져라고 부릅떴다.

"아니, 너는……?"

은쟁반에 담은 귤을 갖고 홍아가 얼빠진 사람처럼 돌아와 있었다. 잔뜩 부어 있기도 하고 금방 울음이라도 터뜨릴 것만 같은 묘한 딸의 표정이었다.

"애야!"

"네."

어딘지 짜증스러운 대꾸였다. 대감님 앞에서 무슨 일이 있었던 것 같다.

"홍아야!"

"네."

"대감님께선?"

"청아와……."

"어째서 귤을 다시 가져왔니?"

"방에 들어가려 했지만 들어가지 않고 왔어요."

"왜 안 들어갔지!"

"들어가선 안될 것 같았어요."

"뭐라구? 어째서 안된다는 거냐?"

"말하고 싶지 않아요."

홍아의 얼굴이 금방 빨개졌다. 설파는 몽둥이로 머리를 얻어맞은 느낌이었다. 어지러움을 가까스로 참으며 다그쳐 물었다.

"대감님과 청아가 무슨 짓을 하고 있었니?"

"몰라요!"

홍아는 마침내 은쟁반을 팽개치고 소맷자락으로 얼굴을 가리더니 방을 뛰쳐 나갔다. 울지는 않았다. 홍아도 설파를 닮아 어지간히 독한 처녀였다. 그녀는 저녁 무렵 헛간에서 목맨 시체로 발견되었다.

그것을 알았을 때의 설파의 형상(形相)이란! 꼭 귀신 할멈이었고 완전한 미치광이었다. 그녀는 딸의 시체를 붙잡고 통곡을 하다가 갑자기 웃었다. 웃다가는 죽은 딸을 수없이 욕하기도 했다.

"불쌍한 것은 홍아예요. 인연은 따로 있는데 부모가 허욕(虛慾)만 부리다가 그만……."

하고 저택 안의 여자들이 수군거렸다. 그런 설파도 언제 저택을 나갔는지 아무도 몰랐다.

침실에서 문준은 청아를 다정스레 포옹하고 있었다.

"잊어 버려라. 너에겐 죄가 없다."

"하지만……. 하지만 제가 대감님의 총애를 혼자 차지한 것처럼……."

"무슨 바보 같은 소리냐. 홍아는 제 성미에 못이겨 제 스스로 죽은 거다. 그런데 넌 몹시 떨고 있구나. 좀더 가까이 오너라."

팔에 힘을 주며 더욱 세게 포옹해 주었다.

"아!"

청아는 상기된 얼굴을 젖혀가며 새빨간 꽃잎 사이로 잘기만한 흰 살과도 같은 잇몸을 엿보였다. 검은 속눈썹엔 이슬이 맺혀 있었다.

그 입술을 문준의 억센 입이 틀어막았다.

"으윽."

청아는 몇 번 고개짓을 했지만 이윽고 조용해졌다. 물씬한 규방의 사내 체취와 체온이 가냘픈 소녀의 육체를 흰 향유(香油)처럼 불태우고 녹아 흐르게 만들었던 것이다.

예문준은 이제까지 수많은 여인을 품어 보았지만 청아를 품고 나자 천하는 역시 넓다고 감탄했다. 여인으로 드물게 볼 수 있는 미묘하고 정교한 명기(名器)라 감탄하며 한시도 놓아 주고 싶지가 않았다.

(게다가 얼마나 가녀린 꽃이냐.)

청아는 얼굴을 사내의 우람한 가슴에 밀어붙이고 필사적으로 매달려 가며 가쁜 숨을 내쉬고 있다.

온몸으로 의지해 오는 귀여운 새는 거칠은 인간에게도 사랑스럽게 느껴지는 법이다. 그는 왼팔로 청아의 사슴처럼 가냘픈 몸을 안고 등을 쓰다듬고 있었지만, 이윽고 고개를 부자연스럽게 구부렸다. 그의 눈 아래 분홍 소라껍질처럼 사랑스러운 귀가 있었기 때문이다.

"침상으로 가자."

"네."

그녀는 살며시 웃도리의 옷깃을 풀어 헤쳤다. 청아를 고쳐 안은 문준은 새삼 입술을 포갰다. 청아는 가볍게 눈을 감아 가며 사내의 애무

를 수용(受容)한다. 무심한 젖먹이가 어머니 젖을 빨 듯 꽃잎을 놀린
다. 속박에서 해방된 풍만한 두 젖가슴이 별개의 생물처럼 숨쉬며 약
동하고 있었다.

사내가 입을 떼었다.

"너는 내 보살이다. 하늘이 나에게 얻기 어려운 보물을 주었다."

그는 청아의 어깨에 두 손을 걸치고 일부러 한 자쯤 거리를 두며 보
았다. 꽃봉오리를 가진 두 개의 유방이 그에게 도전하듯 돌진해 왔다.

"귀엽다."

그대로 침상에 쓰러졌다. 안겨 있는 청아의 나신(裸身)이 어스름 속
에서 흰뱀처럼 몸을 꼬았다.

잠결에 무엇인가 맵고 누린내가 나 그는 번쩍하고 눈을 떴다.

벌써 방안은 자욱한 연기였다. 그는 모르고 있었지만 설파가 예문준
의 반역을 서수휘에게 밀고했던 것이다.

한편이었을 때에는 비밀도 가려 주지만 적이 되면 모든 것을 까벌린
다.

서수휘는 부하를 시켜 예문준의 집을 은밀히 포위했고 밤중이 되기
를 기다려 불을 질렀던 것이다.

청아가 연기를 들이마셔 콜록거리고 있다. 과연 싸움터를 누빈 사내
였다. 문준은 이상을 느끼자 침상에서 뛰어내리며 외쳤다.

"빨리 피해라."

그는 칼을 찾아들자 입구인 듯싶은 곳으로 돌진했다. 문짝을 걷어차
고 복도로 뛰어나갔다. 검은 그림자들이 창을 갖고 막아선다. 그는 칼
을 휘둘러 한 놈, 또 한 놈을 베어 버렸다.

그때 바람의 방향이 바뀌었던 것 같다. 이상한 바람 소리를 내며 불
길이 몰려왔다. 뒷걸음질치다가 그는 뭉클 무엇인가 밟았다. 연기에
질식되어 쓰러진 청아였다. 그러나 문준은 청아를 구할 겨를이 없었
다. 그의 머리 속에는 살겠다는 생각 밖에 없었다.

복도를 왼쪽으로 꺾어 돌며 첫 번째 창문에서 몸뚱이째 부딪쳐 가며
몸을 날렸다. 그 아래 운하가 통하고 있었다.

물에서 태어나 물에서 자란 사내다. 교묘히 물 속을 헤엄치며 위지(危地)를 벗어났다. 얼마쯤 강물에 떠밀려 내려가다가 문득 돌아 보았더니 자기가 살던 집은 불덩이가 되어 있었다.

그는 청아가 생각났지만 곧 잊어버렸다. 난세에 태어났다가 잠깐 활짝 피고 사라진 꽃은 너무나 많았던 것이다.

예문준은 나룻마을에 상륙하여 숨었다. 부하들이 하나 둘 모여들었다. 그중에 면양의 어부집에서 태어난 진우량(陳友諒)이라는 사내도 있었다. 그는 글을 읽고 쓸 줄 알아 이번 음모의 참모격이었다.

"어떡하지? 차라리 황주로 가서 재기할 수밖에."

그러자 우량이 말했다.

"그 수밖에 다른 도리가 없겠지요. 그러게 제가 뭐랬습니까? 여자에 얼이 빠져 거사를 자꾸 미루다가 이 꼴이 되었지 않습니까."

"지나간 일이다."

문준은 불쾌한 얼굴빛이었다.

우량은 입을 다물어 버렸다. 그는 마음속으로 불만이 생겼다.

웃사람으로 경계해야 할 치명적 과신이 몇 가지 있다.

첫째로 작은 이익에 얽매이게 되면 큰 이익을 잃는다. 전리품을 많이 얻었을 때 대부분을 자기가 챙기고 부하에게 주는 것을 아까워한다면, 이는 작은 이익에 얽매이는 것이다.

둘째로 욕심이 많고 고집이 세며 이익을 즐기다 보면, 이윽고 재산을 탕진하고 목숨까지 잃게 된다. 이것도 작은 이익에 얽매여 큰 이익을 잃는 경우와 같다. 대장이 욕심이 많고 제 고집만 내세운다면 부하도 정이 떨어져 떠나고 말리라.

역설적인 논리(論理)도 성립될 수 있다.

즉, 군신(君臣)의 재앙은 사람을 믿는 데서 생겨난다고 한다. 사람(부하)을 믿으면 그 사람에게 억눌린다. 군신 관계는 부모 자식처럼 골육의 정이 없는 것이다. 부하는 대장의 세력에 억눌려 마지못해 쉴 새 없이 대장의 눈치를 살피고 있다. 대장이 이것을 깨닫지 못하고 안이하게 생각한다면 마침내는 부하에게 당하고 만다.

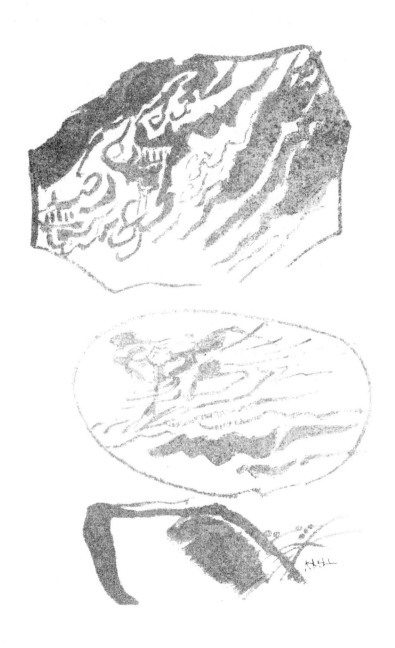

셋째로 여자를 경계해야 한다. 인간으로 배가 채워지면 재물과 미색을 탐하는 게 정해진 코스다. 그런 여자에게 빠져 정신을 못차리고 있다면 결국 망하고 만다.

예를 들어 군주가 그 부인을 지나치게 믿고 있으면 엉큼한 야심을 가진 부하가 이 부인을 꼬드겨 사욕을 채우려 한다. 그뿐인가, 정실이나 측실, 또는 심지어 적자(嫡子)로 태자가 된 자들 중에도 군주가 빨리 죽기를 바라는 자가 있는 것이다. 애당초 부부란 피를 나눈 골육의 정이 없고 사랑하면 친밀해지고 사랑하지 않는다면 뜨악해진다.

속담에 그 어머니를 사랑하면 그 자식도 안아준다고 한다. 그렇다면 이를 뒤집어 그 어머니가 소박되면 그 자식도 저버리고 만다는 말이 된다.

사내는 50이 되어도 색욕이 왕성하지만 여자는 30만 되어도 아름다운 용색(容色)이 쇠퇴한다. 아름다운 용색을 잃은 몸으로 호색한 사내를 대하다 보면 당연히 소박받아 자기 자식이 후계자 자리에서 밀려나지 않을까 걱정한다. 이런 이유로 정실이나 측실은 군주가 빨리 죽기를 바라는 것이었다.

어머니가 태후(太后)가 되고 그 자식이 군주가 되면, 태후는 무슨 일이고 자기의 뜻대로이며 해서 못할 것이 없고, 금하여 무엇이든지 막을 수 있다. 남녀의 상열(相悅)도 신하와 자유롭게 간통할 수 있으므로 선군(先君)이 살아 있을 적보다 더욱 분방할 수 있고 누구 하나 거리낌 없이 나라를 좌지우지한다. 이런 신분이 되고 싶어 남편이 죽기를 바라거나 나아가선 독살 마저 하는 것이었다.

넷째로 잘못을 저질렀으면서도 충신의 말을 받아들이지 않고 고집을 세우면 망하고 만다.

예문준은 고향인 황주로 달아났다. 그러나 그의 행동이나 생각은 조금도 달라지지 않았다. 어느 날 문득 깨달았을 때 부하들은 모두 진우량에게 나부끼고 자기에겐 등을 돌리고 있었다.

우량은 문준을 죽이고 대장이 되자 사방을 공략했다. 그는 선위사(宣慰使)라 자칭했고 사자를 서수휘에게 보내어 문준의 목을 바쳤다.

안경(安慶), 서주(瑞州) 등지를 점령하여 장강 서쪽 일대에 기반을 구축해 나갔다.

한편 저주에는 갑자기 피난민이 몰려들고 또한 수만의 군대가 있어 식량이 딸렸다. 그래서 원장은 곽자홍에게 건의했다.

"아무래도 근거지를 옮기는 게 좋겠습니다. 그러자면 남쪽인 화주 (和州)를 손에 넣고 군사를 먹여 살리는 게 좋습니다."

자홍은 금방 대꾸를 하지 않았다. 말끄러미 원장을 쳐다본다.

자홍은 본디 성격이 조잡하고 줏대가 없는 인물이었다. 그러면서 자존심은 강했다.

(이 녀석이 어느새 이렇게 컸지?)

그런 생각을 한다. 그는 문득 원장을 시험하고 싶은 짓궂은 생각이 들었다.

"그래, 전쟁에 나가 이길 자신이 있느냐?"

원장으로선 모욕이었다. 거기에는 많은 부장들이 늘어앉아 원장의 대답을 듣고자 귀를 세우고 있었다.

원장은 자홍의 부장 가운데 아직도 지위가 높지 않고 나이도 젊기 때문에 제장들이 잘 따르지 않았다.

그래서 얼마 전에는 이런 일도 있었다. 원장은 제장들이 자기를 과연 원수 아래의 총관으로 복종하는가 시험했던 것이다.

먼저 제장들에게 총관의 이름으로 긴급 회의 소집을 통보했다. 그리고 부하를 시켜 대청의 주장(土將)자리를 없애게 하고 나무 의자만 늘어놓게 했다.

이튿날 제장들이 잇따라 도착했다.

당시는 석차(席次)의 상하도 몽고의 관습을 좇아 우측이 상석이었다.

원장은 일부러 회의장에 늦게 나타났다. 보니까 남아 있는 것은 예상대로 좌측 끝의 말석뿐이었다.

원장은 아무런 말도 없이 조용히 말석에 앉았다. 당면 과제에 대해

토의가 시작되었다. 하지만 제장들은 적에게 돌격하여 싸우는 것 밖에 모른다. 병법을 모르는 농민, 어부 출신들이다. 적정 판단이니 작전 계획 같은 두뇌로 하는 문제에는 서로 얼굴만 쳐다볼 뿐 아무런 방안도 내놓지 못했다.

이때 원장이 발언했다. 그의 계획은 이치에 맞는 것이었고 누구도 반박하지 못했다. 사실 이때까지 원장은 결단력도 있고 통솔력도 있어 제장들이 조금씩 심복했던 것이다. 하지만 제장들은 마음속으로 경멸하는 생각이 없잖아 있는 것이었다.

원장은 끓어오르는 분노를 꾹 참고 자흥의 물음에 대답했다.

"전선에 나가 승리할 것을 결심하고, 전투에 즈음하여 계책을 쓰는 것은 마치 시문(詩文)의 글을 짓는거나 같습니다. 어찌 미리 정할 수가 있겠습니까? 하지만 원칙은 있습니다. 인(仁)으로 이기는 것이 상책이고, 지혜로 이기는 게 중책이며 용맹으로 이기는 것은 하책입니다. 인자(仁者)는 백성을 사랑하고 매사에 동정심을 갖고 그들을 형제 자매처럼 봅니다. 그러면 사람들이 진심으로 심복할 것입니다. 지자(知者)는 먼저 천하 대세를 판단하고 피아간의 전력(電力)을 계산합니다. 그것을 바탕으로 장막 안에서 계책을 정하여 천리 밖의 승리도 결정할 수 있습니다. 그렇기 때문에 백 번 싸워 백 번 이길 수 있습니다. 용자(勇者)는 적을 만나 겁내지 않고 어려움을 당하여 굴하지 않으며 창칼을 천 명의 적장에게 휘두르고 힘으로 만 명의 적이라도 막아냅니다. 지인용(智人勇)의 세 가지는 대장된 자의 지켜야 할 도(道)로 이것들이 모두 갖추어지고 있어야 명장입니다. 이 가운데 한 가지라도 결여되면 대장으로 그 자격이 없다 하겠지요."

"홍, 네 말이 그럴 듯하다. 그 밖에도 대장으로 할 일이 있느냐?"

"비록 천변만화(千變萬化)가 있다 하더라도 세 원칙만 지키면 큰 실수는 없을 것입니다."

그제서야 자흥은 기뻐하고 원장에게 화주 공격을 명하며 총병관 진수(鎭守)로 지위를 올려 주었다.

지정 15년(1355) 봄 정월이었다. 이때 원장은 28세였다.

내일이면 출동하는 날, 그날 밤 원장은 소실인 애리의 방으로 갔다.

애리는 이때 꼭 30세였다. 그녀는 요즘에 와서 남녀 필사(必死)의 묘경(妙境)에 몰두하는 비기(秘技) 비법을 터득하고 있었다. 그것도 그녀가 갖은 신산(辛酸)을 겪으며 청루에서 생활했기 때문이다.

"매일 수고가 많으십니다. 술상이라도 차릴까요?"

원장이 들어오자 애리는 반색을 하며 맞았다. 원장은 그녀의 손을 잡아 두 손으로 감싸면서 말했다.

"아냐, 내일은 새벽 일찍 출발한다. 그러니 일찍 쉬어야지."

그는 성급하게 끌어안으려고 했다. 그러자 애리는 호호호 웃으면서 손을 살며시 뿌리쳤다.

"그렇다면 잘못 오셨습니다."

원장은 자기 귀를 의심했다. 세상에서도 참 이상한 소리를 다 듣는다는 표정이었다.

애리가 소실로 맞아진 이후 원장은 스스로 규범을 정하고 있었다. 부인과 소실을 하루 걸러 찾는다는 약속이었다. 출장이나 그 밖의 이유가 있어 여인의 규방을 찾지 못했을 때에는 차례로 연기하며 약속을 지켰다. 가정의 평화를 지키기 위해서다.

오늘 애리를 찾은 것도 특별히 총애해서가 아니라 마침 애리의 차례인 날이었기 때문이다.

"용서해 주십시오. 서방님께서 내일 출전하신다는 말을 듣고서도 어찌 제가 모실 수 있겠어요? 제발 부탁이오니 마님께 가시기 바랍니다."

원장은 세상에 이런 여자도 있구나 하고 새로운 면을 발견한 느낌이었다.

애리는 마씨보다 훨씬 나이가 많다. 애지는 겨우 19세로 애리보다 10여 세 아래다. 그렇지만 애리는 애지를 깍듯이 '언니'라 부르며 존대하고 있었다.

"알았소, 당신의 뜻대로 하리다."

합장하듯이 애원하는 애리의 청에 원장은 마침내 의자에서 일어섰다.

마씨는 자지 않고 그를 기다리고 있었다. 더욱 놀랐던 것은 아내가
예쁘게 화장한 얼굴로 생글생글 웃으며 맞은 일이다.

"어서 오세요. 서방님이 오실 줄 알고 있었지요."

"당신이 어떻게? 혹시 애리와 짠 게 아니오?"

원장도 애리와 마씨가 친자매처럼 다정하다는 것을 알고 있었다. 그
것이 그로선 다행스러운 일이었지만, 오늘 밤 아내의 침실을 찾으면서
그 생각을 하고 있었던 것이다.

"호호호! 내일 새벽 서방님이 출전하신다는 것도 알고 있었지요.
성안의 인마(人馬)의 움직임, 그리고 낮에 문정도 인사를 왔었지요.
그런 만큼 아우님이 저한테 서방님을 꼭 보낼 거라고 믿고 있었답니
다."

"으음."

하고 원장도 신음했다.

주효(酒肴)가 탁자에 준비돼 있었다.

그는 아내의 손을 잡고 탁자로 걸어갔다. 부드럽고 따뜻한 아내의
손이다.

아내와 술잔을 나누어 마시자 침상으로 갔다. 그리고 조용히 아내의
가슴부터 헤치며 중얼거렸다.

"이 몸이…… 벌써……."

아들을 둘씩이나 낳은 몸일까 하며 감탄했다. 아이를 낳고서부터 아
내의 젖가슴이 훨씬 커진 것 같다. 달착지근한 젖내도 그를 이끄는 매
력이었다. 어려서 어머니를 잃은 소년은 어른이 되어도 여인의 젖내에
서 향수를 느끼는 모양이었다.

"무어라 말씀하셨어요?"

아내는 눈을 사르르 감으며 물었다. 그녀의 손길은 가슴을 애써 감
추려고 한다. 그것은 남편의 애무가 부끄러워서가 아니다. 그러나 원
장은 억지로라도 가슴을 헤쳤다.

두 젖가슴 아래 희미한 흉터가 있다. 아내는 그것이 부끄러워 감추

려는 것이었으나 그는 그곳에 입술을 가져갔다.

마씨는 특별히 학문을 한 것도 아니었고 절세의 미인도 아니었으나 주원장이 끝까지 아꼈다. 그녀의 말이라면 무시하지 못했다. 단순히 조강지처였기 때문만도 아니었다. 그녀는 매우 총명했고 마음이 착하여 지위가 아무리 높아져도 교만하지 않았던 것이다.

앞서도 말했던 것처럼 곽자흥은 조야하고 교만했다. 또 잔소리가 많고 우유부단했으나 때로는 잔인하기도 했다. 그래서 기분 좋을 때에는 주원장을 잘 돌보아 주기도 했지만 때로는 무시하고 학대했다.

"너는 기껏해야 내 데릴사위야. 밥을 먹여 주는 것은 나다!"

하는 태도가 역력히 보였다.

원장은 몇 번이고 자흥 밑을 뛰쳐나가고 싶었는지 모른다. 특히 자기가 신뢰하고 있는 장교나 막료를 다른 부대에 보내든가 했을 때에는 화가 머리끝까지 치밀었다.

그러나 그럴 때마다 원장을 달래고 참도록 만든 것은 아내 마씨였다. 마씨는 양아버지 자흥에게 빌기도 하고 양어머니 장씨에게 선물을 가져다 주며 남편을 너무 구박하지 말아 달라고 부탁하기도 했다.

그런데도 원장에 대한 자흥의 멸시와 학대는 좀처럼 고쳐지지 않았다.

언젠가는 신경질을 부린 자흥이 원장을 빈집에 감금하여 보초를 세우고 누구도 먹을 것을 주지 말라고 엄금했다. 그런 남편을 위해 마씨는 금방 찐 만두를 젖가슴 아래 감추고 찾아가서 원장을 먹여 주었다. 때문에 마씨의 부드러운 살갗은 뜨거운 만두로 빨갛게 데고 진물러 흉터마저 남았다.

그러나 그녀는 자기의 화상 따위는 남편을 위해서라면 아무것도 아니었다.

또 그녀는 평소부터 남편을 위해 마른 고기나 건반(乾飯)을 항상 준비하고 있었다. 건반은 시루에 찐 밥을 말린 것인데 그것에 물만 부으면 언제든지 먹을 수 있는 휴대 식량이다.

마씨는 이런 것들을 자기 식사를 절약하여 만들어 두었다. 남편을 위해 만일의 경우에 대비했던 것이다.

"당신은 나의 보물이오."

남편이 흥터를 핥아주자 마씨는 몸을 떨었다.

"왜 그러시오, 춥소?"

"아아뇨, 너무도 황송해서……."

아직도 추위가 남아 있는 봄이다. 원장은 이불을 끌어당겨 자기와 아내를 덮었다. 아내는 남편의 목을 두 팔로 안고,

"아아!"

하고 매달렸다. 쪽이 기울어지고 비녀가 빠져 달아나며 여인의 체취가 침구 속에 범람했다. 여체의 꽃샘이 넘쳤다.

그도 이제는 미친 듯이 끌어안았다. 아내도 안겨 오면서 남편의 팔을 물었다.

"하나……, 하나가 되어 주어요."

"두 사람은 따로따로가 아니오?"

"하나입니다. 일심동체."

"이렇게 말이오?"

"아, 기뻐요!"

빨간 침구에 희고 거대한 연꽃이 널브러진 것처럼 보였다. 마씨는 어느덧 이불을 걷어차고 베개를 밀어내고 있었다. 그녀는 실신상태에 빠져 있었다. 의식이 보라빛 아지랑이로 녹아 버렸다. 망연(茫然)한 시간이 흘렀다.

"아!"

문득 잠이 깬 것처럼 의식을 되찾았을 때 짓눌리고 있었던 몸에 해방감을 느꼈다. 몸이 가벼워져 있다. 섬칫하며 일어나려는 그녀 귀에 뜨거운 입김이 뿜어졌다.

"부인, 나는 이제부터 한잠 푹 자리다. 첫닭이 울거든 깨워 주시구료."

이튿날 주원장이 주장이 되고 서달이 부장이 되어 군을 사열했다.

조덕승이 전군(前軍)을 지휘했고 등유는 후군(後軍)을 맡았다. 경재성은 좌군, 풍용은 우군, 이선장은 참모 겸 구응사(救應使)에 임명되었다. 병력은 모두 2만 남짓이었다.

먼저 화주의 외곽선인 장가보(張家堡)라는 곳에 이르렀다. 대부(大夫)로 있는 손염(孫炎)이 말했다.

"장가보의 장천우(張天祐)는 나의 옛 친구요. 강직하고 의협심이 있소. 내가 먼저 가서 설득하여 우리 편에 귀순하도록 하겠소."

손염은 노패채의 두목이었던 산적이다. 노패채와 장가보는 서로 이웃이라 천우와는 전부터 내왕이 있었다.

"꼭 그렇게 해주시기 바라오."

원장은 첫마디에 승낙했다. 원장의 전략은 되도록 적과 싸우지 않는다는 것이었다. 그것이 그의 특징이었다. 한편을 적에서 찾는다는 주의였다.

다른 홍건적이 군량을 현지조달하듯 그는 적을 귀순시켜 자기 세력을 늘려가는 방법을 주로 썼다.

손염은 단기로 말을 달려 장가보로 갔다. 천우는 손수 손염을 맞아 객청으로 안내했다.

"나는 자네가 원장에게 속아 정원에서 감금되고 꼭 죽은 줄로만 알았는데 오늘은 웬일인가?"

"오늘은 자네에게 항복을 권하러 왔네."

그러자 천우는 크게 웃었다.

"이거 세상이 거꾸로 된 것 아냐. 나까지 자네 꼴처럼 만들 셈인가?"

그러나 손염의 태도는 진지했다. 자기가 그동안 느낀 주원장의 인물에 대해 설명했다.

"결론적으로 말하여 사람에겐 운을 타고난 사람과 그렇지 못한 사람이 있네. 불과 몇 년 전 한낱 거지 중이었던 그가 지금 총병관이 되었으니 운이 없다 할 수 있겠는가!"

장천우는 팔짱을 끼고 한참 생각하더니 말했다.

"좋아, 원장의 호운(好運)에 내 운도 걸어 보겠네."

손염은 기뻐하며 천우와 함께 주원장을 만났다. 원장은 천우에게 중군 교위(校尉)라는 벼슬을 주고 계속 장가보에 있도록 했다. 약간의 군자금과 군량의 제공만 받고 그대로 통과했다.

"과연 총병관은 통이 큰 사람이다. 자네 말을 들어 잘했네."

천우는 기뻐하며 자기 아들인 덕흥(德興)에게 군사를 주어 종군케 했다.

이튿날 일대의 군마가 전방 언덕에 진을 치고 있는 것이 보였다. 제장은 이것을 보자 앞을 다투어 공격하려 했다.

"경솔히 움직이지 말라. 먼저 상대를 정확히 알고 공격해도 늦지 않다."

경병문을 보내어 알아 보도록 했다. 병문이 가까이 가서 보았더니 한 대장이 말을 타고 언덕에서 내려온다. 얼굴은 무쇠와 같고 수염은 구리바늘과도 같았는데 손에 선화부(宣花斧)를 들고 있다.

"소장은 총병관 주원장 장군의 휘하에 있는 경병문이라 합니다. 부디 장군의 존함을 가르쳐 주십시오."

그랬더니 상대도 마상에서 정중히 답례를 하며 말했다.

"나는 이름을 호대해(胡大海)라 하며 사주 홍현(紅縣)사람입니다. 주장군이 화주를 치신다는 소식을 듣고 이곳에서 기다린지 오래입니다. 경장군은 아무쪼록 이 사람을 주장께 천거해 주십시오."

병문은 기뻐하고 호대해를 데리고 돌아왔다. 원장은 대해를 보자 그 용모가 결코 천하지 않고 위엄이 있어 호걸임을 알았다. 특히 두 눈에 광채가 있으며 사람들을 압도하고도 남음이 있다.

"호장군께서는 평소 어떠한 신념을 가지고 계시오."

"네, 저와 저의 부하 3백은 전투를 함에 있어 세 가지 금계(禁戒)가 있습니다. 남의 지어미를 죽이고 남의 딸을 겁탈하지 않으며 남의 집을 불지르지 않습니다."

이리하여 원장은 그에게 통제사 벼슬을 주고 군중에 있게 했다.

드디어 화주 성벽이 멀리 보였다.

원장은 경재성, 조계조, 요충(姚忠)에게 3천 병력을 주어 탐색전을 명했다.

홍건의 세 장수는 화주 북문에 이르러 싸움을 걸었다.

화주성을 지키는 원의 대장은 선테무르[先帖木兒]였다. 그는 적이 몰려왔다고 듣자 3만의 병력을 이끌며 성문을 열고 쳐 나왔다. 선테무르가 언월도를 비껴들며 큰소리로 말했다.

"너희들은 어디의 도둑들인데 감히 내 경계를 침범하느냐!"

경재성이 진전에 나가 맞받았다.

"나는 곽원수 막하의 전부 선봉 경재성이다. 너는 대체 무엇을 믿고 항복하지 않느냐?"

이 말에 선테무르는 언월도를 휘둘러가며 달려왔다. 재성은 긴 창으로 이를 맞아 싸웠지만, 이때 원병은 둘로 갈라져 홍건당을 포위했다. 적은 대군이고 아군은 소수라 당할 수가 없었다. 반 시각도 못 되어 홍건은 진영이 무너졌고 앞을 다투며 도망쳤다. 다만 요충만 혼자 남아 용전했지만 뒤따르는 부하가 없어 난군중 전사했다. 이날 홍건은 1천 가까운 군사들이 죽었던 것이다.

패전 소식을 듣고 원장은 주력 부대를 황니진(黃泥鎭)까지 전진시켰다. 패장 경재성과 조계조가 스스로 몸을 결박하고 원장 앞에 나타났다.

원장은 그들을 보자 크게 꾸짖었다.

"너희들이 무슨 낯으로 내 앞에 왔단 말이냐! 군사들은 이들을 군문 밖에 끌어내어 참하도록 하라."

"잠깐!"

그때 이선장이 나서며 말했다.

"양장의 죄는 마땅히 죽음에 해당되나 지금은 용사가 필요한 때입니다. 아무쪼록 죄를 용서하시고 다른 날의 공으로 갚도록 하십시오."

원장도 이 말에 못이기는 척하고 그들을 용서해 주었다.

곧 작전회의가 열렸는데 서달이 안을 내놓았다. 그리고 그는 덧붙였다.

"이 계책은 매우 위험한 것이므로 경재성 등에게 명하여 오명을 씻도록 하십시오."

원장은 고개를 끄덕였다.

군기(軍紀)

서달은 경재성과 조계조에게 계책을 주며 재삼 부탁했다.

"반드시 명심하여 공을 세우도록 하시오."

두 사람은 눈물을 흘려가며 맹세하고 물러갔다. 서달은 또 등유, 탕화, 곽영(郭英), 호대해 등에게 계책을 주며 각각 2천 군사를 이끌고 큰길 옆의 숲속에 매복하라고 했다.

모든 준비가 갖추어지자 서달은 1만을 이끌고 전면에 나가고 원장도 역시 1만의 병력으로 후비(後備)가 되었다. 화주의 대장 센테무르는 토건테무르, 장국승(長國昇) 등과 더불어 3만의 군대로 성 남쪽에 진을 치고 홍건당을 기다렸다. 서달의 전군이 이르러 진형을 펼쳤다.

이 당시의 싸움은 장수의 말싸움부터 시작했다. 센테무르가 진전에 나오며 홍건당의 기를 꺾는다.

"너희들은 아직도 혼이 덜 났구나. 속히 물러가지 않는다면 경재성처럼 당하고 말리라."

서달이 나가 이를 비웃자 센테무르가 언월도를 풍차처럼 돌리며 덤벼들었다. 서달은 쌍검을 빼들고 이를 맞아 싸웠다. 양장의 말이 서로 엇갈리고 몇 합을 겨뤘으나 좀처럼 승부가 나지 않았다. 그러자 원진에서 토건테무르, 장국승 등이 병력을 이끌고 일제히 돌격을 해왔다. 서달은 틈을 보아 못이기는 척 말머리를 돌려 달아났다. 원병은 함성을 올려가며 이를 추격했다.

10리쯤 추격할 때 원장의 후비대가 산 모퉁이에서 나타나며 원병을 차단했다.

"돌아가라, 돌아가라."

센테무르가 외쳤을 때 연락병이 달려와 후방의 진옥(陣屋)이 습격되고 불질러졌다고 알렸다. 원병은 이 보고에 더욱 놀라 질서를 잃고 퇴각했는데 좌우에서 등유와 탕화 등의 복병이 내달았다. 게다가 원장과 서달의 주력이 되돌아오며 공격했다.

이 바람에 원병으로 죽는 자가 수없이 많았다. 센테무르 등은 본진도 빼앗겨 결사적으로 길을 열며 화주성 동문까지 이르러 보았더니 성벽에는 이미 홍건의 기치가 꽂혀 있었다.

이것은 서달의 계책을 받은 경재성이 밤중에 몽고병을 가장하여 성문을 열게 하고 돌입하여 점령했던 것이다.

더욱이 이때 원병으로 뜻밖이었던 것은 산중에서 돌출한 1천 남짓의 정체불명의 군대였다.

"적이냐, 아군이냐?"

원병들은 싸울 생각도 않고 지켜 보고 있었다. 그들은 이마에 홍건을 동이지 않고 있었던 것이다.

그러나 백 미터쯤 접근했을 때 그들의 태도는 일변했다. 일제히 무기를 휘두르며 원병에게 달려들었다. 센테무르는 당황하여 달아나려 했으나 긴 창의 자루로 얻어맞고 말에서 떨어졌다.

졸개가 달려들어 센테무르를 결박해 버렸다. 센테무르를 생포한 장수는 과연 누구였을까?

그는 센테무르를 말안장에 매달고 유유히 앞에 가더니 말에서 뛰어내려 한 무릎을 꿇었다.

"저는 호주 회원(懷遠) 사람으로 상우춘이라 합니다. 어려서 부모를 여의고 각지를 방랑하다가 방국진의 부하가 되어 해적질을 했었지요. 뜻한 바 있어 그와 갈라지고 산중에 엎드려 있었는데 이번에 주장군의 소식을 듣고 왔습니다."

원장은 상우춘이 수전에 경험 있다는 말을 듣고 막하에 두기로 했다. 장차 집경을 공격하자면 장강을 건너야 하는 것이다. 생포된 센테무르는 군문 밖에 끌어내어져 참수되었다.

전쟁이 있게 되면 여인들이 가장 피해를 입는다. 집은 불태워지고 남편은 전사하고 먹을 것은 없다. 그런데 점령한 군사들은 무슨 전리품이라도 차지하듯 여인을 겁탈하고 재산을 노략질한다. 화주 성안도 그런 지옥도가 벌어지고 있었다.

의식주(衣食住)란 말이 있지만 하룻밤 사이 거지가 된 화주의 주민들은 무엇보다도 먹는 일이 선결문제였다.

원장은 성 밖에 본진을 두고 서달, 탕화 등을 시켜 부고를 접수하고 큰 솥에 죽을 끓여 주민을 구제하라고 명령했지만 명령이 제대로 전달되지 않았다.

그런데 시식소(施食所)에 모여드는 남녀로 보시기 하나 제대로 가진 자가 없었다. 깨진 질그릇에 죽을 받는 자는 그래도 다행이다. 그것도 없는 자는 손바닥이나 옷자락에 죽을 받아 먹었다. 인간이 극도로 굶주리면 그것은 야수나 다를 게 없었다. 슬픈 인간의 숙명이었다.

몸에서 악취를 풍기는 젊은 여인이 불타고 허물어진 흙벽 그늘에서 무엇인가 먹고 있다.

그러자 냄새가 나는지 어디선가 홍건의 군사 하나가 나타났다. 그는 잿더미를 헤치고 놋그릇이나 은접시 따위를 찾고 그것을 훔쳐 부지런히 봇짐 속에 싸고 있다. 그리고 도둑 고양이처럼 나오다가 여인을 발견했다.

"무엇을 먹고 있지?"

여자는 섬칫하며 먹던 것을 감추려다가 사내를 보더니 씨익 웃었다. 얼굴에 칼상처가 있고 발을 절고 있는 사내였다. 여자는 아직 젊었다. 머리는 산발이었고 옷은 찢어졌으며 신은 한짝만 신고 있었다. 그 찢어진 옷 사이로 허연 허벅지가 보였다.

여자는 사내를 보더니 손을 내밀었다. 필사적으로 무엇인가 바라는 교태가 얼굴에도 몸에도 나타나 있었다.

"뭐야?"

"저를 품고 싶지 않으셔요?"

"아, 그렇군. 좋아."

그는 여인의 소망을 알았던지 허리에 찬 자루에서 말라빠진 납작떡과 호파를 꺼내며 다짐을 받았다.

"하지만 거저는 아니다."

"알았어요."

여자는 사내의 손에서 먹을 것을 낚아 채었다. 돌처럼 단단한 평병(平餠)을 깨물고 파를 으적으적 씹었다. 사내는 그동안도 참지 못하고 여인의 젖가슴과 음부를 만지작거렸다.

이윽고 여인은 무릎을 오므리면서 말했다.

"기다려요! 나를 품기 전에 데려가 준다고 약속해 주겠어요?"

여인은 굶주린 배를 채우면서 사내를 관찰하고 있었던 것이다. 사내는 인물이 아니다. 사내의 생활력, 사내의 봇짐 속의 재물을 계산하고 있었다.

"어디로?"

"어디라도……. 어디라도 좋아요."

사내는 잠시 생각하는 모양이었다. 비록 냄새가 나고 얼굴에 숯검정 칠은 하고 있지만 그로선 죽었다 살아나도 만날 수 없는 그런 여인 같다.

"음, 이 기회에 돈도 좀 생겼으니 시골에라도 갈까?"

"정말! 기뻐요."

그녀는 사내 목에 매달렸고 스스로 무릎을 벌렸다.

이런 것은 하나의 지옥 풍경이었다.

주원장은 화운, 화룡 같은 친위대를 데리고 성안을 순찰했다.

벌써 점령한 지 며칠이 지나 성안은 많이 안정되고 있었다. 그런데 문득 보니 예닐곱 살의 여자아이가 훌쩍훌쩍 울고 있었다. 원장은 말을 멈추고 물었다.

"애야, 너는 부모가 없느냐?"

고개를 흔든다. 고아는 아닌 모양이다.

"그럼 어째서 우느냐?"

그러나 좀처럼 대답을 않는다. 가까스로 달래어 물어 보았더니 이런 대답이었다. 아이의 아버지는 군영의 말먹이 인부로 징발되고 어머니는 영내에 끌려 들어가 병사들의 성노예가 되었다. 부부는 서로 신분이 발각되면 살해될까 겁을 먹고 남매간으로 행세하고 있었다. 이때문에 아이는 부모도 찾아갈 수 없다는 것이었다.

원장은 이 문제는 중대한 일이라고 생각했다.

즉시 전쟁에서 빼앗은 여자나 아이를 돌려 보내라고 제장들에게 엄중히 명령했다.

"우리는 저주에서 이곳 화양(화주의 이름을 고침)에 왔다. 각각 홀몸이고 처자식도 동반하지 않고 있다. 그리하여 입성 후 질서 없는 짓을 하여 남의 아내를 겁탈하고 영내에 감금시켜 백성들에게 생이별의 슬품을 주고 있다."

"군대에 군기가 없다면 어찌 발 밑을 다질 수가 있겠는가. 앞으로는 성을 함락시키더라도 빼앗은 부녀자 가운데 과부나 미혼의 여자는 괜찮지만 남편 있는 여인은 절대로 겁탈해선 안된다."

이튿날 그는 화양의 모든 남녀를 현청 앞에 집합시켰다. 그리고 사내들은 현청 앞의 큰 길 양쪽에 늘어서게 하고 그 사이로 약탈한 여자를 하나씩 걸어가게 했다. 곧이어 울부짖는 소리가 들렸다.

"여보, 마누라."

"엄마, 엄마."

부부와 모자가 서로 불러가며 통곡한다. 어떤 사내는 덩실덩실 춤을 추고 울다가 웃는 자도 있었다. 이리하여 화양은 생기를 되찾았고 조금씩 활기를 띠기 시작했다.

그런데 엉뚱한 일이 생겼다. 호주에 있던 손덕애가 자기 부하들을 이끌고 화양에 나타난 것이다.

"호주에는 식량이 떨어졌어. 우리도 이곳에 있도록 해주게."

원장은 이것을 막을 구실이 없어 고민했다. 그들은 같은 홍건당이고 더구나 자기보다 상관인 절제원수다.

덕애와 그 부대는 화양 성안에 주둔하여 멋대로 행동했다. 모처럼 안정되기 시작한 화양도 다시 술렁거렸다. 이것을 알고 곽자흥이 저주에서 본대 인마를 끌고 달려왔다. 자흥과 덕애는 서로 으르렁거리는 옹치로 불구대천의 원수나 같았다.

당연히 자흥과 덕애의 부대는 일촉즉발의 험악한 살기가 감돌았다. 원장은 이것을 중간에서 중재하느라고 동분서주했다.

자흥은 자흥대로 원장에게 마구 삿대질을 하며 욕설을 퍼부었다.

"대체 어떻게 하자고 그런 늑대 같은 놈을 성안에 불러 들였느냐? 너도 한통속이 아니냐?"

"진정하십시오, 곽원수님. 그를 들어오게 한 것은 제 잘못입니다. 하지만 양식이 없다며 찾아온 그들을 어떻게 쫓아보낼 수 있겠습니까? 그들은 같은 우군이 아닙니까."

"듣기 싫다. 당장 그놈과 사생결단을 내고야 말겠다."

"안됩니다. 감정보다 이성을 가지셔야 합니다. 지금 이곳에서 우리가 서로 싸운다면 모처럼 얻은 화주는 물론 저주까지 잃을 염려가 있습니다."

원장은 가까스로 자홍을 달래고 이번에는 덕애에게 갔다.

"손원수님, 부디 이 성에서 나가 주십시오. 저야 그렇지 않지만 좁은 성안에서 함께 있다가는 언제 곽원수의 부대와 충돌을 일으킬지 모르지 않습니까?"

"좋아, 그렇다면 양식을 주게. 성에서 나가 줄 테니."

"알았습니다."

원장은 덕애에게 양식 5천 석을 주었다. 덕애는 성에서 나갔지만 가까운 황니진에 부대를 주둔시키고 계속 화양을 엿보고 있었다.

자홍은 저주로 돌아갔다. 원장은 제장들을 소집하고 명령을 하달했다.

"지금 사방에 적이 있어 한시도 방심할 때가 아니오. 앞으로 분담을 정하여 성벽을 보수해 주기 바라오. 기간은 3일. 이것은 곽원수의 명령이니 어김이 없도록 하시오."

3일이 지나고 제장들과 더불어 공사의 검열을 했다. 그런데 완성된 것은 원장의 담당구역뿐 다른 곳은 모두 미완성이었다.

원장은 격분했다. 즉시 공좌(公座)에 앉아 제장들을 소집했다.

그곳에는 곽자홍의 명패(名牌)가 놓인 교의도 있었다. 그 교의를 등지고 원장은 선언했다.

"주수(主帥)의 명을 받들어 총병관이 된 나의 책임은 중대하다. 성 보수는 중요한 일이라 각자의 분담을 정하고 기일 안에 완성시키라고 거듭 당부했었다. 그런데 모두들 기일 안에 완성시키지 못했다. 만일 적이 공격해 온다면 어떻게 싸울 것인가? 정세는 급박한데, 이렇듯 마음을 하나로 모으지 못한다면 군기가 있다고 할 수 없다."

"지금 이 자리에서 분명히 말해 두겠다. 과거의 일은 묻지 않겠다. 앞으로 만일 명령을 따르지 않는다면 군법을 엄중히 시행하겠다. 형제의 정도 고려하지 않겠다."

원장의 이 말에 누구도 거스르지 못했다. 그들은 곽원수의 영패가 그곳에 있고 또한 원장이 비록 나이는 젊지만 엄연한 화주의 주장이라 꼼짝하지 못했다. 더욱이 그들은 정해진 기일에 늦었다는 심적 부담도 있었다.

제장들은 모두 잘못을 사과했지만 마음속으로 불쾌하게 여기는 자가 없지 않았다.

난세에는 패자도 재기할 수 있는 여지가 있는 법이다.

지정 15년(1366) 2월, 변양에서 도망친 유복통은 박주(亳州)에 도읍을 정하고 다시 세력을 규합했다.

임아(林兒)가 여전히 황제였지만 유복통의 꼭두각시에 지나지 않았다. 복통은 승상이 되었고 다시 태보(太保)로 권력을 한 손에 쥐고 있었다.

이어 3월 곽자홍이 저주에서 죽었다. 원장은 화양을 이선장, 탕화, 서달에게 맡기고 심복 몇만 데리고 저주로 갔다.

자홍이 죽자 원장에게 절제원수가 되어 그 뒤를 이으라고 권하는 자가 있었다. 그러나 그는 사양했다. 자홍의 아들 천서(天叙)를 주장으로 받들 것을 맹세했다. 그로선 그렇게 할 수밖에 없었던 것이다.

우선 천서는 손덕애의 손자였다. 덕애는 숙적 자홍이 죽자 이 방면의 홍건당을 전부 차지할 야심으로 가슴이 부풀었다.

"저주에선 아무런 연락도 없느냐?"

부하들에게 매일같이 물었다.

그러자 구성(仇成)이란 심복이 대답했다.

"저주에 보냈던 첩자의 보고가 있습니다. 그것에 의하면 주원장은 자홍의 아들 천서를 절제원수로 받들고 그 승인을 청하기 위해 장천우를 박주에 보냈다고 합니다."

"뭐, 뭣이라고!"

덕애는 입에서 거품을 내뿜으며 격분했다.

134

"에잇 빌어먹을! 당장 군사를 일으켜 저주와 화주를 치겠다."

그러자 아들인 손화(孫和)가 간했다.

"고정하십시오, 아버님. 지금 주원장은 곽원수의 아들을 세워 그 이름이 한결 높아졌습니다. 그리하여 의리를 중히 여기는 그의 덕을 따르며 많은 사람들이 모여들고 있습니다. 차라리 그를 없애려면 힘으로 할 것이 아니라 꾀로써 도모하도록 하십시오!"

"무슨 계책이 있느냐?"

"잔치를 베풀어 그를 초대하는 것입니다. 그가 온다면 죽이든 살리든 우리 뜻대로 할 수 있지 않겠습니까."

덕애는 기뻐하고 사자에게 초청의 편지를 들려 화양에 보냈다.

원장은 편지를 받아 읽고 나서 말했다.

"이것은 덕애가 나를 잔치에 초대하여 죽이고자 하는 계책일 것이다. 그러나 가지 않는다면 그에게 또 다른 구실을 주겠지."

서달이 말했다.

"총병관께서 바로 꿰뚫어 보셨습니다. 덕애는 틀림없이 홍문(鴻門)의 잔치를 본뜨려 하는 것입니다. 그러나 장양(張良) 번쾌(樊噲)와 같은 무리를 거느리고 가신다면 염려 없습니다."

홍문의 잔치는 항우가 유방을 죽이려고 홍문 아래 자기 진영에 벌린 연회였으나 유방은 장양의 꾀와 번쾌의 용맹으로 위기를 모면했다는 고사(古事)다. 이 말이 떨어지자 상우춘과 호대해 두 사람이 원장을 지키며 가겠다고 자원했다. 그러나 원장은 이를 승낙하지 않았다. 그러자 또 한 사람 오정(吳鉦)이 나서서 자원했다.

"제가 총병관을 모시고 가겠습니다."

"오, 그대라면 함께 가도 좋다."

이 결정에 호대해는 불만이었다.

"제 무예가 오정만 못하다는 것입니까. 저와 상우춘은 쓰지 않고 오정을 쓰는 까닭이 무엇입니까?"

"사람에 따라 쓸모가 다르다. 이를 적절히 골라 쓰는 게 대장의 능력이다.

원장은 이튿날 오정과 졸개 약간을 데리고 황니진으로 갔다.

한편 덕애는 원장이 온다는 말에 기뻐하고 연회장 주위에 장사 20여 명을 매복시켰다. 그리고 술잔을 던지는 것을 신호로 달려나와 그를 생포하라고 명해 두었다.

원장은 덕애와 인사하고 연회석에 앉았다. 이윽고 덕애가 말했다.

"이 즐거운 자리에 여흥이 없다면 재미가 없다. 검무(劍舞)로써 장군의 흥을 돋우어라."

이 말이 떨어지자 덕애의 부장 오통(吳通)이 칼춤을 추기 시작했다. 원장은 벌써 눈치를 채고 오정에게 눈짓을 했다. 오정도 자리에서 일어나 덕애에게 일례하고 말했다.

"검무에는 반드시 상대가 있는 법. 소장이 비록 재주는 없으나 함께 칼춤을 추어 원수님을 기쁘게 해드리리다."

검무가 시작되자 오정은 숨돌릴 여유도 주지 않고 한 칼에 오통을 베어 버렸다. 그러자 덕애의 옆에서 오천수(吳千壽)란 자가 칼을 뽑아 주인을 보호했는데 이 역시 오정의 날카로운 칼 아래 쓰러졌다.

연회장은 피비린내나는 수라장이 되었다. 오정은 놀라 도망치려는 덕애의 목을 한 팔로 끌어안으며 호통을 쳤다.

"거름통이나 지던 농사꾼놈아, 너는 어찌 간사한 꾀로 우리 주인을 해치려고 하느냐! 만일 총병관을 무사히 돌려 보내지 않는다면 너를 찔러 죽이고 나도 죽으리라!"

이 혼란을 틈타 원장은 재빨리 밖으로 뛰어나가 말을 타고 탈출했다. 덕애의 부하들은 주인이 위급하기 때문에 어쩔 바를 모르고 멀찌기 에워싸고 있을 뿐이다.

오정은 덕애를 질질 끌며 입구로 갔고 다시 뜰로 내려섰다. 그는 이미 원장이 몇 백 미터 달아났음을 확인하고서야 덕애의 허리를 걸어차고 말을 집어 타고 그곳을 빠져 나왔다.

덕애와 그의 부하들 백여 기는 눈이 뒤집히다시피 분해하며 추격해 왔다. 그러나 그들이 5리쯤 쫓아가자 숲속에서 일대의 군마가 내달으며 원장과 오정을 보호했다. 이들은 상우춘과 호대해의 부대로 이곳에

와 있었던 것이다.

"복병이다!"

덕애는 놀라 말머리를 돌렸으나 호대해가 달려와 장창으로 그의 등을 찔러 버렸다. 덕애가 죽자 그의 부하들은 모두 말에서 내려 원장에게 항복했다. 다만 덕애의 아들 손화만이 도망쳐 놓치고 말았다.

박주에 갔던 장천우가 명왕(明王) 임아의 사령장을 갖고 돌아왔다. 그 사령장에 의하면 곽천서를 도원수, 장천우를 우부원수 주원장을 좌부원수로 임명하고 있었다. 말하자면 원장은 저주·화주 일대의 홍건당 셋째 두령이 된 것이었다.

그러나 곽천서는 아직 나이가 어리고 군사 경험이 없었다. 아버지 자흥의 후광(後光)을 입었을 뿐이다.

장천우는 자흥의 제2부인 장씨와 남매였다. 그러나 그는 장가보의 산적 두목 출신으로 이미 나이 많고 유능한 부하도 없었다. 그런데 원장은 결단력이 있고 유능하고 용맹스런 부하가 많이 있었다. 따라서 실권자는 그라 해도 지나친 말은 아니었다.

더욱이 그는 전진적인 생각을 갖고 있었다. 예를 들어 작은 인물은 작은 성공에 만족하고 그를 지키고자 소극적이 된다. 이것은 인간의 크기로, 이를테면 그릇으로 비유할 수 있다.

하루는 제장들이 모여 술을 마시면서 인물론(人物論)이 화제에 올랐다.

"손덕애는 정말 멍청이였어. 많은 부하를 가졌으면서도 무엇 하나 한 것이 없잖아."

"맞아. 그리고 난 덕애의 아들 손화를 겁쟁이라 생각하네, 꾀를 낸 놈이 제일 먼저 도망친 것을 보아도 알 수 있네."

그러면서 제장들은 은근히 원장을 추켜 올렸다. 적의 꾀가 있는 줄 뻔히 알면서 덕애의 본진에 간 것이 용감하다고 칭찬하는 것이다.

원장이 말했다.

"겁쟁이야말로 무섭다. 겁쟁이는 집념이 강하기 때문이다. 손화는 나를 평생의 원수로 노릴지도 모르네. 겁쟁이는 무리한 짓을 않기 때문에 오히려 방심 못하는 걸세."

이 말에 제장들은 고개를 갸웃했다. 뜻밖인 말을 듣는다는 표정이었다.

그러나 이것은 상식이다. 원장은 그때 살아 돌아올 자신이 없었다면 결코 덕애의 초청에 응하지 않았으리라. 그는 세심하게 계산하고, 결단을 내렸던 것이다.

즉, 그는 성격상 결코 모험을 하지 않는다. 전투는 반드시 승산을 확신하고서야 한다. 다만 결단의 방법이 달랐기 때문에 남들이 보기에는 대장감으로 여겨지는 것이다.

제장들은 '승부는 시운(時運)'이라 생각하고 무작정 돌격하기도 한다. 그리고 패하더라도 이는 병가의 상사(常事)라고 자위한다.

그러나 원장은 그렇지 않다. 방랑생활도 했고 남의 밑에서 고생도 했기 때문에 요행을 믿지 않는다.

이길 수 있게 하고서 싸운다.

먼저 첩자를 내보내어 적의 내막·전력·군량 따위를 자세히 조사하고 작전을 세운다. 만일 사전의 계산이 어긋나면 즉시 싸움을 중지한다.

그가 노획한 말을 원군에게 돌려주거나 저주의 병권(兵權)을 순순히 곽자흥에게 넘겨 준 것도 이런 치밀한 계산이 있었기 때문이다.

이무렵 원장의 가족은 화양에 옮겨 와 있었다. 정실 부인 마씨는 연거푸 아들을 낳았다. 그는 이미 두 아들 주표(朱標), 주상(朱爽)의 아버지였다. 애리는 소생이 없었다.

그래서 원장에게 제3부인이 맞아졌다. 손염의 딸 애옥(愛玉)이었다. 이 말이 처음에 나왔을 때 원장은 쑥스러운 듯이 마씨에게 말했다.

"그렇다면 당신이 처녀를 고르구료."

이것은 어떻게 보면 남편의 관용(寬容)인 것 같다. 그러나 사실은 아내한테 고르게 함으로써 적어도 질투를 않고 가내가 화목할 수 있다는 계산이 있었다.

그래서 몇 명의 후보자를 마씨가 만나보고 애옥을 선발했다.

마씨는 처음 보았을 때 애옥의 아름다움에 한숨마저 몰래 내쉬었다. 귀로부터 목 언저리가 갓피어난 흰 연꽃과 같이 희고 가냘펐는데, 이상하게도 색향을 풍긴다. 그런데 단지 그것뿐이라면 결코 애옥을 택하지 않았으리라.

"이름이 애옥이라던가."

"네."

"나이는 열일곱 살?"

"네, 그렇습니다."

고개를 들어 똑바로 마씨를 쳐다보며 대답한다. 맑고 시원스러운 눈이었다.

(음, 이 애는 예사 처녀가 아니로구나.)

과연 현부인 마씨였다. 첫눈에 애옥의 뛰어난 재치와 꿋꿋한 성미를 알아보았다.

이제껏 만나 본 처녀들은 하나같이 부끄러워하고 겨우 물음에 네라고 대답할 뿐이었다. 네, 그렇습니다 하고 자기의 주장을 내세운 처녀는 없었다.

사소한 것이지만 큰 차이가 있다. 이것은 요즘 말로 개성이 있다는 것과 난세에 있어 남편을 도와 무엇인가 공헌할 수 있다는 증거였다.

"호호호, 낭중지추(囊中之錐)로군. 영특한 아가씨야."

마씨가 감탄하며 어려운 문자를 썼다. 그녀는 혼자 있을 때 책을 구하여 읽고 교양을 쌓고 있었다.

"황송하지만 제가 물어도 좋을까요?"

애옥은 뜻밖의 말을 했다.

"오, 무엇이든 물어봐요."

"지금 말씀하신 낭중지추란 뜻을 가르쳐 주세요."

"아가씨에 대한 칭찬이죠. 주머니 속에 송곳을 감추고 있더라도 송곳 끝이 날카롭기 때문에 어느덧 주머니 밖으로 뚫고 나오기 마련이어요. 무릇 재능이란 아무리 숨겨도 어딘지 날카로운 재치가 밖에 드러나 보이기 때문에 그것을 비유한 말이에요."

"네, 잘 알았습니다. 가르침은 고맙습니다."

애옥은 얼굴을 붉혔지만 분명하게 말했다. 마씨는 어딘지 흐뭇한 느낌이었다.

그런 애옥인데 벌써 시집온 지 며칠이 된다. 요즘 그녀는 원장의 청년기 사랑을 흠뻑 받고 있었다. 마씨는 세 번째 임신을 하여 배가 불룩했고 애리는 스스로 이렇게 말했기 때문이다.

"저는 이미 서른 살이나 되어 할머니예요. 당신 곁에만 있는 것도 행복이지요. 그러니까 제 염려는 마시고 어쩌다가 한 번씩 찾아주시면 고맙겠어요."

애리도 예사 재녀(才女)는 아니었다. 애옥이 그녀에게 인사를 왔을 때 이런 충고를 했다.

"세상에 여자는 많고, 저마다 자기 나름의 아름다운 색향의 꽃을 피우고 있기 마련이죠. 그러나 여자로 남자를 진정으로 빠지게 하려면, 자기도 진심으로 사모하고 받들지 않으면 안됩니다. 그런 정성이 없다면 사내는 이윽고 박정한 나비처럼 다른 꽃을 찾아 날아가겠지요."

이것도 상식이었지만, 상식대로 되지 않는 게 세상이다. 그런 점을 애리는 신부 애옥에게 충고하고 있었다.

"그리고 아우님은 서방님을 싫어하시지 않겠죠? 아내로 남편을 싫어한다는 것은 있을 수 없겠지만 아우님은 그 이상으로 진정 서방님을 좋아하시겠지요."

"어머!"

애옥은 불길처럼 달아오른 얼굴을 소매로 가렸다. 의복 아래서 사내의 기쁨을 안 여체가 터질 듯이 팽팽했다.

"아우님이 어떻게 하면 서방님께 귀염을 받는지…… 그것은 물론 여러 가지 방법이 있죠. 총명한 아우님은 새삼 가르쳐 주지 않더라도…… 호호호."

여인은 시집와서 남편과의 정을 알게 되면 화초에 물이 오른 것처럼

싱싱해진다. 그녀의 피가 여체의 깊숙한 곳에서부터 선려(鮮麗)하게 타올랐다.

그리하여 어두워져 남편이 규방에 들 때쯤이면 마음이 미리부터 뛰었다. 그리고 발소리라도 들을라치면,

"으윽."

별안간 치미는 것이 있어 휴지를 빨간 입술에 대었다. 환희 같은 것이 마음과는 달리 저절로 치밀어오르는 것이었다. 그렇기 때문에 애옥은 시녀를 상대로 저녁마다의 화장에도 정성스럽게 공을 들였다. 머리를 곱게 빗고 분도 새로 바르고 입술연지도 다시 칠한다.

원장은 애옥의 규방에 들어오면 무엇인가 꽃밭에 이른 느낌이었다.

"그래 하루 종일 무엇을 하고 지냈소?"

"네, 언니들에게 수도 배우고 바느질도…….."

"하하…… 그래야지."

원장은 느닷없이 끌어당겼다. 애옥은 소매로 실컷 울고 난 것만 같은 얼굴을 가리며 살며시 사내 가슴에 기댔다.

"귀엽다."

원장은 둥근 허리를 쓰다듬는다. 그리고 번쩍 들어 무릎에 안아올리자 화끈거리는 귀 언저리에 입술을 가져왔다.

(오, 이 향기! 사내를 포근하게 감싸 주는 향기.)

그의 사내는 어느덧 충천(衝天)하는 기세로 부풀어 올랐다.

"저어, 옷자락이 흩어집니다."

"상관없지 않소. 우리 두 사람만의 세계요."

턱 아래 눈썹을 아지랑이처럼 그린 이마가 있고 땀방울이 맺혀 있었다. 동백꽃의 붉은 입술은 진주 같은 잇몸을 살짝 보여준다.

"매일 밤 와주겠다."

그는 감격스러운 듯이 말했다. 애옥은 쌔근거렸다. 손톱을 세워가며 가만히, 가만히 매달렸다.

사내에게 응석하는 여자라면 콧소리를 내며 입술을 찾고 몸을 굽이쳐가며 안달할 것이다.

그런 입술을 원장이 포개 주었다. 빨아 왔다. 부끄럽지만 기쁜 듯이.

그의 한 손은 겨드랑이 아래로부터 등에 걸쳐졌고 또 한 손은 허리를 쓰다듬었다. 옷솔기가 터질 것만 같은 탱탱한 탄력의 허리였다.

가쁜 숨소리처럼 열도 생겼다. 원장은 높아지는 여체의 열기를 느낄 수 있었다. 웃도리 아래 단단히 죄어져 있는 유방도 몸부림을 치고 있었다.

화주의 동남쪽은 장강이 흐른다. 이 성은 별로 크지 않았는데 군대가 북적거렸다. 관군은 몇 번이고 성을 포위하며 공격해 왔지만 그때마다 물리쳤다. 그러나 양식이 딸렸다.

장강 건너편 정면에 태평(太平) 고을이 있다. 태평 남쪽은 무호(蕪湖)에 이어지고 동북쪽에 집경부가 있으며 동쪽으로 단양호(丹陽湖)가 있다. 이 호수 주위에 있는 단양진(丹陽鎭), 고순(高淳), 율수(溧水), 선성(宣城)은 모두 풍요한 미곡 산지였다. 주원장은 성에 식량이 적어지자 대안에 있는 창고와도 같은 쌀 산지에 눈독을 들였다.

그러나 장강이 가로막혀 있는 것이다. 장강은 말이 강이지 바다처럼 넓고 바람이 조금만 불어도 성난 파도가 높게 일었다.

휘하 병력을 이끌고 강을 건너자면 1천 척의 배가 필요한데 배를 갑자기 만들 순 없다. 또 배가 있더라도 사공이 없다면 강을 건너지 못한다.

원장은 이 문제를 해결하기 위해 제장들과 의논했지만 좋은 생각이 떠오르지 않았다. 그런 때 소호(巢湖) 수적 두목 이팔두(李扒頭)가 부장인 유통해(俞通海)를 보내와 군사적 협력을 요청했다.

(이것이 웬 행운이냐!)

원장으로선 천우(天佑)였다.

본디 이팔두는 팽영옥(彭瑩玉)의 신도로 원말 대란을 맞아 귀의한 작은 집단의 두목이었다. 총두목은 팽영옥이었고 그 아래 금화소저(金花小姐), 조선승(趙先勝) 같은 맹장이 있었다. 팔두는 그때만 하여도 소두목에 지나지 않았다.

이들은 한때 임안까지 점령하는 등 그 세력이 컸다. 그러나 지정 12년 관군의 공격을 받아 팽영옥, 금화소저 등이 전사하는 패전을 당했다.

이때 남은 수적들은 함산채(含山寨)에서 원군에게 저항했지만 다시 소호로 후퇴하여 수채(水砦)를 쌓고 지금은 1천 척에 이르는 크고 작은 배와 1만의 수군을 가진 세력이 되었다. 팔두는 휘하 부장으로 유정옥(俞廷屋) 및 세 아들인 유통해, 유통연, 유통원 그리고 요영안(寥永安), 요영충(寥永忠), 상세걸(桑世傑), 화고(華高), 조용(趙庸) 등이 있었다.

이들은 노주(盧州＝합비)의 수적 두목 좌군필(左君弼)과 원한이 있어 몇 번 싸웠는데 번번이 패했다. 그래서 유통해를 보내어 손을 잡자고 제의했던 것이다.

원장은 기뻐하고 팔두에게 이런 내용의 편지를 보냈다.

"지금은 좌군필 따위와 싸우기보다 양군이 협력하여 장강을 건너가 활로를 찾는 것이 급선무요."

때는 음력 5월 장마철이었다. 20여 일이나 비가 계속해서 내렸다. 이 때문에 대소의 하천이 넘실넘실 물이 차게 되었고 소호에 있던 이 팔두의 배들은 고기떼처럼 장강을 향해 내려왔다.

수군(水軍)

지정 15년(1355) 6월. 소호 수군과 손을 잡게 된 원장은 부대를 출동하기로 했다. 병력은 약 4만 ——.

목적은 장강을 건너가 군량을 확보하겠다는 것이다.

출동 때 원장은 하나의 규칙을 정했다.

"나와 함께 성을 빼앗은 모든 병관(兵官＝장수급)은 아내와 함께 경성(京城＝도읍)에 살지 않으면 안된다. 장군의 정처(正妻)는 경성에 머물러 살며, 장군이 밖에서 첩을 얻는 것은 허용한다."

전쟁에 있어서 이때 문제되고 있었던 것은 재물의 노략질과 여인의 강탈이었다. 원장은 이렇게 함으로써 휘하 장군이 적과 내통하든가 반란하는 것을 방지했던 것이다.

이 밖에 그는 군인과 사대부의 결탁을 금했다. 법가 사상의 신봉자인 그는 이 문제에 아주 엄격했다.

"함락시킨 성은 장군을 시켜 지키게 한다. 장군은 유생을 측근으로 두어 고금의 예에 대해 논의시켜서는 안된다. 문서기록을 하는 한 사람의 관리를 두는 데 그쳐야 한다. 잘못이 있을 때에는 그 죄는 관리에게 있는 것으로 하겠다."

이것은 원장의 일관된 정치 철학이었다. 그가 살아 있는 동안 관리와 유생은 반드시 스스로 선발하여 기용했고 도망치는 자는 가차 없이 사형에 처했다. 그는 휘하 장군이 멋대로 문인을 등용하는 것을 병적이다시피 싫어했다.

남에 대한 불신, 그는 각지에 파견되는 장군에게는 수많은 양자 가

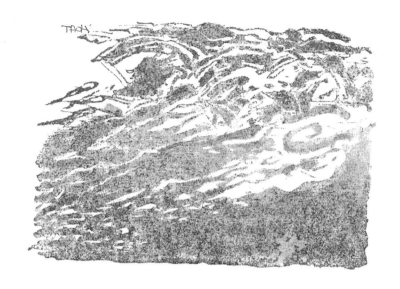

운데 하나를 딸려 감시하도록 했다. 물론 이런 것은 나중의 일이었지
만 이미 이때 일부분이 실시되고 있었다.

이때 주원장을 가로막는 적으로 세 세력이 있었다. 첫째는 좌군필인
데 그는 수군을 이끌고 동성갑(桐城閘)에 진을 치고 있었다.

또 하나는 조보승(趙普勝). 보승은 본디 쌍칼을 잘써 '쌍도조(雙刀
趙)'라는 별명이 있고 이팔두 밑에서 둘째 두령으로 있던 자이다. 그
러나 그는 주원장을 싫어해 팔두로부터 갈라져 황돈갑(黃墩閘)에 진을
쳤다.

셋째는 만자 해아(海牙)의 10만 군이었다. 해아는 그 호칭처럼 강남
인으로 원조에 벼슬하는 자인데 말하자면 관군이었다. 만자 해아는 강
구(江口)에 진을 치고 원장의 도강을 저지했다.

이때 손성(孫成)이란 자가 원장의 길 안내인이 되어 적을 격파하는 데 큰 도움을 주었다.

주원장은 등유와 탕화를 대장으로 하고 상우춘을 선봉으로 하여 소호 입구에 먼저 보냈다. 그곳 강구에 있는 만자 해아를 격파하기 위해서이다.

이때 선봉 상우춘의 활약은 참으로 눈부셨다. 그가 장창을 휘두르며 기마로 달리는 곳에 원병은 감히 접근하지를 못했다. 이 틈을 노려 등유와 탕화는 부하 군사를 이끌고 총공격을 감행했다. 관군은 큰 혼란에 빠졌고 사방으로 달아났다.

선봉 상우춘은 쉽게 우저(牛渚) 나루를 점령하고 도하 지점을 확보했다. 그리고 도망치는 만자 해아의 부대로부터 군마와 양식을 다수 노획했다.

탕화의 부대는 우저에 뒤늦게 도착했는데 군사를 시켜 갈대를 베게 하여 수천 다발을 만들었다. 상우춘이 비웃듯이 탕화에게 물었다.

"탕장군, 갈대를 베어 무엇에 쓰려 하십니까?"

탕화는 웃고 짤막하게 대답했다.

"밤중에 불태워 주위를 밝히려 할 뿐이오."

우저 나루에서 병력을 5대로 나누어 소호 수군의 배에 각각 올랐다.

이때 조보승은 좌군필에게 사람을 보내어 작전을 약속했다.

"당신은 동성갑에서 소호 수군이 쳐 나오는 것을 막아 주시오. 나는 적의 선봉 상우춘을 깨뜨려 버리겠소."

양편의 배가 서로 가까워졌다. 상우춘은 뱃전에 나가 조보승을 꾸짖었다.

"우리는 너희들과 원한이 없는데 어째서 좌군필을 도우며 우리의 갈 길을 막느냐?"

"그렇다면 좌군필이 너희들과 원한이 있단 말이냐? 어째서 이팔두를 편들며 우리를 공격하려 하느냐!"

우춘은 화를 내고 아군 병선에 공격을 명했다. 그러자 조보승은 석포(石砲)로 대항해 왔다. 석포는 강력한 발사력을 가진 큰 활로써 돌멩이를 날렸다. 이것이 배에 와서 널빤지에 부딪치면 쾅쾅 요란한 소리를 내며 뱃전을 부수었고, 군사를 몇 명씩 살상하는 위력을 가졌다. 또 날이 어두워지자 불화살을 쏘아 왔다. 우춘의 배는 작기 때문에 석포를 맞으면 크게 흔들렸고 군사들은 공포심에 떨었다.

상우춘이 고전하고 있을 때 탕화의 배가 측면에 나타나 그를 도왔다. 탕화의 배들은 뱃전에 쇠가죽을 씌워 석포를 맞아도 별 피해가 없다. 또 배마다 수군 50명에게 마른 갈대 다발 하나씩을 들렸고 바람이 적선 쪽을 향해 불자 이것에 불을 붙여 던지도록 했다.

조보승의 병선은 이 탕화의 화공을 만나 큰 혼란에 빠졌다.

상우춘은 그제야 탕화를 비웃는 자기를 부끄럽게 여겼다. 그는 곧 탕화와 협력하여 적을 맹공했다.

우춘은 난군 속에서 도망치는 조보승을 발견하고,

"어디로 도망치느냐! 사내라면 당당히 싸우자."

고 외쳤고 보승의 동생 조전승(趙全勝)이 막아서는 것을 한 창에 찔러 죽였다. 보승은 동생이 죽는 것을 보자 나머지 패잔병을 이끌고 작은 배에 옮겨 타 달아났으며 멀리 근주(蘄州)의 서수휘를 찾아 도망쳤다.

한편 서달은 조덕승 등과 더불어 좌군필의 병선을 공격했다. 군필의 배는 오히려 컸기 때문에 진퇴(進退)가 자유롭지 못했다. 서달 등은 작은 배로 이 큰 배를 종횡무진 공격했다. 더욱이 요영안은 가벼운 쾌선(快船)으로 적의 퇴로를 차단하고 곳곳에서 협공했기 때문에 군필도 패하여 달아났다.

이 싸움에서 요영안은 몸에 몇 군데 화살을 맞았지만 적장 소라(簫羅)를 사로 잡는 등 발군의 전공을 올렸다.

주원장은 크게 기뻐하고 탕화, 상우춘, 요영안 등에게 상을 내렸다. 그리고 드디어 장강 도하의 명을 내렸던 것이다.

우저 나루터 건너편 채석(采石)엔 만자 해아가 수채를 쌓고 지키고 있었다. 원장은 서달과 의논했다.

"어떻게 하면 채석을 깰 수 있을까?"

148

"병은 신속을 생명으로 한다고 했습니다. 다행히 오늘 밤은 달도 밝습니다. 적이 아직 방비를 굳히지 못했을 때 치면 승리할 것이 틀림없습니다."

"으음."

하고 주원장은 잠시 생각했다.

병법의 상식대로라면 어두운 그믐밤을 틈타 기습하는 게 유리하다. 그러나 파도가 높고 넓은 장강을 건너가자면 어두운 밤이 오히려 위험하다.

아군의 배끼리 충돌하여 사고가 발생할 염려가 있다.

한편 달 밝은 밤의 강행 도하와 적진에 대한 강습은 희생이 필연코 따른다. 어느 쪽이 유리할까! 원장은 마침내 결단을 내렸다. 좀 희생이 따르더라도 적의 수채가 굳혀지기 전에 공격하기로 결심했던 것이다.

다만 신중을 기하여 선대(船隊)를 셋으로 나누었다.

중대(中隊)는 주원장을 대장으로 선봉은 곽영(郭英), 우대는 서달이 대장이고 선봉은 호대해, 좌대는 이선장이 대장으로 선봉은 우상춘이었다.

달이 밝기 때문에 원병은 장강을 덮어가며 건너오는 1천여 척의 선대를 조기에 발견했다. 해아는 수채 방벽에 기치와 토장을 꽂았고 수채 아래 대소 병선을 배치하여 홍건당이 오기를 기다렸다.

이윽고 피아간의 거리가 가까워지자 화살 싸움이 벌어졌다.

곽영은 일번착(一番着)의 명예를 얻고자 용감히 나아갔지만 화살과 돌이 비오듯하여 부득이 뒤로 물러났다. 호대해도 선착을 다투고자 나아갔지만 적의 응사가 치열하여 물러났다. 상우춘은 군사에게 방패를 들려 한사코 접안(接岸)시키려 했다. 그러나 적의 화살이 워낙 많이 쏟아져 그의 부하도 수없이 쓰러졌고 뱃머리를 돌렸다. 오로지 상우춘만이,

"내 채석을 뺏지 못한다면 맹세코 살아 돌아가지 않으리라!"

하고 혼자 방패를 잡고 창을 들고서 기슭에 뛰어내렸다.

그러자 몽고 장수 노성복라(老星卜喇)가 창을 내찔러 왔다. 우춘은 몸을 비틀어 창 끝을 피했고 창자루를 잡아 방책 위로 뛰어올랐다.

순간 방패를 버리며 노성복라를 찔러 죽였다. 창자루를 휘둘러 적병을 닥치는 대로 때려 눕혔다. 급하여 일일이 지르고 뽑을 겨를도 없었다.

이 틈을 노려 홍건당의 제장들이 잇따라 상륙했고 적진을 무너뜨려 갔다.

해아는 형세가 기울자 서남쪽 산으로 달아나 그곳에 진을 쳤다. 채석이 함락되자 장강 남안의 각 보루도 바람에 나부끼듯 원장에게 항복했다.

홍건당은 기뻐 날뛰었다. 이곳은 이미 강남으로 곡물과 가축이 풍부한 곳이다. 군사들은 앞을 다투어 곡식과 소·돼지를 약탈했고 그동안 굶주렸던 배를 채웠다.

이어 그들은 약탈한 것을 가지고 처자식이 기다리고 있는 화주로 돌아갈 생각만 했다.

사실 애당초 작전 목적도 그것이었다. 하지만 원장은 이런 장병들의 마음을 읽자 믿을 수 있는 서달, 탕화 등을 은밀히 불러 의논했다.

"지금 장병들은 집에 돌아갈 생각만 하며 들떠 있다. 여기서 우리가 화양으로 돌아간다면 멀지 않아 식량 부족을 또 겪게 될 것이 아닌가. 그리고 모처럼의 승리 기운(機運)도 놓치고 말리라."

기회가 있을 때 도약하는 것이다. 기회는 그리 쉽게 찾아오는 것이 아니다.

원장은 결단을 내려 서달과 탕화에게 밀명을 내렸다.

이튿날 장병들은 포식(飽食)과 숙취(宿醉)에서 깨자 자기 눈을 의심했다. 배가 한 척도 없는 것이다.

밤 사이 서달과 탕화는 기슭에 매어 두었던 배의 닻줄과 밧줄을 모조리 끊어 강물에 밀어내어 떠내려 보냈던 것이다.

"배가 없다!"

"누구냐, 배를 떠내려 보낸 놈이!"

군중이 술렁거렸다.

장병들은 살기마저 띠고 아우성이었다.

이때 원장이 제장들을 거느리고 나타나 호통을 쳤다.

"무엇을 소란스럽게 떠들고 있느냐? 우리의 앞에는 태평로(太平路)가 있다. 그곳엔 여자도 재물도 있다. 그것들이 너희들을 기다린다. 너희들은 지금보다 몇 갑절의 재물을 차지하는 기회를 버리겠다는 것이냐?"

살기등등하던 장병들이 조용해지고 적막감마저 감돌았다. 이윽고 조수가 밀려오듯 환성이 울렸다.

약탈을 마음대로 하라는 대장의 말이다. 벌써부터 군침을 흘리고 싱글벙글하는 자들이 많았다.

채석에서 다시 진격을 개시한 홍건당은 행동을 개시했다. 이들은 야수의 집단이 되어 버렸다. 그들 앞에 태평로는 쉽게 함락되었다.

"와아, 와아!"

함성을 지르는 이들. 드디어 대학살, 대약탈을 앞두고 수만의 이리떼가 울부짖는 함성이었다.

그러나 주원장은 전날의 약속을 손바닥 뒤집듯이 엎어 버렸다.

이선장에게 금약(禁約)을 쓰게 하여 성안 곳곳에 방문을 걸었다.

"사람을 함부로 잡거나 재물을 약탈하는 것을 금한다. 명령을 어기는 자는 군법에 따라 엄벌하겠다."

원장은 특별 순찰대를 조직하여 성안을 순찰했다. 병사들은 겁이 나서 감히 약탈을 하지 못했다. 더러는 법을 어겼는데 이는 공개 처형되었다.

이렇게 하여 성안의 질서가 유지되어 태평로(태평부로 개명)의 민심은 급속히 안정되었다.

원장은 장병들의 불만이 쌓이는 것도 염려했다. 그것을 무마하기 위해 부고에 남아 있던 재물, 그리고 부호들에게는 금, 은 등의 재물을 바치게 하고 이를 장병들에게 나누어 주었다. 이렇게 군심(軍心) 또한 진정시켰던 것이다.

화주에서 장강을 건너오는 데는 소호 수군의 역할이 절대적이었다. 요영안의 활약 등 무공도 많았다.

소호 수군 두목 이팔두는 일이 성공하자,

(이왕이면 내가…….)

하는 야심을 품었다. 주원장의 휘하 군사를 통째로 먹겠다는 생각이었다.

사실 군대란 우두머리가 되는 자만 치면 쉽게 무너지도록 되어 있었다.

나라에 대한 충성심이나 어떤 목적 의식을 갖고 잇는 것도 아니었다. 병사란 오직 이익을 쫓아 집산(集散)하고 있는 것이다.

그래서 하루는 자기 배에서 잔치를 베풀고 주원장과 심복 장수를 초청하기로 했다. 이팔두의 부하인 상세걸(桑世傑)이 간했다.

"그것은 안됩니다. 사람으로서 가장 중한 것은 의리입니다. 의리를 지키지 않는다면 세상 사람들이 뭐라고 하겠습니까."

이팔두는 코웃음쳤다.

"의리라니 무슨 잠꼬대냐. 만약 갚아야 할 의리가 있다면 주원장쪽이지 우리는 아니다."

상세걸은 두목의 마음을 돌이킬 수 없음을 알자 은밀히 사람을 시켜 이것을 원장에게 알렸다. 원장은 병을 구실로 팔두의 연회에 가지 않았다. 다만 대리로 이선장을 보냈을 뿐이다.

며칠 뒤 이번에는 원장이 답례의 연회를 열고 팔두를 초청했다. 팔두는 자기의 모략이 누설된 지도 모르고 나타났다.

이팔두는 권하는 대로 술을 받아 마셔 엉망으로 취했다. 원장은 그의 팔다리를 묶게 하고 강물에 던지도록 했다. 두목을 잃은 팔두의 제장들은 모두 원장에게 투항했다. 이리하여 원장은 휘하에 수군을 거느릴 수 있게 되었다.

태평부의 평장(平章)으로 있던 이습(李習)이 항복했다. 그는 계산에 밝았다. 원장은 그를 태평부의 지부(支府=현지사)에 임명했다.

원장은 이습에게 물었다.

"이 고을에 현인이 있느냐?"

"네, 있습니다. 이름은 도안(陶安)이라 하며 자는 주경(主敬), 태평 당도(常塗) 사람입니다. 어려서부터 자질이 뛰어났는데도 원조에 벼슬 하지 않고 산야에 숨어 살았기 때문에 이곳 사람들이 모두 우러르고 있습니다."

원장은 이습과 손염을 보내 도안을 부르게 했다.

원장이 도안을 만나 보자 고결한 인물에 선골도풍(仙骨道風)을 느꼈다.

원장은 선도를 좋아하지는 않았지만 또 싫어하지도 않았다. 우선 욕심이 없어 보여 호감이 갔다.

"선생께서 저에게 하실 말씀이 어떤 것이 있겠습니까?"

그러자 도안은 명쾌하게 잘라 말했다.

"지금 군웅이 할거하여 성을 공격하고 마을을 약탈하며 서로 지배자가 되려 하고 있습니다. 그들의 눈에 보이는 것이란 여인과 재물뿐입니다. 살육, 방화, 약탈…… 정말 짐승이나 다름없는 짓들이지요. 하지만 주장군께선 군웅의 못된 짓에는 반대하시고 사람을 죽이지 않으며 재물을 약탈하지 않을 뿐 아니라 집에도 불을 지르지 않아 모든 백성들이 하늘처럼 따르고 있습니다."

"음."

원장은 마음속으로 기뻐했다.

"따라서 장군은 마땅히 금릉(金陵)을 점령하셔야 합니다. 금릉은 예로부터 제왕의 도읍으로 호거용반(虎踞龍蟠)의 땅이며 아울러 장강의 천험이 있습니다. 장군께서 만일 이를 차지하신다면 천하를 평정할 수 있을 것입니다."

금릉 점령은 일찍이 풍용·풍승 형제도 권한 전략이었다.

호거용반, 호랑이가 웅크리고 용이 도사리고 있는 모양의 지형이라고 한다.

원장은 자기 원수부(元帥府)에 머물러 있게 하고 도안을 영사(令史)로 임명했다. 또 태평부의 수비를 한층 강화하기 위해 부근 농민 중에서 체력이 건장한 젊은이를 군사로 모집했다.

한편 태평부에서 쫓겨난 원군도 가만히 있었던 것은 아니다. 그들은 반격의 기회를 노리고 있었다.

그들은 두 길로 갈라져, 일군은 채석을 점령하고 화양과의 연락을 끊었다. 또 일군은 진야선(陳也先)이 대장이 되어 태평성을 포위했다.

이때 마씨 부인은 화양에 있었으며 후방을 지키고 있었다. 태평과의 연락이 끊기자 성안에선 동요가 생겼다. 그녀는 임신한 몸으로 사람들을 격려하고 위로하며 말했다.

"이번에도 하늘이 우리를 도우실 거예요. 만일 원군이 화양에 쳐들어 온다면 비록 몸은 여자이지만 성벽에 돌을 나르고 힘껏 싸울 수 있지 않겠어요. 그래야만 태평에 있는 우리들의 남편도 안심하고 싸워 승리를 얻게 됩니다."

그녀는 이때 셋째 아들 주강(朱剛)을 낳았지만 솔선하여 활동했던 것이다.

태평성의 공방전은 치열했다. 몇 번이나 위태로운 고비를 넘겼다.

이때 서달이 또한 군사적 재능을 발휘했다. 그는 5천의 정병을 이끌고 캄캄한 그믐밤 북문으로 나가 적군의 배후로 돌았다.

그런 뒤 홍건당은 남문을 열고 쳐나가 진야선의 부대와 격돌했다.

호대해는 도끼를 휘둘러 가며 진야선과 싸웠지만 양장의 실력이 막상막하라 좀처럼 승부가 나지 않았다.

"진장군은 잠시 쉬십시오. 소장이 아비의 원수를 기필코 갚겠습니다."

관군에서 이렇게 외치며 나타난 것은 손덕애의 아들 손화였다.

대해는 새로운 적을 맞아 조금도 지친 빛을 보이지 않는데, 진야선은 동생인 조선(兆先), 명선(明先), 그리고 한국충(韓國忠), 도영(陶榮)의 네 장수를 내보내어 손화를 돕게 했다.

그러자 홍건당에서도 화룡, 곽영, 등유, 화운이 각각 달려나가 적과 어우러져 싸웠다.

이때 서달, 탕화, 상우춘 등이 배후에서 원군을 공격했다. 백중하던

전세도 이것을 계기로 기울어졌고 원병은 앞을 다투어 달아나기 시작했다.

대해는 말머리를 돌려 달아나는 손화를 뒤쫓아가 도끼로 내리찍었다. 손화의 몸뚱이는 피를 뿜으며 말에서 떨어졌다. 또 곽영은, 진명선을 화룡은 도영을 각각 창으로 찔러 죽였다.

진야선은 항복했고 다만 진조선과 한국충만은 놓쳤다.

진야선이 원장 앞에 끌려오자 원장은 물었다.

"그대는 살기를 원하는가?"

"사람으로 어찌 살기를 바라지 않겠습니까? 장군께서 만일 목숨을 살려 주신다면 죽음으로써 보답하겠습니다."

원장은 좌우를 시켜 야선의 결박을 풀어 주라고 했다. 풍용이 옆에 있다가 귀띔을 했다.

"진야선은 뱀 머리에 쥐의 귀를 가진 골상으로 반드시 배반할 것입니다. 그를 참수하여 후환을 없애십시오."

"나는 진야선보다도 그 군사가 필요하다. 집경(금릉)을 공격하려면 많은 병력이 있어야 한다."

그러나 원장은 만일의 경우에 대비하여 백마와 검은 소를 잡아 하늘에 제사지내며 그 피를 나누어 마셨고 의형제를 맺었다. 이러면 그가 변심하지 않을 거라고 생각했던 것이다.

이튿날 진야선의 부대가 모두 항복했기 때문에 주원장의 병력은 10만 가까이 되었다.

원장은 서달에게 3만 병력을 주어 율수(溧水), 고순 등지를 공략하게 했다. 서달은 곽영을 선봉으로, 소영을 부장삼아 출발했다.

한편 진야선은 진심으로 항복한 것이 아니라 원장을 노리고 있었다.

이날 서달 등이 출동하고 성안이 어수선한 틈을 타 원장의 침실로 잠입했다. 보초병들은 술에 취하여 잠에 곯아 떨어져 있었다.

원장은 혼자 침상에 누워 있었는데 잠이 오지 않아 앞으로의 일을 생각하고 있었다. 이때 장막 밖에서 희미한 발소리가 들렸다.

"누구냐!"

물었지만 대답이 없었다.

그는 불길한 생각이 들어 침상에서 살며시 빠져나와 침실 어둑한 곳에 숨었다. 아니나다를까, 한 사내가 복면을 하고 들어오자 침상의 침구를 검으로 찔렀다. 원장은 알몸으로 무기가 없었다. 괴한은 검을 몇 번 찔렀지만 반응이 없자 이상하게 여기고 실내를 둘러보았다. 원장은 이때처럼 공포를 느낀 적은 없었다. 발견되면 영락없이 죽는 것이다.

그때 장막 밖에서 발소리가 들리고 보초를 꾸짖는 목소리가 들렸다. 괴한은 당황하며 달아났다. 원장은 힘껏 소리쳤다.

"자객이 들었다! 놓치지 말라."

순찰을 돌고 있던 것은 풍용, 풍승 형제였다. 그들은 원수부를 수색했지만 괴한의 모습은 발견되지 않았다.

풍용이 말했다.

"장군, 이는 틀림없이 진야선의 짓일 것입니다. 지금 풍승을 보냈으니 결과가 곧 밝혀질 것입니다."

과연 야선의 진막에 그의 모습이 없었다. 이미 도망한 뒤였다.

이때 또 연락병이 달려와 급한 소식을 알렸다.

"해아가 채석을 점령하여 화양과의 연락을 차단했습니다."

또 연락병이 달려와 알렸다.

"진야선의 무리 진조선이 방산로(方山路)를 차단하여 군량의 수송을 막았습니다."

남아 있는 제장들은 거듭되는 불길한 소식에 동요되었다.

이선장이 말했다.

"해아와 조선이 동시에 병을 움직인 것을 보면 그들이 서로 밀접한 관계를 가진 듯싶습니다. 우리가 만일 해아를 친다면 조선은 아군의 뒤를 엿보겠지요. 그러므로 병력을 둘로 나누어 막아야 합니다."

이리하여 탕화를 대장으로 호대해, 요영안, 풍용, 이문충이 방산을 향해 출발했다. 원장은 스스로 나머지 제장들을 거느리고 채석으로 나갔다.

채석 가까이 이르자 용장 상우춘이 나서며 말했다.

"소장에게 계책이 하나 있습니다. 제가 적에게 도전했다가 거짓 패하여 달아나면 적은 반드시 추격할 것입니다. 그때 복병을 두고 있다가 협력하고 소장이 또한 반격하면 승리하겠지요."

원장도 이 계책을 따랐다. 상우춘은 채석 진영 전면에 이르러 싸움을 걸었다.

"해아, 너는 부끄럽지도 않느냐? 우저 나루에서 패했고 이곳 채석에서 패했는데 무슨 낯으로 또 나타났느냐!"

"승패는 병가의 상사다. 삼세번이면 알아 본다고 했다. 오늘이야말로 너를 죽이고 말 테다."

해아가 창을 가지고 달려나오자 우춘도 창으로 맞아 싸웠다. 10합, 30합 ── 우춘은 별안간 말을 돌려 달아났다.

해아는 기고만장하여 부하와 더불어 이를 추격했다. 그러나 10리쯤 갔을 때 양편 숲에서 포소리를 신호로 금고가 울리며 복병이 내달았다.

경병문과 육중형은 왼쪽에, 요영안과 유통해는 오른쪽에서 원병을 공격했다. 거기서 또 상우춘이 말머리를 돌려 반격해 왔다.

해아는 버티지 못하고 채석으로 달아났지만 거기는 이미 원장이 점령한 뒤였다. 해아는 허둥지둥 배를 타고 도망쳤는데 이 역시 퇴로가 막혀 있었다. 상류에서 수많은 배가 내려오는데 소년 장수가 뱃머리에 서 있었다. 그는 주문영(朱文英)으로 활을 잘 쏘았다. 해아는 목에 화살을 맞고 강물 속에 거꾸로 떨어졌다.

주문영은 본명이 목영(沐英)으로 원장의 양자가 되어 있었던 것이다.

한편 방산로에 간 탕화는 진조선의 항복을 받았다. 해아가 패하자 더 싸울 용기를 잃은 것이었다. 진야선도 진중에 함께 있었는데 형제가 나란히 결박되어 원장의 본진에 끌려 왔다.

제장들은 누구나 주원장이 이들을 죽이리라고 생각했다. 그러나 그는 진야선을 두 번이나 용서했다.

풍용이 말했다.

"장군, 이자들은 불리하기 때문에 항복했을 뿐 진심으로 귀순한 것은 아닙니다. 이번에야말로 목을 베어야 합니다."

"예로부터 항복하는 자는 이를 죽이지 않는다고 했다. 만일에 진야선을 죽인다면 앞으로 누가 아군에게 항복하려 하겠느냐? 항복해서 죽느니보다 결사적으로 싸우다 죽으리라 한다면, 아군의 손실도 그만큼 많아지는 법. 또 간악한 무리는 아무리 백 가지 계책을 써서 복있는 이를 죽이려 해도 털끝 하나 해하지 못하는 법이다."

주원장은 난세의 피비린내에 찌들면서 어느새 이렇게 성장한 것이다.

지정 15년(1355) 9월 화양에 있는 곽천서와 장천우의 두 원수가 태평부에 도착했다. 그들은 각각 1만의 군대를 거느리고 있었다.

이들은 둘 다 주원장의 상급자다. 천서는 덜했지만 천우는 교만한 성격으로 원장을 우습게 보았다.

"주원수, 이번에 우리가 이곳에 온 것은 당신에게만 공을 세우게 할 수가 없어서요. 집경 공격은 우리에게 맡기시오."

원장은 공손히 대답했다.

"아무쪼록 그렇게 하십시오. 저는 두 장군이 수고하시는 동안 후방에서 튼튼히 지키고 있겠습니다."

이리하여 곽천서, 장천우는 집경을 향해 나아갔다. 원장은 진야선에게 2만의 병력을 주어 이들을 협력하게 했다.

그러나 야선은 자기의 처자식이 인질로 태평에 잡혀 있었지만 끝끝내 반심을 버리지 못했다. 그래서 부하들에게 은밀히 지시했다.

"싸우는 척하되 결코 힘을 들여가며 싸우지 말라. 그리고 내 명령이 있을 때 홍건적을 치는 것이다."

이때 집경에는 두 장수가 있었다. 하나는 평장 지휘 조양신(曹良臣)이었고 또 하나는 다루가치 복수(福壽)였다.

조양신이 복수에게 말했다.

"지금 홍건적의 기세가 참으로 큽니다. 그러나 원조의 은혜를 입은 저는 부하를 이끌고 쳐나가 결사적으로 싸울 것입니다. 공은 성안에 남아 지키도록 하십시오."

"지금 성안의 병력은 2만이오. 이것을 장군이 모두 데리고 나가 싸우도록 하시오. 나는 성안의 장정을 모집하여 결사적으로 성을 지키리다."

복수는 몽고인으로 드물게 보는 명장이었던 것이다.

조양신과 복수는 잘 싸웠다. 홍건당은 병력이 많은데도 고전했다. 장천우 등은 전투 경험이 적고 진야선은 부하들에게 면종복배(面從腹背)를 지시하고 있어 효과적으로 싸울 수가 없었다.

한 달이 지났지만 성은 아직도 함락되지 않았다.

원장은 천우의 요청으로 병력을 2만 남짓 더 보내 주었다. 그런데도 성의 저항은 완강했다.

이 무렵부터 진야선은 성안의 복수와 은밀히 내통했다. 그리고 하루는 진중에서 연회를 열어 곽천서와 장천우를 초대했다. 이들은 아무것도 모르고 왔다가 그대로 체포되어 집경 성안에 보내졌다. 복수는 즉시 이들의 목을 베어 버렸다.

이튿날 복수는 천서와 천우의 목을 장대에 높이 매달고 쳐나왔다.

"아, 저것은 곽원수와 장원수님의 목이 아냐?"

홍건당은 싸우기도 전에 사기를 잃고 동요되었다. 더욱이 진야선이 이들을 공격했으므로 홍건당은 대패하고 2만 남짓의 시체를 버린 채 달아났다.

진야선은 남은 홍건당을 맹렬히 추격하여 율양(溧陽)까지 이르렀다.

율양의 민병들은 진야선을 보자 이를 공격하여 그를 죽여 버렸다. 그들 민병은 야선이 홍건적에 항복했다는 소문만 듣고 있었기 때문에 그 뒤의 곡절은 알지 못하고 죽였던 것이다.

야선이 죽자 그 무리 또한 흩어지고 말았다.

원장은 태평에서 천서와 천우가 야선의 모략으로 살해되었다는 소식을 들었다. 그는 볼모로 잡혀 있는 야선과 야선의 부장, 처자식 수백 명을 모두 죽여 버렸다.

갓난 핏덩이라도 용서가 없었다. 난세에서 흔히 있는 일이긴 했지만, 원장의 비정(非情)한 성격은 이때부터 드러나기 시작했던 것이다.

천서와 천우가 죽자 그는 명실 공히 일군의 총수가 되었다. 이때까지는 그에게 반항적이던 일부의 장군들도 그에게 복종을 맹세했다.

곽자흥의 셋째 아들로 천작(天爵)이 있었지만 어쩔 도리가 없었다. 그는 원장에 대한 불만을 가지고 있었지만 그것을 마음속 깊이 숨기고 때를 기다리기로 했다.

이 무렵 서달은 율수, 율양, 구용(句容), 무호성을 점령했고 보급도 튼튼해졌다. 이제 과거처럼 군량을 걱정할 필요가 없었다. 그러나 집경만이 눈에 가시처럼 남아 있었다.

지정 16년(1356)이 되었다.

앞서 고우성에서 톡타가의 실각(失脚)으로 기적적인 소생을 한 장서성은 어떻게 되었을까.

원군은 물러갔지만 먹을 것이 없었다. 전쟁이 휩쓸고 간 뒤에는 질병과 굶주림이 따르게 된다.

농사철에 농사 짓는 사람들이 피난을 가거나 죽어 토지는 황폐해져 버렸다.

장사성은 그 무리를 이끌고 남하했다. 그리하여 지정 16년 2월 평강(平江=소주)을 점령했고 이어 호주(湖州), 송강(松江), 상주(常州) 등을 점령했다. 그리고 평강을 고쳐 융평부(隆平府)라 했으며 이곳에 도읍을 정했다. 사성은 나라 이름을 대주(大周)로 하여 스스로 왕임을 자칭했다.

나라 이름으로 알 수 있듯 사성은 유교를 받들었다. 그 자신 별로 아는 게 없는 무식자였지만 글 읽는 사람을 우대했다. 원장과는 반대이다.

유교는 북송 때 중흥되었다. 주돈이(周敦頤)가 나타나「태극도설」을 저술하고 유학을 철학의 영역까지 끌어 올렸다. 이어 정호(程顥), 정이(程頤) 형제가 학문을 계승했고 더욱 발전시켰다. 특히 정이는「역전」을 남겨 유교 도덕에 철학적 의미를 부여했다.

다시 주희(朱熹 1130~1200)가 나타났다. 그는 주자학의 시조다. 주자학에 의하면 우주 만물은 기(氣)가 모여 구성되고 있다. 기가 움직이고 있으면 양(陽)이고, 정지돼 있으면 음(陰)이라고 했다.

양과 음의 결합이 오행(五行＝金木水火土)이 되고 만물이 된다고 설명되었다.

우주의 움직임은 정해져 있는 것이며, 그렇게 해주고 있는 것을 이(理)라 불렀다. 학문의 목적은 궁리(窮理)인데, 이것도 그와 같은 우주의 진리를 깨닫는 데 있었다. 이는 우주의 질서이고 인간은 삼강(三綱)·오륜(五倫)·오상(五常)·예(禮) 등에 의해 질서가 유지되고 있는 것이다.

그렇기 때문에 주자학에선 무엇보다 명분(名分)과 절의(節義)가 존중되었다.

명분과 절의의 관념을 강하게 갖고 있는 것이 인간으로서의 기(氣)가 농후한 자였다. 그리하여 명절(名節)이 처음부터 결여되어 있는 자는 짐승과 같다 하여 오랑캐라고 배척되었다.

남송에선 신법(新法)이라 불린 왕안석(王安石)의 학문이 계속 주류를 차지해 왔다. 왜냐 하면 왕안석의 학문은 정치 혁신을 지향하는 실학(實學)이었기 때문이다. 그러나 주희는 사변(思辨)과 실천(實踐)의 철학 체계를 완성시켜 질서를 중시하고 이를 절대라고 했던 것이다.

주자학은 위정자에게 매우 편리한 것이기 때문에 그 뒤 많이 이용되었다. 그러나 주희 자신의 참뜻은 그런 데 있지 않았다. 이를테면 유명한 우성(偶成)이란 시가 있다.

　　소년은 어느덧 나이를 먹게 되지만 학문은 좀처럼 완성하기 어렵다.

　　따라서 짧은 시간이라도 결코 소홀히 해선 안된다.

　　연못가 봄풀의 꿈을 미처 깨기도 전에 벌써 여름이 지나 가을이 되고 집 앞 오동나무에 소슬한 바람이 부는 것이나 같다.

　　(少年易老學難成 一村光陰不可輕

未覺池塘春草夢 階前梧葉已秋聲)

 학문을 권하고 있다. 여기서의 학문은 주자학에서 말하는 거경궁리(居敬窮理)이며 입신출세를 권하는 것은 아니다. 주희의 제자들은 거의 과거에도 응하지 않고 있었다. 과거보러 가는 제자에게,

 "다시 생각하는 게 어떠냐?"

하는 편지를 보냈고, 낙방한 제자에게,

 "축하한다."

고 편지를 보냈던 주희였다.

 주희는 복건(福建)의 우계(尤溪)에서 태어났고 복건 무이산(武夷山)의 아홉 굽이를 노래한 「구곡가(九曲歌)」가 유명했다.

 즉, 그는 현실 정치의 명리(名利)보다 자연 속의 청풍 명월을 즐겼다. 그런 주자학이 관학(官學)으로 이용되고 격렬한 당쟁(黨爭)을 불러일으켜 남송을 멸망케 한 것은 아이러니했다.

 산야에서 유유자적할 주자학자들이 조정에 등용되자 이상에 넘친 정신주의를 강조하고 실무적인 관료들과 충돌했던 것이다.

기(氣)

　　남송 말기에는 이미 주자학의 전성시대였다. 그때 남송의 대표적 충신은 문천상(文天祥 1236~1282)이다.

　　천상은 〈정기가(正氣歌)〉로 명절을 지켰다. 그는 몸으로써 충성이 무엇인지 보여 주려고 했다. 따라서 죽어선 안된다. 살해되기까지 살려고 결심했다.

　　문천상은 쿠빌라이의 항복 권고에 끝까지 저항했다. 지하 감방에 갇혀 있으면서 끝까지 버티었다. 그때 지은 것이 〈정기가〉였다.

　　정기가는 장시로 서문에 감방의 묘사부터 하고 있다.

　　'나는 북적(北狄)의 조정에 잡힌 몸이 되어 한 토굴에 앉아 있다. 방의 넓이는 8자, 깊이는 32자는 되리라. 외짝 문은 나직한 것이 작고, 창문은 좁았으며, 깊은 곳이라 어둠침침했다…….'

　　그리하여 그 감방에 갖가지 기(氣)가 있음을 설명하고 있다. 빗물이 스며들어 의자가 둥둥 뜰 정도라면 수기(水氣)가 된다. 물이 빠지고 바닥이 진구렁이 되면 토기(土氣)가 된다. 더위 바람 한 점 없으면 일기(日氣)가 되고, 밥을 지어먹든가 하면 화기(火氣)가 되며, 음식이 썩으면 미기(米氣), 누울 자리도 없을 정도로 죄수가 수용되고 몸에서 냄새가 나며 때투성이가 될 때는 인기(人氣)였다. 또는 똥오줌, 송장, 죽은 쥐 따위가 악취를 풍기면 예기(穢氣)가 된다.

　　천상은 이런 곳에서 2년이나 버티었다. 그가 이것을 이겨낸 것은 정신력이었고 맹자의 호연지기(浩然之氣)였다.

　　호연지기는 바로 우주의 정기(正氣)이고, 이것으로 다른 일곱 가지

기 ── 수기・토기・일기・화기・미기・인기・예기를 이겨냈다는 것이다.

맹자는 일찍이 호연지기를 지대지강(至大至剛)이라고 풀이했다. 아주 큰 에너지라는 것이다.

그것은 애당초 정해진 형태를 갖고 있지 않다. 잡다한 것이 유동적이며 어떤 형태라도 만들 수 있다. 아래로 내려가면 강이나 산이 되고 위로 올라가면 태양이나 별의 형태가 된다.

인간의 정신 내부에선 그것이 호연지기가 되고 무한하게 퍼질 수 있고, 유유한 흐름으로써 인간 세계에 넘친다. 인간 생활의 대도(大道)가 맑고 평화롭다면 화창한 형태로 밝은 조정에 이것이 나타난다.

하지만 일단 비상사태가 닥치면 정기는 인간의 절의라는 이름으로 역사에 기록된다.

　문천상은 〈정기가〉에서 인간의 정기를 여러 가지로 예거했다.

　제나라 재상 최저(崔杼)가 주군 장공(莊公)을 시해했다. 그러자 태사 (기록관)는,

　'최저, 그 임금을 죽이다.'

라고 썼다가 살해되었다. 그 동생도 같은 말을 썼다가 살해되었지만 막내 동생 또한 두려워하지 않고 사실대로 썼다. 어지간한 최저도 체 념하고 그대로 두었다. 죽음을 겁내지 않고 진실의 역사를 전하려 한 절의가 바로 정기였다.

　유장(劉璋)의 부하로 강주(江州)를 지키고 있던 파군(巴郡) 태수 엄 안(嚴顔)은 장비와 싸우고 패하여 포로가 되었지만 항복하지 않았다.

　장비는 호통을 쳤다.

　"왜 항복을 하지 않느냐?"

　"우리 주에는 목이 잘리는 장군은 있어도 항복하는 장군은 없다."

　장비가 성을 내고 목을 베려 하자 그는 태연히 말했다.

　"베려면 베어라. 그런데 네가 무엇 때문에 성내느냐?"

　이 전투는 유비군의 사천 침략이므로 성을 낼 쪽은 엄안쪽이었다. 장비도 이 말에는 대꾸를 못하고 정중히 사과하여 엄안을 객장으로 대 했다. 이런 용기가 정기였다.

　삼국시대의 관녕(管寧)은 황건의 난이 일어나자 요동으로 피난했지 만 조조가 불러도 섬기려 하지 않았다. 84세까지 장수했으나 평생 벼 슬하지 않고 청빈하게 살았다. 가난했기 때문에 언제나 검소한 옷차림 이었다. 일 년 열두 달 검정 모자를 썼으며 그것이 관녕의 심벌이었 다. 그 깨끗한 절조(節操)는 빙설(氷雪)보다도 매서웠는데 그것이 정기 였다.

　정기는 인간의 행동만 가리키는 게 아니다. 제갈공명의 〈출사표〉는 문장으로써 귀신마저 곡하게 만들었다. 당나라 단수실(段秀實)은 모반 한 주자를 설득하러 갔다가 설득에 응하지 않는 상대를 가지고 있던 홀(笏)로 이마를 때려죽였다. 단수실은 이 때문에 살해되었다. 단수

실의 홀도 제갈공명의 출사표 문장과 마찬가지로 정기가 그것에 응결된 형태였다.

정기를 뿜고 있는 사람은 후세의 기억에 남아 영원히 전해진다. 정기는 일월(日月)마저 꿰뚫고 그것이 채워져 있다면 생사조차 두려워하지 않는다.

하늘과 땅은 이 정기에 의해 유지되고 군신·부자·부부라는 삼강은 정기가 인간에게 이를 지키도록 명한 것이며, 도의는 그 질서의 뿌리가 되어 있는 것이었다.

문천상은 이렇듯 최후까지 굴하지 않고 향년 47세로 처형되었다.

문천상과 같은 시대 사람 사방득(謝枋得)도 정기의 사람이었다. 방득 역시 남송 멸망 후 성명을 바꾸어 복건에서 점쟁이 노릇을 했지만 재능을 숨기지 못했다. 원조에서 여러 번 불렀지만 끝내 사관(仕官)하지 않았다. 그러나 마침내는 강제로 대도로 가게 되었다. 그러자 그는 단식을 했고 대도에 도착하자 병이 나서 죽었던 것이다(1289).

사방득은 그가 편찬한 「문장궤범」으로 이름이 남았다.

또 원조에 반항한 대표적 문인으로 정사초(鄭思肖)가 있었다. 그는 복건이 관향으로 임안에서 태어났고 소주에서 오래 살았는데 복명은 전하지 않는다.

사초는 남송이 멸망한 뒤 변성명한 것이다. 송나라 황실의 성 조(趙)로부터 주(走)자를 없애고 초(肖)자만 남겨 모르게 했지만, 사실은 조씨의 송왕조를 생각한다는 뜻이 이름에 숨겨져 있었다.

그는 자기 방에 본혈세계(本穴世界)라는 액자를 걸었다. 본(本)이라는 글자는 대(大)자와 십(十)자로 분해할 수 있다. 그러니까 대(大)자를 남기고 십(十)자를 혈(穴)자 속에 집어 넣으면 송(宋)이라는 글자가 된다.

본혈세계는 대송세계(大宋世界)인 것이다. 원이 지배하는 세계가 되었지만 이 방만은 어디까지나 대송의 세계로 있고 싶다는 간절한 소망이 깃들여 있었다.

정사초는 이 밖에 억옹(憶翁), 소남(所南), 일시거사(一是居士), 경정시인(景定詩人)이라는 호가 있다.

송을 잊지 않는 늙은이, 남쪽에 있는 사람, 즉 원 황제에 북면하지 않는 사람, 오로지 외길을 걷는 거사, 경정 연간(남송이종연간) 남송의 조정을 섬긴 시인이라는 뜻이다.

화가였던 그는 즐겨 난초를 그렸는데, 난초엔 흙이 그려져 있지 않았다.

사람들이 이상하게 여기고 묻자 그는 씹어뱉듯이 말했다.

"땅은 오랑캐에 빼앗겼다. 너는 그것도 모르느냐?"

훨씬 뒷날(1638), 소주 승천사(承天寺)의 헌 우물을 치자 그 속에서 하노의 쇠궤가 발견되었다. 쇠궤는 석회로 채워져 있고 그 안에 납상자를 묻어 두었는데, 납상자 내부는 다시 옻칠이 되어 있었다.

그리고 봉함한 종이에 '대송 고신 정사초 백배 봉'이라는 글씨가 쓰여 있었다. 밀봉한 날짜도 있었는데 그것은 서기로 1283년이었다. 이로 미루어 볼 때 쇠궤는 355년이나 우물 속에 숨겨져 있었던 셈이 된다.

내용은 심사(心史)라는 격렬한 반몽고 문서였다. 몽고족의 야만을 폭로하고 있다. 그들이 갓난아이를 요리해 먹었다던가 문천상의 간을 술안주로 삼았다는 이야기 따위가 나열돼 있었다.

이 문서는 진짜가 아닌 후세 사람의 날조라는 설이 유력하다. 어쨌든 이민족 압제에 대한 한족의 적개심이 노골적으로 기록돼 있었던 것이다.

정복자로 몽고족은 한인에 대해 심한 차별과 강압정책을 썼지만, 원조는 멸망한 남송 황실에 대해서만은 비교적 관대했다. 지원 28년(1291) 선정원(宣政院)에서는 이런 상서를 올렸다.

'송의 전태후(全太后)와 영국공 모자는 모두 승니(僧尼)가 되었으며 위토(位土)로 360경을 가지고 있습니다. 그 조세를 마땅히 면하게 하십시오.'

출가한 사람들이니까 소유지를 면세 조치하라고 상주했던 것이다.

송 황실의 조씨는 그 뒤에도 보호되었다. 순제 때 각지에서 반란이 일어나도 영국공 아들인 조완보(趙完普)와 가족을 사천(沙川＝敦煌)에 옮겼을 뿐 죽이지는 않았다. 이건 극히 이례적인 관용책이었다.

장사성은 융평부(소주)를 도읍으로 삼자 문인을 우대했다. 이 때문에 문인들이 소주에 많이 모여들었다.

사성은 또 그림과 글씨에도 흥미를 가졌고 이것들을 수집했다. 문인이라면 으레 문장뿐 아니라 글씨와 그림을 잘했던 것이다.

사성의 융평부는 초기 무렵 활기가 넘쳤다. 황무지를 개간하고 수리사업을 추진했다. 양잠, 방직, 채탄(採炭) 등 산업도 장려했다. 상업도 천우통보(天佑通寶)가 유통되어 발달되었다.

소주의 남쪽과 북쪽은 이때만 하여도 황무지나 다름없었으나 사성이 군대를 동원하여 논을 만들었던 것이다. 그는 성벽을 높였고 대포도 주조했고 수군 조련에 힘썼다.

상업이 발달한 곳에 사람들이 모여들기 마련이다. 문인 역시 소비경제가 활발한 곳에 모여들거나 발생된다.

원조 시대 문인은 몹시 경멸되고 천대받고 있었다. 그 지위는 창녀보다 아래이고 걸인보다 하나 위였다.

또 과거도 폐지되어 독서인으로 하여금 인생의 목표를 잃게 만들었다. 문인들도 인간이니만큼 처자식을 먹여 살리기 위해 본의 아닌 잡문을 쓰게 되었다.

원시대에 발달된 희곡도 그중의 하나였다. 옛날부터 연극은 있었지만 그 대본은 유치했다. 일류 문인으로 연극 대본 따위는 거들떠보지도 않았다. 중국 문학의 정통(正統)은 어디까지나 시문이었고 사필(史筆)이었다.

그때까지의 중국에선 문인이 곧 벼슬아치였다. 벼슬아치가 되자면 사서오경을 연구하고, 시를 짓고 미문(美文)을 작성해야만 했다. 그것이 과거의 시험 과목이었기 때문이다.

하지만 원은 오랫동안 과거제도를 폐지했기 때문에 일류 문인들이 생활을 위해 부득이 픽션의 분야에 진출하여 연극 대본까지 쓰게 된 것이다.

관한경(關漢卿), 마치원(馬致遠), 왕실보(王實甫)와 같은 뛰어난 희곡 작가가 그들이다.

또 북송의 수도 개봉을 묘사한 「동경몽화록(東京夢華錄)」을 보면 그 무렵의 번화가에는 얘기꾼이 5대를 이야기하든가 설삼분(設三分＝삼국시대 이야기)으로 손님을 끌고 있었다. 이런 이야기엔 대본이 있었을 테지만 연극과 마찬가지로 제대로 된 문인은 쓰려고 하지 않았던 것이다.

그러나 시대는 달라졌다. 문인으로 관리가 되지 못한 사람들이 수준 높은 소설을 쓰게 되었다. 「삼국지」·「수호지」·「서유기」 등도 이 무렵에 오늘날과 같은 형태로 완성되었던 것이다.

원 시대의 대표적 시인은 양유정(楊維楨 1296~1370)이다. 그는 절강의 부유한 상인 집에서 태어났고 한때 원의 관리가 된 적도 있으나, 생애의 대부분을 서민으로 살았다.

시도 옛날과는 형식이 달라져 있었다. 보다 통속적이고 서민의 사랑을 받는 내용이었다. 유정의 시는 술자리에서 곧잘 불려졌고 모두 함께 손뼉을 쳐가며 부를 수 있었다.

따라서 유정의 일생은 술과 여인, 그리고 시였다. 전족한 기녀의 작은 형겊신을 벗기고 그것에 술을 따라 마시는 게 그의 취미였다.

조맹부(趙孟頫 1254~1322)는 쿠빌라이를 섬겨 한림학사가 되었다. 그는 송태조 조광윤의 넷째 아들 조덕방(趙德芳)의 10대손이라는 명문 출신이었다.

조맹부는 문인으로, 서가로, 또 화가로 뛰어난 재질을 가졌다. 그중에서 그림 재주는 아주 뛰어났다. 그는 그림에서의 복고운동(復古運動)을 추진했다. 남송의 화풍보다 북송, 그리고 그 전대인 당나라 화풍을 본받으려고 힘썼다.

그의 복고운동은 원말의 4대가인 오진(吳鎭), 황공망(黃公望), 예찬(倪瓚), 왕몽(王蒙) 등에 계승되었다.

예술의 복고운동은 그림뿐 아니라 시문 분야에서도 시도되었다. 송시의 경향을 탈피하며 당시의 정신으로 돌아가려 했던 것이다.

오진(1280~1354)의 청년시절은 불우했다. 그는 그림이 팔리지 않아 거리에서 점쟁이 노릇을 하면서 한편으로 그림을 그렸다.

이웃집에 성무(盛懋)라는 유행 화가가 살았다. 오진의 아내는 바가지를 긁었다.

"당신도 성무처럼 그리면 그림이 잘 팔릴 것 아녜요."

"너무 걱정 말게. 20년이 지나면 반대가 될 테니까."

대가로 인정되지는 않았지만 성무도 뛰어난 화가였다. 그의 그림은 이해하기 쉬웠고 사람들의 눈을 끌었다. 온갖 기교를 부리고 있지만 상식적인 선을 넘지 않았다. 성무는 기성의 테두리를 뛰어넘으면 그림이 팔리지 않는다는 것을 알고 있었던 것이다.

오진은 만년에 이르러서야 그 작품이 겨우 평가되었다. 그렇지만 속물(俗物)인 부자가 그림을 사러 오면 호통을 치고 쫓아 버렸다. 집 둘레에 매화를 심고 그것을 벗삼아 술을 마셨으며 매화도인(梅花道人)이란 아호를 썼다.

이기심에 가득 찬 인간을 벗하기 보다 매화를 벗삼았던 것이다.

따라서 그의 그림은 과장이나 장식을 일체 배격했다.

"미의 극치는 단순미(單純美)에 있지. 그것은 대나무 모습에 응결돼 있네."

그는 매화도인이라 하면서 대나무만 부지런히 그렸고, 그것으로 유명해졌다.

황공망(1269~1354)은 소주 북쪽 상숙(常熟)에서 태어났고 본명은 육견(陸堅)이었다. 육견은 일찍 부모를 여의고 집이 가난했으나 신동(神童)이란 소리를 들었다. 7세 때 황낙(黃樂)이란 노인의 양자가 되었다.

'황공은 아들 얻기를 오랫동안 바랬었다.'

이미 90세이던 황낙은 그렇게 말하며 공망(公望)이란 이름을 지었던 것이다.

공망은 커서 관청에 근무했지만 양자인 그는 말단직에서 일할 수밖에 없었다.

그의 상관은 장여(張閭)라는 인물이었다. 그런데 이 자는 강남의 전조(田租)를 담당하는 것을 기화로 가렴주구(苛斂誅求)하여 예정액 이상을 징수했고 나머지는 자기 주머니에 넣었다. 원조로선 유능한 관리였지만 백성의 입장에서 볼 때엔 원한의 대상이었던 것이다.

중국에선 관(官)과 이(吏)는 엄연히 구별된다. 관은 국가의 관료이지만 이는 현지 채용의 임시 고용원으로 서리(胥吏)라고도 부르는 아전이었다.

공망은 장여 밑의 서리로 상관의 지시에 따랐을 뿐이다. 이윽고 견디다 못한 강서 공강(贛江)의 농민들이 폭동을 일으켰다. 폭동이 일어나면 징세 불능이다. 이리하여 장여는 체포되고 공망도 덩달아 투옥되었다(1315).

말단 구실아치에 지나지 않은 공망은 볼기 몇 대 맞고 석방되었지만 이미 47 세나 되어 있었다.

"무엇으로 먹고 살까 ? "

이리하여 그는 그림을 배우기 시작했는데 50 세가 넘어서였다. 그런 황공망이 중국 회화 사상 최고봉까지 올라갔던 것이다. 원 이후의 화가로 그의 화풍을 배우지 않은 사람이 없다.

그는 주장했다.

"그림을 그리자면 모름지기 사(邪)·첨(諂)·속(俗)·뇌(賴)의 네 가지를 버려야 한다."

사는 사념(邪念)이다. 기교를 부리거나 눈속임으로 그리겠다는 생각을 버려야 한다는 것이었다.

첨은 보는 사람에게 영합하려는 태도인데 이것도 배격되어야 한다.

속은 설명의 여지도 없다. 속된 것에서 벗어나야 한다.

뇌는 선인들 화풍에 지나치게 의지하는 것으로 독창적인 예술과는 거리가 멀다.

공망은 출옥한 뒤 전진교(全眞敎)라는 도교 집단에 들어갔다. 전진교는 당시의 부패된 도교로부터 탈피하려는 신흥 종교였다. 도교의 도

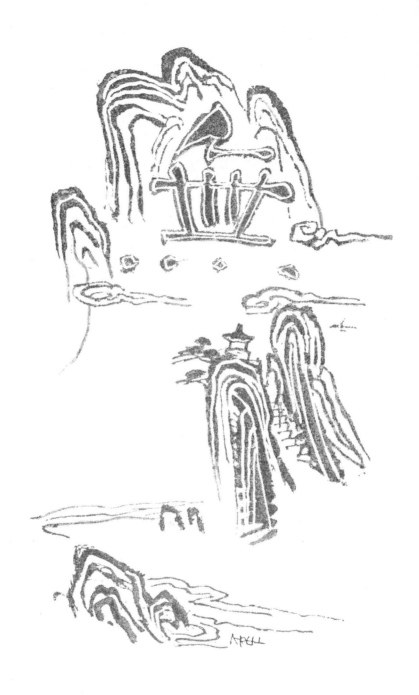

사들이 수상쩍은 방중술 따위로 민심을 현혹하고 갖은 음탕한 짓을 다하고 있었던 것이다. 전진교는 이런 타락된 도교와는 담을 쌓은 구도(求道)의 종교였다. 그의 예술작품은 이런 데서도 뿌리를 찾을 수가 있었다.

예찬(1301~1374)은 태호(太湖) 북안 무석(無錫) 출신. 그는 대부호의 아들로 저택 안에 수많은 건물이 있고 만 권의 책과 수많은 영화들이 비장돼 있었다.

특히 저택 안에 운림당(雲林堂)이니 소관선정(蕭關仙亭)이니 하는 정자가 있고 아름다운 정원과 더불어 운치를 자랑하고 있었다.

그래서 그는 건물의 이름을 따서 자기 아호로 삼았다. 그 가운데 운림이 가장 유명하여 본명보다 이것이 더 많이 알려졌다.

그의 그림은,

"먹을 아끼기를 금과 같이 한다."

는 평을 들을 만큼 군더더기를 일체 그리지 않았다. 그의 산수화에는 근경(近景)과 원경(遠景) 사이에는 아무것도 없다.

아무것도 없는 공간, 무(無)의 세계에 사람들은 두려움마저 느낀다.

그의 작품 중 인물이 그려져 있는 것은 단 한 점에 지나지 않는다. 정자나 집은 있어도 사람이 없는 것이다.

"어째서 사람이 하나도 없지요?"

"호오, 이 세상에 인간이란 것이 있소? 난 그것을 미처 몰랐소."

즉, 여운림은 병적일 만큼 결벽증이 심했다. 속된 인간이 싫었다.

손님이 뜰의 오동나무에 가래침을 뱉자 하인을 시켜 즉시 그 나무를 베어 버렸다. 정원석 푸른 이끼에 가랑잎이 떨어지자 막대기 끝에 바늘을 달고 살며시 찍어 들어올렸다.

양유정과 술을 함께 마신 적이 있었다. 유정은 기녀의 헝겊신에 술을 따라 먹고 좋아하며, 예운림에게도 권했다. 그러자 그는 신의 술을 던져 버리고 연회석을 박차고 나왔다. 결벽증인 그로서 여자의 신에 술을 따라 먹다니 언어도단이었다.

지정 15년, 그는 단기간이지만 투옥되었다. 세금 체납이 투옥 이유였다. 고장 제일의 갑부가 어째서 세금을 내지 못했을까? 그것은 세금이 너무나 엄청나게 부과되었기 때문이다.

원조는 이미 말기 증세를 나타내고 있었다. 방국진, 장사성 주원장 등이 각지에서 반란을 일으키고 있어 원나라 조정은 부호에게 중세를 매겨 위기를 넘기려 했던 것이다.

예운림은 가산을 정리하고 이를 친척들에게 나누어 주었다.

이것도 세금을 감해 달라고 관청을 찾아가거나 구실아치들과 교섭하기가 싫었기 때문이다.

그는 집을 버리고 아내 장적조(蔣寂照)와 함께 방랑의 길을 떠났다. 돈이나 재산이 있어 세금 따위의 세속 일로 시달리기보다 강호의 한낱 은사(隱士)로 방랑하는 것이 그로선 훨씬 마음 편했다. 절이나 도관(道觀)에서 잠잤고 친구의 집에 신세를 지든가 때로는 암자를 빌려 살았다.

그는 화가로 너무나 유명하여 각지의 친구들은 오히려 자기 집에 묵어 주기를 바랐다. 신세진 집에는 그림을 사례로 대신했다.

강남에서 가문의 격을 따질 때 예운림의 그림이 있느냐에 따라 평가가 달라졌다. 그의 그림은 호사가(好事家)들 사이에서 천금으로 거래되었다.

후세의 평론가들은 그를 이렇게 평했다.

"예운림은 그림보다도 시가 앞섰고, 시보다는 사람됨이 뛰어났었다."

왕몽(1322~1385)은 오진·왕공망·예운림과는 화풍에 있어 크게 달랐다.

다른 세 사람은 초속(超俗)을 위해 여분의 것을 되도록 없애 마치 먹을 아끼는 것만 같았다. 그러나 왕몽은 생략이라는 관념이 도무지 없었다.

그의 그림은 세밀했고 보는 사람을 압도시켰다.

왕몽은 조맹부의 외손자로 예술적인 환경에서 성장했다. 외숙부 조옹(趙雍), 외사촌 조봉(趙鳳)·조린(趙麟)도 화가였다.

그는 적극적으로 벼슬길에도 나섰다. 원조에 사관했지만 장사성이 소주를 점령하자 그와도 협력했다.

이때 오진이나 황공망은 이미 세상을 떠나고 없었다. 사성은 동생들을 시켜 이름난 문인을 불렀다.

시인인 유정도 교섭을 받았다.

"나는 너무 늙었소."

나이도 많았지만 유정은 문단에서 은퇴하여 이 권유를 완곡히 거절했다. 예운림에게도 사성의 동생 사덕(士德)이 찾아왔다.

"선생, 대주국에 벼슬하여 우리와 함께 영화를 누립시다."

"저는 방랑하기를 좋아하여 관직과는 인연이 멀지요."

"그렇소?"

사덕은 명주 한 필을 내놓으며 부탁했다.

"사례는 듬뿍 드릴 테니 이 명주에 그림을 그려 주시구료."

"저는 권력자를 위해선 그림을 그리지 않습니다."

하고 운림은 명주를 찢어 버렸다.

사덕은 화를 내고 운림을 때렸다. 코피가 흘렀지만 그는 때리는 대로 내버려두었다. 그러나 사성은 문인을 결코 죽이거나 하지는 않았다.

지정 16년(1356) 3월, 주원장은 스스로 대군을 이끌고 태평을 출발했다. 집경을 공략하기 위한 출동이었다.

원장은 북문 밖에 진을 치고 싸움을 걸었다. 이때 성안에서 조양신은 복수와 작전을 의논했다.

"홍건적은 그 기세가 자못 강성하다. 예사롭게 싸워 갖고서는 승산이 없다. 야습만이 방법이다. 병법에도 군이 백 리를 가면 싸우지 않더라도 스스로 지친다고 했다. 홍건은 지금 멀리 왔기 때문에 지쳐 있고 방비도 태만할 것이다. 오늘 밤 방비가 허술한 틈을 타서 공격한다면 적은 반드시 혼란을 일으켜 승리를 얻을 수 있으리라."

양신의 말에 복수도 찬성했다.

한편 원장도 서달과 작전을 숙의했다.

"적은 오늘 밤 아군의 병사가 지쳐 있으리라 짐작하고 야습을 해 올 것이다. 마땅히 계책으로 이를 막아야 한다."

주원장은 이미 용병술도 터득하고 있었다. 서달도 동의했다.

"주원수의 의견이 맞습니다. 방비책으로선 복병을 두어 본진을 비우고, 적이 오면 금고를 신호로 일제히 공격한다면 적장을 사로잡을 수 있을 것입니다."

밤이 깊었다. 양신은 2만의 병력을 이끌고 봉대문(鳳臺門)으로 나와 곧장 원장의 본진으로 돌진했다.

그러나 그 진지는 텅텅 비어 있었다.

"적이 우리의 계책을 알았구나. 급히 철수하라!"

하지만 이때는 이미 사방의 복병이 일제히 일어나 원군을 포위한 뒤였다. 서달은 포위망을 압축시키며 외쳤다.

"원조의 장군에게 알린다. 부질없이 진을 뚫고 탈출할 수 있다 생각지 말라. 우리의 대군 20여 만이 그대들을 겹겹이 에워싸고 있다. 싸우려 한다면 군졸만 상하게 되리라. 우리 주원수께선 성인신무(聖仁神武) 관굉후덕(寬宏厚德)하시다. 만일 항복한다면 높이 쓰리라."

양신은 이 말을 듣고 마음이 동요되었다.

"내가 지금 항복한다면 조정에 대해 불충의 신이 되리라. 그렇다고 싸우자니 저 대군을 뚫고 나갈 방도가 없다. 대체 어느 쪽을 택해야만 하는가?"

부장들이 말했다.

"지난날 만자 해아는 수군 20만 명을 갖고 세 번 싸웠으나 마침내 망하고 말았습니다. 또 진야선은 정병 10만이 있었으나 한 번 싸워 풍지박산이 되었습니다. 지금 장군께서 고작 2만의 병력으로 적병 20만과 싸울 순 없습니다. 부디 장군께서 결단을 내려 2만의 장병 목숨을 살려 주시기 바랍니다."

양신은 고개를 깊숙이 숙이고 생각에 잠겼다. 그리하여 마침내 백기를 들고 서달에게 항복했다.

한편 복수는 성에 남아 있다가 양신이 항복했음을 알고 성벽에 노궁을 설치하고 끝까지 저항할 것을 다짐했다.

병력은 불과 1만이었으나 잘 싸워 15일 남짓이나 버티었다.

이때 상우춘이 정병을 이끌고 봉대문에 운제(雲梯)를 세우고 결사적으로 성벽에 기어올랐다. 풍용도 이에 가세하여 공격하자 성벽은 마침내 당하지 못하고 모두 도망쳤다.

상우춘이 창을 갖고 맨 먼저 성중에 들어가 장대에 이르자 복수 혼자만이 칼을 잡고 앉아 있었다.

"그대는 이미 성이 함락되었는데 항복하지 않고 무엇을 기다리는가?"

그러자 복수는 우춘을 꾸짖었다.

"너는 성주의 도리도 모르느냐! 나는 원조의 중신으로 지금껏 성을 지켜왔다. 성이 보존되면 살고, 성이 떨어지면 죽는다. 어찌 살기를 바라며 너희들에게 무릎 꿇겠느냐!"

스스로 검을 뽑아 입에 물더니 장대에서 떨어져 죽었다.

주원장은 삼군을 이끌고 입성하자 군민(軍民)을 소집하고 다음과 같은 포고문을 내걸었다.

'원조의 정치는 썩을 대로 썩어 곳곳에서 병란이 일어나 원에 반대하고 있다. 백성들은 고생에 고생을 거듭하고 있는 것이다. 너희들은 공격받는 이 성에서 고초를 당하고 생명의 보장도 없어 매일이 불안했으리라. 내가 병을 이끌고 이곳에 온 것은 너희들을 위해 난을 가라앉히기 위해서다. 모두들 저마다의 생업에 안심하고 종사하며 조금도 의심이나 두려움을 가질 필요가 없다. 현인, 군자로 나와 함께 창업의 공을 이룩하려는 자 있다면 예로서 등용하리라. 그러나 관이 되더라도 횡포는 용서치 않는다. 백성을 짓밟거나 해서는 안된다. 낡은 제도로 백성에게 이롭지 못한 것은 당장 고칠 것이다.'

이 포고로 집경의 군민 50여 만은 모두 기뻐했다. 이어 수군 원수인 강무재(康茂才)도 귀순해 왔다.

주원장은 이제껏 이선장의 영향을 깊이 받아왔다. 물론 영향이란 것은 무의식으로 받기 마련이다. 영향을 받는다고 의식하면 인간은 이에 반발한다.

이선장의 사상은 법가사상이었다. 법가는 이욕 본위로 움직이는 인간의 적나라(赤裸裸)한 현실을 직시(直視)하는 데서 정치를 출발시키고 있다.

법가사상과 대비되는 것은 유학이었다. 성악설에 바탕을 두는 법가사상은 고금을 통해 정치가, 통치자의 이론이었고 공맹의 유학은 그들의 비판자였다.

그런데 세상은 거꾸로 생각하여 공맹의 유학이야말로 정도(正道)이고 성인의 가르침이라고 믿고 있다.

그러나 현실로 공맹의 유학을 받들고 실제로 정치의 마당에서 그 이상(理想)을 실현코자 할 때 통치는 반드시 실패했다.

「사기」에 이를 시사(示唆)하는 에피소드가 있다.

공자가 노나라 정공(定公) 밑에서 재상으로 있을 때의 일이다. 그때 노나라 대부인 소정방(小正房)이라는 자를 탄핵하여 주살했다. 이 때문에 그 뒤로 3년간 공자의 덕화(德化)로 길에 떨어진 재물은 백성이 줍지 않고 상인도 정당한 가격으로 물건을 팔았으며, 남녀는 따로따로 길을 걷게 되었다.

유교의 이상인 왕도정치(王道政治)가 이루어진 것이었다.

"그러나 법가는 이를 왕도로 보지 않습니다. 소정방이 비록 악당이라도 성인 공자가 어찌 그를 주살할 수 있단 말입니까? 백성이 길에 떨어진 물건을 줍지 않고 장사꾼이 헐값 아닌 정당한 값으로 물건을 팔게 된 것도 공자의 덕에 감화된 것이 아닙니다. 공자가 법가의 술(術)로 대신을 죽이는 것을 보고 백성들이 떨었던 것이며, 자기들도 공자의 명을 듣지 않으면 죽게 된다 생각했으므로 재상의 명대로 복종했던 겁니다."

선장의 주장은 정치라는 것은 표면적인 간판과 이면적인 실천이 있다는 것이었다. 표면적 간판인 윤리(倫理)는 이상론으로선 훌륭하지만 실제의 통치엔 적합치 않다.

"더욱이 지금은 난세입니다. 결코 태평성대가 아닙니다."

주원장은 이미 한낱 홍건당의 두령이 아니다. 그는 집경을 응천부(應天府)라 고쳤고 대원수부를 두고 있었다.

그리하여 요영안을 통군원수(統軍元帥)에 임명하고 조충(趙忠)과 더불어 태평부를 지키게 하고 있었다.

원장 자신은 명와에게서 강남 행중서성 평장(平章)이라는 관직을 받았고 선장은 낭중(郎中), 제장은 모두 원수로 승격되고 있었다.

"따라서 대장으로 사람을 잘 써야 할 것입니다. 사람을 잘 쓴다는 것은 한마디로 적자(適者)를 적소(適所)에 쓴다는 것입니다."

법이 잘 지켜질 때 그 나라는 강해지고 법이 잘 지켜지지 않을 때 그 나라는 약해진다.

대장이 만일 평판이 좋고 능력있는 자를 썼다면 경계해야 한다. 그 인물 아래 사람들이 모이고 파벌이 형성되기 때문이다. 이런 것은 아무리 능력이 있더라도 적자를 적소에 쓰지 않은 것이 된다. 또 평판을 듣고 상을 내리고 악평을 듣고서 처벌한다. 이런 짓을 한다면 상을 좋아하고 벌을 싫어하는 인간은 법을 어겨가며 멋대로 사리(私利)를 꾀하고 도당을 만들어 서로 칭찬하며 이익을 쫓게 된다. 이리하여 자기편만 감싸고 대장을 위하는 마음이 엷어진다. 또 교제를 넓혀 동료가 많아지고 안팎으로 도당이 많아지면 자기들에게 큰 잘못이 있어도 저희들끼리 감추어 버린다.

"그러니까 훌륭한 대장은 법으로 인재를 발탁하고 자기의 판단으로 사람을 쓰지 않습니다. 법에 의해 그 공적을 헤아리고 자기의 생각으로 판정하려 하지 않습니다. 따라서 재능 있는 자는 반드시 인정되고 실패한 자가 겉을 꾸며 속일 수가 없습니다. 이렇게만 한다면 대장과 부하 관계는 분명히 구별되어 문제가 생기지 않습니다. 그러므로 대장은 법규에 비추어 조치하면, 그것으로 충분합니다."

원장은 고개를 끄덕였다. 그는 이튿날 조양신을 불러 물었다.

"금릉은 예로부터 인물의 고장인데, 그대는 오랫동안 이곳을 지켰다. 만일 어진 이가 있다면 천거하라."

"제가 듣기로 처주(處州)에 한 현재가 있습니다. 성은 유씨(劉氏) 이고 이름은 기(基), 자는 백온인데 이 사람이야말로 숨은 인재입니다."

"유기라고!"

원장은 일찍이 임안에서 만났던 일이 생각났다. 자기를 보고 비범한 골상을 가졌다고 말했던 인물이다.

유기는 방국진이 병을 일으켰을 때 원나라 조정에 방국진을 치라고 상서했으며, 스스로도 민병을 조직하였으나 원이 들어주지 않아 고향인 청전(請田)에 돌아가 은거하고 있었다.

그렇기 때문에 원조에 대해선 반감을 갖고 있었지만 홍건에 대해서도 비판적이었다. 홍건당을 도적, 또는 요군(妖軍)이라 부르며 혐오하고 있었다.

옛 여인

원장은 유기를 설득할 사자로 인선(人選)에 신중을 기했다. 그러다 가 마침내 손염을 지목했다. 손염은 이때 대원수부의 장전대부(帳前大夫)로 있었다.

"지금 나를 위해 백온을 초청할 사람은 대부 밖에 없소. 대부는 즉시 금은과 비단으로 예물을 갖추고 수고스럽지만 갔다 와 주시오!"

"유백온은 청렴한 인물로 금은 재물로 움직일 사람이 아닙니다. 제가 다만 간곡한 말로 설득하느니만 못합니다."

그래서 손염은 몇몇 하인만 데리고 처주를 향해 떠났다.

4월이었다. 뜰에 화초가 만발하고 있었다. 유기는 80노모와 더불어 꽃을 감상하며 정자에서 차를 마시고 있었다.

그때 시원한 바람이 불었다.

"마치 가을처럼 신선한 바람이구나. 너는 점을 잘 치니 이 바람이 무엇인지 맞혀 보렴!"

"네."

유기는 곧 육효(六爻)를 늘어 놓았다. 그리고 손뼉을 치며 웃더니 말했다.

"어머님 귀한 손님이 올 것 같습니다. 바람은 그 소식을 전하는 겁니다."

"그렇다면 나는 자릴 피해 주어야겠구나."

유기는 방에 향을 피우고 금(琴)을 타며 노래를 불렀다.

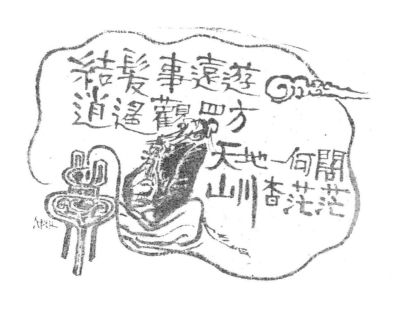

젊어 멀리 여행하며(結髮事遠遊)
정처없이 천하 형세를 둘러보았네(逍遙觀四方)
천지는 참으로 넓었고(天地一何闊)
산천은 아득하기만 하구나(山川杳茫茫)
뭇새는 저마다 하늘을 날고(衆鳥各自飛)
한창 큰 나무는 외롭기만 하네(喬木空蒼涼)
높은 곳에 올라 만리를 굽어보니(登高見萬里)
옛일이 회상되어 마음만 아프구나(懷古使心傷)
가만히 서서 구름을 우러르고(竚立望浮雲)
바람에도 이길 날개를 얻어 날고 싶구나(安得凌風翔).

이것은 젊었을 때 그가 지은 시로 청운의 뜻을 품으며 웅비(雄飛)를 꿈꾸던 때의 심정이다.

유기는 문득 자기 자신에게 쓴웃음을 짓고 마음을 가라앉혔다. 노랫소리가 그치기를 기다린 것처럼 문 두드리는 소리가 들렸다.

유기는 몸소 나가 문을 열고 찾아온 사람의 관상부터 보았다. 눈이 둥글고 귀가 두툼했으며 얼굴이 검은데다 키가 컸다. 얼굴이 검은 것을 제외하고는 마음에 드는 얼굴이었다.

(얼굴만 희었다면……, 살갗이 희면 일곱가지 결점을 감춘다고 했는데…….)

유기는 손님을 안으로 맞아들여 인사를 나누었다.

"선생께선 누구십니까? 무슨 일이 있어 추한 저의 집에 오셨습니까?"

"저는 주원장 장군의 장전대부로 있는 손염이라 합니다. 주장군께서 선생의 높은 이름을 일찍부터 사모하고 저를 보내셨습니다. 마땅히 장군께서 오셔야 하지만 원수부의 군정이 바빠 저를 보내신 것입니다."

"호오."

"지금 천하는 선생 같은 큰 그릇이 나타나 주장군을 도와주기를 바라고 있습니다."

"과분하신 말씀. 저는 한낱 시골의 선비로 세상을 버린 지 오래입니다. 저 같은 자가 천하의 대재(人才)라니 당치도 않은 말씀입니다."

"선생, 선생은 주장군에 대해 소문이라도 들으셨습니까?"

"글쎄요?"

"주장군은 결코 사람을 부질없이 죽이거나 하지 않습니다. 이는 인을 베풀고 덕을 닦아 성인의 가르침을 받드는 까닭입니다. 또 주장군은 결코 거짓말을 하지 않습니다. 약속한 일은 반드시 지킵니다. 이는 신의를 무겁게 아는 까닭이지요. 주장군은 또 오로지 도탄에 빠진 백성들을 구하겠다는 마음뿐입니다. 점령지마다 백성들의 재물 약탈을 엄격히 금하고 계십니다. 이는 사사로운 욕심이 전혀 없기 때문입니다. 더욱이 주장군은 바쁜 군무를 틈타 독서를 게을리 하지 않고 있습니다. 스스로의 덕을 닦아 남의 모범이 되기 위해서지요. 그러나 아깝게도 유막(惟幕)에 문신이 적습니다. 이선장, 풍용·풍승 형제 등이 있지만 선생이 보기에는 한낱 서생일 것입니다. 선생 같은 대현(大賢)이 나서서 주장군을 돕는다면 날개가 돋아 더욱 높이 하늘을 날 수가 있지 않겠습니까?"

유기는 놀랐다. 그는 홍건당 따위를 우습게 보고 있었다. 그러나 손염의 말을 가만히 듣고 보니 주원장은 다른 홍건당과는 다른 것 같았다.

그리고 무엇보다도 중요한 한마디, 그를 도와 날개를 달게 해달라는 부탁이었다.

지금 천하는 어지럽고 사방에 도둑들이 들끓고 있으며 원조로선 이를 수습할 능력이 없다. 그런 때 주원장을 도와 천하를 평정시키면 도탄에 빠져 있는 백성들이 구원된다.

그리고 군주란 신하가 조정하여 좋은 방향으로 나가게 할 수도 있지 않은가? 공자나 맹자가 왕도를 위해 군주를 찾아다닌 것도 결국은 그 때문이 아닌가!

"주장군께서 과연 공의 말처럼 인덕이 있다면 이는 인군(人君)의 그릇입니다. 무릇 인군은 인의예지신(仁義禮智信)의 다섯 가지가 갖추어져 있고 이를 실행할 수 있어야 합니다! 인(仁)자는 탐하지 않고 죽이지 않고 사람을 사랑하며 사물을 이롭게 합니다. 의(義)자는 자기 분수를 지키며 도(道)를 무겁게 여기고 이(理)를 좇고 행동을 과감하게 밀고 나갑니다. 예(禮)자는 공손하고 덕을 닦는 데 정기로써 하고 사물을 대함에 있어 공경으로써 하며 일을 함에 있어 충성으로써 합니다. 지(智)자는 기회를 보아 임기응변으로 처리합니다. 신(信)자는 말이 금석(金石)처럼 변함이 없고 죽음도 이를 바꿀 수 없어야 합니다."

"그 다섯 가지로 말하자면 주장군이 모두 힘써 하고 있는 일이지요. 지금 세상이 크게.어지럽고 군웅은 포악합니다. 이 때문에 백성들의 고생이 극단에 이르고 있습니다. 장군은 석자 칼로 몸을 일으켜 백성을 구하며 굶주린 자에겐 먹을 것을 주어 먹게 하고, 헐벗은 자에겐 피륙을 나누어 줘 살을 가리게 하고 있습니다. 이것이 인이 아니고 무엇이겠습니까? 장군은 또 곽원수 자흥과 더불어 귀의하고 곽원수가 죽자 그 아들로 뒤를 잇게 했습니다. 빼앗을 수 있었지만 그렇게 하지 않았으니 이는 의라고 하겠습니다. 호걸을 초빙하고 영웅을 구하며 주군(州郡)을 점령했지만 병사와 친히 담소하고 그들의 어려움을 돌보아 주고 있습니다. 이는 대장으로서의 예라 하겠습니다. 장군은 이제껏 적과 싸워 한 번도 패한 일이 없으니 지(智)가 없이는 이루기 어려운 전공(戰功)이겠지요. 또 수호 수군이 구원을 청해 오자 이를 기꺼이 원조하고 마침내 좌군필가 조보승의 무리를 몰아 낸 것은 신(信)을 지키기 위해서였습니다."

"오!"

유기도 마침내 결심하고 원장을 섬기기로 결심했다. 그날로 여행 준비를 갖추고 노모를 수레에 태운 뒤 청전을 떠나 동으로 걸어갔다.

그들이 이윽고 길주(吉州) 안평(安平)에 이르렀다.

유기는 마을 어귀에서 수레를 멈추더니 말했다.

"이곳에 세 현사가 있는데 모두 강동의 수재들이지요. 송염(宋濂), 장일(章溢), 섭침(葉琛) 세 사람이죠. 내가 그들을 설득하겠으니 공은 잠시 이곳에서 기다려 주시오!"

"아닙니다. 선생 혼자 가시게 하면 현인을 맞는 저희들의 실례가 됩니다."

이리하여 이들은 함께 마을로 들어가 세 선비를 만났다. 그들도 처음에는 사양했지만 유기가 간곡히 권하자 모두 승낙했다.

주원장은 먼저 달려온 손염의 하인에게서 소식을 듣고는 몹시 기뻐했다. 선장이 들어와 말했다.

"그들은 모두 천하에 이름난 현자들입니다. 대원수께서 몸소 제장을 거느리고 성문 밖까지 나가 맞이한다면 그들도 감격하여 충성을 맹세할 것입니다."

원장도 고개를 끄덕였고 제장을 거느리고 나가 공손히 맞았다. 그리고 그들을 위해 새로운 집까지 마련해 주었는데 이를 예현관(禮賢館)

이라 불렀다. 이날 밤 크게 잔치를 베풀고 이들을 환영했다. 그 자리에서 원장은 말했다.

"나는 일찍이 백성의 도탄을 보고 이를 구하고자 홍건에 몸을 던졌지만 지혜가 얕고 재주 또한 적어 이제껏 뜻을 이루지 못했소. 부디 좋은 가르침이 있다면 일깨워 주시구료."

유기가 먼저 대답했다.

"하늘엔 친소(親疎)가 없고 오로지 덕만이 이를 도울 뿐입니다. 평장께서 지금 하늘의 이치를 좇아 포악을 치고 백성을 구하고자 하십니다. 그 요점은 오로지 사욕을 탐하지 않고 살생을 즐기지 않는 데 있습니다. 따로 무슨 계획이 또 있겠습니까?"

다른 세 사람의 의견도 비슷했다. 원장은 이들에게 각각 직책을 주어 원수부에 두었다. 유기는 태사(太史), 다른 세 사람은 박사(博士)로 기록을 담당시켰다.

이들이 물러가고 원장이 혼자 있을 때 선장이 들어왔다. 그리고 대뜸 말했다.

"평장께선 앞으로 역사에서 교훈을 배우셔야 합니다. 유기와 세 선비를 쓰신 것도 그런 뜻에서입니다."

중국엔 옛날부터 음양 이원론(陰陽二元論)이 있다. 음양엔 대립과 협조의 두 가지 의미가 있고 음양이 합치되어야 모든 게 순탄하다는 말이다.

"역사라니 누구를 본받으란 말인가?"

"첫째로 진시황제입니다."

법가 사상은 군주가 신하나 백성을 관리·통치하기 위한 방법론이었고 이것을 최초로 실시한 것이 진시황이었다. 진시황은 법가사상으로 강력한 중앙집권, 지주 계층 전제국가를 건설했다.

"시황은 가혹한 정치를 하고 결국 그대로 망했지 않은가?"

"실패도 교훈이 되는 것입니다. 원인이 있다면 어디에 있는지 안다면 실패도 두려워할 것은 없습니다."

"으음."

"상앙(商鞅)은 이렇게 강조했습니다. 법 앞에는 누구라도 평등하고 비록 재상이든 효자이든 문제가 되지 않는다. 재판관이 법을 지키지 않고 전단(專斷)했을 때에는 극형에 처하고 삼족을 멸하라고 권했습니다."

전국시대 말기 패권은 오기(吳起)의 신법개혁(新法改革)을 실시한 초(楚)와 상앙의 변법개혁(變法改革)을 채택한 진(秦)나라 사이에 다투어졌다.

변법개혁은 전혀 새로운 법(신법)으로 개혁을 하는 게 아니고 법을 고쳐 개혁하는 것이다. 상앙의 변법개혁 결과 진나라는 군주의 지위가 존귀해지고 부국강병의 열매를 거두었다.

진은 상앙의 사후에도 변법개혁의 유산인 법가의 중앙직권적, 능률적인 관료제의 국가 체제를 유지하여 강대해졌고 동진(東進)을 개시했다. 이리하여 장군 백기(白起)가 장평(長平) 전투에서 조괄(趙括)의 조군(趙軍) 45만을 격파하고 항복한 40여 만을 생매장해 버려 결정적인 승리를 얻는다.

진 소왕(昭王)은 백기에게 조의 도읍 한단(邯鄲) 공격을 명한다. 그러나 백기는 제후가 조나라에 원군을 틀림없이 파견하리라 판단하고 이를 거절한다. 그래서 왕흘(王齕)이 원정했지만 아니나다를까 초의 춘신군(春申君), 위의 신능군(信陵軍) 등 원군이 와서 진군은 한단을 함락시키지 못하고 철수했다. 시황제의 아버지 자초(子楚)가 볼모로 잡혀 있던 한단에서 여불위(呂不韋)의 뇌물 작전으로 탈출한 것은 이때의 일이다.

한(韓)의 상인 여불위는 이보다 앞서 한단에서 아름다운 기녀를 만났다. 노래와 춤에 있어선 어깨를 겨룰 사람이 없는 주희(朱姬)였다. 그는 첫눈에 반해 버려 밤마다 환락을 함께 했고 몸값을 치뤄 자기 첩으로 삼았다.

자초는 소왕의 태자 안국군(安國軍)의 아들이었다. 이때 여불위는 장래의 이익을 위해 이미 자기의 자식을 임신하고 있는 애첩 주희를 자초에게 주었고 안국군의 정실 화양부인(華陽夫人)에게 공작했다. 자식이 없는 화양부인을 설득하여 자초를 안국군의 적자로 삼게 하고, 자초에겐 진왕이 되면 나라의 반을 바치겠다고 약속시켰다.

소왕이 죽고 안국군은 진왕이 되었으나 1년도 못가 급사했다. 그리하여 자초가 왕(장양왕)이 되고 여불위는 재상이 되었다. 하지만 장양왕도 즉위 3년만에 죽었는데 이는 주희와의 황음 때문이었다. 그리하여 사실은 여불위의 아들인 정(政)이 왕위에 올랐고 시황제가 되었던 것이다.

"여불위는 재상보다 높은 상국(相國)이 되어 어린 정을 대신하여 나라의 실권을 잡았습니다. 이때 진은 소왕 말년 도강언(都江堰)이 완성되어 사천 분지가 옥답으로 바뀌어 있고 위수(渭水) 북쪽 불모지도 개간되어 흉년을 모르고 있었습니다. 그리고 다시 천하 통일의 경제적 기반이 된 정국거(鄭國渠)도 계획되고 있었습니다."

"정국거란?"

"강대해진 진의 압력에 시달린 약소국 한이 쓴 모략입니다.

한은 정국이란 수리·토목 기술자를 은밀히 진에 잠입시켰습니다. 대수리 공사를 일으키도록 만들어 진의 국력을 소모시키려 했던 것이지요. 하지만 오히려 진을 경제적으로 부강시켰을 뿐입니다."

한비(韓非)는 이 모략을 비판한다.

'소매가 길면 춤을 잘 추고 밑천이 많으면 이익도 많다(長袖善舞 多錢善賈).'

즉, 나라가 잘 다스려지고 힘이 강하면 계책도 순조롭고, 나라가 어지럽고 힘이 약하면 계책을 세우기도 어렵다. 따라서 강국에 고용되어 계책을 세우는 자는 열 번 계책을 바꾸어도 성공하지만, 약소국에 고용되어 계책을 세우는 자는 한 번 계책을 바꾸든가 하면 성공하는 일이 좀처럼 없다. 강국에 고용되어 계책을 세우는 자가 반드시 현자이고 약소국에 고용되어 계책을 세우는 자가 반드시 우자이기 때문은 아닌 것이다. 나라의 치란(治亂)도 자본의 차이에서 비롯된다.

법치(法治)에 의한 국력의 충실(充實)이야말로 조직의 붕괴를 방지하고 살아 남는 길이다.

여불위는 그 뒤에도 시황제의 생모인 태후와 간통하고 있었는데 추문이 누설되는 것을 겁내어 노애(嫪毒)라는 거양(巨陽)의 소유자를 주희에게 소개했다. 노애를 총애한 태후는 어느덧 두 자식을 낳았다. 마침내 노애는 장신후(長信侯)에 봉해졌고 광대한 영지까지 갖게 되어 여불위와 권세를 다투게 되었다. 이리하여 전통적인 법치(法治)체제를 갖춘 진은 내부로부터의 붕괴 위기에 직면했던 것이다.

"내부 붕괴 조짐은 진나라에만 있었던 게 아닙니다. 진과 패권을 다툰 초나라에도 있었습니다."

초왕은 이때 고열왕(考烈王). 그러나 실제는 전국 사군자(四君子)의 하나인 춘신군이 식객 3천을 거느리며 국정을 좌지우지 했다.

왕은 자식이 없었다. 춘신군은 이를 걱정했다. 자식을 낳을 만한 건강하고 아름다운 여자를 찾아내어 왕에게 연신 올렸지만 왕자는 태어나지 않았다.

춘신군의 사인(舍人) 이원(李園)은 이것을 기화로 간계를 꾸몄다.

이원은 미모의 자기 누이를 춘신군에 접근시켰다. 춘신군은 여자에게 홀딱 빠졌다. 여인은 이윽고 임신했다. 이원은 누이를 시켜 춘신군을 설득했다.

만일 왕이 죽으면 권세를 휘둘러 온 춘신군에 화가 미칠지 모른다. 그러나 방법은 있다. 자기를 초와 후궁에 넣어 주고 아들을 낳게 되면 춘신군의 아들이 왕위를 잇게 되는 것이다.

춘신군도 이 간계에 넘어가 그녀를 후궁에 넣어 주었다.

이리하여 태어난 아들은 태자, 그녀는 왕후, 이원은 대신이 되었다.

그러나 이원은 춘신군 입에서 비밀이 샐 것을 겁냈고, 그를 죽여 입을 막으려고 했다.

하지만 비밀은 없는 법이다. 많은 사람이 이를 알고 있었다. 식객인 주영(朱英)도 이원의 간계를 알리고 충고했다.

내가 밀어 준 이원이 은혜를 저버리고 설마 그런 짓을 할려구 하며 춘신군은 충고에 귀를 기울이지 않았다.

고열왕이 죽었다. 춘신군은 상을 듣고 달려왔다. 하지만 그는 이원이 보낸 자객에 의해 암살되었던 것이다. 자기 혼자만의 멸망에 그치지 않고 삼족이 멸족되는 비운을 맞았다.

초는 이때부터 국력이 급격하게 기울어졌다.

춘신군이 살해된 해, 진나라에도 회오리 바람이 불었다. 태후와 노애가 간통을 일삼았고 그들 사이에 두 자식을 낳았다. 더욱이 그들은 노애의 자식으로 왕위를 찬탈하려 한다며 지금은 성년이 된 시황제에게 고발한 자가 있었다.

조사한 결과 사실임이 드러났고 거기에는 여불위도 관계되어 있었다. 노애의 삼족은 모조리 주살되었고 태후도 감금되었다. 여불위는 먼 곳으로 귀양 보내졌지만 주살을 겁낸 그는 스스로 독을 마셔 죽었던 것이다.

"이렇듯 초와 진의 두 나라 재상은 자기 자식을 왕으로 세웠고 그 때문에 죽었습니다. 교훈은 군주가 신하에게 권력을 빌려 주어선 안된다는 것입니다. 신하의 세력이 강해지면 그를 따르는 무리가 생기고 군주는 오히려 무력해집니다. 따라서 군주는 신하에 대해 나무를 자주 살펴보고 가지가 무성하지 않도록 조심해야 합니다. 나뭇가지가 무성하면 왕궁마저 그늘지게 됩니다. 대신의 집에 드나드는 자가 많으면 궁정(宮廷)은 쓸쓸해지고 군주의 총명은 가려져 안팎의 일을 알 수 없게 됩니다. 그러므로 자주 나뭇가지를 쳐버리고 나뭇가지가 밖으로 뻗지 않도록 해야 합니다. 나뭇가지가 뻗게 되면 군주까지 덮어 버리려고 하겠지요. 그리고 군주가 그 권력을 사용할 때에는 번갯불처럼 신속하고 강력하지 않으면 안됩니다."

주원장은 이선장의 말에 열심히 귀를 기울였다. 그는 아직 세력이 약하고 적이 많았지만 선장의 말은 많은 참고가 되었다.

"밤이 깊었군."

이윽고 원장은 혼잣말처럼 말했다.

"예?"

"그대의 말은 많은 참고가 되었다. 다음에 그 이야기를 또 듣고 싶다."

"네, 알았습니다."

선장은 그제야 눈치를 채었다.

원장은 이날 설설(雪雪)을 데려다 놓으라고 심복에게 명해 두었던 것이다. 설설은 약 10년 전쯤에 집경의 청루에 있었던 여인이다. 그가 생전 처음 매실(梅實)을 팔아 백은 50냥이라는 거금이 생겼을 때 등루(登樓)하여 한 달을 독점한 여인이었다.

두 번째로 찾아갔을 때 그 여자는 이미 없었다. 금릉 제일의 부호 측실로 팔려갔다는 것이었다. 그래서 그때는 구름 위 여자로 체념했는데 —— 집경의 주인이 되자 그 여자가 생각났던 것이다.

그리하여 심복에게 명했다.

"금릉 제일의 문방(文房) 제구상(諸具商) 이사(李四) 집에 가서 설설을 내놓으라고 해라. 만일 없다고 한다면 불문 곡직하고 그 집의 식구를 모두 죽여 버리고 집을 불살라 버려라."

원장으로선 이것이 처음 약탈이었다. 여인도 10년이 지나면 용색이 쇠퇴하고 말리라. 그런데도 그는 설설을 다시 차지하고 싶었다. 가슴 아래 찍어 누르고 싶었다. 혹시 그동안 설설은 병으로 죽고 없을지도 모른다. 그래도 단념할 수 없었다. 무슨 일이고 자기 뜻을 관철하고 싶고 하다못해 표적이라도 나타내고 싶은 심정이었다.

그렇기 때문에 그런 잔인한 명령을 내렸다. 그러나 그녀는 살아 있고 이미 원수부에 데려다 놓았다는 보고가 있었다. 다만 유기의 영접과 환영잔치, 그리고 선장의 양유음법(陽儒陰法)술을 듣느라고 시간이 흘러 버려 축시(丑時＝오전 1시~3시)도 지났다.

이 무렵 설설은 촛불이 깜박거리는 넓은 방에서 혼자 생각에 잠겨 있었다. 그녀는 도무지 영문을 알 수 없었다.

어제가 마치 먼 옛날처럼 생각되었다. 설설은 이사의 측실로 행복하기만 했었다. 이사는 이미 늙고 그의 마누라도 늙었지만 병추기로 늘 골골했다. 따라서 젊은 측실 설설에 대한 이사의 사랑은 각별한 것이었다. 더욱이 그녀가 아들을 하나 낳아 줌으로써 사내의 사랑은 더욱

짙어졌다.

"너는 내 마음을 너무나 잘 맞추어 준다. 그러므로 네가 낳아 준 아이에게 장차 돈 천 냥이라도 떼어 주어 소주나 임안에 가게를 내주마."

이사는 설설의 환심을 사려고 입버릇처럼 말했다. 그에겐 장성한 아들도 있고 측실도 몇몇 있었으나 파격적인 총애였다.

어젯밤만 하여도 그녀는 안마를 해주고 있었다. 침상에 엎드려 있는 그에게 종짓굽을 밀어붙이면서 그녀는 물었다.

"어깨부터 해드릴까요, 아니면⋯⋯."

이사는 늙어서인지 안마를 좋아한다. 설설은 그런 남편을 정성껏 주물러 준다. 그래서 사내는 자기 마음을 너무나 잘 맞추어 준다고 칭찬한 것이다.

"음, 다리부터가 좋겠지."

그로선 이런 안마도 며칠만이었다. 그동안 성이 공격받고 있어 전전긍긍했다. 이사는 첩의 방을 찾을 겨를도 없었다.

홍건당이 성에 들어오면 재산은 물론이고 목숨까지 빼앗긴다고 두려워 했다. 그래서 밤중에 아들과 함께 흙을 깊이 파고 큰 독을 묻은 뒤그 속에 백은을 감추느라고 정신이 없었다.

이사에겐 아마 돈이 제일 중요하고 그 다음이 아들, 세 번째가 자기 목숨, 그리고 네 번째가 여자들이었다.

설설은 오른쪽 다리부터 주무르기 시작했다. 그리고 이따금 묻는다.

"기분이 어떠셔요."

"음, 좋아. 극락 세상 같아. 며칠 전까지만 해도 이 세상이 지옥처럼 생각되었지."

"어머, 어째서이죠?"

설설은 알면서 물었다.

설설은 아이를 낳은 뒤로 몸에 살이 붙었다. 그러나 뚱뚱할 정도는 아니다. 가슴과 허리가 한결 풍만해진 것이다.

"그야 주장군 덕분이지. 주장군은 사람을 하나도 안 죽였어. 약탈도

하지 않았지. 그래서 오늘 아침 세금을 바치라고 했을 때 1천 냥을 선뜻 바쳤다. 몽땅 빼앗기는 것보다 얼마나 다행스러운 일이냐."

이사는 혼자 흐뭇해 하고 있다. 더욱이 설설의 손길이 그의 허벅지, 샅 언저리를 주물러 올 때에는 그의 사내 피가 뜨거워졌다.

왼 다리, 그리고 발치께로 가서 두 발을 가지런히 하며 잡아당기든가 밀어 구부리든가 하느라고 설설의 몸은 섰다 웅크렸다 하며 연신 움직인다.

"나는 너의 이런 때가 가장 보기 좋거든."

허리를 높이 들고 다리를 벌린 자세로부터 웅크린 자세가 될 때 그의 눈은 여인의 붕긋한 사타구니 부근을 훔쳐 본다. 보일 듯 말 듯한 정경, 그것을 보며 얼마나 참느냐 하는 게 그의 즐거움이었다.

설설의 추억은 거기서 끊어졌다. 밤이 깊었는데 도무지 주원장은 나타나지 않는다. 그렇다고 혼자서 잘 수도 없는 그녀였다.

바로 오늘 낮의 일이었다. 남편이 창백한 얼굴로 들어오더니 말했다.

"너는 주원수님을 알고 있느냐?"

"네?"

"주원장 원수가 너를 원수부로 데려오라는 엄명이시다. 나는 너를 내주기 싫어 그런 사람이 없다고 잡아떼었다. 그랬더니 여자가 없다면 이 집의 사람을 모두 죽여 버리고 집에 불을 질러 버리겠다는 거야."

"여자라니요? 저 말고 다른 사람도 내놓으라고 했어요?"

"아냐, 설설 너만을 내놓으라는 거야. 네 이름을 분명히 말했어. 나는 백은 천 냥을 바칠 테니 눈감아 달라고 했지만 막무가내였어. 오히려 그 소리를 공연히 했다. 귀신 듣는데 떡소리를 했단 말이다."

설설은 그 말이 귀에 들어오지 않았다. 어제까지 부처님처럼 생각되던 주원장이 악귀처럼 생각되었다.

그런데 주원장이 자기 이름을 안다. 이름을 알았다면 청루에 있을 때이리라. 비록 몇 달 있지는 않았지만 그녀를 거쳐간 사내는 수백 명이 된다. 하나도 얼굴이 생각나지 않는다.

설설의 얼굴이 별안간 일그러졌다. 그녀의 눈에서 눈물이 펑펑 쏟아졌다.

"주인님! 저를 보내지 말아 주셔요. 저는 싫습니다. 죽어도 싫습니다."

이사가 오히려 당황했다.

"저에겐 당신이 있습니다. 여자에겐 정조라는 지상(至上)의 도덕이 있습니다."

그러자 이사는 그녀에게 애원했다. 네가 가지 않는다면 우리 가족은 모두 죽는다고 했다. 그 순간 설설의 마음은 돌처럼 굳어졌던 것이다.

(어차피 나는 첩. 팔려왔다가 팔려가는 몸이다. 자식을 낳아 주었다는 게 무슨 소용인가. 이 늙은이는 자기 재산과 자기 가족이 소중하여 이렇게 빌고 있지 않느냐.)

그녀의 생각은 또 끊어졌다. 대체 주원장이 누구일까? 얼굴을 보면 생각이 날까?

그건 그렇고 강제적으로 데려와서 지금껏 나타나지 않는 이유는 무엇일까? 설설은 불안과 궁금증이 뒤섞여 가슴이 자꾸만 떨렸다.

그녀가 이사의 집에서 가마를 타고 원수부에 도착한 것은 저녁 때였다. 그녀에 대해선 별다른 지시가 없었던 모양으로 늙은 시녀와 아직 앳된 소녀 한 명이 설설을 맞았을 뿐이다.

"아씨, 목욕부터 하셔요."

설설은 꼭두각시처럼 시키는 대로 움직였다. 바닥까지 들여다보이는 깨끗한 물이었다. 나무통에 뜨거운 물과 차가운 물을 섞어 놓아 더 맑게 보이는지 모른다. 아직도 석양이 드리워져 있다.

음력 3월이지만 이곳 응천부는 춥지가 않은 고장이다. 미적지근한 물이었으나 물 속에 들어앉아 있자 이상하게도 흥분이 가라앉는다.

양손바닥에 눈처럼 흰 젖가슴을 안고서 설설은 고개를 숙이고 있었다. 아이를 하나 낳았지만 아직도 깨끗한 살결의 하복부와 밀착시키고 있는 양다리의 삼각지대에 봄풀과도 같은 거웃이 나부끼고 있었다. 설설은 그것에 시선을 떨구고 있다.

그것을 보면서 주원장이란 사내를 머리 속에 떠올리려고 애썼다. 하지만 역시 기억은 되살아나지 않았다.

그러나 언제까지 물 속에만 들어앉아 있을 수도 없었다. 그녀는 물에서 나왔다. 그러자 기다리고 있던 것처럼 소녀가 나타나 다른 방으로 안내했다. 그곳에 새로운 옷이 준비되어 있었다.

대원수쯤 되면 자객을 경계하여 아무리 미녀라도 목욕을 시키고 일단은 나체로 만드는 모양이었다. 그러기에 집에서 입고 온 의복은 주지 않고 새 옷을 다시 주었으리라.

설설은 그런 것이야 아무래도 좋았다. 화장을 하면서 자꾸 손이 떨렸다. 자기를 안다는 상대를 모르기에 생기는 불안이었다.

벌써 첫닭이 울고 있었다. 설설은 이제 생각할 기력마저 없어 꾸벅꾸벅 졸았던 모양이다. 섬칫하여 눈을 떴을 때 이미 사내는 뒤에서 그녀를 포옹하고 있었다.

"그만 급한 일이 있어 오래 기다리게 했다. 내가 주원장이다."

촛불이 깜박거리고 있었으나 설설은 뒤를 돌아볼 수가 없었다. 첫째 사내가 방에 들어온 것도 모르고 있었던 그녀였다. 더욱이 그녀는 뒤로부터 꽉 포옹되어 젖가슴을 잡히고 있는 것이다.

(오히려 이것이 좋았을지 모른다.)

순간 설설은 그렇게 생각하고 있었다. 너무도 긴장하고 불안에 떨었던 탓인지 안심 비슷한 생각도 들었던 것이다.

사내는 그 이상 설명을 해주지 않는다. 매우 정력이 있는 모양으로 행동이 조급하고 거칠었다. 하지만 그것도 그녀로서 능히 참을 수 있는 일이었다.

이윽고 사내가 말했다.

"너는 변하지 않았어. 아냐, 오히려 더 좋아진 것 같다."

그것은 진정이었다. 방에 들어왔을 때 설설의 둥근 허리를 보자 덥썩 껴안았던 것이다. 지금 설설의 염지(艶脂)로 무르녹는 목덜미와 성숙할대로 성숙한 허리를 감촉(感觸)하면서 억지로라도 빼앗아 오길 잘했다고 생각했다.

"난 기쁘다. 혹시 네가 변해 있었다면 나는 너를 죽였을지도 모른다. 너뿐 아니라 이사의 가족도. 하지만 너의 뒷모습만 보고서도 나는 기뻤어. 오래 떨어져 있었지만 기다렸던 보람이 있었다."

(역시 나를 알고 있다.)

설설은 억지로라도 고개를 돌려 그를 확인하고 싶었다. 그러나 공교롭게도 깜박이던 초는 꺼져 버렸다.

그것을 기다린 것처럼 사내는 다시 사나워졌다. 이번에는 입술을 빨면서 몸을 깊숙이 디밀어 왔다.

설설은 자기도 모르게 두 팔로 사내의 목을 끌어안고 있었다.

"네 침이 달구나."

원장은 그렇게 말하더니 옆으로 쓰러지며 곧 코를 골았다.

설설도 그 콧소리를 들어가며 숨을 죽이고 있었는데 그녀 역시 수마에 사로잡혔다. 그리고 섬칫하며 잠이 깨고 눈을 떴을 때 그녀는 사내의 팔을 베고 누워 있었다. 이미 아침 햇빛이 밝았다.

그녀는 사내의 팔에서 빠져나오려고 무척 조심스럽게 움직였다. 원장은 아직도 잠자고 있다.

설설은 그때서야 그 얼굴을 찬찬히 볼 수 있었다.

대뜸 생각이 났다. 턱수염을 기르고 있어 예전처럼 흉악하게 보이지는 않았지만 자기를 한 달씩이나 거금을 던져 독점한 그 사내였다.

결코 그런 주제가 못될 거지중이 백은 50냥이나 주고 자기 몸을 샀기에 더욱 기억에 남았으리라.

그리하여 그런 거지중 법해와 지금의 대원수 주원장이 연결되지 않아 그녀로서 아무리 하여도 생각이 나지 않았던 것이다.

(이 사람이었구나!)

그녀는 원장의 잠든 얼굴을 언제까지나 보고 있었다.

약(略)

주원장의 세력권은 응천부를 중심으로 서는 저주(滁州)에서 일직선
으로 무호(蕪湖)까지, 동은 구용(句容)에서 율양(溧陽)까지다. 서쪽이
길고 동쪽이 짧은 부등변(不等邊) 네모꼴인데 밑에서 보면 쌀을 되는
되와 같았다.

동쪽이 되 바닥이고 서쪽이 되 아가리에 해당된다.

그런데 주위에는 적이 많았다.

동쪽 진강(鎭江)에는 원장(元將) 안정(安定)이 버티고 있다. 동남에
는 장사성이 이미 융평(소주)을 근거지 삼아 상주(常州)를 점령하고 절
강 서쪽을 차지하고 있었다.

동북에도 적은 있다. 민영 대장 장명감(張明鑒)이 양주에 있고 남쪽
엔 원장(元張) 파슬브카의 군이 휘주(徽州)와 영국(寧國)에 각각 나누
어 주둔하고 있었다.

서쪽인 지주(池州)는 서수희 파의 진우량이 점령하고 있다.

이렇듯 군웅과 적들이 할거하는 가운데 원장이 차지한 토지는 적고
병력도 적어 불안정했다. 원장은 마씨 등 가족을 응천에 불렀지만 정
세는 아직도 유동적이고 기반이 확고하지 못했다. 현부인 마씨는 애
리, 애옥, 설설 등을 지휘하여 군사들을 위해 몸소 옷을 꿰맸고 헝겊
신을 만들었다. 이런 것이 군사들의 사기를 높이는 데 도움이 되었다.

그에게는 또한 천우신조(天佑神助)라 할까, 운도 따랐다. 주변의 적
이 어쩌다가 응천을 공격했지만 본격적인 관군의 공세는 없었다. 그러
나 이 정도는 작은 현상일 뿐이었다.

이때 원조는 하마가 중서 좌승상, 수에수에는 어사대부로 실권을 이 들 형제가 거의 쥐고 있었다. 하마는 홍건적 가운데 유복통과 명왕을 핵심 세력으로 보고 이들 공격에 총력을 기울였다.

타체바하돌(Tachebahadour)에게 병력을 주어 유복통을 치게 했다. 그 러나 타체바하돌은 허주(許州) 부근에서 홍건적에게 패하고 말았다. 이것을 구한 것이 류하라보카(Lieouhalabouca)로 홍건적을 격파했을 뿐 아니라 박주를 점령했다. 유복통은 명왕을 받들고 안풍(安豊) 방면으 로 달아났다.

하마는 전선의 승리 소식이 들리자 안심이 되었다. 그는 보다 전세 를 잡기 위해 기황후 등과 손을 잡고 순제를 폐위시켜 황태자를 옹립 하려고 했다.

그러나 음모는 누설되었고 좌승상인 삭사감(溯思監), 하마는 반대파에 의해 장살(杖殺)되었다. 이때 순제편을 든 자들은 타이핑(太平), 톡로테무르, 로테사 등이었다.

고려사를 보면 공민왕 5년(1356) 5월 기철(寄轍)·권겸(權謙), 노일(盧一) 등 친원파가 처형되었다고 기록돼 있다. 하마 등 황태자파가 순제파에게 몰려 실각한 것은 이 무렵의 일이었다.

기황후의 세력이 약해지자 공민왕은 재빨리 기철 일파를 숙청한 것이다.

원조가 황제파와 황태자파로 갈라져 싸우고, 또한 유복통과 원군이 사투를 벌이고 있는 틈을 타서 주원장은 세력을 착실히 늘려갔다.

"상주(常州), 의흥(宜興), 광덕(廣德), 영국, 진강 등지는 금릉에 팔다리와 같은 요지다. 이곳들을 점령하지 않는다면 모처럼 금릉을 얻었다 해도 안심할 수가 없다."

즉시 서달을 대장으로 5만 병력을 편성했다. 곽영이 선봉이고 요영안과 유통해는 그 좌우 부장(副將)이 되었다.

그리고 장덕승(張德勝)은 전군(前軍), 주덕흥은 후군(後軍)을 지휘했고 풍용과 조덕승은 서달의 날개로 좌·우군을 지휘했다.

원장은 출병에 앞서 군기확립에 무엇보다 주력했다. 그리하여 서달과 비밀리에 의논했다.

삼군을 편성하고 열병식을 할 때 원장은 느닷없이 서달을 포박케 했다. 삼군의 장병들은 놀랐다.

"서달의 죄는 무겁다. 진중에 여자를 동반할 수 없는데 그는 첩을 남장시켜 데리고 가려 했다. 즉시 서달을 끌어내어 목을 베도록 하라!"

가을 서릿발 같은 원장의 호령에 삼군의 장병들은 벌벌 떨었다. 이선장 등 막료가 원장에게 청했다.

"서달은 일군의 원수로 죽을 죄를 지었습니다. 그러나 그의 지난 공적을 참작하여 죄를 용서하십시오."

"아니다. 군대가 참으로 잘 통솔되고 강하다면, 이는 법이 엄정하게 실시되고 있기 때문이다. 군대가 어지럽고 약해지는 까닭은 법을 엄정히 시행하지 않기 때문이다. 작록(爵祿)은 공로에 의해 주어지고 형벌은 죄가 있어 가해지는 것이다.

"여봐라, 무엇들 하고 있느냐. 당장 서달을 끌어내어 목을 베라."

"잠깐, 잠깐!"

선장은 큰 목소리로 외쳤다.

"참으로 지당하신 말씀입니다. 서달이 비록 죄를 지었지만 기회를 주십시오. 그러면 반드시 죽을 힘을 다하여 적을 격파할 것이 아닙니까. 만일 공을 세운다면 서달의 죄를 용서하시고 공이 없다면 그때 벌하셔도 늦지 않습니다."

원장은 마지못해 용서하듯 서달의 결박을 풀어 주게 했다. 그리고 전 장병에게 훈시했다.

"이번 출병은 적성을 공략하지만 집을 불지르고 약탈하고 백성을 함부로 죽여선 안된다. 물론 여인을 겁탈하는 것도 엄금이다. 그래야만 제장의 공이 서달의 죄를 지울 수 있다."

서달은 군을 행군시켜 수일만에 진강 근처까지 진출했다. 진강은 원의 장군 안정이 지키고 있었다. 안정은 부장인 등청(鄧淸) 등을 불러 대책을 의논했다.

등청이 자기 의견을 말했다.

"주원장의 병은 용맹스러운 것이 한 번도 패한 적이 없다고 들었습니다. 더욱이 그는 후덕관인(厚德寬仁)하여 천하를 다스릴 기량(器量)을 가지고 있습니다. 진강은 금릉의 오른팔과도 같은 요지이나 병력이 많지 않아 전투건 농성이건 두 가지 다 어렵습니다. 그러므로 성문을 열고 항복하여 성안 백성의 고난을 덜어주고 병사의 죽음을 피하도록 하십시오."

안정은 이 말에 화를 냈다.

"너는 작전을 의논하는 자리에서 항복부터 주장하느냐!"

등청은 불만의 빛을 나타내며 그 자리를 물러 나왔다. 양자 왕정(王鼎)이 그를 보고 무슨 일이 있었느냐고 물었다. 등청이 자기 의견을 말하자 왕정은 말했다.

"일이 이쯤 되었는데 무엇을 지체하십니까. 주장하신 대로 우리만이라도 곧 항복하지 않는다면 화를 입게 될 것입니다."

부자는 급히 집에 돌아가자 가족을 수레에 태우고 동문으로 탈출했다. 안정은 이 보고를 받자 즉시 1천여 기의 병을 이끌고 등청을 추격했다.

이때 산모퉁이에서 서달의 병이 나와 위태로움에서 구해 주었다. 등청은 말에서 뛰어내려 서달에게 절하며 말했다.

"저는 진강의 부장 등청이라는 자입니다. 방금 주장 안정을 간하여 함께 항복하자고 했지만 그는 사물의 이치를 판별하지 못하는 자로 오히려 저를 추격해 오고 있습니다. 원수께서 저의 가족을 보호해 주신다면 저는 이곳에 남아 안정과 사생결단을 내겠습니다."

서달은 기뻐하고 그에게 한 가지 계책을 주며 말했다.

"가족에 대해선 조금도 걱정마시오. 장군은 적의 후방으로 우회하여 공을 세우도록 하시오."

등청이 가버리자 서달은 삼군을 이끌고 나아갔다. 그리고 안정을 보자 크게 꾸짖었다.

"그대는 병을 이끌고 와서 무엇을 어떻게 하겠다는 것이냐? 만일 부귀를 누리고 싶다면 속히 미망(迷妄)을 버리고 항복하라."

"홍건적 주제에 무슨 헛소리냐!"

서달은 전군 조덕승을 시켜 옆쪽에서 돌격하도록 했다. 안정은 당하지 못하고 마침내 말머리를 돌려 달아났다. 서달은 총군을 이끌고 이를 맹추격했다.

안정은 성문까지 도망치자 외쳤다.

"문 열어라."

그러자 성벽 위에 등청이 나타나 그를 꾸짖었다.

"그대는 어디로 도망쳐 목숨을 붙들려고 하느냐? 나는 이미 서원수의 명을 받아 이 성을 접수했다. 너도 나처럼 항복하는 게 어떠냐?"

안정은 크게 놀라 다시 도망치려 했지만 그때는 이미 서달의 대병

(大兵)이 도착하여 포위된 몸이었다. 안정도 할 수 없이 말에서 내려 항복했다.

서달은 진강에 입성했고 순찰대를 조직하여 군기를 엄정히 확립했다.

한편 등유는 광덕을 공격하여 이곳을 점령했다. 이곳에서도 군기가 엄정했으므로 사람들은 그 소문을 듣고 모두 안심했다.

주원장의 이런 방침은 앞서 참가한 유기의 영향도 있었다.

원장은 선비를 이용할 줄 알았다.

'문인들이란 자기들을 존경하고 체면을 세워 주는 한편 이익을 준다면 주인을 위해 목숨도 바친다.'

문인을 이용하는 이런 방법을 양사(養士)라 했으며, 중국에선 옛날부터 군왕들이 즐겨 쓰던 방법이었다.

원장은 자기의 기초를 단단히 다지고 점령한 땅을 잘 관리하자면 '양사'말고는 없다고 생각했다. 만일 문인을 먹여 주고 기르지 않는다면 문인은 적에게 넘어가든가 지방의 호적들과 손잡아 적대 세력이 될 우려가 있다. 이렇게 되면 결과적으로 자기 세력을 약화시키고 적을 강력하게 해줄 뿐 아니라 몹시 해롭다. 게다가 유자(儒者)는 지식도 있고 인망도 있다. 백성이 무엇인가 어려움이 있을 때에는 문인을 찾아가 의지하고 의논을 하는 전통이 있다.

경제적으로 볼 때 유자는 지주 신분이고 많은 소작인을 거느리고 있었다. 소작인은 토지 소유주의 말을 듣지 않을 수 없는 것이다.

그러므로 유자를 가까이 쓰면 백성도 잘 관리할 수 있다고 생각한 것이다.

그렇기 때문에 그는 새 지역을 점령하면 그 고장 유자를 감언과 위협으로 섬기게 했고 그들을 유막에 두어 고문, 참모로 부렸다. 또 충성심이 강한 자는 지방의 장관으로 파견했다. 그는 지배자로 어느덧 양유음법을 구상하고 있었던 것이다.

하루는 이선장이 말했다.

"언젠가 저는 역사에서 배우라고 했습니다. 여불위가 실각했을 때

진에선 이사(李斯)가 나타나 법치를 엄격히 시행했습니다."

이보다 앞서 위(魏)나라의 울요(尉繚)가 시황께 와서 6국 평정의 책을 건의했다. 현재의 진나라 세력으로 볼 때 6국은 군현(郡縣)의 군신처럼 약소하지만 다만 경계할 것은 그들이 합종(合從)하여 진을 공격해 오는 일이다. 그러므로 재물을 아끼지 말고 여러 나라 중신에 뇌물을 써서 진을 치고자 하는 모계(謀計)를 교란시켜야 한다. 고작 30만 금쯤 돈을 쓰게 되면 6국은 모두 멸망하리라.

시황은 이 계책을 기뻐하고 울요에게 자기와 똑같은 대우를 해주며 후하게 대접했다.

"여기서 중요한 것은 살아남기 위한 온갖 술책을 쓴 것은 진보다 약한 6국이 아니라 실은 가장 강대했던 진이었다는 교훈입니다."

울요가 건의한 조직적인 대외 모략책을 실행에 옮긴 것이 이사였다. 금은 재보를 가진 첩자가 제후에게 유세(遊說)하고 매수할 수 있는 대신에겐 아낌없이 뇌물을 주어 상대국의 군신을 이간시키고, 그 정보로 군을 보내어 공격한다는 것이었다.

"시황제는 천하를 통일하자 그때까지 쓰던 배유정책(排儒政策)을 완화하고 유생을 포함한 70명을 박사로 등용하여 측근의 고문으로 썼습니다. 이어 태산(泰山)에서 봉선(封禪)의 의식을 올리고자 그 방법을 물었지만 유자의 의견이 구구하여 그들을 불신했습니다. 시황이 군현제(郡縣制)를 실시하려했을 때 유자가 이를 반대하자 이들을 철저히 배격했던 것입니다."

박사인 순우월(淳于越)이 전통적인 유가사상에 의거하여 시황제의 군현제를 비판했다. 순우월은 은·주 시대의 봉건제를 찬양하고, 옛일을 본받지 않고 국가 백 년의 계를 유지한 자가 없다고 했던 것이다.

이사는 이것에 반대하여 분서령(焚書令)을 건의했다. 시황제는 이를 찬성하고 마침내 분서갱유(焚書坑儒)를 명했다. 이것은 폭거였지만 만일 봉건제가 부활한다면 진의 조직은 일거에 무너질 염려가 있었기 때문이다.

진은 경(耕＝농업생산), 전(戰＝전쟁수행), 그리고 엄격한 법치와 배유정책을 써서 천하통일을 이룩했다.

　경·전의 담당자였던 농민은 시황제의 천하통일로 전쟁이 없어진 것을 진심으로 기뻐하고 시황을 하늘처럼 우러러보았다. 그러나 토지를 잃은 고용 농민의 수가 엄청나게 늘어나고 전국 말에는 토지를 잃은 빈농과 대지주의 계층 분화(分化)가 이미 시작되고 있었다. 그리고 천하통일에 의한 군현제가 실시되어 10년 가까이 지나자 중앙집권제도에의 적응과 엄격한 법치가 크나큰 부담이 되었다.

　분서갱유는 그것을 비판한 유생의 사상과 언론에 대한 탄압이었다. 그 점을 지적하며 유기도 토론에 참가했다.

　"진은 천하통일 후 겨우 15년 만에 멸망했습니다. 그것은 법이 너무 가혹했기 때문입니다. 진엔 1천 가지가 넘는 법률이 있었습니다. 법이 너무 많으면 폐단이 있기 마련입니다. 이사는 자기 보신(保身)을 위해 시황제의 유조(遺詔)를 함부로 고쳐 적자인 부소(扶蘇)를 죽였습니다. 시황제는 이미 재세중 장성과 여산릉(驪山陵) 및 아방궁(阿房宮)을 짓기 시작하여 백성이 부역과 무거운 세금으로 신음했던 것입니다. 법가의 대표자 한비도 군주가 궁전·누각·원지(園池) 등 토목 건축을 즐겨하고 거마(車馬)·의복·진기(珍器)에 열중하여 백성을 퇴폐시키고 재정을 파탄케 할 때에는 멸망한다고 했습니다!"

　"잠깐, 거기까지!"

　원장은 두 사람의 토론을 중지시켰다. 이선장은 전통적인 법가이지만 유기는 유가이면서 선가(仙家)이기도 했던 것이다. 따라서 그는 명리(名利)를 좋아하지 않는다.

　"진의 멸망에 대해선 두 사람 의견에 각각 일리가 있소. 그러나 나는 농민에 대한 가렴주구가 나라를 멸망케 한 가장 큰 이유로 보고 있소."

　주원장의 이 말은 아무렇게나 지껄인 말은 아니었다. 주승(朱昇)이란 늙은 유자의 건의가 그의 머리에 남아 있었던 것이다.

　"높이 담을 쌓고, 넓게 양식을 쌓으며, 느릿하게 왕을 칭해야만 합니다."

이것은 첫째로 후방을 굳히고, 둘째로 생산을 높이며, 셋째로 목표를 축소하여 장기적으로 생각하라는 말이었다.

장강을 건너오고 얼마 안되어 원장의 군대는 식량 부족의 곤란을 겪은 일이 있었다. 까닭은 몇 년래의 전란으로 농촌의 젊은 노동력이 부족되어 유휴지가 늘어나 있었다. 또 전쟁의 파괴로 둑이 보수되지 않아 수해가 발생하든가 마소를 마구 잡아 먹어 곡물의 생산량이 떨어졌기 때문이었다.

따라서 각지에 주둔하고 있던 그의 부대는 강제적인 군량 징수, 약탈을 하지 않을 수 없었다. 점령지에 방문을 써 붙이고 식량을 바치게 하는 방법인데 내놓지 않으면 강제로 징수했다. 이것을 약탈이라 하지 않고 채량(寨糧)이라 불렀다.

수확된 곡식의 대부분을 빼앗기자 농민들은 생산의 의욕을 잃고 토지를 그대로 묵히는 일이 많았다. 곡물의 생산성은 이 때문에 더욱 떨어져 군대의 식량사정이 악화되었다.

이것은 홍건당뿐 아니라 어떠한 집단에서도 볼 수 있는 현상이었다. 양주의 장명감 부대는 식량이 없어 사람을 잡아먹었을 정도였다.

이렇듯 식량이 부족하자 원장은 출동하는 병사에게는 군량을 일체 지급하지 않았다. 그때 원장은 이렇게 말했다.

"적 지역 내에 들어가면 멋대로 소량(소糧)해도 좋다. 만일 성을 공격하여 완강하게 저항하면 장병의 검괄(檢括)에 맡기고 빼앗은 물건을 자기 것으로 하여도 좋다. 만일 상대가 항복하면 백성을 안심시키기 위해 무엇이고 빼앗아선 안된다. 이와 같이 하면 병사들은 각각 분투하여 전진하고, 공격하여 함락시키지 않은 게 없고 싸워서 지는 일이 없다."

소량은 채량을 말한다. 검괄은 동시대의 묘족군(苗族軍)에서 나온 말로 묘족군의 전쟁은 검괄에 의지하며 보급했다. 검괄은 약탈인데 거듭 검괄되면 풀 한 포기 남지 않을 만큼 비참했었다.

그러나 따지고 본다면 채량도 약탈이다. 그래서 상우춘, 호대해 등이 원장에게 건의했다.

"채량이란 방법은 써서 좋지 않다고 생각됩니다. 점령지구의 민심을 얻자면 무리한 짓을 해서는 안됩니다."

원장도 이 건의에는 고개를 끄덕였다. 채량은 오래 써먹을 방법이 아님을 그도 알고 있었던 것이다.

그는 생각에 생각을 거듭하고 막료와도 의논하여 옛날부터 있었던 한 가지 방법을 생각해 냈다. 바로 둔전(屯田)이었다. 농사 지어 식량을 자급자족하는 제도이다.

지정 17년(1357), 원장은 서달을 시켜 남쪽 상주(常州)를 공격했다.

상주에 이르자 서달은 진을 치고 선봉 곽영에게 병력 3천을 주어 싸움을 걸게 했다.

상주를 지키는 대장은 장사성의 부장 여진(呂珍)이었다. 여진도 3천의 병을 이끌고 나와 맞붙었다. 양쪽 대장이 창으로 싸웠는데 좀체 승부가 나지 않았다. 그러자 홍건당에서 장덕승이 달려 나갔고 곽영과 힘을 합쳐 여진을 공격했다.

이 때문에 여진의 병이 무너졌고, 그들은 성으로 도망쳐 들어가 굳게 성문을 닫고 아무리 도발해도 나오려 하지 않았다. 여진은 아들 여공(呂功)에게 편지를 주어 급히 원병을 보내 달라고 소주로 급히 보냈다.

장사성은 크게 화를 내고 원수 이백승(李伯昇)에게 10만 병력을 주며 명했다.

"너는 급히 달려가 상주의 위급함을 구하고, 만일 싸움이 이롭다면 진강, 금릉까지도 쳐부셔 우리의 힘을 보여 주어라."

백승이 명을 받고 물러가려 하는데,

"잠깐!"

외치는 자가 있었다.

보니 사성의 아우 사덕이었다.

"전하, 닭을 잡는데 어찌 우도(牛刀)를 쓰려 하십니까? 저에게 3만 병력만 주신다면 상주의 포위를 풀게 할 뿐아니라 서달의 목을 베어 전하게 바치겠습니다."

장사성은 기뻐하며 사덕에게 3만을 주어 상주로 보냈다. 또 여약(呂約)에게 명했다.

"너는 병을 이끌고 가서 의흥을 공격하라. 그러면 서달은 반드시 상주의 병을 쪼개어 의흥을 구하려 할 것이다. 그러면 상주의 적병이 적어져 아군의 승리가 보다 용이하리라."

서달도 이런 사성의 속셈을 꿰뚫어 보았다. 경군용(耿君用)에게 병을 주며 신신당부했다.

"장사성은 교활한 자이다. 반드시 의흥을 공격하여 상주의 아군을 나누게 할 것이다. 따라서 그대는 의흥을 결사적으로 사수하라. 만일 의흥을 잃게 된다면 아군은 총퇴각을 하게 되리라."

군용은 명을 받고 의흥에 가서 여약의 군과 대치했다. 군용은 몇 차례의 소전투에서 적을 무찔렀고 사기를 높였다.

그런데 정금원(鄭金元)이란 자가 후진에 있다가 적의 매수공작에 넘어가 군졸 수백 명을 이끌고 적에게 투항했다.

군용은 이 보고를 받자 분노로 온몸이 불덩어리처럼 되어 적진으로 돌입했다.

"더러운 배신자, 정금원은 어디 있느냐!"

그의 무서운 기세에 여약의 군사에 누구 하나 감히 대들지 못했다. 여약이 창을 비껴들고 나왔지만 열세에 몰렸다.

"대장이 위태롭다!"

여약의 부하 수십 명이 군용에게 달려들었다. 아무리 용맹하더라도 수십 명의 적과 싸우기는 벅차다. 마침내 적의 장창이 군용의 이마를 스쳤고 피가 흘러 눈 속에 들어가 앞이 보이지 않았다.

경군용은 그래도 굴하지 않고 좌충우돌하며 적의 포위를 뚫고 본진에 돌아왔다. 하지만 워낙 중상이라 그날 밤 삼경에 이르러 죽고 말았다.

원장은 군용의 죽음을 애석하게 여기고 아들 경병문(耿炳文)으로 그 직책을 잇게 해주었다.

한편 장사덕은 상주에 이르러 성 동쪽인 고괴탄(古槐灘)이란 곳에 진을 쳤다.

서달은 이 정보를 입수하자 곽영과 장덕승에게 병을 나누어 주어 상주를 단단히 포위시키는 한편 조덕승·왕옥영(王玉榮) 등에게 또한 병을 주어 매복시켰다. 그리고 서달은 본대를 이끌고 나가 사덕의 진과 대치했다.

서달의 선봉 요영안이 먼저 나가 사덕과 싸웠다. 사덕은 잠시 싸우는 척하다가 달아났다. 영안이 이를 뒤쫓아 10리쯤 갔을 때 사덕이 군을 돌려 화살을 비오듯이 쏘아왔다. 영안의 병이 수없이 쓰러졌고 영안도 몸에 몇 개의 화살을 맞았지만 적진을 뚫고 탈출했다.

사덕은 이 기세를 몰아 추격을 해왔다. 서달은 굳이 싸우지 않고 등을 보이며 달아났다.

사덕은 이것을 보고 더욱 기고만장하여 적군에게 추격을 명하고 20리쯤 갔는데 앞에 자운산(紫雲山)이란 산이 있었다.

자운산을 돌아 더욱 나갔지만 서달의 모습이 보이지 않았다.

사덕의 부장 장호(張虎), 학비(鶴飛) 등이 충고했다.

"장군, 너무 깊이 쫓지 마십시오. 적에겐 반드시 복병의 계책이 있을 것입니다."

"무슨 소리냐! 전투는 승세를 몰아 단숨에 이겨 버리는 것이다."

사덕은 앞장 서서 달렸고 조덕승이 나와 그를 막았지만 덕승도 몇 번 싸우다가 도망쳤다. 사덕은 다시 감로(甘露)란 곳까지 추격했는데, 왕옥영 등의 복병이 일어나며 양쪽에서 맹렬히 협격했다.

"아뿔사, 내가 너무 지나쳤구나!"

사덕이 그제야 후회하고 말머리를 돌렸지만 함정에 빠져 사로잡히고 말았다. 이것을 보자 여약, 장호 등은 필사적으로 도망쳐 우당곡(牛塘谷)에 진을 쳤다.

이보다 앞서 장사성은 사덕이 패할까 염려하고 후속부대를 보냈다. 그 대장 장구육(張九六)은 신장이 8자로 맹장이었고 팔모창을 잘 썼다. 이 창은 양쪽에 칼날이 달려 있어 긴 창자루를 풍차처럼 돌리면

210

한꺼번에 몇 명씩 살상되는 무서운 무기다.

그는 사덕이 생포되었다는 소식에 눈을 부릅뜨고 이를 갈며 상주 동쪽에 도착하자 진을 쳤다. 서달이 이를 맞아 싸움이 벌어졌다.

구육은 팔모창을 돌려가며 진전에 나오자 서달을 꾸짖었다.

"너는 우리 주현(州縣)을 감히 침범했을 뿐아니라 내 형님 사덕을 간사한 꾀로 사로잡았다. 이제 우리 형님을 곱게 넘겨 준다면 네 목숨을 살려 주겠지만 아니면 오늘 네 제삿날인 줄 알라."

서달은 껄껄 웃었다.

"말 한번 잘한다. 너 같은 쥐새끼는 내 상대가 아니다. 네 형 장사성부터 염전의 염부 등을 쳐 먹던 건달이 아니냐?"

구육은 화가 나서 우뢰와 같은 소리를 질러가며 팔모창을 휘둘렀다. 서달의 뒤에서 풍용이 달려나갔지만 몇 번 싸우기도 전에 창날에 말이 다쳐 허둥지둥 도망쳐 돌아왔다.

서달은 급히 징을 울려 군사를 몰렸고 제장을 소집하여 의논했다.

"구육은 맹장이니 꾀로써 파할 수밖에 없다."

하고 풍용과 왕옥영에게 각각 1만의 병을 주어 우당곡 서쪽에 가서 매복하라고 지시했다. 그리고 이튿날 서달은 본대를 이끌고 우당곡 입구에 이르러 함성을 지르며 싸움을 걸었다.

구육이 나타나 서달을 야유했다.

"어제 패하고도 뻔뻔스럽게 또 왔구나. 오늘이야말로 너를 죽이겠다."

서달은 그 맹용에 견디지 못하는 것처럼 달아났고 구육은 추격해 왔다. 그러다 풍용 등의 복병에 걸렸다. 서달도 군을 돌려 삼면에서 구육의 부대를 맹공했다.

어지간한 맹장 구육도 몸에 몇 군데 상처를 입고 말머리를 돌려 달아나기 시작했다. 왕옥영이 이를 발견하고 화살을 날렸다. 화살은 구육의 왼눈을 맞추어 아픔에 못이겨 낙마한 그를 홍건당의 병사들이 달려들어 묶어 버렸다. 장호와 여약은 결사적으로 방전(防戰)하여 본진에 돌아가 점호를 해보았더니 죽거나 도망친 자가 2만 남짓 되었다.

장호는 소리내어 울며 말했다.

"우리가 병을 일으킨 이래 오늘처럼 비참하게 패하고 장수와 군졸을 잃은 적이 없다. 얼마나 부끄러운 일이냐. 그러나 서달은 꾀가 많고 군사는 용맹스럽다. 우리가 다시 싸운들 승산이 없다. 소주에 급히 사람을 보내어 구원을 청하자."

서달은 사덕과 구육을 생포하자 상주성을 맹공했다. 또 상우춘, 요영안 등에게 병을 주어 지주(池州)를 공격케 했다.

한편 장사성은 동행 사신(士信)에게 10만 병력을 주고 장규(張虬), 여승조(呂昇祖), 조득시(趙得時) 등을 부장으로 딸려 주었다.

장사신은 장호의 마중을 받아 우당곡에 들어갔다. 이 정보를 듣자 서달은 곽영, 장덕승에게 상주를 계속 포위 공격케 하고 자기는 유통해, 조덕승, 조충, 안정 등 6만의 병력을 이끌고 우당곡 정면에 달려왔다.

이튿날 사신은 유유히 제장을 이끌고 나와 서달에게 말했다.

"우리는 너희들과 원한이 없는데 어째서 남의 땅을 침범하느냐?"

"진강, 장흥, 상주, 강음(江陰) 등지는 모두 금릉의 팔다리 같은 요지다. 그렇기 때문에 우리가 점령하려는 것이다. 너희들이 만일 협정으로 이 몇몇 고을을 우리에게 준다면 사로잡은 두 장군을 송환해 주리라."

"허튼 소리 마라."

사신이 장창을 찔러오자 서달은 칼로 이를 막았다. 싸움이 10여 합에 이르렀지만 승부가 나지 않았다. 그러자 여승조와 조득시가 동시에 달려나왔다. 이것에 맞서 조덕승과 유통해도 달려나가 접전이 벌어졌지만 마침내 사신의 군이 무너지며 달아났다.

"잡아라, 잡아라, 적장을!"

서달이 외치며 군 선두에 섰고 우당곡에 도망쳐 들어가는 사신을 추격하는데 갑자기 포성이 울리며 적의 복병이 내달았다. 이때 서달의 군사가 수없이 죽고 완전히 독 안에 든 쥐꼴이 되었다.

"동요하지 마라! 비록 적의 계책에 빠졌지만 침착히 행동한다면 활로가 생긴다."

그러나 서달에게 더욱 불행했던 것은 진강의 항장(降將) 안정의 배신이었다. 그는 홍건당이 불리해지자 양식을 탈취하고 사신에게 항복한 것이다.

서달은 포위 속에서 흙을 쌓고 사면 방어를 하고 있었는데 문제는 양식이었다. 남은 군량을 조사해 보니 하루 한 끼씩 먹더라도 15일분이 되지 않았다.

한편 상주성을 포위하고 있던 곽영과 장덕승은 서달이 사지(死地)에 빠졌다는 소식에 이마를 맞대고 의논했다.

"서원수가 적의 포위망 속에 있으니 우리는 마땅히 이를 구해야 한다. 그렇지만 우리가 달려가면 성안의 여진이 성문을 열고 나와 우리를 추격하리라. 그러면 앞뒤로 적의 협격을 받아 패하리라. 과연 어찌하면 좋을까?"

손자 병법에 구지(九地)라는 게 있다. 즉, 전장을 아홉으로 나누어 산지(散地)·경지(輕地)·쟁지(爭地)·교지(交地)·구지(衢地)·중지(重地)·비지(圯地)·위지(圍地)·사지(死地)였다.

제후가 자기 영지에서 싸울 경우 그러한 전장을 산지라고 한다(군졸이 집이나 고향을 그리워하고 게다가 가깝기도 하여 산산히 흩어져 도망할 염려가 있기 때문이다).

적국에 침입했지만 국경 근처에서 싸울 경우 그러한 전장을 경지라고 한다(본국이 가깝기 때문에 위급할 경우엔 쉽게 돌아갈 수가 있다. 또 그 때문에 군졸의 마음이 들뜨기 쉽기 때문이다).

아군이 먼저 점령하면 아군에게 유리하고 적이 먼저 점령하면 적에게 유리한 곳을 쟁지라 한다(쟁탈의 중심이 되는 요지이므로).

아군이 갈 수 있고 적군도 갈 수 있는 곳을 교지라 한다(도로가 교차돼 있기 때문에).

다른 제후의 영토와 경계를 이웃하고 있는 지역으로 먼저 도착한 자가 제후와 손잡고 지원을 받을 수 있는 곳은 구지이다(사통팔달하는 거리이므로).

적국의 영내 깊이 침입하고 많은 적의 성읍(城邑)을 돌파한 그런 곳을 중지라 한다(배후에 몇 겹의 적 성읍이 있고 철수하려해도 어렵기 때문에).

산림이나 험준한 지형, 소택지(沼澤地) 등 행군에 불편을 느끼는 곳은 비지다(군세를 파괴하고 파멸시키는 곳, 흙다리 따위가 놓여 군대를 마음대로 이동시키지 못하므로).

들어가는 데는 비좁은 통로를 지나야 하고 나오자면 멀리 우회해야 하므로 소수의 적군으로 우리 대군을 섬멸할 수 있는 곳은 위지다(포위하기 쉬운 장소이므로).

결사적으로 싸우면 살아 남을 수 있지만 그렇지 않고선 죽을 수밖에 없는 곳이 사지다(생사존망을 건 곳이므로).

"확실히 서원수는 사지에 빠졌소. 그러나 우리는 가볍게 이곳을 움직이지 못하오. 차라리 상주의 포위를 엄중히 하여 적의 협격 위험성을 피하고 급히 응천부에 알려 구원을 청하니만 못하오."

주원장은 곽영과 장덕승의 구원 요청으로 깊은 근심에 쌓였다. 구원병을 보내자니 쪼갤 병력이 없었다. 그러자 때마침 지주를 공격한 상우춘 등이 적성을 점령하고 조충을 수장(守將)으로 남기고서 회군한다는 소식이 있었다.

원장은 즉시 상우춘에게 서달을 구하라고 명했다. 이리하여 우춘은 오양(吳良)을 선봉으로 우당곡의 서쪽 입구로 달려갔다. 원장은 다시 탕화에게 호대해를 딸려 우당곡의 동쪽 입구로 보냈다.

우춘이 먼저 상주에 도착하여 곽영, 장덕승의 부대와 합류했다. 우춘이 정세를 묻자 곽영이 전황을 설명했다.

"서원수는 포위된 지 벌써 15일이 지났습니다. 우리는 서원수를 구하고 싶지만 당면의 적 장규(張虯)가 맹장으로 성안의 여진과 협력하여 협격당할 염려가 있어 꼼짝 못하고 있습니다."

우춘은 상황을 파악하고 작전을 정했다. 이때 장규는 장호와 함께 골짜기 입구를 지키고 있었다. 장호가 먼저 장규에게 말했다.

"너는 이곳을 지키고 있어라. 나는 안정과 더불어 멀리 온 홍건적과 싸우겠다."

"구원병으로 온 적장은 반드시 용장(勇將)일 것입니다. 차라리 형님이 안정과 이곳을 지키십시오. 내가 나가 적을 맞아 싸우겠습니다."

이리하여 장규는 상우춘과 대진하게 되었다. 장규와 우춘은 창을 갖고 어우러져 수십 합을 싸웠다. 이때 곽영과 장덕승이 후방을 돌아 장호의 진을 공격했다. 장호는 곽영과 싸우다가 창에 찔려 죽었고 장덕승은 적진의 양초에 불질렀다. 장규는 후방에서 불길이 오르자 놀라 말머리를 돌렸다. 우춘이 그를 뒤쫓아가 철편(鐵鞭)으로 내리쳤다. 장규는 철편을 맞아 어깨뼈가 부숴졌지만 죽을 힘을 다해 달아나고 말았다.

우춘은 이어 골짜기 안으로 돌입했다. 서달도 구원군이 이르렀음을 알고 공격해 나와 마침내 양군이 감격의 상봉을 했다. 이 무렵 탕화도 우당곡에 이르러 사신의 병을 격파했으므로 제장들이 모두 한자리에 모였다.

즉, 서달을 중심으로 탕화, 상우춘, 호대해, 오양, 경병문, 경병성, 유통해, 조덕승, 주덕흥, 조용(趙庸), 장덕승 등이었다. 서달은 좌중을 둘러보더니 얼굴빛이 흐려지며 말했다.

"모두들 모였는데 곽영만이 보이지 않는다. 혹시 난군 중에서 잘못된 게 아니야? 만일 그렇다면 주군의 애신(愛臣)을 잃었는데 내 무슨 면목으로 대원수를 뵙는단 말이오?"

그러고 있을 때 군졸이 들어와 알렸다.

"곽장군께서 적장을 생포하여 돌아오셨습니다."

곽영은 앞서 장호를 창으로 찔러 죽이고 안정을 발견하자 이를 추격했다. 그리하여 그를 사로잡아 안장에 매달고 돌아온 것이다.

제장들은 기뻐하며 밖으로 뛰어나갔다. 서달은 안정을 보자 크게 꾸짖었다.

"내 너를 살려 후하게 대접했는데 군량을 훔쳐 다시 적이 되었다. 너같은 불인불의(不仁不義)한 놈은 살려둘 수 없다."

즉시 군사를 시켜 군문 밖에 내다가 목을 베도록 했다. 이때 사덕, 구육도 함께 참형을 당했다.

서달은 군을 며칠 쉬게 한 뒤 다시 상주성을 포위하여 공격했다.

성안의 여진은 곰곰이 생각했다.

"그동안 구원병이 몇 차례 왔으나 하나도 성공하지 못했다. 이제는 밤중에 몰래 호주(湖州)로 철수하여 뒷날을 기다려 볼 수밖에 없다."

서달은 성안에 잠입시킨 첩자로부터 이런 낌새를 보고 받고 상우춘과 호대해를 불러 계책을 주었다. 그리고 동문을 포위한 부대에도 지시하여 일부러 달아날 길을 터놓게 했다.

여진은 망루에 올라 적진을 굽어보고 동문 밖의 포위망이 허술한 것을 보자 기뻐했다. 곧 성병을 이끌고 동문으로 탈출했다. 그러나 10리쯤 달아났을 때 석포(石砲)가 갑자기 울리며 복병이 일어났다. 우춘과 대해의 병이었다. 여진은 결사적으로 싸워 다시 성중으로 도망쳤지만 이 때문에 3천 남짓의 군사를 잃었다.

한편 장사신, 장규, 여승조, 조득시 등은 패잔병을 수습하여 태호(太湖)가인 관교(館橋)에 진을 치고 사자를 소주에 보내어 구원을 청했다.

장사성은 군신을 소집하고 대책을 강구했다. 이백승이 아뢰었다.

"저들이 제 분수를 지키지 않고 우리의 영토를 침범하는 것은 병(兵)을 탐하는 것입니다. 병을 탐하는 자, 반드시 패망합니다. 그렇지만 우리가 두 번에 걸쳐 패한 까닭은 아군의 제장에게 용맹만 있지 지모가 없었던 탓입니다. 사실은 그들에게 지덕(智德)이 있어 승리한 것이 아니라 아군이 우졸(愚拙)하여 졌을 뿐입니다."

사성은 이백승에게 10만 병력을 주었고 탕웅(湯雄)을 선봉으로 임명했다. 탕웅은 삭(矟=창의 일종)을 잘 썼다.

백승이 관교에 이르러 사신과 만나 패한 까닭을 물었다.

"어째서 패하셨습니까?"

"주원장의 제장은 지용을 겸비하고 있소. 특히 서달의 지모와 상우춘의 용맹은 가볍게 보아선 안되오."

이백승은 코웃음을 쳤다. 이튿날 그는 사신과 더불어 고괴탄에 이르러 진을 쳤다.

서달은 이백승이 왔다는 말을 듣고 신중히 작전을 세웠다. 탕화, 호대해, 곽영, 장덕승에겐 상주를 계속 포위 공격케 하고 상우춘, 유통해에겐 각각 병력 1만을 주어 우당곡에 매복시켰다.

그 자신은 조덕승, 주덕홍, 화고(畫稿) 등을 거느려 본대(本隊)가 되고 등유와 요영만은 좌·우군이 되어 적 측면을 찌르게 했다.

서달이 제장을 이끌고 이백승과 대진하자 적의 선봉 탕웅이 삭을 비껴들고 나타났다. 서달은 주덕홍을 시켜 나가 싸우게 했다.

그러나 탕웅은 선봉장인 만큼 맹용(猛勇)하기 이를 데 없었다. 주덕홍은 수합을 견뎌 내지 못하고 달아났다. 사신과 백승은 이 기세를 몰아 일대 돌격을 해왔다. 그러나 적의 대형이 길게 뻗쳤을 때 등유 등이 측면을 찌르자 그들은 당장 혼란에 빠졌다. 서달이 이들을 또한 공격했기 때문에 적은 앞을 다투어 고괴탄의 진지로 도망쳐 들어가려 했다. 그러나 그곳은 이미 조덕승 등이 점령한 뒤였다.

백승과 사신은 도중에서 만난 장규와 더불어 우당곡을 향해 달아났다. 그곳에 매복한 것은 상우춘과 호대해. 혈전이 벌어졌다. 탕웅은 우춘과 필사적으로 싸웠다. 이때 운용(雲龍)이란 장수가 쌍칼로 춤추어가며 탕웅에게 달려들었다.

탕웅은 그를 삭으로 찌르려 했지만 운용의 칼이 번쩍하며 창자루가 잘려 나갔다.

탕웅은 놀라 말에서 떨어졌지만 운용이 또한 말에서 뛰어내려 그와 격돌했고 마침내 사로잡았다.

백승과 사신의 병력들은 곳곳에서 창에 찔리고 칼을 맞아 죽었다. 그 피가 흘러 내를 이루고 시체는 쌓여 산과 같았다. 사신과 백승은 가까스로 목숨만 건져 잔병을 이끌고 소주로 도망쳤다.

상주의 여진도 구원병이 또다시 패하자 밤중에 성을 빠져 나와 달아났다. 곽영이 이를 발견하고 그를 막았는데 여진은 필사적으로 싸운 끝에 겨우 자기 혼자만 탈출해 임안을 거쳐 소주로 달아났다.

서달은 상주에 입성하여 탕화로 하여금 성을 지키게 하고 자기는 우춘 등과 다시 의흥에 가서 성을 접수했다.

　이어 서달은 경병문에게 3천 병력을 주어 장흥(長興)을 공략토록 했다. 장흥의 수장 조타호(趙打虎)는 한번 싸움에 패하자 호주로 달아났다. 경병문은 병선 3백여 척을 얻었고 이복(李福)을 사로잡았다.

　또 오양, 곽천작(郭天爵)은 강음을 점령했다. 서달은 장흥에 경병문, 강음에 오양을 두어 각각 지키도록 하고 승전보고를 원장에게 알렸다.

원교근공(遠交近攻)

　북쪽에서도 홍건당이 크게 세력을 떨치고 있었다. 박주에서 패한 유복통은 군대를 다시 정비하고 북정(北征)의 전략을 채택했다. 이들은 두 갈래가 되어 북상했다. 한 갈래는 무관(武關)을 격파하고 상주(商州 = 섬서성)를 점령했으며 관중(關中)에 도달했다. 또 한 갈래는 모귀(毛貴)가 총두목으로 산동성 북부 일대를 점령했다.

　그리고 지정 17년 6월 유복통은 변양을 공격했다. 일찍이 점령했다가 톡타가에게 패한 곳이다. 그러나 성이 견고하여 좀처럼 변양은 함락되지 않았다.

　이 무렵 주원장은 장흥 등 응천부 주위의 전략 거점 전부를 손에 넣고 있었다. 즉, 이렇게 함으로써 동쪽은 강양(江陽)에서 태호를 끼고 남쪽인 장흥까지 일직선으로 방위선을 구축했다. 동쪽의 장사성이 침입할 수 있는 통로를 막은 것이었다.

　북쪽은 우군(유복통)이라 소수의 병력을 두어 지키면 되었다. 서쪽은 천완국(天完國 = 서수휘가 세운 나라, 도읍은 漢陽)과 경계를 두고 있어 대군을 두어 굳게 지켰다. 그리고 원장은 남쪽인 영국(寧國), 휘주(徽州)에 눈길을 돌렸다. 그는 주변의 정세를 세밀히 분석하고 가장 약한 부분부터 집중적으로 공격했다. 그리하여 남쪽에 고립된 상태인 원군(元軍)을 공격하리라 마음먹었던 것이다.

　이때 영국의 지부(현지사)는 주양조(朱亮祖)라는 명신이었다.

　하마가 아직 살았을 때의 일이다. 하루는 순제가 백관의 조례를 받는 자리에서 강회(江淮)지방의 도적 평정의 계책을 물었다. 이때 하마

가 군신을 대표하여 아뢰었다.

"지금 대도 주위에 모두 24진이나 지키고 있어 폐하는 조금도 염려하실 것이 없습니다. 그러나 효용(驍勇)의 장군으로 하여금 수만의 군사를 이끌고 하남, 하북 등지에서 둔전(屯田)하여 적을 막게 한다면 국가의 기반이 더욱 튼튼할 것입니다."

그러자 이를 감연히 반대하고 나서는 사람이 있었다. 평장사(平章事) 벼슬의 주양조였다.

"승상의 의견은 매우 좋으나 위급한 지금의 사태로선 아무런 효과가 없습니다."

"경에게 좋은 계책이 있단 말인가?"

"폐하, 아무쪼록 부고를 열어 굶주린 군민의 배부터 채워 주시고 다음의 일을 꾀하셔야만 합니다."

"경의 말대로 창고를 열어 곡물을 백성에게 준다면 밖은 알차고 안은 텅 빈 것이 아니냐?"

"그렇지가 않습니다. 옛날 그 애공(哀公)이 유약(有若)에게 흉년이 들어 백성이 굶주리고 있다. 어떻게 하면 좋으냐 하고 물은 일이 있습니다. 유약이 어째서 곡식을 백성들에게 풀지 않느냐고 하자 애공은 나도 모자라는데 어떻게 나누어 주겠느냐고 했습니다. 이때 유약은 반문했지요. 백성이 모자라면 군주 또한 모자라고 백성이 넉넉하면 군주 또한 넉넉한 것입니다라고.

폐하, 지금 백성에게 중세를 과하고 주현에 또한 많은 탐관오리들이 있어 백성들의 고난은 필설로 표현키 어렵습니다. 때문에 천하가 모두 가난해지고 도적이 사방에서 일어나는 것입니다. 그러나 인의를 베푼다면 백성은 돌아오기 마련, 군주가 바르고 신하 또한 바르다면 정치는 절로 잘됩니다. 그러나 군주가 바르지 않고 신하 또한 썩었다면 예악(禮樂)은 그치고 사음(奢淫)만이 왕성해집니다.

무릇 신하로 성상을 속인다는 것은 그 죄가 첫째입니다. 위급한데 위급하지 않은 것처럼 말하니 폐하를 속인다고 하지 않을 수 있겠습니까.

옛날 수 양제는 어머니를 증(烝)하고 누이를 간음했고, 아버지를 죽였으며 그 비(妃)를 겁탈했고 형을 독살하여 형수를 침실로 끌어들였습니다. 오늘날 신하로 폐하를 그와 같은 일로 비하는 자 있으니 이는 성상을 헐뜯는 두 번째 죄라 하겠습니다. 지금 백성이 폐하를 두려워 않고 조세를 바치지 않아 나라 살림이 곤궁합니다. 그런데도 부고를 열어 이를 진휼(賑恤)하지 않는다면 대신이 무슨 필요가 있겠습니까. 이는 나라를 그르치는 세 번째 죄가 됩니다."

순제는 진노하여 양조를 벌주려고 했다. 양조는 다시 하마를 통렬히 꾸짖었다.

"너에게 세 가지 죄가 있음을 아느냐?"

"나에게 무슨 죄가 있다는 것이냐?"

"첫째로 너는 천자를 꾀어 유흥에 탐닉토록 하고 국가 재정을 파탄 시켰다. 둘째로 변경의 수비를 가볍게 보았고 제장으로 공이 있어도 이를 상주지 않았으며 또 조서를 거짓으로 발하여 명장이고 충신인 톡 타가를 죽였다. 소인을 천거하여 군자를 물리치고 선을 숨기고 악을 조장했다. 형벌을 무겁게 하고 수탈을 일삼아 백성이 가난해지고 군사 는 지쳐 도적이 사방에서 일어났음이 세 번째 죄이다."

순제는 더욱 진노하여 백관 앞에서 대신을 모욕했다는 죄로 양조의 목을 베라고 했다. 그러자 황태자 아율시리다라가 극구 변명해 주어 순제도 진노를 거두었다. 그리하여 양조는 멀리 영국의 지부로 좌천되 었다.

양조는 영국에서 백성을 공정하게 다스리며 근무하고 있었는데 한 인재를 만났다. 강무재(康茂才)로 자는 수경(壽卿)이고 근수(蘄水) 사 람이다.

양조는 뜰에서 나무를 손질하는 강무재를 보고 그 인품이 예사롭지 않아 당에 올라오게 하여 신분을 물었던 것이다.

무재는 웃으면서 신분을 밝히려 하지 않았지만 마침내 털어놓았다.

"나는 원나라를 섬겨 강서 참정(參政)이 되었고 이어 참지정사(參知 政事)에 올랐으나 벼슬을 버리고 고향에 돌아와 있었지요. 서수휘가 내 이름을 듣고 자주 사람을 보내어 초빙하고 통제 5군도총관은 주겠 다고 했습니다. 하지만 서수휘는 백성을 구할 뜻이 없는 인물이므로 사양하고 이곳에 옮겨왔던 것입니다."

"그렇다면 내가 무겁게 쓸 것이니 이곳에 있도록 하시오."

그러나 강무재는 즉답을 회피했다.

"집에 돌아가 생각할 여유를 주십시오."

강무재는 원장에게 귀순할 의향이 있었다. 그래서 집에 돌아오자 급 히 모습을 감추었다. 이튿날 양조는 사람을 보내어 그를 데려오게 했 는데 그는 이미 도망친 뒤였다.

지정 17년 8월, 주원장의 명을 받은 상우춘이 영국을 향해 공격해 왔다. 양조는 1만의 군을 이끌고 성 밖에 나가 대진했다. 이어 양조는 상우춘과 싸웠는데 별안간 말머리를 돌려 양조가 달아났다. 우춘이 이를 추격하자 양조는 몸을 돌려 창을 던졌다. 그 창이 우춘의 오른쪽 배를 명중시켰다. 우춘은 크게 놀라 즉시 말을 돌려 본진으로 돌아가 치료를 했다.

이튿날 조덕승이 양조와 싸웠는데 그도 몇 합을 싸우지 못하고 도망쳐 돌아왔다. 양조는 도망하는 적을 공격하여 적의 목 7천을 베었다.

이튿날 양조는 또 병을 끌고 나와 싸움을 걸었다. 곽영이 나가 싸웠으나 쫓겨 돌아왔고 양조는 그 뒤를 추격했다. 장덕승, 곽영, 경재성, 양경(楊璟) 등 다섯 장수가 힘을 합쳐 가며 싸웠지만 양조는 조금도 겁내는 빛이 없었다. 이때 당승종(唐勝宗) 육중형이 복병으로 적의 후방을 위협하자 양조도 비로소 말머리를 돌렸다. 순간, 양조가 탄 말이 돌뿌리에 걸려 넘어졌다. 이 때문에 양조는 생포되고 영국병은 앞을 다투어 성으로 달아났다. 그러나 그곳은 이미 한 장수가 점령하고 있었다.

그가 강무재였다. 우춘은 강무재가 기략(寄略)으로 성을 빼앗아 이를 바치자 몹시 기뻐했다. 더욱이 인품도 있고 풍부한 행정 지식도 갖고 있어 뜻밖인 보물을 얻은 셈이었다.

한편 주양조는 우춘 앞에 끌려 나오자 무릎도 꿇지 않았다. 우춘은 화가 나서 꾸짖었다.

"예의도 모르는 놈이다. 너는 감히 창을 던져 나를 찔렀지만 다행히도 갑옷이 견고하여 깊은 상처는 주지 못했다. 그런 네가 나에게 사로잡혀 할 말이라도 있느냐?"

"싸움에는 승패가 있고 생사 또한 피하지 못한다. 사로잡힌 적장으로 오직 죽음을 바랄 뿐 하고 싶은 말은 없다."

우춘은 화를 내며 좌우에 명했다.

"이 자를 당장 끌어내어 목을 쳐라!"

"죽이려면 그저 죽일 뿐이지 대장부가 어째서 화를 내는가."

양조는 조금도 두려워하는 빛 없이 끌려 나갔다.

우춘은 그의 용기를 보고 감탄했다.

"주양조는 그 태도와 말을 보건대 대장의 그릇이다. 옛날 장익덕은 엄안을 용서하여 촉나라를 얻는 공을 이루었다. 나도 양조를 용서하여 강남을 평정하리라."

상우춘은 즉시 달려나가 손수 결박을 풀어 주며 양조에게 사과했다.

"제가 눈이 있고도 태산을 몰라 보았으니 아무쪼록 무례한 죄를 용서하십시오."

"저는 패장입니다. 원수의 대례(大禮)를 받을 자격이 없습니다."

그러나 우춘은 상석에 그를 앉히고 술과 안주를 권하며 물었다.

"장군은 지용을 겸비한 호걸로, 강남 평정의 양책(良策)을 가르쳐 주십시오."

양조는 그래도 사양했으나 우춘은 거듭 간절히 청했다.

"옛날 한신은 좌거(左車)를 만나 제나라를 공략했고 장비는 엄안의 도움으로 파촉을 떨어뜨렸습니다. 소장은 한장(韓張)을 멀리 미치지 못하나 장군은 좌엄(左嚴)과 비길 수 있는 재략을 가지고 계십니다."

"원수의 지나친 칭찬과 대접을 받고 저도 어찌 작은 조언을 아끼겠습니까? 지금 강남·북 땅 10개 지역 가운데 팔 구는 이미 군웅들이 차지했습니다. 만일 이를 공격하려 한다면 먼저 마타사, 잠산현부터 공략하셔야 합니다. 마타사는 영국의 소관이니 소장의 편지 한 장이면 장군이 이를 얻을 수 있을 것입니다."

우춘은 기뻐하고 이튿날 마타사를 접수하고 다시 휘주를 공략했다.

장사성은 두 동생을 잃고 상주, 장흥 등지를 잃었지만 영화를 누리고 있었다. 그의 중신 요개(饒介)는 사성에게 건의했다.

"우리 오군(吳郡)은 천하의 곡창으로 주원장 따위를 겁낼 필요가 없습니다. 그들이 강성하다면 굳이 싸우지 않고 대안의 불길처럼 바라보고 있는 것입니다. 그러나 외교적인 포석은 할 필요가 있겠지요."

사성은 고개를 끄덕였다. 이리하여 결정된 것이 원교근공(遠交近攻) 책이었다. 먼 나라와는 우호관계를 맺고 가까운 나라와는 싸운다는 정책이다.

사성은 원장과 대항하기 위해 타시테무르와 교섭하여 원조와 강화조약을 맺었다. 사성은 형식적으로 원나라에 항복하고 국호(國號)도 원호(元號)도 폐지했다. 원나라에선 그에게 태위(太尉)라는 관직을 주었다.

사성은 이런 원교근공책의 하나로 멀리 고려에도 사신을 보냈다. 공민왕 7년(1358) 5월, 그리고 이듬해 4월에도 사성의 사자가 왔다는 「고려사」의 기록이 있다. 사성은 사자를 보냈을 뿐 아니라 무역도 했다.

사성은 원나라 관직을 받은 대가로 강남의 쌀을 대도에 보냈다. 지정 18년(1258) 9월에는 임안의 수장 양완자(楊完者)를 공격하여 그곳을 점령했다. 이 무렵부터 그는 오왕 부차(夫差)의 궁전터에 화려한 궁전을 짓고 수많은 미녀를 두어 왕과 다름없는 호사를 누렸다. 언제부터인지 '상유천당(上有天堂) 하유소항(下有蘇杭)'이라는 말이 유행되었다. 소주와 항주는 지상천국이란 뜻이다. 또 이곳은 이모작으로 곡식이 풍부하여 백성이 굶어 죽을 염려가 없었다.

바다를 끼고 있어 해산물도 풍부하고 무역도 활발하다. 사성은 굳이 원장과 싸울 필요가 없었다.

특히 소주는 방직업과 제지업도 발달돼 있어 문인과 화가들이 모여들었다. 사성은 이런 문인들을 적극 보호했다. 사성의 신하 요개는 시를 좋아했고 상금을 내걸어 경연대회를 열었다.

1등은 황금 1병(餠), 2등은 백은 3근, 이리하여 1등은 장간(張簡), 2등은 고계(高啓)가 차지했다.

고계(1336~1370)는 명나라 초기의 대표적 시인이다. 그는 자를 계적(季迪), 호는 청구자(靑邱子)라고 했다.

물을 건너고 또 물을 건너(渡水又渡水)
꽃을 보고 또 꽃을 보네(看花還看花)
봄 바람이 부는 강길을 걸어(春風江上路)
어느덧 그대의 집에 이르렀네(不覺到君家)

강남의 봄 경치를 떠올리게 하고도 남는 절창이다.

청구자는 17세 때 주씨(周氏)와 결혼했다. 당시는 조혼의 관습이 있고 전란의 영향을 받아 일찍 장가를 보내는 풍습이 있어 그로선 오히려 늦은 편이었다.

장사성이 소주를 점령했을 때 고계는 21세였다. 그는 무식한 사성을 싫어하며 처가집 가까운 오송강(吳淞江) 청구에 살며 독서와 시작으로 세월을 보냈다.

물론 소주는 문화 도시라 가끔 찾아갔다. 원말 사대가의 하나인 왕몽(王蒙)이 이곳에 있었기 때문이다.

왕몽은 사성에서 벼슬하고 있었다. 시인들로 왕행(王行), 서분(徐賁), 장우(張羽), 송극(宋克), 여요신(余堯臣), 여민(呂敏), 진칙(陳則), 당숙(唐肅), 고술지(高述志) 그리고 고계를 가리켜 북곽십우(北郭十友)라고 부른다.

그러나 이 가운데 고계가 단연 뛰어났고 양기(楊基), 고계, 장우, 서분 네 사람은 오중사걸(吳中四傑)이라 불리기도 했던 것이다.

따라서 사성은 몇 번이고 사람을 보내어 그를 불렀다. 그러나 그는 부르면 갔지만 관직은 받지 않았다. 사성은 그런 고계에게 별로 화도 내지 않았다.

사성은 극도로 말이 적었다. 겉보기에 둔중한 황소처럼 보였다. 그래서 사람들은 그를 오히려 큰 인물이라고 보았다.

정말 통이 컸는지 어쩐지 그는 정치에 별 관심을 두지 않았다. 정치는 동생인 사신에게 맡겼고 사신은 또 황경부(黃敬夫), 채언문(蔡彦文), 섭덕신(葉德新) 세 사람에게 일임했다.

사성은 오로지 금은진보, 서화골동의 수집과 주색에만 관심이 있었다. 어쩌다가 전쟁이 나면 장군에게 출동명령을 내린다. 그러나 장군들은 병이라 핑계대고 나서지 않았다.

"그렇다면 그들에게 현상을 내걸어라. 관작이나 토지·저택을 준다면 그들도 싸우려 할 것이다."

이런 미끼를 주어야 장군들도 겨우 전투에 나갔다. 출전에는 첩은 물론이고 계집종까지 데리고 갔다. 악사에게 음악을 연주시키고 도박이나 축국(蹴鞠) 따위를 하는 유람 기분이었다.

전쟁에 져도 사성은 부하 장군을 처벌하지 않았다. 사신, 백승이 서달에게 대패하여 도망쳐 와도 그는 아무런 조치도 하지 않았던 것이다.

그러면서도 번영을 누렸고 평화로운 날들이 계속되고 있었다.

지정 18년(1358) 봄이었다. 봄의 양기(陽氣)는 후원의 꽃은 물론이고 나무의 싹마저 저마다의 체취를 공기 속에 풍기고 있었다.

춘춘(春春)은 작은 마님을 모시는 시녀이다. 저녁식사 후의 시녀들은 저마다의 당번 말고는 소등(消燈) 시각까지 두 시간 가량 자유로운 행동이 허락되고 있었다. 춘춘의 방에도 4명의 동료가 애달픔을 호소하는 체취와 넘치는 정력의 수다로 와자지껄했다. 다섯 모두 저나름의 특색 있는 몸매의 아름다운 여자들이었다.

추추(秋秋)는 풍만한 자태에 뚝뚝 떨어질 것만 같은 색향을 발산하고 있다. 초초(楚楚)는 갸름한 얼굴에 허리가 버들처럼 가늘었다. 앵앵(鶯鶯)은 자그마한 몸집에 살갗이 곱고 눈이 특히 아름답다. 애애(愛愛)는 발이 작은 미인으로 가장 앳되었다.

"잠깐! 놀라운 소식이 있는데 알고 있어요?"

앵앵이 정보통(情報通)인듯 일동의 얼굴을 둘러보며 콧구멍을 벌름거렸다.

"무슨 소식인데?"

소녀들의 눈빛이 약속이나 한 듯 달라졌다. 묘령의 이들이 귀를 곤두세우는 것은 색정(色情) 관계의 추문이거나 동료의 출세 정보였다.

누누누구에게 태위님 수청 분부가 있다든가 누구누구는 동성애라는 등 수다의 밑천은 얼마든지 있었다.

"작은 마님께 대감님 분부가 계셨대."

앵앵은 다시 동료들 얼굴을 둘러본다. 다섯 소녀들은 표정을 빛냈다.

"분부라니 어떤?"

"중대한 일, 고금에 예가 없었던 일."

"답답하네요. 빨리 이야기해 봐요!"

"천지가 뒤집히는 얘기이죠. 함부로 말할 순 없어."

"그럼 차분하게 말해요."

"공짜는 안되죠."

"어머, 비싸기도!"

얌전한 춘춘은 말했다.

"내가 맛있는 것을 주겠어."

그녀는 자기 옷장에서 약과(藥果)를 꺼내 주었다.

"호호호…… 중대한 일이지만."

앵앵은 헛기침을 하고 무슨 선언이라도 하듯 말했다.

"대감님께서 작은 마님께 이 궁전 3천의 여자들 가운데 백 명의 미인을 골라 추천하는 분부가 계셨대요!"

과연 중대한 정보였다. 장사성이 갑자기 무슨 생각이 들었는지 미모의 여성을 선발하라는 명령을 내린 것이다.

방안이 조용해졌다. 촛불마저 깜박이며 어두워진 느낌이다. 이윽고 다섯 명의 처녀들이 땅이 꺼져라고 한숨을 쉬었다.

사성이 미모의 여자를 백 명이든 50명이든 명단을 써 올리라 ── 고 명했다는 그것 만으로도, 엄청난 충격이 이 처녀들 가슴을 아플 만큼 찔렀던 것이다.

이 처녀들은 누구라 할 것 없이 장사성과의 규방을 머리 속에 떠올렸다. 사성의 손길이 자기들의 부끄러운 곳에 뻗쳐오는 환각마저 느꼈다.

"그렇지만……"

추추가 고개를 갸웃했다. 매력적인 눈썹을 찡그려가며 열심히 생각한다.

"아무리 대감님이 그렇다 하더라도……. 초초, 넌 어떻게 생각하니?"

"무엇을 말이니?"

"답답해. 잘 알고 있잖아."

추추가 초초를 핀잔 주었다. 그렇게 말하는 추추도 귀까지 빨개져 있다.

대감님의 그것이란── 사성이 남달리 호색이라는 뜻이다. 아무리 호색이라도 백 명의 미녀 이름을 써 내게 하고 닥치는 대로── 그것은 있을 수 없다는 의문이었다.

장사성은 후궁만 하여도 수십 명이고 마님이라 이름 붙은 여자는 열 손가락을 꼽을 수 있다. 그런데 새로인 백 명의 미녀를 또 선발한다는 것이다.

"어머, 싫어!"

초초가 그제야 알아차리고 말했기 때문에 일동은 깔깔거리며 웃었다. 그들은 백 명 중에 들 자신이 있었고 또 은근히 바라고 있었다.

이튿날 이 다섯 처녀는 모두 외출했다. 백 명의 미녀 명부에 올라 그 때문에 3일간의 휴가가 주어졌던 것이다.

이들은 모두 소주의 부유한 상인들 딸이다. 애당초 사성은 돈 없는 집 딸이라면 그들을 시녀로 선발하지도 않았으리라.

사성의 궁전에 들어갔다 해서 모두 그의 후궁이 되는 것은 아니다. 3년쯤 궁전에서 예의범절을 배우고 시집가는 처녀도 적지 않았다.

상인들도 며느리나 소실로 과거에 궁전 생활을 한 여자를 환영했다. 그들은 궁전에서 예의범절을 배울 뿐아니라 미모도 뛰어났기 때문이다.

따라서 부유한 상인들은 딸을 궁전에 들여보낼 때 일종의 세금을 냈다. 궁중 법도(法度)를 익히게 하는 수업료 같은 것이었다.

또 이번에 춘춘 등 처녀들이 휴가를 얻은 것도 돈과 관계가 있다. 후궁 후보자가 된 소녀들은 의상대며 화장품 값으로 또 몇 백 냥 바쳐야 한다. 일종의 지참금 비슷한 것이다.

사성은 오랜만에 작은 마님 방을 찾았다. 춘춘 등 다섯 처녀가 휴가로 궁전을 나간 저녁 무렵이었다.

작은 마님은 본디 도교의 여도사로 천광니(天光尼)였다. 그녀는 서달에게 죽임을 당한 사덕의 미망인이라 작은 마님이란 통칭이 있었다.
물론 사성이 농락하여 자기 궁전에 들여앉힌 것이다.

"오시기를 기다렸습니다."

천광니가 인사를 했다. 그녀는 머리를 깎고 있기 때문에 방에서도
조바위를 쓰고 있다.

"날이 덥군."

그리고 주위를 돌아보며 덧붙였다.

"절간 같군."

봄이고 춥지도 않은데 조바위를 쓰고 있다는 말이고, 아무도 없는
둘만의 사이인데 부끄러워 할 것이 있느냐 하는 말인 것 같다.

"여도사의 거처인걸요."

천광니도 살짝 눈을 흘겼다. 석 달이나 찾아주지 않은 원망의 빛이
있다. 여자가 몸을 움직일 때마다 여체 향기가 풍겼다.

사성의 표정이 누그러졌다.

"그래, 나를 급히 보겠다는 용건은?"

"이번에 저의 궁 아이를 다섯이나 뽑아 주신 고마움을 말씀드리려
고."

"흥."

이번의 미녀 선발 아이디어는 천광니가 낸 꾀였다. 그것을 구실로
사성의 애정도 잡아두고 새로운 후궁을 자기 심복으로 들여보낼 실리
도 계산했다.

그리하여 석 달이나 거들떠보지도 않던 사내를 오늘 저녁 오도록 하
는데 성공했다. 사성도 여인의 얕은 생각을 너무나 잘 안다.

"저 술과 안주를 가져오게 할까요?"

천광니의 말엔 교태가 넘쳤다. 이제 할 말은 다 했으니 단둘만의 즐
거움을 나누자는 말이었다.

그녀는 어느덧 사내의 손을 잡고 있다. 그들은 한창 나이의 30대였
다.

"올해는 봄이 빨리 왔어. 벌써 나비가 있더군."

사성의 입은 천광니의 귀를 핥을 만큼 가까이서 움직였다. 천광니의 귀가 불그스름했다.

"네, 나비는……."

대답한 채 그녀는 잠자코 있다. 사성의 귀에 희미하게 소리가 들린다. 여인의 팔딱거리는 심장소리였다.

사성은 짓궂게도 물었다.

이곳 뜰엔 나비가 없소? 꽃이 있다면 나비가 날아올 텐데……."

"네, 아직은."

핫핫핫 — 사성이 웃었다. 나비는 여기 있지 않느냐고 웃는 것이었다.

"어머, 저기 날고 있네요."

그녀가 더욱 몸을 가까이 붙였다. 사내 어깨에 기대며 오른손을 사성의 무릎에 가져가고 왼손으로 저물어가는 석양의 후원을 가리켰다. 과연 나비 한 마리가 목력 언저리에서 너울거리고 있다.

"어디에 있지?"

"흰 목련꽃 근처에. 저것이 보이지 않습니까?"

여인은 안타깝다는 듯이 더욱 몸을 기울였다. 그제야 사성도 한팔로 어깨를 안았다. 서로의 체온과 체취가 하나로 녹아 합쳐졌다.

"음, 이쪽에도."

"이쪽이란, 어디를 말씀하시는 겁니까."

더욱 몸을 기울여 상체가 안긴 꼴이다.

"왼쪽…… 자목련쪽이다."

"네, 알았습니다. 큰 호랑나비."

"벌레는 큰 것이 암놈이라 하더군."

"짝을 찾는 것일까요?"

"이제 멀지 않아 힘센 숫놈을 만나겠지."

하면서 사성은 안고 있는 팔에 힘을 주었다. 아! 천광니는 희미한 신음소리를 내며 온몸의 힘을 빼고 완전히 사내의 품안에 쓰러져 왔다. 묵직한 중량감이 그의 무릎에 느껴졌다.

"과연 크군."

"무엇이…… 나비가 말입니까?"

"나비도 크지만…… 이것도 크다."

사성은 천광니의 큰 엉덩이를 안아올렸다.

"어머, 심술궂은 말씀만……."

소주 제일의 미인이라고 일컬어진 천광니였으나 30세를 하나 둘 넘기면서 지육(脂肉)이 풍만한 여체는 깜짝 놀랄 만큼의 무게를 사내에게 호소했다.

방안 가득 지분내가 충만되어 왔다. 정원에는 땅거미가 내리고 궁전 안은 더욱 조용했다.

"이렇듯 사모해도 좋을까요?"

"당신에 대해선 늘 생각하고 있소."

"고맙습니다. 기쁩니다."

천광니의 두 팔이 사내의 목을 감았다. 지분내는 더욱더 짙어졌다.

그 냄새는 여인이 발정했을 때의 체취였다. 사랑스러움이 그를 거칠은 애욕으로 몰아댔다.

"앗."

천광니가 상체를 젖힐 만큼 허리를 힘껏 끌어안았다.

"그때의 냄새다."

"네? 무슨 냄새……."

"당신을 현묘관(玄妙觀)에서 처음 만났을 때……."

현묘관은 소주의 유명한 도관이었다. 사덕의 추모제가 있을 때 사성은 비로소 그녀를 보았고 욕정을 느꼈다. 그리하여 황경부를 시켜 밀실로 안내하고 강제적으로 정조를 빼앗았던 것이다.

"…… 부끄럽습니다."

"그러므로 오늘 밤도……."

"아!"

가늘게 몸부림치는 천광니의 빨간 작은 입술을 사성의 크고 두꺼운 입술이 덮어 버렸다.

이윽고 사성은 먼저 침상으로 갔다. 사성으로선 병풍 뒤로 사라진 그녀가 더디기만 한 심정이었다. 이윽고 잠옷으로 갈아입은 천광니는 침상에 올라왔다.

옆에 누워 안기는 여인의 둥글고 팽팽한 무릎에 손을 뻗쳤다. 그 손바닥을 천광니는 두 손바닥으로 끼어잡고 끌어다가 짙은 화장내가 풍기는 볼에 밀어 붙인다.

"뜨거운 볼이다."

"따듯한 손이십니다."

"거칠고 단단하겠지?"

"네, 매일 활을 쏘시나요?"

"응, 궁술도 하고 전법도 단련한다."

그러면서 잡힌 손을 뽑아 다시 아래로 가져갔다.

"아!"

그녀는 착 안겨왔다. 대단한 규기(閨技)였다. 사내 마음을 당겼다 밀어냈다 한다.

"어차피 우리만의 규방인데 이 조심성은 무슨 까닭이지?"

사성은 일부러 꾸짖는 목소리로 잠옷의 허리를 단단히 졸라매고 있는 여인의 허리끈 매듭을 만지작거렸다.

"하지만……."

"하지만?"

"황공하오나 대감께서 풀어 주셨으면 하고."

"나에게 끄르게 하려고 일부러 단단히 졸라맸단 말이냐?"

"네, 그리고 잠옷도 벗겨 주셔요."

"몽땅 말이지."

천광니는 더 이상 대꾸가 없다. 다만 파고들듯이 안긴 채 몸을 가늘게 떨고 있다. 시간은 마냥 흘러갔다.

남(南)으로

지정 18년(1358) 2월, 응천부의 주원장은 새로 얻은 장수 강무재(康茂才)를 도수영전사(都水營田使)로 임명했다.

강무재는 행정, 특히 농정(農政)에 탁월한 솜씨를 갖고 있었다. 무재는 각지를 순찰하며 관개공사를 감독했다.

지대가 높은 곳엔 가뭄의 걱정을 없애 주고, 저지대에는 수몰(受没)되는 일이 없도록 물을 저수지에 모아 조절을 자유롭게 할 수 있게 만들었다.

이런 것은 일조일석에 이루어지지 않는다. 그러나 꾸준히 계속하면 농업생산도 늘어나 점령지가 안정되고 그의 군대도 군량보급을 원활히 받을 수 있게 된다.

강무재는 황무지 개간에도 솜씨를 보였다. 그는 원장에게 건의했다.

"각지에 파견된 제장으로 전쟁이 없을 때에는 근처의 황무지를 개간토록 하십시오. 그대로 지시만 내리면 효과가 적습니다. 생산된 양의 적고 많음에 따라 상도 주고 벌하는 규정을 만드셔야 합니다."

무재의 건의에 원장도 찬성했다. 그는 유기, 이선장 등의 영향을 받아 유방을 가장 존경하고 있었다.

어느 날 유기가 이런 말을 했다.

"한고조 유방이 천하를 제패할 수 있었던 것은 전선에서 활약한 제장보다 숨은 공로자인 소하(蕭何)가 있었기 때문입니다.

진 멸망 후 천하를 통일한 한왕조는 기원전 202년부터 시작되어 도

중 중단되었지만 기원후 220년까지 4백 년 이상의 명맥(命脈)을 유지
했다. 유방은 진의 제도를 답습한 직할의 군현제 외에도 황제의 근친
(近親) 및 개국공신을 봉하는 제후왕·열후 등을 두는 군국제(郡國制)
를 채택했다.

　법가의 중앙집권제에 유가의 봉건제를 가미한 절충적 제도였던 것이
다.

　유방은 처음에 '법 3 장'을 관중(關中)의 사람들에게 약속했다. 사람
을 죽인 자는 사형, 사람을 다치게 한 자나 도둑질한 자는 처벌한다는
간명한 것이었다. 진의 가혹한 법을 시행 않겠다는 뜻이다.

　그러나 소하는 구장율(九章律)을 제정했다. 이것은 진의 여섯 가지
법률, 도율(盜律)·적률(賊律)·수율(囚律)·포율(捕律)·구율(具律)·

잡율(雜律)에 호율(戶律)·홍율(興律=군율)·구율(廐律=축산관계)을 덧붙인 것이다. 소하는 이 밖에 공술(供述)에 무인을 찍어 증거로 삼을 필요가 있다는 진의 법률제도 역시 계승했다. 그리고 황제의 조칙(詔勅)을 분류한 추가법인 영(令)도 제정했다.

그뿐 아니라 정치, 사회 질서가 아직 충분히 유지되지 않았으므로 죄가 삼족에 미친다는 가혹한 법도 폐지하지 않았던 것이다.

유기는 또 말했다.

"한고조가 항우를 무찌르고 천하를 통일한 것은 당신이 갖지 못한 뛰어난 재능을 가진 세 사람, 책략에 뛰어난 장양과 병참(兵站)을 잘 확보한 소하 및 백전백승의 명장 한신의 셋을 잘 부렸기 때문이라고 흔히들 말합니다. 그러나 사람보다 제도가 더 중요합니다. 이 제도를 확립한 소하는 첫째 공신이라 하겠습니다."

항우와의 마지막 결전. 해하(垓下)싸움에서 항우를 무찌를 수 있었던 것은 한신·팽월(彭越)의 3장이 대군을 끌고 왔기 때문으로 한신은 최대 공로자였다. 그러나 유방은 이들 세 장군을 비롯한 창업의 공신을 숙청했을 뿐 아니라 이성(異姓)의 왕은 해를 끼치지 않을 자를 제외하고 모두 죽였다.

이 숙청의 계획과 실시는 주로 여후(呂后)가 관여한 것이지만 그 은밀한 건의자는 소하였던 것이다. 숙청의 목적은 조직의 붕괴를 막는 데 있었다.

유방은 여후가 소하의 계를 써서 한신을 주살했음을 알자 승상을 상국으로 올려 주고 군사 5백 명을 호위로 딸려 주었다.

제후는 모두 소하를 축하했지만 소평(召平)이 이를 경고했다. 유방이 당신을 신임해서가 아니라 경계하기 때문이라고 소하는 그것을 깨닫자 증봉(增封)을 사양했다. 또 재산을 내던져 군사비로 사용케 하자 유방도 기뻐했던 것이다.

유기는 강조했다.

"군주된 사람의 어려움을 송태조 조광윤은 이렇게 말했습니다. 인군된 자는 오로지 한마음을 가지고서 나라를 다스리려 하지만 이것을 비난하는 자는 많다. 용력(勇力)을 갖고서 위협하는 자가 있는가 하면 변설로 설득하는 자도 있다. 아부하며 꼬리를 흔드는 자가 있는가 하면 간사한 꾀로 속이려는 자가 있다. 혹은 군주가 즐기는 것을 미끼로 유혹하는 자도 있다. 이런 자들이 어중이떠중이 모여들어 자기를 선전하여 사관하려 한다. 군주가 조금이라도 방심하여 그 하나라도 받아들인다면 위기 멸망이 금방 닥쳐오리라고 말입니다."

"음."

"어려움은 군주뿐 아니라 신하도 마찬가지입니다. 습사미(濕斯彌)가 제나라 대부 전성자(田成子)를 배알했을 때, 함께 망루에 올라 사방을 굽어보았습니다. 그런데 동·서·북의 삼방은 조망이 좋았으나 남쪽은 사미의 집 나무가 우거져 있어 내다볼 수가 없었습니다. 전성자는 아무말도 하지 않았지만 사미는 집에 돌아오자 부하를 시켜 곧 나무를 벌채하려 했지만 도중에서 일을 중지시켰습니다. 여기서 나무를 베면 자기가 세밀한 점에 이르기까지 잘 아는 인간임을 전성자에게 알리게 된다. 제나라를 가로채려는 야망을 갖고 있는 전성자에게 그것을 눈치채게 하는 것은 위험하다고 생각했기 때문입니다."

원장에게 처음부터 확고한 사상이 있었을 리는 없다. 그는 선장이나 유기의 건의를 받고 그것을 소화시키며 자기 나름의 통치술을 익혀 갔다.

원장의 강무재 중용(重用)은 효과를 발휘했다. 제장은 밭을 갈면서 싸웠고 군량을 자급했는데 나중에는 곡식이 남아돌았다.

1년 뒤 무재가 둔전한 지구에선 곡물을 1만 5천 석이나 수확했고 그 가운데 잉여수량은 7천 석이나 되었다.

원장은 무재에게 상을 내렸다. 그리고 곧 제장에게 명을 내렸다.

"곡식 부족의 곤란을 해결하여 농민의 부담을 덜고 백성을 배불리 먹이자면 둔전을 해야 한다. 이를 잘 시행한 자는 상을 주고 게을리한 자는 벌을 주리라."

그리하여 몇 년이 지나지 않아 둔전제는 뿌리를 내려 채량의 필요가 없어졌다. 그의 군대는 자급자족을 했고, 이 때문에 농민이 기뻐한 것은 말할 것도 없다.

원장은 둔전뿐 아니라 수리공사도 많이 하여 농업 생산을 늘렸다. 영전사를 설치한 해 관령민병만호부라는 기관도 만들었다.

이것은 민간의 장정을 모집하여 민병을 조직하는 임무를 띤 기관이다. 농번기에는 농사를 짓고 농한기에는 훈련을 받아가며 향토방위를 한다. 그리고 민병 중에서 전투에 전념하는 정규군 병사를 선발하여 편성했다. 원장의 군대는 차츰차츰 홍건당의 무리와 질적으로 차원을 달리해 갔다.

이해 5월 유복통은 마침내 변양을 함락시켰다. 변양의 수장추친(Tchuntchin)이 성을 버리고 도망치자 입성했던 것이다.

이보다 앞서 홍건적은 세 갈래로 나누어졌다. 섬서(陝西)에서 섬서행성좌승(行省左丞) 차간테무르(Tchagan-temour)에게 홍건적의 대군이 격파되면서 각각 독립한 것이다.

제1대는 관선생(關先生), 파두번(破頭潘), 풍장구(馮長舅), 사유이(沙劉二), 왕사성(王士成)을 북상하여 기주(冀州＝하북성)에 이르렀다.

관선생이니 파두번이니 하는 것은 본명이 아니다. 파두번은 글자 그대로 머리가 깨진 번가였으리라. 이들은 자기 신분이 밝혀져 가족이 처벌되는 것을 겁내어 변성명을 하거나 별명을 썼다.

제2대는 백불신(白不信), 대도오(大刀敖), 이희희(李喜喜)가 두목으로 함곡관(函谷關), 동관(潼關)을 격파하고 관중으로 들어갔다. 이어 봉상(鳳翔)을 포위했지만 차간테무르, 겸정지(兼程之)에 격파되고 군량을 빼앗기자 사천 방면으로 도망쳤다.

제3대는 두목이 모귀로 산동성의 수도 제남(濟南)을 포위했다. 몽고 장군 탈리마체리(Talmachelii)는 이들에게 패했지만 동부소(董搏霄)의 구원으로 제남을 수복할 수 있었다.

그러나 모귀는 다시 제남에 몰려왔고 격전을 거듭한 끝에 동부소를 전사시켰다.

이 승세를 몰아 모귀는 대도 부근까지 육박했다.

순제는 한때 천도를 생각할 만큼 일이 다급했다. 그러나 좌승상 타이뼁이 이를 강력히 반대했고 류하라보카를 유림(柳林)에서 불러 모귀군을 격파하여 위기를 넘겼다.

홍건당은 이미 옛날의 대의명분을 잃고 있었다. 그들은 가는 곳마다 약탈을 하는 도둑의 무리로 전락했다. 질서가 없는 한낱 살인 집단으로 바뀐 것이다.

그 이유는 식량이 풍부한 강남과는 달리 메마르고 황량한 하북 땅에 이르게 됨으로써 필연적으로 약탈을 하지 않을 수 없었다.

물론 홍건적의 세력은 아직도 강성했다. 관군의 대장 전풍(田豊)이란 자가 홍건에 투항하여 가담하기도 했다. 그래서 산동성 일대의 모귀는 홍건적 가운데 가장 오래 버티고 세력도 강했던 것이다.

관선생, 파두번의 제1대는 그 뒤 두 집단으로 갈라졌다.

갈라진 집단의 일군은 봉주(絳州=산서성)로 진출했고, 다른 일군은 심주(沁州=산서성)로 진출했다. 거기서 각각 태행산맥을 넘어 지금의 산서성 요현(遼縣)과 장치현(長治縣)을 공략하고 기녕(冀寧=太原)을 함락시켰다. 이어 보정(保定), 완주(完州)를 점령하고 대동(大同)을 공략하였으며 장성을 넘었다. 그리고 원나라 상도(上都)인 개평부(開平府)를 함락시켰던 것이다.

개평은 원의 여름 수도이다. 홍건적은 상도의 궁전을 모두 파괴해 버렸고 살인과 강탈은 극에 이르렀다.

상도를 유린한 홍건적은 다시 요양(遼陽)을 점령하고 마침내는 압록강을 건너 고려에 침입했다.

공민왕 8년(1359) 12월의 일이다. 그들은 얼어붙은 압록강을 건너 의주(義州), 정주(靜州), 인주(麟州), 철주(鐵州)를 휩쓸고 서경을 함락시켰다. 그들은 이듬해 5월까지 있으면서 서해도, 양광도, 전라도 등지에도 출몰하며 온갖 분탕질을 일삼았다.

고려의 장군 안우(安祐), 이방실(李芳實), 김득배(金得培) 등이 이들을 포착 섬멸했지만 그 피해는 참으로 엄청난 것이었다.

홍건적은 공민왕 10년(1361) 10월 다시 침입했다. 이번에는 전번보다도 무리가 많았다. 그들은 12월 개경을 함락시켰고 왕과 비빈들은 복주(福州＝안동)까지 파천했다.

홍건적은 마소를 잡아먹고 그 가죽을 성벽에 걸었으며 강물을 길어다가 뿌렸다. 그것들이 꽁꽁 얼어붙어 하나의 얼음성이 되어 버렸다. 고려군의 반격을 대비해서였다.

그리하여 그 안에서 그들은 광란 그대로의 짓거리를 연출했다. 고려 여인을 납치하여 윤간을 했고 심지어는 그 젖가슴을 도려내어 술안주로 삼는 작태마저 있었다.

이들은 정세운(鄭世雲), 안우, 이방실 등에 의해 거의 전멸되고 소멸되었다.

한편 제1대의 또 다른 지대는 북상하여 홍원(興元＝南鄭)을 점령하고 다시 남하하여 사천성에 들어갔다. 다른 무리는 영하(寧夏)를 함락시키고 영무(靈武)지방 일대를 약탈했다.

이렇게 볼 때 한임아를 받드는 홍건적의 반란은 동으로 만주, 고려, 서로는 촉에까지 이르고 자못 스케일이 컸던 것처럼 보인다. 그렇지만 사실은 원의 대군에 의해 격파당하는 것을 겁내어 사방으로 흩어졌던 것이다. 홍건적은 수많은 성읍을 점령했지만 그곳에서 약탈이 끝나면 곧 다른 지역으로 이동했다.

그것은 아무런 질서도 지휘도 없는 도둑의 집단이었기 때문이다. 아니 거지떼라고 하여도 지나친 말은 아니다.

다만 산동에 남아 있던 모귀만이 제남을 거점으로 하여 비교적 오랫동안 3년을 유지했다. 그는 그곳에 빈흥원(賓興院)이라는 행정기관 비슷한 것을 만들고 원조의 관리였던 희종주(姬宗周)를 기용했다. 또 360곳의 둔전을 두는 등 여느 홍건적과는 다른 계획성을 가지고 있었다.

지정 18년(1358) 12월 주원장은 군을 움직였다. 이 무렵 그는 밖으로부터의 군사적 위협이 이미 없어졌고 내부적인 식량 사정도 호전되었다.

그래서 그는 땅이 비옥하고 미곡과 견직물이 풍부하게 생산되는 절

동(浙東), 절서(浙西)지방에 눈길을 돌렸다.

원장 스스로 10만 군의 대장이 되어 군기에 금패를 걸고 '봉천도통중화(奉天都統中華)'라는 글씨를 크게 써넣었다. 하늘의 명을 받고 중국을 통일한다는 뜻이다. 야망이 그대로 드러난 기치의 구호이다.

하지만 그는 조심성이 많아 유복통의 명왕 휘하인 것처럼 행동했다. 공문서에 명왕의 국호와 연호를 썼던 것이다. 어쩌면 사자를 주기적으로 파견했고 공물도 바쳤으리라.

원장은 스스로 대원수가 되어 상우춘은 좌원수, 이문충(李文忠)은 우원수, 유기는 참모, 호대해는 선봉에 임명됐다. 또 곽영은 전군, 마승(馬勝)은 중군, 운룡은 후군이 되었다. 응천부의 수비대장으로선 이선장과 등유가 남겨졌다.

남으로 진군하여 이들은 금화(金華) 남쪽 10리에 진을 쳤다. 상우춘은 병력 3천을 이끌고 북문을 공격했는데 호대해는 병력 1만을 지휘하며 서문에서 양동작전을 폈다.

금화의 수장 호심(胡深)은 부장 유진(劉震), 장영(蔣英)을 불러 일렀다.

"적은 매우 강하니 경솔히 싸워선 안된다. 두 장군은 굳게 성을 지켜라. 내가 먼저 병을 끌고 나가 일전을 벌이고 적의 실력을 파악한 뒤 계책을 모으리라."

호심은 성병 5천을 이끌고 북문을 나갔다. 양군이 대진하고 북소리도 요란한 가운데 우춘이 말을 몰고 나왔다.

곧 이어 우춘과 호심은 어우러져 수십 합을 싸웠지만 좀처럼 승부가 나지 않았다. 그런데 순간적으로 호심의 창이 우춘의 말 앞가슴을 찔렀기 때문에 말은 번쩍 앞발을 들었고 우춘을 굴러 떨어졌다.

"앗, 상장군이 위태롭다!"

아군이 모두 손에 땀을 쥐었으나 우춘은 낙마하는 순간 몸을 일으켜 모전(模戰)으로 마상의 호심과 싸웠다.

격투는 오시부터 미시까지 계속되었는데 비장이 하나 달려오며 호심에게 외쳤다.

"호장군, 성은 적군의 호대해에게 점령되고 유진과 장영 두 장군이 항복했습니다."

호심은 이 보고에 놀라 전의를 잃고 말머리를 돌려 남쪽을 향해 달아났다. 우춘은 이들을 추격하여 적을 크게 무찔렀다. 금화성에 들어간 주원장은 상우춘의 용전을 칭찬하고 앞으로의 작전을 의논했다.

유기가 발언했다.

"제가 처주에 있을 때 호심의 지용이 남다르다는 소문을 들었는데 오늘 보니 그 말이 과연 거짓은 아니었습니다. 계책을 써서 그를 사로잡아 쓴다면 아군에게 이익이 있을 것입니다."

원장은 금화에 호대해를 남기고 항복한 장수 유진, 장영과 더불어 1만의 군사로 지키도록 했다.

본대는 다시 남쪽을 향해 진군했다. 제기(諸曁)의 적장 동몽(董蒙)은 금릉군의 높은 기세를 보자 싸우지 않고 항복했다. 원장은 동몽에게 물었다.

"양책이 있다면 말해 보시오."

"이곳에서 남으로 70리면 구주(衢州)입니다. 동쪽에 전당강(錢塘江)이 흐르고 임안도 멀지 않습니다. 즉, 사방으로 통하는 요지라 반드시 확보하셔야 합니다."

원장은 고개를 끄덕였다. 이 지방 지리에 대해선 행각승으로 방랑시절 익히 알아 둔 터이다. 그는 주민을 동원 그곳에 성을 쌓고 엄주(嚴州)라 했으며 호대해의 아들 호덕재(胡德齋)에게 1만을 주어 굳게 지키도록 했다.

이곳을 떠나 그들은 번령(樊嶺)에 이르렀다. 산이 험하고 나무가 우거졌다.

적장은 석말의손(石抹宜孫)인데 그 휘하에 참정 임빈조(林彬祖), 진중진(陳仲眞), 조마(照磨), 진안(陳安), 호심, 장명감이 있고 7진을 치고서 별처럼 늘어서 있었다.

"누가 이 견진(堅陣)을 깨뜨릴고!"

그러자 상우춘이 나서며 말했다.

"소장이 비록 재주 없으나 번령을 깨고 말겠습니다."

그랬더니 유기도 자청했다.

"신도 허락하신다면 상장군과 함께 가겠습니다."

원장이 이를 승낙하자 두 사람은 곧 병을 이끌고 번령 아래에 이르러 진을 쳤다. 그리고 탐색전을 위해 요미수(繆美帥)란 부장을 내보냈다.

요미수가 번령을 오르려 하자 산 위에서 화살이 비오듯 하고 바위가 굴러 내려와 도저히 오를 수 없었다. 유기는 우춘과 상의했다.

"아군이 용맹스러우나 번령이 워낙 험준하여 힘으로선 깨기 어렵소. 계책을 써야 합니다."

이리하여 우춘을 내보내어 싸움을 걸었다 적진에선 호심이 나와 맞섰다. 유기가 외쳤다.

"호장군은 들으시오. 양조(良鳥)는 나무를 골라 집을 짓고 현사는 주인을 골라 섬긴다. 장군으로 지금 귀순하지 않는다면 두고두고 후회하리다."

호심은 이 말에 웃었다.

"고작 유생인 네가 병법을 아느냐? 다만 그럴 듯한 말로 나를 꾀려고 하니 가소롭구나."

"장군은 나를 유생이라 얕보고 있지만 원한다면 병법을 가르쳐 주겠다. 한낱 무인으로 용맹만 믿고 있으니 병을 전개시키고 진을 치는 방법도 모를 테지."

"닥쳐라! 나는 어려서부터 병서를 읽어 진형 같은 것은 머리 속에 환하다."

"그렇다면 내가 진을 하나 치겠으니 깰 수 있겠는가."

"좋다!"

유기는 진중에 들어와 은밀히 함정을 파고 위장을 했다. 그리고 우춘을 시켜 이를 에워싸게 하였다. 유기는 다시 진전에 나가 호심을 야유했다.

"너는 이 진을 알겠느냐?"

호심이 보니 중앙에 하나의 푯말이 있고 사방에 기치를 꽂고 있다. 호심은 비웃었다.

"무슨 진인가 했더니 신화교구 오행진이구나."

"진을 알았다면 격파할 방법도 알고 있겠지?"

"물론이다."

호심은 부하를 이끌고 맹렬히 돌격해 왔다. 호심은 선두에 서서 돌입했고 푯말을 뽑아 버리려 했는데 갑자기 땅이 꺼지며 함정에 빠졌다. 상우춘이 달려들어 그를 생포했다.

적은 대장을 잃자 뿔뿔이 흩어졌고 상우춘은 이를 뒤쫓아가며 수백 명의 목을 베었다.

주원장은 호심이 생포되었다는 소식을 듣자 섭침(葉琛)을 보내어 정중히 영접하고 잔치를 베풀며 항복을 권했다. 호심도 감격하여 귀순할 것을 맹세했다.

이윽고 유기가 말했다.

"오늘 번령에 올라가고 내일이면 처주를 점령해야 하오니 술자리를 그만 물리도록 하십시오."

제장은 모두 놀랐다. 난공불락의 적진을 오늘 밤 안으로 깬다는 말이다.

"백온에게 무슨 계책이 있소?"

"계책은 바로 호장군입니다."

하고 계책을 설명했다.

호심은 계책을 받고 번령 아래로 갔다. 그리고 외쳤다.

"쏘지 말라, 쏘지 말라, 나는 대장 호심이다. 나는 적에게 잡혔지만 항복한 척하고 탈출하여 돌아왔다."

호심은 유유히 산 위로 올라가 영 입구를 지키는 군졸을 갑자기 베어 죽이고 곽영, 강모재, 목영, 주양조, 양경(楊景) 등 6명의 장수를 끌어들였다. 6명의 장수는 각각 병을 나누어 여섯 채의 진지에 불을 질렀다. 이 바람에 적은 수없이 타죽었고 석말의손은 건녕(建寧)을 향해 도망쳤다. 임빈조 등도 패잔병을 이끌고 온주 방면으로 달아났다.

주원장은 유기와 함께 번령에 올랐고 제장의 공을 치하하며 즉시 처주를 향해 진격했다.

처주의 수장 이우지(李佑之) 하덕인(賀德仁)은 굳게 성문을 닫고 나오지 않았다. 주원장은 성을 포위하고 석포로 맹렬히 공격했다. 이우지와 하덕인은 서로 상의했다.

"적은 강성한데 성병은 약소하다. 일단 적에게 낙성되면 성병이 모두 살육되고 말겠지. 우선 성문을 열어 항복하고 다음날 기회 있을 때 모반의 계책을 쓰니만 못하리라."

그들은 즉시 성문을 열고 나와 항복했다. 원장은 입성하여 백성을 안도시키고 경재성을 남겨 성을 지키게 했다.

이튿날 이들은 다시 남으로 진격하여 무주(婺州) 경계에 이르렀다. 성의 전초 진지로 매화령(梅花嶺)이 있다.

매화령의 적장은 테무르보카[鐵木兒不花]였다.

원장은 먼저 등유, 왕필(王弼), 손무선(孫茂先), 손호(孫虎) 등을 보내어 공격했다. 테무르보카는 병을 이끌고 산에서 쳐내려 왔는데 양군이 어우러져 종일토록 승부가 나지 않았다. 이윽고 등유는 무선에게 북쪽 봉우리를 치게 하고 왕필에겐 남쪽 봉우리, 손호에겐 동쪽 봉우리를 공격케 했다. 원병도 마침내 혼란을 일으켜 1천 남짓의 시체를 버리고 패퇴했다.

이때 무주의 유생인 왕종현(王宗顯)이 원장을 찾아왔다.

"무주의 백성은 모두 주원수의 입성을 기다리고 있습니다."

무주는 과거 2백 년에 걸쳐 성리학(주자학)의 중심이라 이름난 학자들이 배출되어 소추로(小鄒魯=추는 명장의 생지, 노는 공자의 생국)라고 불린 곳이다. 그러나 긴 전란을 겪는 동안 서당은 문을 닫고 유생은 각지로 흩어졌다고 한다. 원장은 약속했다.

"내 만일 무주를 얻는다면 그대를 지후에 임명하겠다."

이튿날 원장은 무주성을 포위했다. 그러자 석말의손이 군을 이끌고 와서 사자두(獅子頭) 강가에 진을 쳤다. 아군에선 호보사(胡保舍)가 이를 맞아 싸웠고 격전을 벌였으며 적의 선봉 이미장(李眉長)을 생포하는 전과를 올렸다. 석말의손은 여기서도 패하여 다시 멀리 달아나고 말았다.

그러나 원장은 만일을 대비하여 매화령에 부대를 두어 석말의손의 내습을 경계하고 본격적인 성 공격에 착수했다.

성장 승주(僧住)는 영안경(寧安慶) 이상 등과 구수회의를 가졌다.

"금릉병은 지금 승세를 몰고 왔기 때문에 기세가 자못 날카로운 것이다. 만일 서둘러 나가 싸운다면 이기기가 어려우리라. 그러나 잠시 성을 굳게 지키고 적이 피로하기를 기다렸다가 우리 병력을 삼분하여 계책으로 적을 맞서면 승산이 있다."

수일 후 승주는 계책대로 성문을 열고 나가 곽영과 대진했다.

"항복하라. 아니면 네 머리는 까마귀가 쪼아먹게 하고 시체는 개가 뜯어먹게 하리라."

곽영이 외치자 승주는 분노를 이기지 못하여 덤벼들었다. 그러나 수합도 싸우지 않고 말머리를 돌려 달아났다.

곽영이 그를 뒤쫓아 성문 안에 돌입하자 느닷없이 화살과 끓는 기름이 성벽 위에서 쏟아졌다. 곽영이 놀라 병력을 철수시키고 도망치자 영안경과 이상의 군이 추격해 왔다. 이 때문에 금릉병으로 죽은 자가 수없이 많았다.

원장은 패장 곽영을 군법에 회부하려 했으나 유기가 말렸다.

"승패는 병가의 상사입니다. 곽장군으로 하여금 다시 공을 세우게 하여 죄를 갚도록 하십시오."

이날 밤 곽영은 캄캄한 어둠을 틈타 야습을 했다. 이때는 지정 19년 (1359) 정월 그믐으로 한치 앞도 내다볼 수 없었다. 곽영은 부하에게 각각 횃불을 들리고 무주 성벽 아래로 다가갔다. 보니 성벽의 일부분이 낡아 무너져 있었다.

곽영은 만전을 기해 5천의 병력을 성 밖에 대기시키고 자기는 2천의 결사대와 더불어 성벽을 넘었다.

남문을 지키고 있던 서정(徐定)은 자고 있다가 포로가 되었고, 곽영은 그를 시켜 남문을 열었다. 성 밖에 있던 5천 군사가 돌입했고 함성을 크게 질러가며 내성을 공격했다.

자다가 놀란 적은 허둥지둥 싸울 경황도 없었다. 이상(李相)은 부하들과 더불어 항복했고 승주와 영안경은 3백 남짓의 부하를 데리고 북으로 달아났다. 그러나 상우춘, 목영 등이 그곳에 기다리고 있다가 모두 전멸시켜 버렸다.

주원장은 무주를 영월(寧越)이라고 개명하고 이곳에 군학(郡學＝학교)을 두었다. 그리고 그는 유학에 대해 진지하게 배웠다. 그는 말했다.

"성을 함락시키는 것은 무로써 할지라도 백성을 안무(按撫)하자면 인으로써 해야 한다. 우리 군이 북쪽 금릉에 처음 들어갔을 때 털끝만치도 약탈하는 일이 없었다. 그러므로 쉽게 민심이 안정된 것이다. 지금 새로이 영월을 얻고 백성이 비로소 안심하게 되었다. 더욱더 백성을 안무하여 약탈하는 일이 없다면 아직껏 함락되지 않은 주군(州郡)도 반드시 바람에 나부끼듯 스스로 와서 항복하리라."

이어 그는 항장 서정을 불러 현사가 있다면 천거하라고 했다.

그는 왕의(王禕), 설현(薛顯) 두 사람을 천거했다. 왕의는 절동 제일의 문인이었고 설현은 무용으로 이름난 장수였다. 원장은 이들 두 사람을 만나 보자 물었다.

"지금 천하가 대란하여 군웅이 각처에 할거하고 있다. 그대는 무엇으로써 천하를 평정할 수 있다고 생각하느냐?"

왕의는 대답했다.

"오로지 겸허한 마음으로 현사를 쓰셔야 합니다. 그리고 소하의 뒤를 이은 조참(曹參)처럼 백성에게 휴식도 주어야 합니다."

조참은 유방을 따라 기병하기 전 소하와 마찬가지로 옥리(獄吏)였다. 그는 제나라 재상으로 있을 때 황노학파(黃老學派)의 개공(蓋公)으로부터 청정(淸淨)을 배우고 백성에게 휴식을 주는 정책을 배웠다.

조참은 소하의 뒤를 이어 한의 승상이 되었을 때 후임자에게 당부했다.

"제나라 법정·뇌옥과 시장을 넘겨 주겠소. 부디 신중히 처리하고 지나치게 엄격하여 오히려 어지러워지지 않도록 해주시오. 법정·뇌옥은 선도 악도 받아들이는 곳, 너무 엄격하며 간인(姦人)은 용납될 곳이 없어 반드시 난을 일으키게 될 것이오."

조참은 그가 승상으로 있는 동안 아무것도 한 일이 없는 무능 재상이라고 여겨졌다. 그러나 그것으로 충분했던 것이다. 전란으로 오래 시달린 백성은 변화보다 안정을 바랐다.

백성이 숨 돌릴 여유가 있어야 경제도 부흥되고 나라의 기초도 튼튼해진다. 사실 한 문제(文帝) 때 천하는 부유했고 부고는 거둬들인 세금 동전을 쌓아 둘 곳이 없을 정도였다.

이어 혜제(惠帝) 때에는 진의 분서령 이후 책의 소유를 금지한 협서령(挾書令)을 폐지했고, 다음 여태후 시대엔 죄가 삼족에게 미치는 삼족령(三族令)이나 요언령(妖言令)을 폐지했던 것이다. 나라가 그만큼 안정되었기 때문이다.

원장은 끄덕이고 설형에게 병책(兵策)을 물었다.

"무릇 병사(兵事)는 너그러움으로 무리를 모아 결단력으로 일을 결정하며 위엄으로 적을 외포케 해야 합니다."

원장은 기뻐하고 왕의를 주의대부(奏議大夫), 설현을 장전지휘사(帳前指揮使)에 임명했다.

이해(1359) 5월 명왕은 주원장에게 강남 행중서성 좌승상이란 관직을 내렸다. 그런데 8월 차간테무르가 변양을 공격하여 이를 함락시켰다.

홍건적은 고려를 두 번이나 침입했고 또 상도를 두 번이나 점령하여 그 기세가 대단한 것처럼 보였다. 하지만 그들은 이미 앞에서 말했던 것처럼 유개(流丐) 집단이었다.

일반인도 그들에게 등을 돌리고 있었다. 황임아를 황제로 받든 홍건의 핵심 집단도 내분이 끊임없이 일어나 흔들리고 있었다. 처음에는 여러 두목이 있었는데 유복통에 의해 쫓겨나거나 살해되어 그 세력이 약화되었다.

차간테무르는 관중부터 농(隴＝감숙성)에 걸친 홍건적을 소탕하고 대군을 모아 송국의 도읍인 변양성 공략에 착수했다. 몽고군은 행화영(杏花營)에 본진을 두고 일선 부대는 성 둘레에 성채를 쌓고 포위했다.

포위는 백여 일에 이르렀고 마침내 성안의 식량이 떨어졌다. 유복통은 마지막 수단으로 정예 백기를 거느리고 황제 임아를 호위하며 탈출했다. 동문을 나와 핏길을 뚫어가며 가까스로 안풍(安豊)까지 달아났다.

성안으로 밀려들어간 원병의 대학살, 대약탈이 벌어졌다. 홍건적이 그동안 약탈을 일삼았다면 몽고병 또한 이에 지지 않았다.

한임아는 명왕으로 수많은 후궁과 자녀, 그리고 그동안 약탈한 재물을 모두 남겨 두고 도망쳤다.

원병은 이들에게 굶주린 이리떼처럼 달려들어 살인·방화·약탈·겁탈을 자행했다. 그것은 인간 지옥이라고 할 광경이었다.

북쪽의 홍건적은 모조리 궤멸되었다. 가장 조직력이 있다는 산동의 모귀도 호주에서 올라온 조균용(曹均用)에게 살해되었다. 균용은 모귀의 복수를 위해 달려온 속계조(續繼祖)에게 죽었다.

홍건적끼리 싸우고 죽이는 내분이 일어난 것은 그동안 제남에 모아 놓은 미녀와 재물을 쟁탈하기 위해서였다. 그러다가 그들은 스스로 자멸해 버렸다.

주원장만은 비교적 안정된 세력을 가지고 있었다. 그는 구주, 처주, 무주 등을 새로이 점령하여 영토가 남쪽 일대로 확대되었다.

이제 그의 영토는 동쪽과 북쪽에서 장사성, 서쪽은 진우량, 동남쪽은 방국진, 남쪽은 진우정(陳友定)과 각각 국경을 이웃하는 새 국면을 맞았다. 특히 진우량과 충돌할 가능성이 생겼다.

사방의 적국 두목들을 비교해 보면 장사성이 가장 부유하고 진우량이 가장 강력했다. 방국진과 진우성은 차지한 땅을 지키고 있을 뿐 소극적이었다.

원장은 이 정세를 바탕으로 전략을 정했다. 방국진과 진우성은 자극하지 않고 수세(守勢)를 지킨다. 진우량과 장사성은 무력충돌이 불가피하므로 공세로 나간다.

"문제는 어느 쪽을 먼저 치느냐다. 사성은 소금 밀매업자 출신으로 무슨 일이고 여우처럼 세심하고 의심이 많다. 우량은 어떤가? 그는 고기잡이 어부 출신으로 풍우 속에서 생활하는데 익숙하여 모험성이 있다. 야심도 크고 욕망도 많다."

"진우량은 거칠고 사납다고 듣고 있습니다. 사성은 매일 주색에 빠져 잔치를 열고 뚱땅거리고 있습니다. 양쪽의 적을 모두 친다는 것은 병법에서 금하는 것이므로 먼저 총력을 기울여 진우량의 진출을 막아야 합니다."

유기의 의견이었다. 그는 일찍이 원조의 과거에 강남인으로 당당히 급제한 수재다. 그의 생각은 깊고 선견적(先見的)인 데가 있었다.

주원장은 무릎을 치며 유기의 말에 동감을 나타냈다. 기본적인 전략이 정해진 것이다.

유기는 또 대담하게 건의했다.

"승상께선 이제 독자적인 길을 걸으셔야 합니다."

홍건적과 손을 끊으라는 암시였다. 원장도 그점을 생각한 바 있었다. 인심을 잃은 홍건적과 손을 잡고 있다면 천하통일의 대업은 이룩할 수 없다.

문제는 손을 끊는 방법과 시간이 문제다. 이 나라엔 협도(俠道)라는 것이 있어 의리에 어긋나는 일은 교묘하게 실행해야만 한다.

"옛날 한 무제(武帝)는 강력한 중앙집권을 완성시켜 재위 55년에 혁혁한 치세를 하셨습니다. 그것은 유가를 등용했기 때문입니다."

황로학파의 '청정무위(淸淨無爲)' 정치는 백성에게 휴식을 주어 국력을 증대시켰지만 제후왕의 세력 확대, 상인·지주와의 갈등(토지의 집중에 의한) 등은 해결하지 못했다. 이리하여 오초(吳楚) 7국의 난도 일어났다.

무제는 제위에 오르자 중앙집권을 강화하여 추은령(推恩令)을 공포했다. 발상 아래 제후왕의 영지를 차츰 축소·분할시키는 정책이었다.

유가는 법가의 영향을 받아 국가 통일을 학문의 이상으로 삼았다. 무제 시절 처음으로 등용된 동중서(董仲舒)는 「춘추공양전」을 읽고 재이응보(災異應報) 논리를 발견했다. 이리하여 동중서는 법가의 입장을 유교적으로 수식했다. 이때부터 사람들은 유교를 배워 거기에 나타난 성인의 도가 벼슬아치가 지켜야 할 정도(正道)라고 믿었다.

주원장은 유기의 말에 열심히 귀를 기울였다. 사대부들의 협력을 얻으면 민심이 따라온다는 것을 경험적으로 배웠기 때문이다. 사대부가 곧 지주여서 그들의 협력을 얻어야 지방의 질서와 안정도 있다는 것을 알고 있었다.

그렇기 때문에 그는 명왕과 유복통이 변양에서 패하여 몰락하자 재빨리 변신했다. 공문서에 쓰고 있던 송국의 국호나 연호가 슬그머니 그 모습을 감추었다. 그리고 홍건당을 요구(妖寇), 요적(妖賊)이라 부르기 시작했다.

무상(無常)

　미륵교의 두목 팽영옥(彭瑩屋)은 앞에서 잠깐 나왔지만 홍건당의 선구자였다. 그는 이미 1338년 원주(袁州)에서 반란을 일으켰다가 실패했다. 그러나 난세에는 무수한 변수가 있는 법.

　그는 신앙심이 강하고 변설에 능했으며 배짱도 있었다. 회서(淮西) 지방에서 포교 활동을 벌이며 신도를 늘려갔다.

　1351년 팽영옥은 다시 수만의 농민을 조직하여 반란을 일으켰다. 이때 대장장이 추보승(鄒普勝), 어부인 예문준(倪文俊) 등이 그 밑에서 활약했다.

　그들은 근수(蘄水)와 황주로(黃州路)를 점령하여 연대성(蓮臺省)이라고 이름을 고쳤다. 부처님이 앉아 계신 서방 정토의 연대에서 이름을 따온 것이다.

　그리고 서수휘를 황제로 받들었다. 수휘는 나전(羅田)의 등짐장수로 체격이 좋았고 얼굴도 복스럽게 생겼으며, 늘 싱글벙글했다. 이런 사내가 미륵교에 들어오자 팽영옥은 두목으로 앉혔다.

　"이분이 미륵보살이다."

　얼굴이 복스러워 꼭두각시로 이용한 것이다. 사실 그는 얼굴만 잘생겼지 무능력하기 이를 데 없는 사내였다.

　팽영옥은 집단을 둘로 나누었다. 추보승, 예문준이 이끄는 일군은 한양(漢陽), 무창(武昌), 안륙(安陸), 강릉(江陵), 면양(沔陽) 등지를 점령했다.

　팽영옥 자신이 이끄는 일군은 강주(江州), 요주(饒州), 신서(信西),

원주, 휘주를 공략했다. 이렇듯 천완국의 국토는 짧은 기간 동안에 급속히 확대되었다.

다시 1352년 7월엔 항주로(杭州路)를 손 안에 넣었다. 바야흐로 팽영옥의 천완국은 호북성, 강서성, 안휘성 남부, 절강성 서북부를 포함하는 일대에 걸친 세력권을 이루었다.

미륵교의 홍건당은 미륵보살의 이름을 외며 간음이나 약탈을 일체하지 않았다. 이것은 중국 역사상 좀처럼 없는 일이다. 전쟁이 일어나면 으레 약탈이 있고 부녀자가 겁탈되는 게 상식이다.

팽화상(彭和尙=중국에서의 승려 호칭)의 이름은 강남 일대의 원조 지방관의 공포 대상이 되었다. 그러나 팽영옥은 호주를 침공하려다가 원군의 기습을 받아 전사했다.

팽영옥이 죽자 꼭두각시 황제 서수휘는 병권을 예문준에게 빼앗겨 마음대로 움직이지 못했다. 예문준은 수휘를 죽이고 자기가 왕이 되려는 야심을 가졌지만 고발되자 황주로 달아났다.

그러자 문준도 진우량에게 살해되고 말았다. 주원장과 맞서려는 서수휘 집단의 실권자는 진우량(陳友諒)이 된 것이다.

어느 날 진우량은 사냥을 나갔다. 몰이꾼을 동원하는 제법 큰 사냥이었다.

"사냥은 전쟁 훈련과 같습니다. 그래서 옛날부터 군왕들이 곧잘 이른봄과 초겨울에 실시했지요."

조보승이 말했다.

조보승은 소호 수군 두목의 하나로 주원장에 패하여 이곳에 와 있는 것이다.

"음, 그래. 난 어부 출신이라 천렵은 많이 해보았지만 사냥은 처음일세. 자네 말이 그렇다면 한번 해보세."

이래서 군사 3천과 몰이꾼 수만을 동원한 사냥을 시작했다. 장소는 안경(安慶) 서쪽에 있는 청운산이었다. 이 청운산은 주위가 백여 리나 되는 큰 산이다. 따라서 산에는 거목들이 우거지고 깊은 골짜기와 언덕, 벌판이 있지만 마골곡(馬骨谷)이라는 골짜기로 짐승을 몰아넣게 되어 있었다.

사냥을 해보니 우량도 재미가 있었다. 보승의 말처럼 전쟁의 이치와 같았다.

마골곡은 남쪽 사면에 있는데 우량은 그 골짜기 둔덕에 부하들과 대기하고 있었다. 나머지 동·서·북 삼방의 봉우리에 색깔이 다른 큰 기치를 꽂았고 그것이 신호에 따라 이동한다.

몰이꾼이 징이나 꽹과리를 울려가며 짐승을 몰이하고 포위망을 좁힌다. 기치의 이동에 따라 몰이하기 때문에 마치 군사 행동과 같은 것이었다.

"슬슬 나타날 때가 되지 않았느냐?"

우량이 보승을 돌아보며 물었다.

"아직 멀었습니다. 서두를 것 없으니 천천히 쉬도록 하십시오."

그런데 이변이 생겼다. 어디서 여자의 날카로운 비명소리가 들렸다.

"무슨 일인가, 산중에 여자가?"

"몰이꾼 중에는 여자도 있습니다. 몇 푼 안되는 품삯을 벌기 위해 참가하고 있지요."

좀더 가까운 곳에서 여인의 비명소리가 또 들렸다.

"오!"

우량은 교의에서 일어나 몇 걸음 앞으로 나갔다.

"섣불리 건드린 멧돼지입니다."

"여자 몰이꾼이 쫓기고 있습니다."

부하 몇몇이 외치며 말을 몰아 둔덕에서 달려 내려갔다.

과연 엉덩이에 몇 대의 화살을 맞은 중간 정도 크기의 멧돼지가 성이 나서 여자 몰이꾼을 쫓아가고 있었다.

여자는 비명을 질러가며 대막대기로 멧돼지를 허둥허둥 치고 때린다.

"비켜라, 비켜라!"

달려간 장수는 여자를 꾸짖고 장창을 내질러 멧돼지의 옆구리를 찔렀지만 짐승은 오히려 더욱 사나워지며 장수의 말에 덤벼들었다. 그때 화살이 날아와 보기 좋게 멧돼지의 눈 하나를 맞추었다.

"와아!"

필요 이상의 함성이 올랐다.

진우량의 활솜씨를 칭찬하는 것이다. 우량은 손등으로 이마의 땀을 닦고 보승에게 명했다.

"여자와 멧돼지를 이리로 가져오라!"

사내들이 입는 짧은 홀태바지를 입었고 짚신을 신고 있다. 그 바지는 군데군데 찢어졌지만 엉덩이가 유난히 커서 사내의 눈길을 끌었다.

"얼굴을 들라."

"네, 대장군님."

뜻밖에 목소리가 맑고 눈이 맑았다. 우량과 눈길이 마주치자 금방 또 고개를 수그린다. 붕긋하니 솟아오른 허리가 정말 사내의 침을 흘리게 만든다. 어깨 언저리에도 어딘지 부드럽게 선이 흘러내리고 목덜미도 길었다.

몸매로 보아 처녀는 아니다. 아이를 하나 둘 낳은 것 같다.

"이름은?"

잠자코 있다. 보승이 옆에서 호령했다.

"대장군께서 묻고 계시지 않느냐."

"원(黿)입니다."

"원?"

"사람들은 자라라고 합니다."

원은 큰 자라다. 보승과 그곳에 있던 자들이 웃었다. 그들은 어떤 상상을 하고 있는 것이다.

우량도 마찬가지다. 자라라면 사내를 미치게 하는 재주도 갖고 있을 게다.

"얼굴을 들라. 그리고 남편은 있느냐?"

원이 얼굴을 들었다. 햇볕에 그을린 얼굴은 더럽혀져 있었지만 콧날, 입매, 눈매 등 상당한 인물이다.

"네, 자식이 둘입니다."

"그러냐. 난 네가 마음에 들었다. 오늘부터 내 시중을 들라. 네 남편에겐 은을 한 냥 줄 테니 딴 여자를 사서 마누라로 삼으라고 하겠다."

성에 돌아온 우량은 시녀의 소식이 있기만을 기다렸다.

이날 사냥터에서의 수확은 엄청났다. 사슴, 멧돼지, 토끼, 그리고 꿩과 같은 새들도 많았다. 그러나 무엇보다도 자라를 얻은 것이 그에 겐 만족이었다.

새처럼 맑고 시원한 목소리. 펑퍼짐한 엉덩이가 그의 욕망을 끌고도 남음이 있었다.

오늘 밤은 야성녀를 깨끗이 씻게 하여 규방의 술안주로 삼자. 그러면 대체 어떠한 묘음(妙音)을 내고 어떠한 약동을 보이며 또 어떤 맛의 물이 넘칠까……. 그 생각을 하니 우량은 온몸이 근질거리고 피가 끓어올라 안절부절 못했다.

"난 싫어요, 싫어요. 용서해 줘요."

조보승의 보고에 의하면 자라를 성으로 데려오는 데 애를 먹었다고 한다.

"죄 없는 사람을…… 게다가 장군님 사냥터 몰이꾼으로 일한 여자를 어째서 죄인처럼 끌고 가지요?"

자라는 몹시도 똑똑하게 따지며 대들었다. 보승이 잘 타일렀다.

"그게 아니다. 사냥터에서 일을 잘했기 때문에 대장군께서 상을 주시겠다는 거야. 너만 잘한다면 장군의 소실이다. 아들이라도 낳게 되면 너는 마님이야. 더욱이 대장군께선 앞으로 임금님이 되실 분이야. 그러면 너는 뭐가 되지?"

그래도 여자는 발버둥치며 울부짖었다.

"싫어요, 싫어요. 나에겐 남편과 자식이 있어요."

보승은 마침내 화를 내고 부하에게 말을 끌어오라고 소리질렀다. 억지로 말안장 위에 들어올리게 했다. 자라는 한사코 발버둥친다. 마침내 바짓가랑이가 찢어져 은밀한 부분까지 보였다.

"그러나 이상한 게 여자입니다. 성에 오자 토끼처럼 얌전해지고 오히려 즐거운 빛마저 얼굴에 나타냈습니다."

보승의 보고도 있어 우량은 흥미가 더 생겨 마치 첫날밤을 기다리는 신랑처럼 들떠 있었다.

"아직 멀었느냐!"

우량은 마침내 소리질렀다. 늙은 시녀가 달려와서 말했다.

"지금 몸을 씻고 화장하는 중입니다. 넉넉잡고 반 시간만 기다리시면 됩니다."

"앞장 서."

"네?"

"화장한다면 벗고 있을 게 아니냐, 그것을 보고 싶다."

노파는 뭐라고 대꾸하려 했으나 우량의 괄괄한 성격을 너무나 잘 알고 있어 입을 다물었다.

화장하는 방 옆에 이르렀다. 노파가 말했다.

"조용히 보시기만 하십시오. 아씨를 놀라게 하면 안됩니다."

"알고 있어, 나도 그쯤은. 단지 엿볼 뿐이다."

방으로 들어갔다. 안쪽에 문이 또 있고 정자살 교창에 여인의 모습이 뚜렷하게 내비친다.

그는 손가락에 침을 발라 종이를 뚫었다.

알몸의 자라가 이쪽을 보고 서 있었다. 이것은 우량이 미리 여자에게 옷을 주지 말라고 해두었기 때문이다.

여자는 멍하니 서 있다. 화장을 하라고 했지만 무엇을 어떻게 해야 좋을지 몰라 얼빠진 모습이다.

"오!"

우량은 마음속으로 외쳤다. 사내의 생명을 빨아먹고야 말 성숙한 여성미의 극치였다. 이미 이 세상에서 백 명도 넘는 여체를 경험한 그였지만 이렇듯 훌륭한 육체를 본 일도 만져 본 적도 없었다.

속살이 풍만한 것이다. 막일을 하여 건강하고 알찬 육체를 가지고 있었다.

얼굴이 아름다운 여인은 얼마든지 있다. 그러나 얼굴이 아름답다고 육체도 아름다운 것은 아니다.

자라는 몸을 조금 옆으로 돌렸다. 별안간 겨드랑이 밑이 가려운지 한 팔을 들어 구부리고 한 손으로 벅벅 긁고 있다. 겨드랑이 털이 검고 짙은 것이 사나운 짐승을 연상시켰다.

우량은 그만 웃음이 나올 뻔했다.

자라는 완전히 몸을 한 바퀴 돌렸다. 그리고 무슨 생각이 들었던지 상체를 구부렸다. 마치 엿보고 있는 것을 알고 있는 듯 사타구니 사이로 이쪽을 보는 자세였다.

건강을 상징하는 듯한 커다란 볼기와 매끄러운 곡선미를 보여주고 있는 둔부였다. 그리고 웅대한 볼기가 둘로 갈라져 있는 아래쪽, 컴컴

한 육체의 꽃이 괴물처럼 입을 벌리고 있었다.

자라는 또 움직였다. 몸을 일으키며 상체를 비튼다. 자기의 등을 보려는 몸짓 같다.

이어 여자는 정면으로 우량쪽을 보았다.

"오!"

그는 자기 자신이 부끄러운 듯이 순간적으로 문구멍에서 눈을 떼었지만, 금방 다시 빨려 들어가듯 엿보기 시작했다.

어린애를 둘 낳은 여인의 성숙미는 하늘을 찌를 것만 같은 두 젖가슴에서 우선 볼 수 있었다.

자기 혼자 자기 육체에 취한 듯이 젖가슴은 불그레 물들어 있다. 그리하여 젖꼭지는 살짝 스치기만 하여도 흰 피가 뿜어질 듯이 노장(怒張)되어 있었다.

복부는 엿보고 있는 우량의 시선을 미끄러뜨릴 것만 같다.

"자라 배가 아니라 개구리 배다."

개구리 배는 매끄럽고 불룩하지만 그것에는 배꼽이라는 가장 중요한 포인트가 없다. 하지만 지금 눈앞에 있는 미지(未知)의 여체는 포인트도 갖추고 있는 것이다. 여자의 배꼽은 배의 중앙 아래쪽에서 부끄러운 듯이 잎을 오므려가며 윗쪽으로 꽃피고 있었다.

그러나 탐욕스런 사나이의 눈은 거기에 머물러 있지 않는다.

사내를 압도하고도 남을 통통하고 땅땅한 허벅다리 사이에 젊음을 넘치게 하고 있는 꽃샘이 있는 것이다.

우량은 마른 침을 삼켰다. 그는 어느덧 손을 놀려 옷을 훌훌 벗고 있었다. 벗자마자 문을 벌컥 열며 안으로 들어갔다.

그 이튿날 진우량은 조보승에게 3만의 병력을 주어 안경(安慶)을 공격시켰다. 지정 20년(1360) 정월이었다.

안경의 성주는 원의 용장 여궐(余闕)이었다. 보승은 성을 포위하고 힘으로 함락시키려 했지만 끄덕도 하지 않았다.

헛되이 날짜만 흘러 2월이 되었다. 진우량은 새로이 얻은 자라에게 빠져 있었는데 그것도 이제 어느 만큼 물렸다.

"뭘 꾸물거리고 있지? 보승이란 놈, 쌍도를 잘 쓴다고 뽐내면서 여궐의 목도 베지 못해!"

그는 10만의 군을 이끌고 직접 안경에 달려왔다. 그리고 소고산(小孤山)에 본진을 두었다.

"힘으로 뽑아라! 시체가 쌓이면 그곳을 밟고 기어오르는 것이다."

우량은 동문을 보승에게, 북문을 축영(祝英)에게 공격토록 하고 자기는 대군을 이끌고 서문을 공격했다.

인해전술로 공격하여 성병을 정신없이 만드는 전술이었다.

적의 함성이 천지를 진동시켰고 석포가 쉴새없이 날아왔다. 여궐은 적은 병력으로 적을 막으며 잘 싸웠다.

한번은 서문을 열고 쳐나가 적병 3백의 목을 베기도 했다. 이 무서운 기세에 우량도 질려 버려 10리나 물리기도 했다.

여궐은 소병력이라 감히 추격하지 못하고 그대로 철수했다. 우량은 다시 몰려와 목책을 치고 비루(飛樓)를 세웠다. 그 위에 석포를 끌어올려 밤낮없이 성벽의 네 모퉁이를 부수었다. 여궐은 낙성이 멀지 않음을 알고 길게 한탄했다.

"아, 성의 함락도 오늘 내일이다."

그는 이날 밤 아내 장씨(蔣氏), 측실 야율씨(耶律氏)를 한방에 불러 마지막 이별의 술잔을 들었다.

"대장부로 태어나 나라 위해 죽는 것도 부득이한 일이다. 그러나 너희들은 내일 성이 함락되면 피난민에 섞여 도망쳐라. 비록 무슨 일이 있든 혀를 깨물어 가면서라도 살아야 한다. 아무리 짐승 같은 홍건적이라도 목숨까지는 빼앗지 않겠지."

"여보! 그러면……."

장씨가 여궐의 무릎을 눌렀다. 야율씨도 한쪽에서,

"주인님."

하며 매달렸다. 여궐은 좌우로 아내와 첩을 끌어안았다.

"무인의 절개다. 내일 새벽 남은 군병을 이끌고 쳐나가 한 놈이라도 더 죽이고 인생을 끝마칠 작정이다."

여자들은 소리 없이 흐느꼈다. 여귈은 술을 마시고 잔을 아내에게
주었다.

"별배(別盃)요!"

"여보, 여보!"

"울지 마오, 마셔요."

"네, 마시겠습니다."

야율씨가 소맷자락으로 얼굴을 가리며 잔에 술을 따라 주었다.

"부인이 마시거든 너도 마셔라."

"네."

술잔은 장씨로부터 야율씨, 그리고 다시 여귈한테로 돌아왔다. 여귈
은 이때 56세인 노장이었다. 그의 소실 야율씨는 아직 20세도 안된
나이다. 여귈의 외아들인 덕신(德臣)을 낳고 있었다.

여귈은 야율씨에게서 눈길을 떼지 않고 애처롭게 말했다.

"너는 아직 젊다. 부인을 어머니처럼 여기며 꼭 살아라."

그리고 그는 술잔을 비우자 탁자 위에 엎어 놓았다. 야율씨는 벌써
눈치를 채고 자리에서 일어났다.

장씨가 애원했다.

"여보, 소원이 있습니다."

"무엇이오."

"마지막 밤을 아무쪼록 서옥(西屋)에서 지내셔요. 그애는 아직도 젊
습니다. 당신이 정을 여한이 없도록 함빡 쏟아 주셔요."

"그렇다면 당신이……."

"흑흑흑, 저는 이미 늙었지요. 덕신이라도 폭 끌어안고 자면 슬쓸함
을 잊을 수 있을 거예요."

"그렇게 해주시겠소, 부인!"

여귈은 잠자코 아내를 끌어당겼다. 장씨는 미친 듯이 매달려 왔다.
뜨거운 눈물이 여귈의 가슴을 적셨다. 여귈은 그저 꽉 포옹하고 언제
까지나 잠자코 있었다.

이튿날 새벽 여궐은 성병 1천 남짓을 이끌고 쳐나갔다. 우량이 이를 맞았으나 몇 합도 싸우지 못하고 달아났다. 여궐의 성병은 이를 추격하여 10여 리, 적병의 목을 수백이나 베었다.

그 사이 성병은 하나 둘 사라졌다. 마지막 출격은 이들에게 탈출 기회도 준 것이다.

이 무렵 문득 성쪽을 뒤돌아보았더니 거기엔 검은 연기가 치솟고 있었다. 조보승과 축영의 부대가 동문과 북문을 깨고 성에 돌입한 것이 틀림없었다.

"무사히 탈출했을까?"

여궐을 단기로 적병 속에 뛰어들어 다시 수십 명을 베었고 자신도 십여 군데의 깊은 상처를 입었다.

이윽고 청수당(淸水塘)에 이르자 그는 칼로 목을 찔러 스스로 연못에 몸을 던졌다. 성안에선 여궐이 무사히 피난하기를 바랐던 장씨와 야율씨가 서로 꼭 끌어안고 눈물의 다짐을 하고 있었다.

"제가 더 살아 무엇 하겠어요. 돌아가신 장군님을 쫓아가겠습니다."

"오, 내 딸아!"

야율씨가 먼저 덕신을 안고 우물에 몸을 던지자 장씨도 뒤따라 몸을 던졌다. 일가족 모두, 집안의 시비에 이르기까지 우물에 빠져 순절(殉節)을 지켰다.

안경을 점령한 진우량은 다시 지주(池州)로 나아갔다. 지주는 이미 주원장의 거점으로 장덕승과 조충이 지키고 있었다.

우량의 대군이 몰려오자 조충이 병력 1천을 이끌고 나가 적의 선봉 조보승과 대전했다. 조충은 부하에게 말했다.

"싸움은 병력이 많고 적음에 달려 있지 않다. 적이 10만이라면 이를 1만이라 생각해라. 그러면 우리 1천이 10명씩 죽이면 된다. 더욱이 우리 전면에 있는 적은 고작 1만 남짓이다. 이것을 우리와 동등하다 보고 용전한다면 승리는 우리의 것이 되리라."

조충군은 보승군과 격돌하여 적을 무찔렀다. 조충은 패주하는 적을 추격했다. 그러나 후진(後陣)을 기다리지 않고 단기로 깊이 들어갔다가 적에게 사로잡히고 말았다.

이때 유우인(劉友仁)이 후대에 있다가 조충 장군이 위태롭다는 연락을 받고 구출하러 나섰다. 그러나 이것은 스스로 불 속에 뛰어드는 여름 벌레같이 무모했다. 적의 복병에 걸리고 비 오듯이 날아오는 화살을 맞아 그는 전사했다.

보승은 승세를 몰아 지주성을 포위했다. 장덕승은 이를 잘 막아냈다.

이 무렵 유통해는 황교(黃橋), 통주(通州)를 그의 수군으로 격파하고 적의 병선 백여 척과 홍균(洪鈞) 등 적장을 생포했다. 보승은 이 소식을 듣고 퇴로가 끊길 염려가 있다 생각하자 포위를 풀고 30리를 물러나 진을 쳤다.

유통해는 지주성에 들어가 장덕승을 만나고 적을 격파할 작전을 상의했다. 그런데 때마침 사자가 와서 통해를 첨서(簽書) 추밀원사(樞密院事)에 임명한다는 사령을 전했다. 통해는 명령을 받들어 응천부로 돌아갔다.

그러자 보승이 다시 몰려와 성을 포위하고 맹렬히 공격했다. 덕승이 나가 보승과 싸웠다. 보승은 10여 합 싸우다가 달아났는데 덕승이 이를 추격하다가 화살을 왼쪽 넓적다리에 맞았다. 보승이 달아나면서 반궁(半弓)에 화살을 쏘았던 것이다.

덕승은 급히 성병을 수습하고 성안에 돌아와 굳게 지켰다. 그러나 마음은 걱정으로 가득했다. 아들인 장흥조(張興祖)를 불러 말했다.

"적군이 강성하여 우리가 힘껏 싸우더라도 오래는 버티지 못한다. 그래서 내 너를 금릉에 보내어 구원을 청할까 한다. 다만 적의 포위가 엄중하니 과연 돌파할 수 있을는지……."

"아버님, 너무 걱정하지 마십시오. 결사 앞에선 귀신도 이를 피한다 했습니다. 제가 오늘 밤 정병 3백을 이끌고 적진을 돌파하겠습니다. 3백 가운데 하나라도 살아 남는다면 급함을 금릉에 알릴 수 있을 게 아니겠습니까."

장흥조는 적진을 필사적으로 돌파했다. 그리고 남은 부하 백 명 남짓을 이끌고 이틀 밤낮을 달린 뒤 잠산(潛山) 근처에서 병력을 이끌고 오는 상우춘과 만났다. 우춘은 홍조에게 말했다.

"나는 일찍부터 자네가 용사라는 말을 들었네. 계책을 하나 주겠으니 그대로 해주게."

홍조는 기뻐하며 먼저 출발했다. 우춘은 또 곽영, 유통해, 주양조, 강무재에게 각각 계책을 주어 사방에 매복시켰다.

이튿날 홍조는 구화산(九華山)을 넘어 지주에 이르렀고 보승과 대진하여 싸움을 걸었다. 홍조가 창을 비끼고 진전에 나가 큰 목소리로 욕을 했다.

"우리는 같은 홍건당인데 어째서 감히 좀도둑처럼 남의 땅을 침범하느냐?"

보승은 약이 올라 고함을 질렀다.

"입에서 젖내 나는 애송이놈이 감히 어른을 몰라본다."

보승이 쌍칼로 춤추며 달려 나오자 아직도 소년인 홍조는 창으로 맞섰다. 그러나 역전의 장수 보승 앞에 홍조는 당하지 못했다. 몇 번을 막아내다가 말머리를 돌려 달아났다.

보승은 추격했고 홍조는 머물러 싸우다가 다시 도망쳐 적을 유인했다.

"적이 스스로 독 안에 들었다. 한 놈도 남기지 말고 몰살해라."

보승은 설마 복병이 있을 줄은 꿈에도 모르고 전병력을 이끌고 골짜기 안으로 따라 들어갔다. 그러자 석포 소리를 신호로 복병이 일제히 일어났다.

보승이 혼비백산하여 전방을 바라보았더니 둔덕 위에 석양을 받아가며 상우춘의 대장기가 세워져 있다. 그리고 좌측에 곽영, 목영의 병이 몰려오고 우측에 유통해, 요영충, 주양조, 조용의 병이 함성을 올려가며 창을 찔러왔다. 도망치자니 뒤에서 강무재, 장홍조가 화살을 쏘며 가로막는다.

보승의 군은 이때 2만 남짓 죽었다. 보승도 산속에 숨어 있다가 간신히 탈출했는데 남은 병력이 겨우 1천이었다. 그는 우량에게 사람을 보내어 구원을 청했다. 우량은 화를 냈다.

"조보승, 그녀석은 애송이한테 속아 패전하고도 죄를 겁내지 않고 구원을 청하다니 뻔뻔스럽다. 죽이지 않는다면 무엇으로 군법을 바로 잡겠느냐! 즉시 사람을 보내어 보승을 잡아 올려라."

그러자 심복 부하 장정변(張定邊)이 귀엣말로 속삭였다.

"보승은 간사한데다가 용맹도 있습니다. 지금 대장군께서 노여움을 나타내신다면 그는 반드시 부하를 이끌고 다른 자에게 항복하겠지요. 지금은 그저 말로 그를 위로하고 다음에 계책으로 주살하도록 하십시오."

우량은 이 계책을 좇아 사자에게 말했다.

"내 친히 수군을 이끌고 갈 테니 강주(江州)에서 기다리고 있으라."

보승은 기뻐하고 우량이 오기를 기다렸다. 며칠 뒤 우량은 수군을 이끌고 강주에 이르렀다. 보승은 선착장에 나와 우량을 맞았다. 우량은 배에서 내리자 느닷없이 좌우를 시켜 보승을 포박하고 꾸짖었다.

"너는 병을 잘못 써서 많은 장병을 죽였다. 그런데도 반성하지 않고 구구하게 살려고 하느냐."

우량은 좌우를 시켜 보승을 끌어내어 목을 베게 했다. 보승은 후회했으나 이미 때는 늦었다.

이어 우량은 서수휘의 부대까지 합쳐 20만 대군을 수륙 양면으로 진격시켜 채석(采石)에 이르렀다.

이때 태평성을 지키는 대장 화운, 도독 주문손(朱文孫), 첨사 허원(許瑗)은 적이 오는 것도 모르고 있다가 야밤에 기습을 받아 허둥지둥했다.

키가 크고 얼굴이 검어 '흑선봉'이란 별명을 듣던 화운은 결사적으로 적을 막았다. 그러나 적은 워낙 대군이었다. 우량은 성을 두 겹 세 겹으로 포위하고 인해 전술로 공격에 공격을 거듭했다.

이런 맹공 앞에 성이 10여 일이나 버틴 것도 화운의 용전이 있었기 때문이다.

지정 20년 5월(1360) 19일, 우량의 부장 진영걸(陳英傑)은 성의 서

남쪽 강변에 수백 척의 병선을 접안시키고 상륙했다.

이 방면을 지키는 태평의 부장 왕정(王鼎)은 벌떼처럼 상륙하는 적을 막다가 난군 중에서 전사했다.

화운은 주문손과 같이 왕정을 구하려다가 적에게 사로잡혔다. 이때 화운의 아내 고씨(郜氏)는 남편이 싸우다가 적에게 생포되었다는 소식을 듣자 3살인 외아들 화위(火煒)를 소실 손씨에게 맡기며 말했다.

"내 남편은 충의(忠義)의 분인 까닭에 도둑을 꾸짖고 죽음을 택할 것이다. 남편이 이미 죽었는데 아내 혼자 살아 남을 수 있겠는가. 다만 남편 화씨 가문엔 이 아이 하나뿐이다. 너는 이 아이를 잘 보호하여 조상의 제사가 끊기지 않도록 부탁한다."

말을 마치자 고씨는 우물에 몸을 던져 죽었다. 손씨는 통곡하며 담을 무너뜨려 우물을 메우고 어린애를 업고 피난민 틈에 섞여 달아났다.

한편 우량은 태평부의 장대에 올라 먼저 주문손을 끌어내어 목을 베었다. 이어 화운이 끌려 나왔다. 우량은 화운의 용맹을 소문으로 들어 그를 살려 부하로 삼고 싶었다.

"그대는 나와 함께 부귀를 누리지 않겠소."

그러자 화운은 눈을 부릅뜨며 우량을 꾸짖었다.

"성이 함락되면 성주는 운명을 함께 하는 것이 예로부터의 법이다. 나는 죽음을 이미 각오했다. 살기를 바라지 않는다."

"그리 뻣뻣하게 굴지 말고 한번 더 생각하라. 만일 나에게 무릎을 꿇는다면 이 세상의 쾌락을 누려가며 호강할 것이고 싫다면 거기 뒹굴고 있는 주문손의 시체처럼 되리라."

"어서 죽여라, 너의 더러운 그 말을 듣기도 역겹다. 그리고 내가 너에게 사로잡혀 갖은 모욕을 당했음을 우리 주군께서 아신다면 이 원수를 꼭 갚아 줄 것이다."

화운이 외치며 벌떡 일어나자 결박한 오랏줄이 뚝뚝 끊겨 나갔다. 그는 형졸의 칼을 빼앗자 순식간에 대여섯 명을 베어 죽였지만 다시 묶이고 말았다.

우량을 화를 내고 화운을 배 돛대에 높이 매달고 부하 군사들을 시켜 화살을 무수히 쏘아 죽였다. 화운의 고통을 조금이라도 늘리려는 잔인한 방법이었다.

진우량은 장전변과 진영걸을 불러 명했다.

"너희들은 한양에 급히 가서 황제께 승리의 소식을 알리고 이곳에 모셔 오도록 해라. 내 곧 응천부를 공격하여 그곳을 우리 천완국의 도읍으로 삼으리라."

두 사람이 출발할 때 우량은 또 그들에게 밀계(密計)를 일러주었다.

서수휘는 아무것도 모르고 총애하는 후궁 수십 명과 재물을 배에 싣고 장강을 내려왔다. 배에서 강변의 여름경치를 바라보며 음악을 듣고 술에 취하고서는 미녀와 희롱하는 뱃길이었다.

배가 채석에 이르렀을 무렵 장정변과 진영걸이 철퇴를 갖고 서수휘의 침소에 나타났다.

수휘는 미녀와 자고 있다가 놀라며 애원했다.

"나를 살려 주시오, 장군. 목숨만 살려 준다면 무엇이든지 드리겠소."

그러나 철퇴는 사정없이 수휘의 머리를 까부셨다. 그들은 배에 타고 있는 수휘의 부하들을 모조리 죽여 버렸다. 여자들도 한 명도 살려 주지 않았다. 비밀을 유지하기 위해서다.

진우량은 황제가 갑자기 붕어했다는 발표를 하고 장병에게 3일 동안의 상을 입으라고 포고했다. 이어 그는 채석의 오통묘(吳通廟)를 행전(行殿)으로 정하자 스스로 황제위에 올랐다.

이날 하늘도 노여워 했던지 난데없는 폭풍우가 몰아닥쳤다. 그러나 우량은 그런 것엔 끄떡도 하지 않는 사내였다.

국호를 한(漢)이라 했고 연호를 대의(大義)라 고쳤다. 그리고 아내 양씨(楊氏)를 황후, 아들 진리(陳理)를 태자로 봉하는 한편 양종정(楊從政)을 승상에 임명했다. 암살의 주인공 장정변은 강국공(江國公)이 되어 병마 대원수를 겸했고 진영걸은 무국공(武國公)이 되어 평장정사를 겸했다.

서수휘의 부장으로 중경로(重慶路)를 점령하고 있던 명옥진(明玉珍)은 이때 자립하여 스스로 농촉왕(隴蜀王)이 되어 진우량과 대립했다.

황제가 된 진우량은 응천부를 공략할 준비를 했다. 장정변이 말했다.

"지금 장사성이 빼앗긴 상주(常州)를 되찾고자 공격하고 있습니다. 그러니 사성에게 사자를 보내어 동맹을 맺고 주원장을 동서에서 협격하면 계책이겠습니다."

"그까짓 주원장! 장사성까지 끌어들여 협격할 필요가 있겠는가? 동맹을 맺게 되면 원장을 멸망시킨 뒤 영토를 달라고 할 테니 귀찮기만 하다."

"아닙니다, 폐하. 저는 일찍이 색목인한테서 들은 일이 있습니다. 서역에는 사자라는 맹수가 있는데 이는 범보다 더 무서운 백수의 왕이라 합니다. 이런 사자도 토끼를 잡을 때 온 힘을 기울여 포식(捕食)한다고 했습니다. 적이 비록 약하더라도 얕보는 것은 금물입니다."

"그럼 좋을 대로 하게."

우량은 왕약수(王若水)라는 자를 장사성에게 보냈다. 약수는 돌아오다가 일대의 군마를 만났다.

젊은 장수가 길을 막으며 물었다.

"그대는 누구이며 어디로 가는 길인가?"

"나는 한왕의 막하로 중군 참모 왕약수라는 사람이오. 이번에 왕명을 받아 오나라에 가서 오왕 장사성과 동맹을 맺고 돌아가는 길이오."

그러자 상대편 장수가 매우 놀란다.

그도 그럴 수밖에! 그는 운룡(雲龍)이었다. 운룡은 이때 탕화와 더불어 상주를 지키고 있었는데 사성의 군대에게 성이 포위되자 구원을 요청하려고 정병 5백을 데리고 적진을 돌파했던 것이다.

운룡은 느닷없이 달려들어 왕약수를 말에서 떨어뜨려 사로잡았다. 그리고 응천을 향해 밤낮을 가리지 않고 달렸다.

강동교대계(江東橋大計)

응천부는 크게 동요되었다. 태평부가 함락되고 화운이 죽었다는 비보가 있었는데 운룡이 또한 왕약수를 잡아온 것이다.

"진우량이 멀지 않아 응천부로 쳐들어 온다!"

성안의 백성은 물론이고 관리들과 군졸들마저 불안에 떨었다. 어떤 자는 성에서 도망치려 했고 어떤 자는 금은이나 돈을 땅속에 파묻었고 어떤 자는 식량을 사 모으려고 광분했다.

이때 마부인은 주원장의 넷째 아들 주체(朱棣)를 낳은 지 얼마 되지 않았다. 나중에 영락제(永樂帝)가 될 운명의 아이다.

마부인은 이때도 남편의 좋은 내조자가 되었다. 그녀는 본디 누구의 자식인지도 모르게 말구유에 버려진 것을 곽자홍이 주워다가 길러 양녀로 삼았었다. 교육도 받지 못하여 글도 몰랐다.

그러나 그녀는 혼자서 글을 배웠고 열심히 글씨 연습을 했다. 그리고 역사상의 유명한 여성들에 대한 이야기를 많이 읽었다. 주원장도 노력가였지만 마씨도 그에 못지않은 노력가였던 것이다.

글씨를 알게 된 마씨는 원장의 유능한 비서 역할을 했다.

원장은 메모를 적는 버릇이 있었다. 무엇인가 생각이 떠오르면 때와 장소를 가리지 않고 종이에 메모를 해두었다.

그것은 세월이 지나면서 엄청난 분량이었으나 마씨는 글씨를 알기 때문에 메모의 정리나 보관을 담당했다.

"저번의 그 일이 어떻게 되었지?"

원장이 물으면 즉각 그것을 꺼내어 대답했다.

마부인은 사람들이 동요하자 부중의 금은이나 피륙을 아낌없이 장병
들에게 나누어 주어 사기를 돋우었다. 침착한 마부인의 행동이 응천부
와 사람들을 공황에서 구해 냈다.

물론 원장에게 심각한 고민은 있었다. 적을 맞아 어떻게 싸울 것인
가? 작전은 남자의 것이지만 아내의 지혜 또한 버릴 수도 없었다.

그는 제장을 모아 의견을 들었다.

"우리 병력은 30만이라 하지만 호대해에게 5만 명을 주어 민광(閩
廣)을 진수(鎭守)케 하고 있다. 또 경병문에게도 5만 명을 주어 강음
(江陰) 등지를 진수케 하고 또 상우춘에게 5만을 주어 지주 방면을 소
탕케 하고 있다. 따라서 성안에 고작 10여 만이 있을 뿐이다. 그런데
진우량은 30만이 넘는 대병력이고 장사성도 15만의 병력을 갖고 있

다. 그들이 힘을 합쳐 양면에서 공격해 온다면 이를 어찌 당하겠는가?"

유정옥(俞廷玉)이 말했다.

"승상, 한때의 수치를 감수하고 뒷날의 계를 도모하는 것도 방법입니다. 월왕 구천(九踐)은 회계(會稽)에서 부차(夫差)에게 굴욕적인 항복을 했으나 와신상담하여 부차를 무찔렀습니다."

조덕승이 반대했다.

"안됩니다. 이제 와서 주인을 시역한 역적에게 항복할 수는 없습니다. 제가 보건대 종산(鍾山)은 매우 험준하여 대군을 맞아 몇 달이고 버틸 수 있습니다. 그러면 각처의 아군이 달려와 적을 물리쳐 주겠지요."

도지휘 설현(薛顯)이 말했다.

"그것도 양책이 아닙니다. 금릉은 우리의 근본(根本)이 되는 곳이므로 버릴 수는 없습니다. 만일 종산으로 물러간다면 적이 이곳을 장악할 것이고, 그러면 다시 수복하기가 매우 힘듭니다. 지금 성 안에 10여 만의 군이 있고 결사적으로 막는다면 적을 물리칠 수 있습니다."

제장들의 의견은 저마다 달랐고 좀처럼 결론이 나지 않았다. 결단력이 있는 주원장도 이때는 망설였다.

강적 진우량은 장강을 내려온다. 그의 수군에는 혼강룡(混江龍), 새단강(塞斷江), 당도산(撞倒山), 강해오(江海鰲)라는 대전함을 필두로 한 백여 척의 큰 배를 비롯하여 수천 척의 날랜 배들이 있었다.

이름만 들어도 무시무시하다. 강물을 휘젓는 용이니 강을 가로막는 요새, 또는 산을 찔러 쓰러뜨린다고도 하고 또 대호수의 큰 자라라는 이름을 자랑한다.

주원장은 그런 허풍을 두려워한 것은 물론 아니다. 그의 군대는 주로 육지에서 싸웠고 수전은 경험이 적다. 한마디로 수전에 자신이 없었다.

그렇기 때문에 제장들이 저마다 주장했지만 아무런 의견도 내놓지 않았다.

이튿날 유기가 응천에 도착하기를 기다려 그의 의견을 물었다. 유기는 옛날의 장양처럼 관직에 별로 흥미를 갖지 않고 때때로 사임하여 고향에 돌아가곤 했었다.

이때도 사직하고 있었는데 원장이 급히 소환하여 그의 의견을 물었던 것이다.

유기는 명쾌한 논리였다.

"장사성은 속이 좁아 큰 뜻을 품고 있지 않습니다. 매일 연회하는데 바쁘고 동맹을 맺었다곤 하지만 아무런 의리도 없는 진우량을 위해 병력을 움직인다고는 생각되지 않습니다. 오히려 양호(兩虎)가 서로 싸우는 것을 구경하며 기회를 엿보고 있겠지요. 그러니 얼마 동안은 장사성에 신경 쓸 필요는 없습니다."

원장은 무거운 짐이 하나 어깨에서 제거된 느낌이었다.

유기는 또 말했다.

"위험한 우리의 주적(主敵)은 진우량입니다. 우량은 막강한 대전함을 가졌고 게다가 우리의 상류에 위치하고 있습니다. 이런 상황 아래서는 군사적으로 적극책을 취하고 주적과 맞설 필요가 있습니다. 병력을 집중하여 먼저 우량을 격파하면 상류가 안전해지고 장사성도 고립되므로 일은 쉬워집니다. 그런 뒤 북쪽 중원을 차지하면 대업을 이룩하겠지요."

원장은 이 말에 큰 용기를 얻었다. 유기의 의견은 적극적인 공격이었다.

주원장과 유기는 단둘이 침실에서 밀담을 나누었다. 유기의 작전을 재검토하고 전술을 결정하기 위해서였다.

"공격은 최량의 방어입니다. 주적이 진우량인 이상 신속히 병력을 집결시켜 적의 약점을 찔러야 합니다."

"그것에 대해선 이미 내 결심이 섰소. 그런데 적이 오기를 기다렸다가 치는 게 좋을까, 아니면 이쪽에서 적의 근거지에 선제공격을 가하는 게 좋을까?"

"물론 적이 진공(進攻)해 올 때 전략적 요지를 확보하고 있다가 치는 게 유리합니다."

"알았소."

원장의 머리는 물을 얻은 고기처럼 생기있게 움직였다. 그는 하나의 책략을 생각했다. 거짓정보를 적에게 흘려 주고 아군이 필요한 곳에, 필요한 때 나타나도록 유인하기로 했다.

강무재는 진우량과 전부터 아는 사이였다. 무재를 불러 책략을 설명했다. 무재는 편지를 쓰자 아들 강옥(康玉)에게 주었다.

강옥은 이 편지를 우량에게 바쳤다. 우량이 편지를 읽어 보니 이런 내용이다.

'죄신(罪臣) 강무재는 이 글을 삼가 대한왕 전하께 올리나이다. 신은 대왕의 은혜를 늘 잊지 못하고 있었는데 이번에 전하께서 금릉을 취하신다는 소문을 듣고 그것이 하루바삐 이루어지기를 손꼽아 기다리고 있습니다. 금릉의 병력은 30만이라 떠벌리고 있지만 각지에 수병이 나가 있어 지금 성에는 수만이 있을 뿐, 그것도 노약(老弱)이 태반입니다. 그리하여 사람들이 모두 불안에 떨고 있습니다. 주원장은 신에게 동북문의 강동대교를 지키게 하고 있어 전하께서 이 헛점을 찔러 공격하신다면, 저는 성문을 열어 군을 맞아들이겠습니다. 다만 시일을 끌면 상우춘, 호대해 등이 병력을 끌고 돌아올 것이므로 성 공략이 매우 힘들겠지요.'

진우량은 편지를 읽고 나자 크게 기뻐하며 강옥에게 물었다.

"네 아버지는 동북문의 강동대교를 지킨다고 한다. 다리는 무엇으로 만들어져 있느냐."

"나무 다리입니다."

"오늘 밤 내 몸소 수군을 이끌고 다리 근처에 이르면, 노강(老康＝강형)이라고 부를 것이다. 이것은 암호로 우리를 잘못 알고 공격할까 겁내서이다. 너는 돌아가 이 암호를 아버지께 알려라."

강옥이 돌아간 뒤 장정변이 충고했다.

"강무재의 내응계(內應計)는 속임수일 가능성이 있습니다."

"무슨 소리냐? 강무재는 나하고 잘 아는 사이다."

"속임수가 아닐지라도 신중을 기하셔야 합니다. 전하는 진영걸과 이곳 진을 굳게 지키고 계십시오. 소장이 병선 약간을 이끌고 탐색전을 해보겠습니다."

"안된다, 부질없이 탐색전을 했다가 원장에게 눈치를 채이면 만사 수포로 돌아간다. 그리고 모험 없이 대승리가 있을 수 있다고 생각하느냐!"

우량은 진영걸에게 본진을 지키도록 하고 자기는 장정변과 더불어 20만 대군을 병선에 가득 태우고 장강을 내려왔다.

원장은 강옥의 복명을 받자 손뼉을 치며 기뻐했다.

"진우량 놈이 우리 모계에 걸려들었다. 그를 사로잡기란 손바닥을 뒤집기보다 쉬우리라."

이선장이 말했다.

"이번 계책이 참으로 좋지만 만전(萬全)의 계는 아닙니다. 만일 우량이 30만 병으로 강동대교를 곧장 건너 성의 청덕문(淸德門)을 공격한다면 너무도 위험합니다."

"다른 방법이라도 있단 말인가?"

"그에게 혼란을 일으켜야 합니다. 나무다리를 철야작업을 하여 돌다리로 바꾸십시오. 우량은 다리 모습이 달라져 있어 반드시 의심하고 쉽게 전진하려 하지 않겠지요. 또 다리 서쪽 공터에 공진(空陣)을 두어 우량에게 결정적 혼란을 주는 것입니다. 이때 사방을 포위하여 불로 친다면 완승(完勝)을 할 것입니다."

원장은 선장의 건의대로 나무다리를 돌다리로 바꾸었다. 원장 자신 본진을 노룡산(盧龍山) 정상에 설치하고 사자를 호대해에게 보내어 적의 퇴로를 차단하라고 명했다.

유기는 제장의 매복을 지휘했다. 풍승, 풍용, 정덕흥(丁德興), 조덕승에게 각각 정병 3천을 주어 강동다리 근처에 매복시키고 호구성(虎口城)의 험한 지형을 이용하여 강력한 노궁(弩弓)으로 적을 쏘게 했다.

또 화고(華高), 조양신, 모성(茅成), 손흥조(孫興祖), 고시(顧時), 육

중형, 왕지(王志), 조계조, 설현, 주덕홍, 오준(吳俊), 김조홍(金朝興) 의 12장군에게 병력 2만을 주어 동쪽에 매복시켰다.

우량이 만일 패하면 반드시 강기슭을 따라 북으로 달아날 것이므로, 이때 동쪽에서 이를 치도록 배치한 것이다.

또 등유에게 병력 3만을 주어 우량의 본진을 공격하게 하고 이문충에게도 병력 2만을 주어 적의 병선을 모두 탈취하고 겨우 5백 척의 물이 새는 배만 남겨 적군이 이를 타고 강을 건너가게 했다.

주문장이 물었다.

"적병이 패하면 이를 한 명도 남김없이 섬멸해야 하는데 군사(軍師)는 어째서 배를 남겨 적이 강을 건너 도망치도록 하시오?"

유기가 대답했다.

"병법에 적을 사지에 몰아넣으면 반드시 생로(生路)가 있다고 했습니다. 지금 우량에겐 병력 30만이 있고, 그들이 패하여 채석으로 달려갔다가 거기 배가 없어 강을 건너지 못한다면, 반드시 돌아와 결사적인 저항을 할 것입니다. 그러면 소수의 병력으로 대군을 당하기 힘듭니다. 그러므로 파선(破船)을 남겨두면 적이 기뻐하여 배에 오르고 강심으로 저어 나가겠지요. 그때 병을 발하여 추격하면 파선에 물이 들어와 싸울 겨를도 없이 모조리 고기밥이 될 게 아니겠습니까?"

한편 진우량은 진영걸에게 10만을 주어 본진을 지키게 하고 자기는 장정변과 20만을 이끌고 장강을 내려왔는데, 밤도 깊은 삼경 무렵 강동 대교에 이르렀다. 우량은 척후를 내보내어 그 보고를 받았다.

"다리의 모양이 어떻더냐?"

"튼튼한 돌다리였습니다."

우량은 놀라며 척후에게 거듭 명했다.

"강옥은 분명히 나무다리가 있다고 하였다. 다시 자세히 살피고 오너라."

이윽고 척후는 돌아와 복명했다.

"다리 길이는 20보로 모두 돌로 되어 있습니다. 근처에 나무다리는 아무리 찾아봐도 없었습니다."

우량은 의심이 생겨 천천히 병을 전진시켰다. 다리를 건너 수백 보 나아가자 서쪽에 하나의 진옥이 있고 연신 북소리가 울리고 있었다.

"저것은 강무재의 진옥이다. 곧 가서 암호로 알려라."

장지웅(張志雄)에게 병력 1천을 주어 달려가게 했다. 장지웅은 곧장 달려가 목책 밖에서 작은 목소리로 불렀다.

"노강, 노강"

그러나 아무런 대꾸가 없다. 그래서 지웅은 진옥 안을 은밀히 엿보다가 놀라 자빠졌다.

진옥 안에 군졸은 한 명도 없고 마소에 걸어 둔 북을 짐승들이 서로 몸을 부딪쳐 가며 울리고 있었다.

지웅의 보고를 듣자 우량은 얼굴이 창백해졌다.

"내가 속았다! 적의 계책에 빠졌다. 곧 군을 돌려라."

비좁은 곳에서 그것도 어둠 속에서 대군이 방향을 급히 바꾸게 되어 대혼란이 생겼다.

주원장은 유기와 더불어 노룡산 정상에서 이를 굽어보았다. 제장이 말했다.

"적은 이미 대오가 흐트러져 달아나기에 바쁩니다. 이 기회에 공격해야 합니다."

"서두를 것 없다. 지금 하늘이 컴컴하게 흐려 비가 금방 쏟아질 것 같다. 비가 쏟아질 때 공격하면 적을 더욱 혼란케 만들 수 있으리라."

이윽고 바람이 불며 물을 쏟아 붓듯이 장대비가 내렸다.

원장은 북을 울리게 하고 석포를 쏘게 했다. 그러자 사방의 복병이 일시에 일어나며 함성을 올렸다.

풍승, 풍용, 조덕승, 정덕흥 네 장수가 적의 뒤를 따라붙으며 불을 질렀다.

장정변이 필사적으로 외치고 있었다.

"동요하지 말라, 동요하지 말라. 적은 소병력이다. 화공을 받는다고 겁내지 말고 그자리에 머물러 적을 무찔러라!"

진우량과 장정변은 필사적으로 응전하여 흩어지려는 군졸을 독려했

다. 그곳에 연락 장교가 달려와,

"적에게 이미 본진을 빼앗겼습니다."

하자 우량이 맨 먼저 말머리를 돌려 달아나기 시작했다. 이리하여 모처럼의 응전도 단숨에 무너지고 일제히 달아나기에 바빴다.

그러자 우량의 앞을 가로막는 대장이 있었다.

"역적 진우량! 왜 이다지도 늦게 오는가. 네 목을 기다리느라고 지루하기 짝없구나."

그것은 바로 강무재였다. 우량은 화가 머리끝까지 치밀었다.

"누군가 저 원수놈을 죽일 자가 없느냐?"

장정변이 나갔지만 강무재와 장덕승이 협력하여 공격하는 바람에 수합도 교환하기 전에 말머리를 돌려 달아났다.

강무재는 이들을 추격하여 적병 2만을 포로로 잡았다. 항장 중에는 장지웅, 양광(梁鑛), 유국흥(俞國興) 등도 있었다.

우량은 패군을 이끌고 적진을 돌파하여 북쪽을 향해 달아났다.

20리를 도망쳐 한숨 돌리려고 하는데 금고(金鼓)가 울리며 또한 복병이 나타났다. 화고, 조양신 등 12장의 군마였다.

우량은 싸울 기력마저 없었다. 한가닥 길을 찾아내어 도망친다. 그곳에 또 풍승, 화고, 유통해 등이 힘을 합하여 공격해 왔다. 그들은 자호(慈胡)란 강가에 이르러 그곳에 있는 적의 병선을 모두 불태워 버렸다. 우량은 여기서 배를 탈 속셈이었으나, 할 수 없이 육로로 달아났다.

우량은 장병의 태반을 잃고 남은 것이란 7만 남짓이었다.

"내가 장정변의 말을 듣지 않아 이같은 패전을 했다. 내 무슨 낯으로 살겠는가."

그는 칼을 뽑아 자결하려 했다. 장정변이 이를 만류했다.

"옛날 한고조는 항우에게 70여 차례나 졌지만 마지막 결전에 이겨 천하를 얻었습니다. 아무쪼록 진정하시고 뒷날을 기약하십시오."

진우량도 이 말에 자결을 단념하고 다시 70리를 달아났다. 그러나 그곳에 또 적이 기다리고 있었다. 목영, 곽영, 요영안, 주양조, 조용,

장덕승, 장흥조의 7장이었다.

곧 이어 격전이 벌어졌다. 장덕승이 맨 먼저 적진에 돌입하여 적을 장창으로 찔러댔다. 그러나 그는 적군의 화살을 맞아 전사하고 말았다.

진우량의 부장인 승가노(僧家奴)는 용병에 재주가 뛰어나 대오를 잘 갖추고 적과 싸웠다. 이 때문에 원장의 군은 몇 백 보를 밀리기도 했다. 그러자 요영충, 장흥조가 말을 나란히 적진에 돌입하여 적을 다시 밀어냈다. 이때 견군 교위(堅軍校尉) 왕명(王銘)이 적병을 수십 명 죽여가며 용전했는데 승가노의 창에 이마를 찔려 장렬한 전사를 했다.

진우량은 승가노의 역전(力戰)으로 다시 달아날 수 있었다. 승가노는 그 후군이 되었지만 이윽고 측방에서 나타난 고현(高顯)에게 사로잡히고 말았다. 우량은 장정변과 진영걸의 잔병을 수습하여 채석에 이르렀다. 보니 병선 5백여 척이 그곳에 있었다.

"아, 살았다. 배가 남아 있었구나."

우량의 패군은 기뻐하며 배에 올랐고 강심을 향해 저어나갔다. 너무도 다급하여 처음엔 물이 새는 파선인 줄도 알지 못했다.

이들 3만의 패잔병들이 강심에 이르렀을 때 주원장의 수군이 나타나 또 공격을 해왔다. 그러자 배 밑이 빠지며 백여 척의 파선이 물 속에 가라앉았다.

우량은 밧줄로 파선을 서로 붙들어 매고 가까스로 강을 건너 강주로 달아났다. 주원장은 이 싸움에서 대승리를 거두었고 적의 목을 모두 합쳐 14만 3천, 생포 8천 7백여 명을 얻는 전과를 올렸다. 이 밖에 병선, 양초, 무기, 갑옷 등은 이루 헤아릴 수 없을 만큼 노획했다. 그들은 태평부를 다시 수복하고 응천으로 개선했다.

상주를 둘러싸고 있던 사성은 우량이 대패했다는 소식을 듣자 포위를 풀고 물러갔다.

이 싸움은 바로 천하제패에의 첫 디딤돌이었다.

지정 21년(1361) 정월, 명왕은 축하의 사자를 보내왔고 주원장을 오국공(吳國公)에 봉했다.

그 축하 잔치가 있는 자리에서 유기가 말했다.

"진우량은 패했다 하지만 아직도 그 세력이 남아 있습니다. 이번에 아주 그 뿌리를 뽑으셔야 합니다."

이리하여 원정군이 조직되었다. 주원장이 총대장이 되고 유기는 군사, 서달은 중군을 지휘하며 대원수, 상우춘과 등유는 좌·우의 원수가 되었다.

곽영은 선봉, 목영은 오군(五軍) 도제점사(都提點使). 조덕승은 전군을 지휘했고 요영충은 후군 대장이 되었다.

금릉은 승상 이선장, 풍용, 풍승이 남아 지켰다. 이 밖에 유종해, 정덕흥, 화고(華高), 조양신, 모성, 손흥조, 당승통, 육중형(陸中亨), 주덕흥, 운룡, 고시, 진덕(陳德), 비취(費聚), 왕지, 정우춘(鄭遇春), 강무재, 조용, 양경, 주양조, 설현, 유통연, 오복(吳復), 김조흥, 구성(仇成), 장룡(張龍), 유통원(俞通源), 왕필(王弼), 섭승(葉升) 등은 모두 원장의 막하가 되어 출전했다.

준비하느라고 출발은 7월이 되었다. 유기가 말했다.

"대군은 수로(水路)를 따라 나가도록 하십시오. 배를 장강에 띄워 강물을 거슬러 올라가고 먼저 안경을 치십시오. 그리고 안경에서 소고산을 넘어 즉시 강주에 이르고 우량을 친다면 승리할 것입니다. 그가 만일 병을 내보내어 맞선다면 육로의 병으로 포위 섬멸하고, 그가 패배하여 강주를 버리고 달아난다면 이를 추격하지 마십시오. 그 대신 강서의 제 군(郡)을 공략하고 회군토록 하셔야 합니다. 우량은 다른 날 토멸하여도 상관이 없습니다."

이 전략은 적당한 선에서 군을 돌리라는 말이었다. 왕왕 승세를 몰아 적을 깊이 추격했다가 실패를 보는 일이 있다. 그런 어리석음을 범해선 안된다. 주원장에겐 동쪽에 장사성이 있는 것이다.

"알았소, 내 군사의 충고를 잊지 않으리다."

주원장의 수군이 장강을 위풍 당당하게 서상(西上)했다. 원장이 탄 거선에는 큰 기치가 바람에 나부끼고 있었다. 거기엔 '조민벌죄(弔民

伐罪) 납순초항(納順招降)'의 여덟 글자가 먹자국도 선명하게 약동했다.

서수휘를 시해한 진우량의 죄를 묻겠다는 대의명분이다. 그리고 항복하는 자는 받아들이겠다는 제스처였다.

주원장은 배가 안경에 이르자 곽영과 등유에게 병력 1만을 각각 주어 공격하게 했다. 그리고 주력부대는 파양(鄱陽)의 호수 입구를 지나 소고산에 이르렀다.

이 산은 강 남쪽 기슭에 있다. 옛날에는 이 산을 소별산(小別山)이라 불렀는데 이름을 고쳤다. 또 대별산(大別山) 있고 지금은 대고, 소고라고 바뀌어 있다.

원장의 주력 부대가 상륙하자 장수 하나가 1만 남짓의 부하를 이끌고 와서 항복했다. 키가 8척이고 얼굴이 널찍했으며 구레나룻이 자못 용장(勇壯)해 보였다.

이름을 부우덕(傅友德)이라 하며 본래는 숙주(宿州) 사람인데 이곳에 옮겨 왔다. 본디 산동의 홍건당 이선지(李善之)의 막하에서 많은 무공을 세웠지만 선지가 사천에서 패망하자 명옥진을 섬겼다. 명옥진은 용렬하여 대장감인 부우덕을 알아보지 못해 다시 무창에 와서 진우량을 섬겼다. 우량은 그를 전장군(前將軍) 평장지휘사에 임명하고 소고산을 지키게 했다.

우덕은 주원장의 군사가 이르자 마침내 항복할 것을 결심하고 투항했던 것이다. 원장은 그의 용모가 예사롭지 않음을 간파하고 장전도지휘(帳前都指揮)의 직을 주었다.

원장은 이튿날 즉시 진병하여 구강(九江)을 공격했다. 구강이 곧 강주다.

이때 우량은 궁녀들과 더불어 잔치를 열어 즐기고 있었는데 적이 왔다는 소식에 놀라 장정변을 불러 의논했다.

"금릉병에 대해선 대항하기가 힘듭니다. 앞서 20만의 병력으로도 용강(龍江)에서 대패했는데, 하물며 작은 성의 약병(弱兵)으로 이를 어찌 막겠습니까? 차라리 무창(武昌)으로 물러가 그곳에서 대군을 모아 원수를 갚느니만 못합니다."

우량은 부랴부랴 여자들과 재물을 수레에 싣고 그날 밤 삼경 북문을 열고 무창으로 달아났다.

이튿날 원장은 강주성에 입성했다. 이곳 장로들이 찾아와서 그에게 배례하고 갖가지 재물을 바쳤다.

이때 제장은 우량을 추격하고자 했지만 원장은 고개를 저었다.

"아군이 멀리 와서 피로하므로 추격은 안된다. 먼저 강서의 고을들을 얻고난 뒤 우량을 토멸해도 늦지는 않다. 하물며 유군사는 나에게 이 점을 여러 번 당부했다. 군사의 부탁을 어기고 적을 쫓다가 실수 있을까 두렵다."

원장은 강주에서 군사를 며칠 머물게 하며 충분히 휴양토록 했다.

이어 요주(饒州)로 진격하자 성주 이몽경(李夢庚)이 성문을 열고 10리 밖까지 나와 항복했다. 원장은 기뻐하고 일대의 병을 남창(南昌)에 보내자 그곳 성주 왕교주(王咬住) 역시 성문을 열고 항복했다.

원장은 섭침(葉琛)과 조용을 남겨 남창을 지키게 하고, 도안(陶安)과 양춘(楊春)은 요주를 지키게 했다. 또 장일(章溢)과 황승(黃勝)은 강주를 진수케 했다.

강주가 이미 함락되자 표주(表州)의 구보상(歐普詳), 용천(龍泉)의 팽시중(彭時中), 길안(吉安)의 증방중(曾方中) 등이 각각 인끈을 바치며 항복해 왔다.

이리하여 강서가 모두 평정되어 원장은 군을 돌려 개선했다.

그러던 이때 남창에서 항복한 자들이 반란을 일으켜 섭침을 죽였고 조용은 탈출하여 강주로 달아났다.

원장은 이 보고를 받자 크게 노하여 서달을 대장으로 등유와 조덕승을 딸려 남창을 공격했다. 그리하여 반란한 축종(祝宗)과 강태(康泰)의 목을 베고 남창을 다시 점령했다.

원장은 승전 보고를 받자 말했다.

"남창은 중요한 요지이다. 굳게 이를 지켜야만 한다."

하고 주문정(朱文正)을 보내어 이를 지키게 했다.

이 무렵 또 비보가 들렸다.

수년 전 원장이 처주(處州)를 공략했을 때 묘족(苗族)의 장수로 항복한 하인덕(賀仁德), 이우지(李佑之)가 있었다. 이들은 경재성의 부장으로 처주성을 지켰다.

그런데 이들이 반심을 품고 경재성을 죽이려고 획책했는데 두려운 것은 금화(金華)를 지키고 있는 호대해였다.

"그렇다면 호대해도 이번 기회에 죽이면 된다. 금화에도 우리와 같은 묘족인 유진(劉震), 장영(蔣英)이 있다. 그들과 은밀히 손잡고 계책을 추진한다면 성공하리라."

하인덕과 이우지는 유진, 장영과 자주 연락하며 기회를 엿보았다.

어느 날 경재성, 주문강(朱文剛), 송염은 후원에 연회장을 마련하고 즐겁게 술을 마셨다.

"기회는 이때다!"

하인덕과 이우지는 묘병 1천 남짓을 동원하여 이들을 기습했다. 경재성은 반군이 몰려오자 급히 말에 올라 겨우 10여 명의 종자들과 더불어 싸우며 이들을 꾸짖었다.

"오국공(주원장)께서 너희들을 무겁게 쓰고 조금도 섭섭하게 한 일이 없는데 어째서 반역을 한단 말이냐! 속히 말에서 내려 죄를 빌라. 아니면 네 목을 베고 말 테다!"

하인덕이 불문곡직하고 삭(矟)을 찔러왔다. 경재성이 삭의 자루를 양단하자 하인덕은 겁이 나서 말머리를 돌려 달아났다.

주문강도 경재성과 함께 검을 휘두르며 묘병을 베었는데 이때 이우지가 새로운 반군을 이끌고 달려왔다.

이리하여 난전이 되었고 하인덕이 배후에서 경재성을 창으로 찔러 말 아래 떨어뜨렸다. 재성은 중상을 입고,

"반적에게 모욕을 당하느니보다 스스로 죽겠노라."

하며 자결했다. 주문강도 수많은 반도를 막아내지 못하고 전사했다. 송염은 이때 한 가지 꾀를 내었다.

"장군들께 항복한다면 목숨을 살려 주겠소?"

"진실로 항복한다면 살려 주겠다."

이우지가 옆에서 있다가 하인덕에게 속삭였다.

"송염의 태도를 보니 진실한 항복이 아니다. 그를 살려 주면 뒷날의 화가 되리라."

하인덕도 고개를 끄덕이고 그날 밤 독주 한 병과 닭 한 마리를 송염에게 주며 말했다.

"이것을 너에게 주는 것은 칼 아래 목이 떨어져 놀란 귀신이 안되게 하기 위해서다. 어서 먹어라!"

송염은 하늘을 우러러 탄식했다.

"대장부로 반적에게 사로잡혀 여기서 죽는구나. 그러나 의롭게 죽으면 이름이 후세에 남으리라. 너희들 내 죽은 뒤 의관을 건드리지 말라. 주군께서 하사한 것이다."

마침내 독주를 마셨다. 반도는 송염의 아내 왕씨도 끌어내어 그 목을 졸라 죽였다.

하인덕과 이우지는 많은 묘병을 모아 성을 굳게 지켰다. 이때 천호(千戶) 주현(朱絃)은 은밀히 성을 탈출하여 급히 금화로 가서 이 변고를 알렸다.

호대해는 몹시 놀라며 유진, 장영, 이복(李福) 등에게 군병을 집합시키라고 했다.

이리하여 호대해가 처주를 향해 출동하려 할 때 장영이 대해의 등뒤에서 칼로 찔렀다. 뜻밖의 기습이라 일대의 호걸 호대해도 허무하게 죽고 말았다. 이때 대해의 차남 호관주(胡關住), 왕개, 장성(張誠) 등도 함께 살해되었다.

대해의 장남 호덕제(胡德濟)는 제기의 신성을 지키고 있다가 이문충에게 이 변사를 알렸다. 이문충은 곧 병력을 동원하여 난계(蘭溪)에 이르렀다. 그러자 반적들이 놀라 도망쳤다. 호덕제가 쫓아가며 외쳤다.

"아버지의 원수는 천리 만리 끝까지 쫓아갈 것이다. 어디로 도망가려 하느냐?"

유진, 장영, 이복은 골짜기 안으로 쫓겨 들어가 달아날 길이 없게 되자 말머리를 돌려 필사적으로 덤벼 왔다. 덕제는 칼을 휘둘러 먼저 이복을 두 쪽 냈다. 유진이 창을 비틀며 찔러왔는데 덕제가 다시 그 창자루를 두 도막내자 그는 놀라 깊은 골짜기 아래로 떨어졌다. 군졸이 달려들어 그를 죽여 버렸다.

남은 장영은 말에서 뛰어내려 땅에 꿇어 엎드리며 항복을 청했다.

"부모의 원수와는 하늘을 함께 이지 않는다. 너는 더욱이 아버님을 죽인 하수인인데 어찌 살려 주겠느냐!"

덕제는 그의 목을 베어 버렸다.

한편 경재성의 아들 경천벽(耿天壁)도 천호 주현과 더불어 처주로 달려갔다. 하인덕과 이우지는 병을 이끌고 성 밖으로 나왔다. 주현이 적의 배후로 돌아 앞뒤에서 이들을 공격하자 반적은 유산(劉山)으로 달아났다. 경천벽은 병력 2백을 남겨 성을 지키게 하고 이들을 추격했다.

하인덕은 싸우다가 달아나고 달아나다가 싸우고 했는데 그의 말이 돌뿌리에 걸려 쓰러지자 군졸들이 달려들어 사로잡았다. 이우지는 이를 보고 겁에 질려 달아나려 했지만 주현이 바짝 뒤를 따르며 반궁을 쏘았다. 화살은 그의 등을 맞추었고 말에서 굴러 떨어져 죽었다.

천벽과 주현은 처주성을 다시 회복하고 하인덕을 참형에 처한 뒤 보고서를 응천부에 올려 보냈다. 원장은 경천벽을 시켜 계속 처주성을 지키게 하고 아버지의 관직을 그대로 내려 주었다.

주원장은 또 유기의 건의를 좇아 묘(廟)를 세우게 하고 주문손, 주문강, 호대해, 경재성, 오영안, 장덕승, 화원, 상세걸(桑世傑), 섭침, 조충의 목상을 조각하여 안치시켰다.

그리고 이들의 생전 공로를 논하여 각각 추봉(追封)했으며 그 유자를 찾아 제사를 받게 했다.

앞서 화운의 첩 손씨는 태평부가 함락될 때 어린 화위를 업고 달아나다가 적에게 붙잡혔다.

얼굴에 숯검정을 칠하고 누더기를 일부러 걸쳤지만 젊은 육체와 아름다운 용모는 쉽게 발각이 되었다. 우량의 부하 백호(百戸) 왕원(王元)이란 자가 손씨를 위협했다.

"내 첩이 되라. 그러면 그 아이도 함께 있도록 해주마."

손씨는 할 수 없이 왕원의 첩이 되었다. 그 뒤 용강 전투 때 왕원은 군량을 나르는 직책을 맡았기 때문에 손씨도 아들과 같이 강주로 갔다.

왕원의 본처 이씨는 어린 아이가 시끄럽게 운다며 이를 죽이려고 했다.

"마님, 제발 죽이지만은 말아 주십시오. 제가 차라리 강물에 버리고 오겠어요."

손씨는 화위의 손을 끌고 강가로 가자 눈물이 하염없이 쏟아졌다.

"우리 모자가 더 살면 무엇하랴. 죽어 버리자."

모자는 강물에 몸을 던졌지만 고기잡이 노인이 이들을 구해 주었다. 그리고 사정을 듣더니 늙은 어부는 말했다.

"참으로 딱한 신세구료. 다행히 우리 노부부에게 자식이 없으니 아이를 우리에게 주시오."

손씨는 아들을 어부에게 주었다.

이듬해 주원장이 강주를 공격하자 왕원은 가족도 버린 채 무창으로 도망갔다. 손씨는 화위를 다시 찾아 원장께 이를 바치려고 고기잡이 노인 집을 찾아갔다.

노인 부부는 자식이 없고 또한 1년 남짓 양육하여 정이 들었기 때문에 아이를 감추고 아무리 애원해도 돌려주지 않았다. 손씨는 집에 돌아와 울며 이레 동안이나 절식(絶食)을 하며 슬퍼했는데 혹시나 하고 다시 노인 집을 찾아갔다.

이때 노인은 강으로 고기잡이를 나갔고 마누라도 화위를 잠재우고 점심 도시락을 가지고 영감한테 갔으므로 집에 아무도 없었다.

"아, 하늘의 도우심이다."

손씨는 문고리를 따고 방에 들어가 화위를 들쳐업고 달아났다. 이때 주원장은 이미 응천으로 개선한 뒤였으므로 그녀는 금릉을 바라고 길을 걸었다.

그리고 이튿날 강가에 이르러 배를 얻어타고 강을 건너려 했다. 때마침 남창의 축종과 강태의 무리들이 도망쳐 와서 앞을 다투며 배에 올랐다.

패잔병들은 자기의 살길만 찾고 있었다. 손씨는 이때도 거지처럼 꾸미고 얼굴에 진흙을 칠하여 사내들 눈길을 피했다. 다행히도 그들은 손씨 따위 거들떠보지도 않았다. 그런데 이윽고 군졸 하나가 외쳤다.

"웬 거지년이 비좁은 배에 타고 있지. 강물에 던져 버려라!"
하며 화위를 꼭 끌어안고 있는 손씨를 발길로 걸어차 강물에 빠뜨렸다.

모녀는 물 속에서 허위적거렸다. 물살도 빨라 얼마쯤 떠내려 갔는데 작은 모래톱에 이르렀다.

"아, 하늘이여."

손씨는 너무도 막막했지만 용기를 내었다. 길이 넉자, 넓이 한 자쯤 되는 널빤지가 눈에 띄었다. 손씨는 그 위에 아이를 태우자 널빤지를 단단히 붙잡고 하류쪽으로 표류했다.

그리하여 한 곳에 이르렀는데 갈대가 한없이 우거져 있어 나갈 길이 없었다.

손씨는 그곳에 있으면서 갈대의 연한 줄기와 뿌리를 꼭꼭 씹어 아이에게 먹였다. 하늘을 우러르며 빌었다.

"저의 남편 화운은 충정을 바치다가 의롭게 죽었습니다. 부인 고씨도 순절하여 이 아이 보호를 저에게 간곡히 부탁했습니다. 아무쪼록 저희들 모자를 가엾게 여기시고 화씨 가문을 재흥토록 해주십시오."

이들은 이곳에서 이레나 있었는데 하루는 문득 작은 배가 나타났는데 노인이 한 사람 타고 있었다. 손씨가 울며 사정을 말하자 노인이 감탄했다.

"그대는 참으로 의부(義婦)요. 어서 배에 오르시오. 내 그대 모자를 금릉까지 태워다 주겠소."

밤새도록 배를 저어 새벽 동이 틀 무렵 금릉에 닿았다. 손씨는 친절한 그 노인과 같이 이선장의 부중(府中)에 가서 승상을 만나기를 청했다.

선장이 이들을 만나 주었다. 손씨는 너무도 감정이 벅차 말도 못하고 눈물만 흘렸다. 노인이 대신 손씨의 내력을 자세히 알려 주었다. 선장은 깜짝 놀라 물었다.

"그렇지 않아도 화운 장군의 후사를 찾고 있던 참입니다. 노인의 말이 진실이라면 이는 참으로 훌륭하신 일을 하셨습니다. 당장 오국공께 아뢰어 표창코자 하오니 노인의 성명을 말씀해 주십시오."

노인은 웃고 손을 흔들어가며 말했다.

"강호(江湖)에서 고기를 잡는 늙은이에게 이름이 무슨 소용이 있겠소. 오국공을 뵙고 인사하면 곧 떠나리다."

주원장은 마침 조회를 하고 있다가 선장의 보고를 받고 놀랐다. 즉시 화위 모자와 노인을 만나 보았다.

노인은 원장을 보자 말했다.

"제가 오국공을 뵙겠다고 굳이 바란 것은 의부의 충절(忠節)을 알려 드리기 위해서였습니다. 이제 그 소임도 끝난 것 같으니 물러 가겠습니다."

"잠깐! 귀하신 존명이라도 가르쳐 주십시오."

그랬더니 노인은 시를 하나 읊었다.

臣是雷公之弟　神龍通天徹地
怒誅不孝不仁　喜救有忠有義

(나는 우뢰신의 아우로 하늘까지 이르고 땅속까지 꿰뚫어보는 신룡일세. 불효한 자와 마음이 착하지 못한 자를 노하여 벌주고, 충성스럽고 의로운 이를 기꺼이 구해 주네.)

시를 마치자 그의 모습은 한가닥 바람이 되어 사라졌다. 원장을 비롯한 모든 사람들이 넋을 잃은 듯이 허공을 쳐다보았다.

이것은 뒷날 이야기꾼이 지어낸 말이리라.

이윽고 원장은 화위에게 도지휘사의 직을 잇게 한다는 사령장을 내리고 이선장을 시켜 아이가 장성할 때까지 보호해 주라고 일렀다.

정세(情勢)

　강남에서 주원장과 진우량이 혈전을 벌이고 있을 무렵 북쪽인 원조(元朝)에서도 끊임없는 세력 다툼이 이어지고 있었다.

　원조에선 순제와 황태자파로 갈라져 권력투쟁이 계속되었다.

　이 무렵 조정의 실권을 쥐고 있는 자는 좌승상 타이삥(太平)이었다.

　타이삥은 순제에게 환멸감을 느끼고 있었다. 그가 너무도 무능하고 방중술에만 열중하고 있었기 때문이다.

　타이삥은 기황후와 황태자 아율실리다라와 가까워졌다. 황태자는 타이삥을 자주 위협했다.

　"좌승상이 황제께 양위를 강요하시오."

　그러나 타이삥은 그것만은 신하로서 도저히 할 수 없다고 망설였다. 그는 우유부단한 성격이었던 것이다.

　황태자는 타이삥이 말을 듣지 않자 그의 심복을 다수 투옥하거나 처형해 버렸다. 몽고의 법으로 정치의 실제를 담당하는 중서성의 중서령(中書令)은 황태자가 차지하게 되어 있었기 때문이다.

　타이삥은 황태자의 압력을 도저히 당해낼 수 없다고 생각하고 관직을 사임하여 은퇴하는 방법을 택했다. 지정 20년(1360) 3월의 일이다. 타이삥이 조정에서 물러나고 이윽고 살해되자 정권은 기황후를 따라 궁중에 들어온 환관(宦官) 부부화(樸不花)와 우승상 소시칸[搠思監]의 손에 들어갔다.

　이때 몽고의 장군으로 실권을 가진 자는 차한테무르였다. 그는 산동의 홍건적을 평정하고 전풍(田豊)의 항복을 받게 된다.

　산동의 홍건적이 멸망되면 주원장도 군사적 위협이 있게 된다. 왜냐
하면 유복통과 명왕이 점거하고 있는 안풍(安豊)이 원군의 다음 공격
목표가 될 우려가 있다. 만일 안풍이 원군 손에 떨어진다면 원장의 응
천부도 적과 대치하는 것이다.

　이제까지 주원장의 점령지역이 수년 간에 걸쳐 안정되고 군사력을
키울 수 있었던 것도 명왕과 유복통의 홍건적 주력이 북쪽을 지켰기
때문이다.

　그러나 이제는 국면이 달라지고 있다.

　만일 안풍이 함락된다면 원군 주력부대의 진공(進攻)이 있게 된다.
원군과 주원장의 전력을 비교한다면 아직도 아군이 약하다. 공격이든
방어이든 어렵다. 그래서 주원장은 온갖 방책(方策)을 다 동원했다.

근본 전략은 원군 주력과의 결전위기를 회피하는 데 있었다. 원장은 차한테무르에게 두 번씩이나 보내어 막대한 선물과 친서를 전했다.

화친제의라곤 하지만 실질적인 항복제의이다. 이런 고등 책략은 장사성도 방국진도 쓰고 있는 방법이었다.

차한테무르도 원장의 화친제의에 관심을 보였다. 그는 이 무렵 모귀를 암살한 조균용을 다시 죽인 속계조(續繼祖)를 익도(益都＝산동성)에서 포위하고 공격중이었다.

따라서 안풍을 공격할 여유는 당분간 없었다. 주원장은 이런 사정을 정보수집으로 정확히 파악하고 있었다.

그렇기 때문에 차한테무르에게 화의를 제의하는 한편 그 틈을 이용하여 재빨리 진우량의 강주 일대를 공략했던 것이다. 또 무창으로 달아난 우량을 깊이 쫓지 않고 바로 응천에 돌아온 것도 이런 군사적 배경이 있었다.

차한테무르는 원나라 호부상서인 장창(張昶)을 사자로 보냈다. 육로는 유복통의 부하들이 가로막고 있어 바닷길로 가게 했다. 그러나 장창 일행은 대적 두목인 방국진에게 잡혀 억류되었다.

방국진은 이들을 잡아두고 원장(元將)과 흥정거리로 삼을 속셈이었다.

그런데 북쪽에선 정세가 급변하고 있었다. 처음에 차한테무르는 산서성 일대를 홍건적 수중에서 빼앗았다. 그러나 대동부(大同付)에 근거지를 둔 폴로테무르(Polotemour)가 이에 반발했다.

"차한테무르가 멋대로 나의 관할지역에 들어왔다."

이리하여 차한테무르와 폴로테무르는 서로 원수가 되었다. 순제는 중재에 나서 차한테무르에게,

"장군이 점령한 땅 가운데 기녕(冀寧)을 폴로테무르에게 주라."
고 명했다. 하지만 차한테무르는 칙명을 무시하고 폴로테무르를 공격했다. 황제는 거듭 조서를 내려 양군의 교전을 중지시켰다.

양장의 세력 다툼이 겨우 수습되고 진정될 무렵 원조로선 또 대사건이 발생했다. 순제는 중국 본토의 홍건적을 토벌하기 위해 장성 밖에

있는 종친 왕들에게 자주 구원병을 보내라고 요청하고 있었다.

양적왕(陽翟王) 알로휘테무르(Alouhoeitemour)가 군을 끌고 와서 제위를 요구했던 것이다. 그는 오고타이 아들 미엘리타(Mielita)의 7대손이었다.

순제는 지추밀원사 토이엔테무르(Touientemour)를 보내어 정벌케 했지만 오히려 패하여 상도로 도망쳤다. 조정에선 황태자를 대장으로 다시 군을 보냈다. 알로휘테무르는 부하의 반란을 만나 황태자에게 바쳐졌고 목이 잘렸다. 지정 21년(1361) 11월의 일이었다. 주원장이 강주 일대를 평정하고 돌아와 있을 무렵이다.

치한테무르는 하남성 일대를 완전 장악하여 중요한 도시마다 수비병을 두어 후방을 굳히자 속계조의 산동 토벌작전을 준비했다.

그리하여 태행산(太行山) 부근에 본진을 두고 산동에 진공하자 앞에서 말한 전풍과 왕사성(王士誠)의 두 사람이 항복한 것이다.

차한테무르는 병력을 수 개 지대로 나눠 산동의 여러 도시를 수복했고 몸소 제남을 포위했다.

제남 공방전은 석 달이나 계속되었다. 제남을 함락시키자 차한테무르는 홍건적의 산동 마지막 거점 익도〔青州〕를 포위했다. 이때 전풍과 왕사성은 또 반심(叛心)을 품었다. 하루는 전풍이 사자를 보내왔다.

"장군께서 오셔서 부대를 사열해 주십시오."

차한테무르는 전풍을 의심하지 않고 겨우 11명의 친위대만 이끌고 갔다.

그가 전풍의 장막 안에 들어가자 휘장 뒤에 숨어 있던 왕사성이 칼로 등을 찔렀다. 차한테무르가 암살되자 전풍과 왕사성은 부하를 이끌고 익도 성안으로 들어가 다시 홍건적에 가담했다. 지정 22년(1362) 7월의 일이었다.

차한테무르가 죽자 양자 쿠쿠테무르(KouKoutemour)가 군을 장악하고 평장정사 겸 지산동하남행추밀원사(知山東河南行樞密院事)에 임명되었다.

쿠쿠테무르는 황태자와 손을 잡고 그 일파가 되었다. 그리고 쿠쿠테무르는 양아버지의 유지를 받들어 익도를 계속 공격했다.

이 공방전은 가장 치열했다. 피차간에 수만의 사상자가 발생했다. 쿠쿠테무르는 마침내 땅굴을 파고 들어가 성을 함락시켰다. 전풍과 왕사성은 포로가 되었다.

쿠쿠테무르는 차한테무르의 복수를 하기 위해 옛날 징기즈칸 방식대로 익도의 주민 20여 만을 모두 죽였다.

전풍과 왕사성은 쿠쿠테무르가 몸소 칼로 찔러 죽이고 심장을 꺼내어 차한테무르의 무덤에 제물로 바쳤다.

쿠쿠테무르는 새로운 군벌(軍閥)의 실력자가 되었다. 그의 라이벌은 폴로테무르. 주원장은 이 두 사람의 적대 관계가 계속되는 한 몽고군의 남하는 없을 것이라 판단하고 새로운 군사작전을 일으켰다.

진우량의 부장 호정서(胡廷瑞)가 항복해 옴에 따라 용흥(龍興)을 손에 넣었고 이를 홍도부(洪都府=남창)라 고쳤다. 이어 서주(瑞州), 임강(臨江)이 잇따라 원장의 손에 들어왔다.

이 무렵 방국진이 1년 가까이 억류하고 있던 장창이 응천부에 비로소 도착했다.

장창은 원조에 대해 귀순하라고 열심히 권했다.

주원장은 미소를 짓고 듣는다. 이윽고 원장은 말했다.

"장대감, 먼 길을 오시느라고 고생이 많으셨소. 그런데 대감의 사명은 헛수고가 된 것 같구료."

"네 ?"

원장은 편지를 한 통 탁자에서 집어 올려 장창에게 읽어 보라고 주었다. 장창은 얼굴빛이 달라졌다. 영해(寧海) 사람으로 원조의 고관을 지낸 섭태(葉兌)의 편지였다. 장창은 얼굴이 시뻘개지며 신음하듯이 중얼거렸다.

"설마 섭태가 이런 편지를……."

섭태는 편지에서 주원장에게 결코 원조의 벼슬을 받아선 안된다. 스스로 운명을 개척하여 나라의 기틀을 잡으라고 했던 것이다.

"대감, 너무 화내지는 마시오. 천하가 바뀌고 있는 것이오. 우선 대감을 나한테 보낸 차한테무르 장군도 몇 달 전에 죽고 없소."

장창은 아무것도 모르고 있었지만, 원장은 정보망을 통해 모든 걸 알고 있었다. 원장은 장창에게 원조의 최근 정세를 알려 주었다. 그리고 고개를 푹 숙이는 장창에게 함께 일을 하자고 오히려 권했다.

지정 23년(1363) 봄, 진우량은 무차아에 도읍을 정하고 있었다. 무창은 「삼국지」에 나오는 강하(江夏)이고 송나라 때는 악주(鄂州)라 불렀다.

우량이 하루는 장정변을 불러 주원장을 칠 계책을 물었다.

"주원장을 치자면 장사성과 손을 잡아 양쪽에서 협격하는 게 가장 현책입니다."

"사성은 배신자다. 먼저 용강 싸움 때 동맹을 맺고서도 그는 병을 움직이지 않았다."

"폐하, 그때와 지금은 정세가 달라졌습니다. 세객을 보내어 잘 설득하면 이번에는 그도 반드시 움직일 것입니다."

우량도 이 말을 좇아 대부 구사형(丘士亨)을 소주로 보냈다. 소주의 사성은 부강을 자랑하며 딴 세상처럼 평화를 누리고 있었다.

"시인 고계(高啓)는 〈조선아가(朝鮮兒歌)〉라는 장시를 짓고 있다.

그는 이 무렵 소주 성안에서 살고 있었다. 예술의 고장 소주이고 평화롭기 때문에 이곳에선 매일처럼 놀고 마시는 술잔치가 벌어졌다. 고계는 사성의 관리로 검교(檢敎) 주모(周某)의 집 연회에 초청되어 거기서 가련한 두 고려 소녀가 춤추고 노래하는 것을 보았다. 그리하여 쓰여진 것이 〈조선아가〉였다.

시의 전반부는 고려 소녀가 어째서 주모의 집에 있는지 그 내력을 설명한다.

주모는 사성의 사신으로 개경에 갔지만 그곳은 홍건적의 침입으로 황폐해 있었다. 옛 영화는 찾아볼 수 없고 거리에는 굶주린 백성이 넘쳐 있었다.

주모는 황금을 주고 미모의 두 소녀를 사서 자기 집에 데려와 가무를 가르쳤다. 이 소녀들은 연석에 나와 사내들의 눈과 귀를 즐겁게 하고 있지만 그 슬픔이란 아무도 모르는 것이다.

이것은 시인의 감상(感傷)만도 아니었다. 당시 이와 같은 무명의 고려 소녀들이 강남의 이곳까지 팔려갔을 것이라 상상하고도 남음이 있다.

여담이지만 뒷날 주원장의 총애를 받은 후궁 가운데도 고려 여인이 있었다. 이 여인은 사성과 원조를 멸망시키면서 그가 손에 넣은 여인인데, 소주에는 특히 그런 여인이 많았다.

소주의 관리나 부상들은 많은 여인을 성 노예로 집에 두며 환락을 일삼았다.

그런데 사성은 좀더 남다른 취미를 가졌었다. 가녀린 소녀보다 풍만하게 농익은 중년여인을 더 즐겼다. 담백한 야채요리보다 기름진 고기요리를 반겼다.

그 해 2월, 사성의 궁전은 온통 꽃향기로 묻혀 있었다. 따사로운 오후의 천광니 방에서 사성은 차를 마시고 있었다.

"화창한 봄날입니다."

"일년 중 제일 좋은 계절이겠지, 특히 여자로선."

그들은 가까이 몸을 기대고 있었다. 어깨와 어깨가 서로 닿아 있었다. 사성은 천광니의 어깨에 한 손을 올렸다. 손끝이 여인의 왼쪽 가슴 돌기부에 닿았다.

"아!"

"왜 그러지?"

"몰라요."

갑자기 방안이 무더워진 느낌이다.

"저…… 전하."

사성은 그동안 원조에 벼슬하며 쌀을 보내 주고 있었는데 요즘 다시 오왕(吳王)이라 자칭했다.

"핫핫핫."

"싫어요. 남은 열심히 말하는데."

"무엇을 말인가?"

천광니는 의복 표면으로 젖꼭지를 만지작거리는 사내 손가락을 빨간 입으로 가져가 살짝 깨물었다.

그들은 이미 한 차례의 정을 나누었다. 그렇건만 탐욕스러운 여인은 다음 기회를 만들려고 애를 쓴다.

"오늘 밤 후원에서 달도 보고 꽃도 보고 싶습니다."

"그것은 아무래도."

"보고 싶습니다. 네, 전하?"

천광니는 처녀처럼 교태를 부리며 몸을 흔들었다.

"글쎄, 그러면 꽃놀이라도 해볼까?"

"기뻐요!"

"여자들을 많이 참석시키자. 춘춘도 추추도 초초도 앵앵도 애애도……."

사성은 요즘 한두 해 사이에 총애하기 시작한 후궁들의 얼굴을 떠올리며 말했다. 어차피 오늘 밤은 그 중의 한 여인과 규방을 함께 할 참이다. 이들이라면 과거에 천광니의 시녀였으니 욕심 많은 이 여자도 불평은 말하지 않으리라.

천광니는 샐쭉했지만 후궁들의 이름을 듣자 기분을 풀었다.

"꼭이죠?"

"약속한다."

천광니는 사성의 목에 두 팔을 걸고 늘어졌다. 저녁의 꽃놀이를 약속 받고도 그때까지를 참지 못해 또 조르는 모양이었다. 사성은 그런 여체를 옆으로 안아주며 입을 맞추고 여자를 떼놓을 궁리를 하고 있었다.

"아뢰옵니다."

때마침 문 밖에서 부르는 소리가 들렸다. 채언문의 목소리였다.

사성은 급히 입을 떼고 말했다.

"무엇이냐? 거기서 말해라."

"네, 한의 사자가 급한 일로 방금 도착했습니다. 즉시 배알하고 한

302

왕의 전갈을 올리겠다고 합니다."

"무창의 진우량에게서 급사가 왔다고!"

"네."

"알았다. 곧 나가겠다."

사성은 곧 여자를 밀어내고 일어섰다.

"잠깐, 전하."

천광니도 재빨리 일어나 옷소매에서 명주 수건을 꺼내어 사내의 입술을 닦아주었다. 욕망은 강한 여자였으나 이런 점에서도 빈틈이 없었다.

사성은 잠깐 만나보고 이야기나 듣자 했는데 우량의 사자 구사형의 변설에 이끌려 시간가는 줄 몰랐다.

"지금 세상에 세 인걸(人傑)이 있습니다. 하나는 저의 주인 진우량이고 또 하나는 주원장, 그리고 장사성입니다."

"호오, 어째서 이들을 가리켜 인걸이라고 하느냐?"

"첫째로 진우량은 근황(靳黃)에서 일어나 병이 많고 장수 또한 넓게 고루 갖추고 있어 천하의 사람들이 두려워 합니다. 이는 세상을 여는 영웅입니다. 주원장은 널리 인재를 받아들이고 살생과 약탈을 하지 않는 등 주로 인을 베풀고 있습니다. 이는 세상을 다스릴 영웅입니다."

사성의 얼굴은 차츰 불쾌한 빛으로 물들고 있었다. 구사형은 물 흐르듯이 지껄였다.

"끝으로 전하는 부강하기 이를 데 없고 지리상 유리한 위치를 차지하고 있습니다. 이는 바로 세상을 지키는 영웅이십니다."

구사형의 교묘한 비유에 사성의 얼굴은 다시 밝아졌다. 우량은 창업, 원장은 통치, 그리고 사성은 수성(守成)의 영웅이라고 평한다. 어쩌면 이들에 대한 정확한 분석일지 모른다.

세객은 취마술(揣摩術=독심술)도 능통해야 했다. 설득 대상의 표정을 보고 그것에 맞추어 잘 둘러대는 것이었다.

"하지만 전하께서 한왕과 손잡고 주원장을 친다면 이는 두 영웅이 한 영웅을 치는 셈입니다. 하나보다 둘이 강한 것은 세 살 먹은 어린애라도 아는 이치로 주원장이 어찌 두 나라의 힘을 당하겠습니까?"

사성은 크게 기뻐하고 구사형에게 많은 상금을 주어 본국에 돌려보냈다. 그리고 후궁에서의 꽃놀이고 뭐고 집어치우고 중신들을 소집했다.

"주원장과는 원한이 골수에 사무쳐 있다. 진우량과 동맹하여 금릉을 동·서에서 협격하고 지난날의 원수를 갚으리라."

이때 승상 이백청(李伯淸)이 나와 의견을 말했다.

"진우량의 속셈은 우리를 이용하려는 것입니다. 우리가 만일 육로로 금릉을 공격한다면 성병은 성을 나와 우리와 맞서 싸우겠지요. 우량은 그 틈을 노려 수군으로 급히 와서 금릉의 허점을 찌르고 이를 삼키려고 하는 것입니다. 이렇게 되면 우량은 이익이 많고 우린 아무런 소득도 없습니다."

"그러면 어떻게 하란 말이냐?"

"우선 여진(呂珍)을 시켜 안풍을 공격토록 하십시오. 그리고 우저(牛渚) 나루에서 강을 건너 채석, 태평, 용강 등지를 공략케 하고 또 진우량과 약속하여 지주 등지를 공격토록 하십시오. 그러면 금릉병은 총출동하여 이 양면의 적을 방어하려고 할 겁니다. 그때 전하께서 몸소 대군을 이끌고 금릉을 바로 찌른다면 주원장을 사로잡기도 어렵지 않습니다."

사성은 이 계책을 좇아 즉시 여진을 원수로 하고 장규를 선봉, 이정(李定)과 이녕(李寧)을 좌·우 부장으로 10만 병력을 주어 안풍을 공격하게 했다.

안풍엔 명왕이 있고 유복통이 있다. 명왕은 여진군이 몰려오자 크게 놀라고 태사(太師) 유복통과 의논했다.

"폐하, 여진 따위 두려워할 것 없습니다. 제가 병력을 끌고 나가 적을 무찔러 버리겠습니다."

복통은 이튿날 병력 2만을 이끌고 동문을 나가 대진했다. 따르는 장수는 나문소, 욱문성, 왕현충(王顯忠), 한교아(韓咬兒) 등이다.

여진은 선봉으로 장규를 내보내어 싸움을 하게 하였다. 복통은 장규를 보자 호통쳤다.

"여진도 조무래기인데 너 같은 코흘리개가 감히 싸움을 돋운단 말이냐."

"내가 젊다면 너는 늙은 퇴물이다. 옛날 여자의 샅에 난 종기를 빨아준 주제에 무슨 소리냐!"

복통은 화가 나서 나문소 등 네 장수를 내보내어 장규와 싸우게 했다. 그러나 장규는 네 명의 적을 맞아 조금도 두려워하지 않고 창을 좌우로 휘둘러 나문소와 욱문성을 찔러 말 아래로 떨어뜨렸다. 그뿐 아니라 한교아를 쇠채찍으로 때려죽이고 왕현충마저 사로잡았다.

유복통은 너무도 무서운 장규의 용맹에 치를 떨고 달아났다. 여진군은 이를 추격하여 홍건적을 태반이나 죽였다. 복통은 성안으로 도망쳐 굳게 지키고 아무리 야유해도 나오지를 않았다.

명왕은 복통이 패해 들어오자 다시 대책을 물었다. 결국 주원장에게 구원을 청하기로 하여 왕전(江前)을 급히 보냈다.

원장은 사자가 오기 전 안풍의 위기를 알고 있었다. 그의 정보망은 그만큼 완비돼 있었다. 그는 유기와 밀담을 나누어 그 대책을 상의했다.

이때 주원장은 안풍을 구원하고자 했다. 이제까지는 그는 명왕의 관작을 받고 그 신하로 합세해 왔다.

안풍을 구하지 않는다면 천하의 신망을 잃게 된다. 그러나 유기는 반대 의견이었다.

"만일에 진우량이 허점을 노려 공격해 온다면 어떻게 하실 작정입니까. 진격로도 퇴로도 모두 끊길 위험이 있습니다."

"하지만 안풍을 잃게 되면 응천은 방패를 잃는 셈이고, 사성의 세력에 직접 위협을 받게 된다. 안풍을 구하는 것이 곧 응천을 지키는 일이다."

"군사적으로 그럴지 모릅니다. 그러나 보다 큰 정치적인 문제는 어떻게 해결하시렵니까? 지금 이름뿐인 송국의 황제인 명왕을 구출한다면 그 대우는 어떻게 합니까! 계속해서 명왕을 황제로 받들겠습니까,

아니면 유폐하든가 죽이든가 하시겠습니까? 후자라 한다면 명왕을 구출하여 무슨 이득이 있겠습니까? 전자라 한다면 스스로 우두머리를 데려다가 앉혀 자신을 속박하는 것이 되니 주도권을 잃게 됩니다."

그러나 원장은 안풍 구원을 결단했다. 유기는 타협했다.

"그렇다면 신속히 병력을 움직이십시오. 즉, 안풍 구원을 되도록 천천히 하되 진우량군의 침공이 있다는 정보가 있게 되면 신속히 군을 돌려야 합니다."

"알았소."

이런 기본 방침을 정하고서 원장은 왕전을 만났다. 왕전은 눈물을 흘려가며 안풍의 위급을 알리고 구원을 요청했다.

"안심하시오. 내 몸소 대군을 이끌고 가서 안풍을 구하겠으니 공은 먼저 돌아가 이 사실을 알리시오."

주원장은 곧 10만 군을 편성하고 스스로 총대장이 되고 상우춘과 이문충을 선봉에 임명했다. 응천은 유기와 이선장이 지키고, 홍도에 사람을 급히 보내어 진우량의 침공을 엄중히 경계하라고 일렀다. 이때가 지정 23년 3월이었다.

원장이 군을 이끌고 중간쯤 갔을 때 먼저 돌아간 왕전이 울며 그들을 맞았다.

"성이 여진에게 이미 함락되고 유복통은 살해되었으며 명왕은 행방불명입니다."

원장에겐 오히려 잘된 일인지 모른다. _원장은 침착하게 왕전의 말을 듣고 나더니,

"전진!"

하고 연락장교를 보내어 선봉에게 명령했다. 군을 회군할 수도 있었으나 전략적 요충인 안풍을 잃고 싶지는 않았다.

주원장의 군이 안풍성 남쪽 10리에 진을 치자 승리의 미주에 취하여 단꿈을 꾸고 있던 여진과 장규는 놀랐다.

여진은 제장을 모으고 말했다.

"주원장이 직접 왔다면 이는 당하기 힘들다. 먼저 성안의 금은 재보

와 미녀들을 태주(泰州)로 보내고 시험적으로 나가 싸워 보자. 불리하다면 그대로 태주로 달아나세."

여진은 다시 장규에게 계책을 주었다.

이튿날 여진은 5만의 병력을 이끌고 나가 대진했고, 상우춘이 나가 여진과 싸웠다. 여진은 우춘을 맞아 싸웠지만 당하지 못하고 달아나기 시작했다.

우춘은 도망치는 적병을 추격하여 10여 리나 나아갔다. 그러자 석포가 산을 울리며 복병이 나타났다. 장규가 매복하고 있다가 일제히 일어난 것이다.

우춘은 화를 내고 적진을 좌우로 누벼가며 적병을 죽였지만 그의 병력은 3천 밖에 되지 않았다.

차츰 피로를 느끼고 위태로워졌을 때 주원장의 본대가 측면에서 적을 쓰러뜨리며 공격해 들어왔다.

여진과 장규는 새로운 적을 맞아 필사적으로 막았지만 태반의 병을 잃고 마침내 태주쪽을 향해 달아났다. 원장은 더 이상 쫓지 않고 금고를 울려 병을 거두자 안풍으로 들어갔다.

그러자 행방불명이 되었던 명왕이 나타났다.

원장은 그를 저주에 보냈고 그곳에 궁전까지 지어주며 명왕을 극진히 대접했다. 하지만 명왕의 측근을 모두 갈아치고 인원도 극소수로 제한했기 때문에 사실상의 감금이나 다름없었다.

「명사」를 보면 한임아는 그 뒤 2년 만에 죽었다고 기록돼 있다. 주원장이 요영충을 시켜 응천으로 데려올 때 배가 뒤집혀 물에 빠져 죽었다는 이설(異說)도 아울러 싣고 있다.

원장의 성격으로 보아 살해되었다고 보는 게 정확한 것 같다.

아무튼 한임아가 죽음으로써 홍건적은 끝장이 났다. 최초의 기병 이래 12년 동안 원을 시끄럽게 만들었지만 그 실패 원인으로 몇 가지가 지적된다.

첫째는 집단으로 통일성이 없었다. 그들은 분산하여 제멋대로 행동했다. 작전 목표도 없이 원의 상도를 몇 번씩 점령하거나 고려까지 침공하는 등 힘이 약화되었다.

둘째는 원군의 공격을 받았을 때 장강을 건너 강남으로 도망쳐야 했었다. 강남은 원의 직접 통치지역이 아니었고, 주둔군도 별로 많지 않았다. 또 원이 원정군을 일으켜도 수향(水鄕)인 강남에선 강력한 전투력인 기병대를 효과적으로 사용할 수 없었다.

게다가 강남 주민의 원조에 대한 적개심은 화북(華北)지방에 비해 훨씬 치열했다. 남인(南人) 또는 만자(蠻子)라고 차별당했기 때문이다. 더욱이 인구도 압도적으로 많았다.

셋째로 원조의 재정은 강남의 쌀과 소금에 의해 지탱되고 있었다. 외국 무역의 중심지도 남쪽에 있었다. 홍건적이 이 강남 땅을 제압했다면 약탈할 필요도 없다. 항주(杭州), 천주(泉州), 광주(廣州)의 무역 관세만으로도 군비(軍費)를 쓰고 남았을 것이고 원조는 경제적 타격을 받게 되었을 것이다.

이 때문에 끝까지 강남에 있던 주원장은 어부지리를 얻은 셈이었다.

원장이 안풍에 있을 때 좌군필(左君弼)이 병을 거느리고 진공해 왔다는 정보가 있었다. 원장은 즉시 군을 끌고 나가 그와 대진했다.

곽영이 좌군필과 맞붙어 싸웠다. 승부는 좀처럼 나지 않았는데, 원장은 제장에게 일제히 공격을 명했다.

상우춘, 부우덕, 이문충, 요영충, 풍승, 풍용, 강무재, 주양조, 설현 등이 적진을 들부수자 좌군필도 마침내 패주하여 노주(蘆州)를 향해 달아났다.

금릉병은 이들을 맹추격하여 노주성을 포위해 버렸다. 그곳에 서달이 또한 일군을 이끌고 달려왔다.

이 무렵 진우량은 병력을 일으켜 홍도로 진격했다. 지정 23년 4월의 일이다.

진우량은 이 출전을 위해 높이 20자, 한 배에 3천 명이나 탈 수 있는 거선을 수백 척이나 건조했고 60만이라는 대군을 동원했다.

적이 몰려오자 홍도의 대장 주문정은 등유, 조덕승을 불러 의논했다.

"진우량이 이번에 아버님 오국공의 안풍 출병을 틈타 저와 같이 내습했다. 성에 병력이 적어 맞아 싸우기가 힘들리라."

조덕승이 말했다.

"공자(公子)의 말씀처럼 병력이 적어 대적(大敵)과 싸우려면 힘이 들겠지요. 하지만 소장에게 계책이 하나 있으니 너무 걱정 마십시오."

"대체 무슨 계책이오? 궁금하니 자세히 설명해 주시구료."

"병력 1천을 성에 남겨 지키게 하고 소장은 장자명(張子明), 하무성(夏茂誠) 등과 더불어 성을 나가 적과 통쾌히 싸우겠습니다."

"조장군의 말은 그저 싸우자는 것이지 계책이 아니잖소?"

"우선 적과 싸우고 강약을 탐지하여 계책을 생각하는 것이 순서입니다."

마침내 조덕승은 병력을 이끌고 성을 나가 대진했다. 장정변의 아들 장자앙(張子昻)이 말을 쏜살같이 몰며 조덕승에게 달려들었다.

덕승은 창을 꼬느며 이를 맞았고 10여 합을 싸우다가 거짓 패하여 달아나는 척했다. 장자앙은 젊은 혈기만 믿고 외쳤다.

"비겁하게 어디로 달아나느냐."

맹렬히 쫓아오는 것을 덕승은 갑자기 말을 멈추며 창을 돌려 그를 찌르고 말 아래로 떨어뜨렸다. 그러자 우량군에서 김지휘(金指揮)라는 자가 외치며 달려 나왔다.

"내 맹세코 주인 장공자의 원수를 갚겠다."

그러나 덕승은 이를 단 한 대의 화살로 쏘아 죽였다. 이 때문에 적의 선봉은 크게 무너졌고 덕승은 수백 명의 적병 목을 베었다.

덕승이 성에 돌아오자 주문정은 기뻐했다. 하지만 그는 이렇게 말했다.

"적이 비록 일패했지만 대군을 가지고서 이 성을 포위하리라. 급히 사자를 노주에 보내어 구원을 청해야 한다."

문정은 자세한 적정(敵情)을 기록하고 이를 백호장인 유화(劉和)를 시켜 보냈다. 그러나 유화는 도중에 적에게 발각되자 휴대했던 문서를 찢어 버리고 강물에 몸을 던져 자결했다.

대책(大策)

난세이다. 천하가 누군가의 손에 들어가지 않고는 전쟁이 끝나지 않는다. 진우량은 마침내 홍도성을 겹겹이 에워쌌다. 그리고 맹공을 거듭했지만 성은 좀처럼 함락되지 않았다.

10일, 20일, 30일, 40일이 지났지만 홍도성은 버티었다. 물론 성안 사정도 어려웠다. 주문정이 하루는 등유에게 말했다.

"유화가 노주로 떠난 지 한 달이 지났소. 지금쯤은 그도 돌아오고 구원군도 달려올 무렵인데 아무런 소식이 없소. 이는 도중에서 적병에게 살해된 것이 분명하니 다시 사람을 보내야 하리다."

"그렇다면 장자명이 적임자입니다. 밤중에 뱃길로 성을 탈출시키는 게 가장 성공율이 높을 것 같소."

이리하여 장자명은 홍도를 빠져 나갔다.

이때 진우량은 홍도가 좀처럼 낙성되지 않자 포위망을 강화하는 한편 장필승(將必勝), 요정신(饒鼎臣)에게 병력 1만을 주어 길안(吉安)을 치라고 했다. 길안은 작은 고을로 참정 수중(粹中)이 외롭게 지키고 있었다. 적군이 몰려오자 이명도(李明道)란 자가 적과 내응하기로 약속했다. 밤중에 성안 여기저기 불을 지르고 성문을 열어 적병을 끌어들였다.

이 때문에 친구지휘사 만중(萬中)은 싸우다 전사했고 수중도 포로가 되었다가 참수를 당했다.

진우량은 이어 홍도부를 더욱 맹렬히 공격했다. 그러자 지휘사 사성(謝成)이 성문을 열고 결사대를 이끌고 나와 적을 야습했다. 사성은

맹렬한 기세로 적장을 세 명이나 베어 죽이는 전과를 올렸다. 이런 승리가 있었던 날 밤이다. 문정은 제장에게 말했다.

"성을 사수하여 농성한 지도 50일이 지났다. 조금만 더 참아가며 결사적으로 방전한다면 반드시 구원군이 달려와 우리들을 구해 주리라. 이럴수록 긴장을 풀치 말고 지켜야 한다. 특히 오늘은 사성이 작은 전과를 올려 성안 군사들이 들떠 방심할지도 모른다. 성벽 순찰을 강화하여 경계심을 높이도록."

조덕승이 새벽 순찰을 나갔다. 그는 동문에 이르러 적진을 굽어보았다.

새벽의 밝음과 함께 진우량의 수군 모습이 떠올랐다.

그것은 정말 상대편을 압도하는 모습이었다. 우량은 전함을 수백 척

사슬로 엮고 바람과 파도에도 끄떡 않는 진을 10여 리에 걸쳐 치고 있었다. 배는 붉게 칠했으며 배마다 기치가 나부끼고 창검이 아침 햇볕에 반짝였다.

이윽고 진우량은 성벽 위에 조덕승의 모습을 보자 일제히 활을 쏘게 했다. 거리가 상당히 멀어 덕승은 대수롭지 않게 여겼으나 그중에는 다른 화살보다 멀리 나가는 강궁도 숨겨져 있었던 것이다.

그런 화살 하나가 날아와 덕승의 왼 가슴을 맞추었다. 화살의 힘이 강하여 갑옷을 뚫고 들어와 여섯 치나 박혔다.

덕승은 아픔을 참아가며 화살을 뽑더니 유유히 걸어 적이 보이지 않는 곳에 이르자 쓰러졌다. 막료들은 당황했다.

"허둥대지 말라! 적은 내가 죽은 것을 알면 기세등등하리라. 절대로 비밀을 지켜 태연해야 한다."

그렇게 말하더니 이윽고 절명했다. 덕승은 이때의 침착한 전사로 뒷날 양국공(梁國公)에 추봉된다.

우량의 포위군은 육지와 강의 요소에 검문소를 설치하고 성으로부터의 탈출을 경계하고 있었다. 장자명은 그런 수관(水關)을 몇 개나 교묘히 돌파하고 아흐레째 되는 날 우저 나루터에 이르렀다. 그곳에서 상류하여 노주로 말을 달렸다. 원장은 구원요청을 받자 자명에게 명했다.

"수고했다. 그대는 즉시 돌아가 문정에게 알려라. 대군을 이끌고 가서 구원할 테니 성을 사수하라고!"

자명은 노주를 출발하여 돌아오다가 파양호 입구에서 초병에게 잡혔다. 결박되어 우량 앞에 끌려 나갔다.

"너는 누구냐?"

자명은 이미 죽음을 각오했지만 사명을 마치지 못하고 죽는 게 원통했다.

"저는 홍도의 장수 장자명입니다. 수장 주문정의 명으로 노주에 구원을 청하러 갔다 오다가 잡혔습니다."

"뭐라고!"

진우량은 놀랐다. 뚫어져라고 자명을 노려보더니 입을 열었다.

"어떠냐? 주문정에게 항복을 권한다면 목숨을 살려 주겠다. 그리고 나의 부하가 되어 부귀를 누려라."

그랬더니 자명은 눈물까지 흘려가며 땅에 이마를 부딪쳐 가며 말한다.

"전하께서 저를 살려만 주신다면 어찌 견마(犬馬)의 충성을 다하지 않겠습니까. 시키시는 대로 하겠습니다."

"좋다. 내일 동문 앞에 가서 거짓으로 말하라. '일찌감치 단념하라! 주원장은 결코 너희들을 구원하러 오지 않는다'고 말이다."

이튿날 자명은 동문 앞에 끌려갔다. 문정과 등유는 성벽에서 그 모습을 지켜 보았다. 자명은 잠시 호흡을 가누며 외쳤다.

"오국공은 대군으로 성을 꼭 구원하시겠다고……."

그 순간 옆에 있던 적장이 자명의 입을 칼로 쳤다. 자명은 입에서 피를 흘려가며 무엇인가 또 외치려 했다.

"이놈의 배신자가!"

적장은 다시 자명의 목을 쳤다. 그러나 성병은 절망 속에서 한 가닥 희망을 가졌다.

주원장은 안풍에서 군을 즉각 철수시켜 응천부에 돌아왔고 긴급 대책 회의를 소집했다. 긴장과 불안의 무거운 공기가 회의장을 감돌았다.

누구도 경솔히 발언하지 못하고 침묵을 지키고 있었다. 군사(軍師)인 유기가 발언했다.

"오국공께서는 대군을 발하여 이번에야말로 서남으로 진우량을 치십시오. 각종 정보를 종합하건대 이번에도 장사성은 병력을 적극적으로 움직일 징후가 없습니다. 더욱이 그는 소극적인 성격의 향락주의자로 지금 당장의 영화에만 빠져 있습니다. 따라서 동쪽은 염려없습니다. 비록 사성이 병력을 움직인다 하여도 상주 방면에 탕화 장군이 있어 잘 막아낼 것입니다."

"군사의 말씀이 내 의견과 같소."

원장은 명쾌하게 결단을 내렸다.

전략이 결정되자 작전과 편성이 상의되었다. 응천부는 이선장, 경병문이 지키고 안풍, 노주 방면은 서달이 남아 대비하기로 했다.

원장은 스스로 총대장이 되어 육군 10만, 수군 10만을 동원했다.

육군은 상우춘과 이문충이 선봉 대장. 수군은 곽영과 유통해, 송귀(宋貴), 진조선(陳兆先)이 대장이 되었다.

대군 편성에 시간이 걸려 이들이 응천을 출발한 것은 가을 바람도 불기 시작한 음력 7월이었다. 홍도는 이때 포위를 당한지 87일이나 되고 있었다.

원장의 20만 군이 호구(湖口＝파양호 입구)에 이르자 우량은 정변을 불러 대책을 논의했다.

"우선 적이 호수 안으로 들어오지 못하도록 해야 합니다. 홍도의 적과 연락을 차단해야 합니다."

우량은 고개를 끄덕이고 홍도 공격에 일부 병력을 남기고 병선을 움직여 강랑산(康郎山) 아래 포진했다.

우량의 배는 성채처럼 큰 거선이고 붉게 칠해져 있었다. 원장은 이것과 구별하기 위해 배를 희게 칠했고 배 또한 작고 날랜 것들이었다.

이리하여 36일간에 걸친 결전이 벌어졌다. 기동력이 우수한 원장의 수군은 송귀, 진조선, 장지웅(張志雄), 한성(韓成), 정보랑(丁普郎) 등이 소선대(小船隊)를 이끌고 종횡으로 활약했다.

그리하여 첫 싸움에 적의 거선 수 척을 파괴하고 적병 1천 5백명을 죽인 전과를 올렸다. 아군도 왕승(王勝), 배진(裴珍)의 두 장수가 전사하는 피해가 있었다.

이튿날 상우춘은 육로로 공격하고 유통해는 수군으로 공격하는 접전이 벌어졌다. 전투의 전략 목표는 호구의 장악에 있었다.

우량의 전술은 적군의 호수 안 진입을 저지하는 데 있고 원장의 전략은 호구를 완전 점령하여 호수를 폐쇄하는 데 있었다.

이것이 승패의 큰 갈림길이 되었다. 전투가 오래 끌게 됨에 따라 우량도 자기쪽 전술이 불리함을 깨달았다.

호구가 막혀 있어 보급로가 끊긴 것이다. 그래서 수전은 호구 쟁탈전으로 양상이 바뀌었다.

우춘과 통해는 수륙 양면에서 협력하며 적을 공격했고 적 선대는 강랑산에서 보혜산(保惠山) 아래로 밀려났다.

다음날 우량은 호구쟁탈을 기도했다. 모든 선대를 이끌고 물살을 타고 내려왔다.

이날은 종일토록 격전이 벌어졌다. 원장의 작고 가벼운 배들은 마른 갈대와 화약을 싣고 적선에 돌입했다.

특히 위력을 발휘한 것은 몰나하(没奈何=어쩔 도리 없다는 뜻)라는 무기였다. 이것은 둘레 다섯 자, 길이 일곱 자의 갈대밭 속에 화약과 도화선을 넣고 돛대에 장대로 세워 적선에 쏘아 붙이는 무기이다. 그러면 적선과 부딪치는 순간 폭발하여 걷잡을 수 없게 불이 옮겨 붙는다.

수전은 밤낮을 가리지 않고 계속되었다. 원장은 밤에는 등불을, 낮에는 기를 사용하여 전투를 지휘했다. 먼 곳은 신호포를 사용했고 가까운 곳은 금고로 진격과 후퇴를 지시했다.

이날 전투에서 우량은 동생 우귀(友貴), 일족 신개(新開)와 군졸 1만 남짓을 잃었다. 금릉병도 희생이 막대하여 왕인(王仁), 유의(劉義) 등을 잃었다.

호수의 물은 피로 붉게 물들었고 시체가 떼죽음당한 붕어처럼 수면에 떠 있었다. 검은 연기는 하늘 높이 치솟았고 화약냄새는 코를 찔렀다.

그런데도 양군은 결정적인 타격을 주지 못했다. 며칠은 원장의 흰 배가 우세했고 며칠은 우량의 붉은 배가 우세했다.

요영충이 적을 추격하다가 노란 전포(戰袍)를 입은 적 대장을 발견했다.

316

"저것은 틀림없이 진우량이다. 내 저 놈을 꼭 죽이고야 말리라."

그는 배를 가까이 몰고가자 긴 장대를 이용하여 마치 봉고도(棒高跳) 선수처럼 적선 위에 뛰어 올랐다. 그리고 단창에 적장을 찔러 죽였다. 하지만 알고 보니 우량이 아니라 그의 동생 우직(友直)이었다.

우량의 3형제는 모두 노란 전포를 입고 있었던 것이다. 이는 적에 대한 눈속임인데 이제 우귀, 우직도 죽고 말아 아무런 효과가 없게 되었다.

하루의 격전이 끝났다. 원장은 제장을 모으고 말했다.

"오늘의 수전은 비록 이겼다고는 하나 아직도 완전한 승리는 아니다. 우량을 거꾸러뜨리지 않는 한 전쟁은 끝나지 않는다."

그러자 유통해가 나섰다.

"소장이 오늘 밤 적진을 야습하여 적을 놀라게 하겠습니다. 적병이 잠을 못자면 이튿날 그들의 전투력은 형편없이 떨어지고 말 테니까요."

요영충도 이 말을 듣자 함께 가기를 자원했다. 원장은 기뻐하며 말했다.

"병법에서도 전투는 정공법으로 정면에서 적과 맞부딪치는 한편 임기응변의 기법(奇法)으로도 싸운다. 다만 조심할 것은 신중히 행동하여 실수가 없도록 하는 것뿐."

통해와 영충은 각각 병선 10척에 5백 군졸을 거느리고 적진에 잠입했다.

보니 적병은 연일 계속된 전투에 세상 모르게 곯아떨어져 있었다. 그들은 먼저 불을 지르고 일시에 함성을 올리며 난입했다. 적병은 꿈결 속에서 함성을 들어가며 그대로 죽었고 더러는 서로서로를 구별하지 못하여 저희들끼리 싸웠다.

따라서 적은 고작 1천인 데도 적군은 크게 당황하며 우왕좌왕했다.

이윽고 새벽이 되자 이들은 철수했지만 우량의 부장 진우인(陳友人)이 분함을 못이겨 쫓아왔다. 통해는 몹시 위험했는데 흰 전포의 한 장수가 그를 구해 주었다.

그는 곽영으로 진우인과 어우러져 싸웠다. 이윽고 우인은 곽영의 칼을 옆구리에 맞아 배에서 거꾸로 떨어졌다.

우량은 거듭되는 패전에 몹시 불쾌한 얼굴빛이었다. 장정변이 그를 위로했다.

"전하, 무엇을 그리 걱정하십니까. 아군은 아직도 수십 만의 병력이 건재합니다. 고작 3천의 병력을 잃었다고 대세에 영향이 있겠습니까."

이때 참모 장화변(張和變)이 나서 건의했다.

"적의 기습을 막는 묘안이 있습니다."

"무엇인지 말해 보아라."

"우리측 전선들은 요새처럼 쇠사슬로 묶여 있습니다. 따라서 적의 화공 약점이 될 뱃전이나 창에는 마소의 가죽으로 가려 적의 불화살이나 화포를 막는 것입니다. 또 바깥쪽에는 보혜산의 나무를 베다가 말뚝을 박아 적선의 침입을 막으면 적이 들어오지 못합니다. 이리하여 밤에는 수채 안에서 편히 쉬고 낮에는 출격하여 적을 공격한다면 승리는 우리의 것입니다."

우량도 이 계책에는 기뻐했다. 장화변을 시켜 그의 말대로 방비를 하게 하였다.

수일 후 수채가 완성되자 진우량은 그것을 둘러보고 장화변을 칭찬했다.

"이것은 철벽 같은 진이다. 이제부터는 전군이 안심하고서 잠을 잘 수 있다."

이튿날 그는 전함 백여 척을 수채 안에 남아 있게 하고 진영걸과 같이 전함 30여 척만 이끌고 출격했다. 그것은 식량이 부족하여 군졸의 마음이 매우 동요돼 있었기 때문이다.

이날만은 무슨 일이 있어도 승리하여 사기를 돋울 필요가 있었다.

우량이 나가자 원장도 선대를 끌고 대진했다. 그러나 전투가 시작되어 우량의 공격이 예사 때와는 달라 원장은 밀렸다. 화공도 뱃전이나 창에 마소의 가죽이 쳐져 있어 별 효과가 없었다.

그러나 상우춘 등의 분전으로 적 전함 3척을 불살랐고 일진일퇴의 혈전을 벌였는데 우량이 달아나기 시작했다.

원장은 이를 추격했을 때 마침 썰물때라 호수의 물이 빠지는 바람에 얕은 곳에 좌초하고 말았다. 그러자 우량이 선단을 돌려 반격해 왔다.

금릉의 배들은 재빨리 대피했지만 원장의 배만은 좌초되어 움직일 수가 없었다. 상우춘 등은 이를 구하려고 했지만 물살이 세어 배를 돌려 저어 올라가지 못했다. 그래서 손에 땀을 쥐고 발을 구르고 있을 뿐이었다.

진우량은 좌초된 원장의 배를 보자 기를 흔들어 신호했다. 진영걸의 병선들이 개미처럼 모여든다. 그곳은 마가(馬家) 나루터라는 곳이었다.

이때 원장의 배에는 양경(楊璟), 장온(張溫), 정오랑, 호미(胡美), 황빈(黃彬), 한성(韓成), 오복(吳復), 김조흥 등 8명의 장수와 3백 명의 군졸이 있었다. 이들이 결사적으로 방어했지만 포위망을 뚫지 못했다.

진영걸이 큰 목소리로 외쳤다.

"주원장, 그대는 날개가 있다 해도 우리 포위를 뚫고 나가지 못한다. 빨리 항복하여 목숨을 빌도록 해라."

원장도 탄식하며 말했다.

"내 죽는 곳이 바로 여기였구나."

그러자 부하 장수들이 말했다.

"아직 절망하기는 이릅니다. 저희들이 무슨 일이 있더라도 대원수를 탈출시켜 드리겠습니다."

"무슨 수로 이곳을 탈출하겠는가? 장양, 진평(陳平)의 꾀라도 벗어나기 힘들 것이다."

"아닙니다. 간단합니다. 부디 대원수의 전포를 저에게 빌려 주십시오. 제가 대장 대신 죽고 이 위급을 피하는 것입니다."

원장은 전포를 벗어 주었다. 한성은 그 전포를 입고 뱃머리로 가서 우뚝서며 외쳤다.

"적장 진영걸은 내 말을 들어라 ! 나는 이제 너희들에게 포위되어 벗어날 길이 없다. 나 한 사람의 목숨은 아깝지 않다마는, 다만 다른 장병들이 부질없이 죽게 됨을 애석하게 여길 뿐이다. 네가 만일 내 장병을 용서하여 목숨을 살려 준다면 스스로 물에 몸을 던져 자결하리라."

"주장군은 우리 전하의 원수라 용서할 수는 없다. 하지만 주공께서 자결한다면 다른 장병의 생명은 보장하리라."

"그것을 틀림없이 약속하겠는가 !"

"대장부의 한마디는 천금보다 무거운 법, 어찌 거짓말을 하겠소."

한성은 그 다짐을 받고서야 칼로 목을 찌르고 스스로 물 속에 몸을 던져 자결했다.

진영걸은 한성이 죽자 그것이 주원장인 걸 알고 기뻐했다.

원장은 제장 속에 섞여 이곳을 빠져 나가려 했다. 그러자 영걸이 그들을 가로막는다.

"너희들의 주인은 이미 죽었다. 우리 전하께 항복하여 부귀를 함께 누리지 않겠는가."

양경이 따졌다.

"진장군은 어째서 약속을 지키지 않으시오 ? 우리 주공께선 오직 장병을 구출하기 위해 스스로 자결하셨던 거요. 우리로선 그 은혜를 생각한다면 어찌 부귀를 누리고 싶은 마음이 생기겠소 ? 우리는 선군의 유덕을 생각해서라도 무기를 버리고 고향에 돌아가 농사라도 지을 작정이오."

영걸은 이 말에 망설였다. 그때 하류로부터 함성이 들리며 병선이 수십 척 화살처럼 달려 올라왔다. 썰물의 때가 지나자 상우춘, 정국승(程國勝) 등이 군사를 이끌고 달려온 것이다.

진영걸은 배를 돌려 물러갔다. 상우춘은 주원장이 무사함을 보자 땅에 꿇어 엎드리며 사죄했다.

원장은 이튿날 다시 우량과 결전을 시도했다. 이번에는 진영걸이 나왔는데 그는 원장의 모습을 보자 놀랐다.

"아니, 어제 스스로 자결하여 물 속에 몸을 던진 것은 가짜였던가?"

원장은 어제의 치욕을 갚기 위해 유통해, 요영충, 조용, 장홍조, 곽영, 목영의 6장을 시켜 돌격을 명했다. 그들은 각각 쾌속정에 갈대를 싣고 적진 깊숙이 돌입하여 맹렬한 화공을 퍼부었다.

연기가 자욱하고 불길이 솟아올라 한때 그들의 모습이 보이지 않았다. 원장은 이때 후진에 있었는데 탄식했다.

"용맹스런 6장을 모두 잃었구나."

그러나 연기가 걷히면서 유통해 등의 쾌속정이 보였고 적의 전함들이 달아나는 것이 보였다.

또한 흰 전포의 장수 하나가 적선에 뛰어오르는 모습이 보였는데 장홍조였다. 홍조는 노란 전포를 입은 적 대장을 발견하고 단신 적선에 뛰어들어 이를 찔러 죽였지만 그것은 우량이 아니고 그의 둘째 아들 진도(陳道)였다.

이튿날 원장은 제장을 모아 마지막 결전을 상의했다. 이때 유기가 일군을 이끌고 응천에서 호구에 도착했다.

"오, 군사."

"신이 밤에 천상(天象)을 보았더니 서남간에 살기가 있고 매우 불길했습니다. 이는 진우량이 멸망할 징조이나 주군의 별에 미재(微災)가 있어 이렇듯 달려온 것입니다."

원장은 껄껄 웃었다.

"재난이라면 이미 무사히 넘겼소. 진영걸에 포위되고 하마터면 죽을 뻔했는데 한성의 충성으로 이 몸이 무사했던 것이오."

"그렇다면 다행입니다. 계책을 써서 적을 일거에 섬멸하겠습니다. 그런데 적장으로 항복한 장수가 있습니까? 계책의 성공 여부는 이들에게 달렸습니다."

이리하여 항복한 장수들이 소집되었다. 유기가 그들에게 말했다.

"이제 공들의 협력을 얻어 이응외합(裡應外合)의 계책을 써서 적을 무찌를까 하오. 이는 기밀을 요하는 대책(大策)으로 가볍게 쓸 수는 없소. 다만 생명을 바쳐 진력하지 않는다면 성공하기 힘들 것이오."

이때 항복한 장수는 모두 25명이었다. 정보랑, 송귀, 진조선, 왕봉현(王鳳顯), 이신(李信), 후명(后明), 왕교주(王咬住), 주정(主鼎), 장지웅(張志雄), 이지고(李志高), 상득승(常得勝), 왕청(汪淸), 정흥(鄭興), 강윤(姜潤), 정국승, 원화(袁華), 창문귀(昌文貴), 여창(余昶), 왕희선(王喜先), 진충(陳沖), 왕택(王澤), 정우(丁宇), 체득산(逮得山), 유의(劉義), 나사영(羅土榮) 등이다.

이들은 목숨을 바쳐 명령을 받들겠다고 맹세했다.

유기는 기뻐하고 그들에게 계책을 주었다.

"제공들은 오늘 저녁 진우량의 진중에 가서 거짓으로 항복하시오. 그리고 밤에 밖에서 불길이 일어나면 여러분도 각각 지중에 불을 질러 내응하시오."

정보랑은 일동을 대표하여 의문점을 물었다.

"불을 지르기란 어렵지 않습니다. 하지만 우량이 의심하여 우리를 받아들이지 않을까 걱정됩니다. 우량도 처음엔 의심하겠지만 결국 받아들일 거요."

그리고 하나의 계책을 또 정보랑에게 주자 그도 기뻐하고 물러갔다.

이날밤 25명의 장수들이 한 척의 배에 올라 보혜산의 우량 본진으로 갔다.

이때 우량은 정변, 영걸과 함께 술을 마시고 있었다. 장교가 들어와 정보랑 등이 와서 전하를 뵙겠다고 한다는 전갈을 했다. 우량은 이상히 여기며 정변과 영걸에게 말했다.

"수년 전 내가 정보랑에게 명하여 안경을 지키게 했는데 그는 성문을 열고 주원장에게 항복했다. 지금에서야 그가 온 것은 무슨 까닭이 있을 거다. 불러들여 만나기로 하자."

정보랑 이하 25명의 장수들이 들어와 절을 하자 우량은 꾸짖기부터 했다.

"너희들이 무슨 낯으로 이제 와서 나를 찾아왔느냐?"

"제가 전하의 명을 받들고 안경을 지키고 있다 항복한 것은 부득이

한 일이었습니다. 그리하여 오늘 밤 기회를 틈타 제장과 함께 적진을 빠져나온 것입니다."

"듣기 싫다. 너희들이 온 것은 적과 내통하여 우리를 파하려는 속임수가 분명하다. 여봐라, 이놈들을 모조리 끌어내어 목을 베도록 하라."

25명은 입을 모아 외쳤다.

"저희들이 죽음을 무릅쓰고 온 것은 전공을 바쳐 전하의 은혜를 갚기 위해서입니다. 전하는 어째서 참과 거짓을 판별하지 못하십니까?"

"무슨 전공을 나에게 바치겠다는 것이냐?"

"저희들이 알기로는 내일 상우춘이 병선 5백 척과 3만 병력으로 강랑산의 수채를 공격하기로 되어 있습니다. 이런 기밀을 알리고자 죽음을 무릅쓰고 왔는데…… 아, 전하께서 의심하시니 부득이 한 일. 저희들의 목을 베도록 하십시오."

"그것이 사실이라면 왜 빨리 말을 하지 않았느냐? 내가 하마터면 충신을 죽일 뻔했구나."

우량은 25명의 장수에게 술을 일일이 내리며 위로했다.

이때 정변과 영걸은 우량에게 간했다.

"항복한 자를 용서해 주는 것은 전하의 인덕이지만 아마도 그들에게 속임수가 있을 것입니다. 그들을 쓰지 않도록 하십시오."

"딴 녀석이라면 나도 가벼이 귀를 기울이지 않는다. 그러나 이들은 모두 나의 옛부하들이다. 마지못해 원장에게 항복한 것이니 너무 의심치 말라."

이리하여 진우량은 장정변에게 병선 3백 척과 병력 3만을 주어 강랑산에 가서 매복하도록 했다.

한편 원장은 유기에게 말했다.

"수전에서 화공은 으레 쓰는 방법이다. 다만 임기응변의 방법이 다를 뿐."

"그렇습니다. 손자도 화공엔 다섯 가지가 있다고 했습니다. 첫째로 적의 진영을 사른다. 둘째로 적의 군량 저장소를 사른다. 셋째로 적의

치중(무기·갑옷)을 사른다. 넷째로 적의 광을 사른다. 다섯째로 적의
수송 기재를 사른다고 했지요. 그리고 화공엔 일정한 조건이 갖추어져
있어야 하는데 방화에 쓸 재료는 평소부터 준비해 두어야 합니다. 또
화공을 실시하는 데는 때와 날이 따로 있습니다."

시는 비가 오지 않아 건조된 시기이고 날은 달이 28수 가운데 기수
(箕宿), 벽수(壁宿), 익수(翼宿), 진수(珍宿)에 드는 날로 이날은 바람
이 불기 쉽다.

유기는 제장에게 각각 역할을 지시했다. 우량의 수채에 접근하여 어
둠을 틈타 각종 화기로 불을 지른다. 또 호구에 병력을 배치하여 적의
퇴로를 끊는 임무 등이었다.

이날 밤은 이상하게 바람이 크게 일며 화공하기 알맞았다. 그러자
유통해, 오영충 등이 몰나하 등을 사용하여 차례로 수채에 불을 질렀
다.

잠깐 동안에 수채 전체에 불길이 번져 검은 연기는 하늘을 찌를 듯
이 솟았고 불길은 용의 혓바닥처럼 날름거렸다.

우량은 수채에 불길이 오르자 당황하며 어쩔 바를 몰랐다. 그러자
정보랑 등도 안에서 닥치는 대로 불을 질렀기 때문에 걷잡을 수 없는
불지옥이 되어 버렸다.

우량은 태자인 진리(陳理)와 진영걸을 불러들여 엄명했다.

"불길은 안에서도 오르고 있다. 방화자를 찾아내어 즉결처분해라."

"그것도 중요하지만 이미 불길은 수채 전체에 번지고 있어 전하의
옥체가 염려스럽습니다. 잠시 강랑산의 장정변의 진으로 피하도록 하
십시오."

우량은 급히 강랑산쪽으로 피했다.

그런데 정보랑 등 25명의 내응 장수들도 불길이 워낙 사납기 때문
에 하나도 탈출하지 못하고 모두 불에 타죽었다. 특히 정보랑의 최후
는 장렬했다. 그는 불 속에서 아수라처럼 적병을 수십 명이나 죽였고
자신도 몸에 중상을 입어 목이 잘렸다.

하지만 그 몸은 칼을 움켜잡고 적과 싸우듯 선 채로 타죽어 있었던

것이다. 전쟁이 끝난 뒤 원장은 이 25명 장수의 묘를 파양호 기슭에 짓고 각각 추봉하여 충절을 기리도록 했다.

우량은 맹렬한 불길을 피하여 장정변의 진으로 갔다. 정변은 크게 놀라며 말했다.

"이곳도 안전치 못하니 거룻배로 금강(禁江)의 작은 물줄기를 따라 도망쳐 무창으로 가십시오."

그들은 곧 북쪽을 향해 달아났지만 우량은 이따금 뒤를 돌아보며 탄식했다.

"애석하다. 나의 웅병(雄兵)이 모두 이곳에서 멸망했구나. 이것도 오직 그대의 간언을 듣지 않고 간사한 정보량을 받아들인 내 허물이로다."

말이 채 끝나기도 전에 양쪽에서 복병이 일어났다. 곽영과 강무재의 병사였다. 그리고 뒤에서 상우춘, 목영의 병이 급히 쫓아오고 있었다.

우량을 보호하여 정변, 영걸, 그리고 진리는 포위망을 필사적으로 뚫었다. 이윽고 병선 한 척을 얻어 금강 북쪽으로 달아났다. 그런데 갑자기 회오리 바람이 불며 물결이 크게 일고 배가 나가지를 않는다. 윙윙 공중에서 원귀(寃鬼)의 울음소리가 들렸다. 서수휘, 예문준, 화원, 주문손, 허원, 왕정──의 원혼이었다. 우량은 그만 까무러치고 말았다. 다른 사람들 눈에는 보이지 않았지만 그의 눈에는 분명히 원귀들의 모습이 보이고 울음소리가 들렸던 것이다. 환시와 환청이었으리라.

상우춘은 계속 쫓아왔다. 정변과 영걸은 필사적으로 싸우다가는 달아나고 달아나다가는 싸웠다. 그런데 병선이 또 앞을 가로막는다. 앞질러 와서 기다리고 있는 곽영과 강무재의 배였다.

우량은 반쯤 얼이 빠져 자꾸 헛소리만 하고 있었다. 곽영이 그런 우량을 향해 강궁을 날렸다. 화살은 유성처럼 날아와 우량의 오른 눈을 꿰뚫었다.

"앗!"

비명소리를 마지막으로 그는 갑판에 쓰러졌다.

"전하!"

하고 정변과 영걸이 부축하여 일으켰을 때에는 이미 절명한 뒤였다.

진우량이 전사한 다음날 주원장은 향을 사르고 하늘에 제사지내며 장병을 위로했다. 그리고 선언했다.

"장차 천하를 통일한다면 파토로(몽고어로 용사)들과 더불어 부귀를 함께 누리고 대관(大官)에 임명하겠다."

논공행상(論功行賞)을 하겠다고 약속한 것이다.

그리고 그날 밤 유기와 더불어 술잔을 나누며 말했다.

"나는 안풍에 가지 말았어야 했어. 만일에 진우량이 내 원정의 기회를 타고 응천을 곧바로 공격했다면, 오늘날 나는 우량의 운명이었겠지. 다행히도 우량은 직접 응천을 공격하지 않고 홍도를 포위했지만, 홍도는 석 달에 걸쳐 굳게 지켜져 나에게 대군을 모을 수 있는 시간을 주었다. 그래서 이기긴 했지만 이 싸움은 정말 아슬아슬한 것이었어."

유기는 그것에 아무런 평도 하지 않았다.

원장의 부하장수들 중에는 수전이란 하늘의 때와 땅의 유리함을 얻는 편이 승리한다고 믿었다. 그렇기 때문에 이번의 파양 대전이 지리적으로 불리했었던 아군이 이긴 것을 이상히 여기는 자도 있었다. 원장은 그들의 궁금증을 이렇게 말하며 풀어 주었다.

"너희들은 모르고 있어. 하늘의 때는 땅의 유리함만 못하고, 지리적 유리는 인화(人和)보다 못하다는 것을 결국에 있어 싸우는 것은 사람이야. 진우량의 군은 강하고 병력도 많았지만 내부 통일이 없었고 마음이 하나가 아니었으며 상하가 서로 의심하고 있었어. 더욱이 몇 년씩 계속해서 싸우고 언제나 패하여 힘을 저축하지 못했을 뿐 아니라 유리한 기회를 잡지도 못했다. 동에서 싸웠고 서에서 싸우고 고생은 많았지만 공이 없어 군심(軍心)이 희망을 잃었던 거야. 알아 둘 것은 용병(用兵)에는 때를 얻지 않으면 안된다는 것이다. 때를 얻게 되면 위력(威力)도 있고 위력이 있으면 이긴다. 아군은 때를 얻고 장병이 마음을 하나로 했기 때문에 독수리가 습격하여 둥지 안의 알을 뒤엎듯이 적을 쳐부수었던 거다. 인화가 우리들을 승리로 이끌었어."

승리의 원인으로 첫째 전군 장병이 일치 단결했다는 것, 둘째로 유리한 전기(戰機)를 포착했다고 그는 분석했던 것이다. 이 분석은 과학적이고 옳은 것이었다. 제장이 모두 감탄했다.

진우량의 아들 진리는 무창으로 달아나 항복하지 않았다. 주원장은 병력을 진격시켜 무창을 포위했다. 장정변이 병력 2만을 거느리고 성에서 나와 고관산(高冠山)에 진을 쳤다. 부우덕이 이와 대진했고 격전 끝에 적을 무찔렀다.

원장은 더욱 포위망을 압축시키며 적을 맹공했다. 진영걸이 결사의 무리 3천을 이끌고 돌출하여 한때는 원장의 본진까지 위험했지만 곽영이 그를 막았고 영걸의 목을 베었다.

곽영이 영걸의 목을 성중에 던지며 항복을 권했다. 또 우량의 편수(編修)로 있던 나복인(羅復仁)을 보내어 거듭 항복을 촉구했다.

진리는 제장을 모아 논의했다. 승상 양종정은 항복을 주장했고 장정변은 이를 반대했다. 그러나 대세는 이미 기울어졌다. 장정변은,

"아, 대한도 이걸로서 멸망이다. 나는 선군부터 유주를 위탁받은 몸이니 자결로써 절개를 지키겠다."

하며 스스로 검을 입에 물고 엎어져 죽었다. 진리는 눈물을 흘려가며 종묘에 들어가 조상께 아뢰고 다시 어머니 양씨한테 가서 항복한다는 말을 전했다. 태후는 말없이 듣고 있더니 느닷없이 옆의 기둥에 머리를 부딪쳐 죽고 말았다.

진리는 이튿날 승상 양종정과 함께 흰 소복을 입고 항복했다. 원장은 그의 항복을 받고 진리를 응천부로 보냈으며 군을 이끌고서 무창에 입성했다.

지원 24년(1364) 3월의 일이었다.

원장은 이미 왕이 되어 있었다. 진우량은 전사하고 그의 패잔병도 멀지 않아 소탕될 운명에 있다. 또 장사성은 스스로의 방어에만 급급하며 쳐들어 오는 일도 없었다. 원조에선 쿠쿠테무르와 폴로테무르의 양군이 으르렁거리고 있어 그 방면도 염려가 없었다.

주원장의 영토는 날로 확대되고 정무 역시 날로 바빠져 오국공의 이름으로선 통치하기에 알맞지 않았다.

그래서 왕이 되기로 생각했는데, 문제는 무슨 왕으로 자칭하느냐였다.

장사성은 이미 지난해 9월 오왕이라 자칭하고 있었다. 그러나 응천은 역사적으로 손권(孫權)의 오나라 수도인 것이다.

그래서 원장은 이해 정월 스스로 오왕이라 했고 백관을 설치하고 중서성을 두었다. 이선장은 우상국(右相國), 서달은 좌상국, 상우춘과 유통해는 평장정사(平章政事), 왕광양(汪廣洋)은 우사낭중(右司郎中), 장창은 좌사도사(左司都事)에 임명되었다. 그리고 장남인 주표를 세자로 책봉했다.

명령을 발할 때에는 황제 성지(聖旨), 오왕 영지(令旨)의 이름을 쓰기로 했다. 동시에 두 오왕이 있는 셈이라 민간에선 장사성을 동오(東吳)라 불렀고 주원장을 서오(西吳)라 불렀다.

오왕이 된 원장은 군대의 복장을 고쳤다. 전에는 홍건을 이마에 동이고 있었을 뿐인데 복장을 하나로 통일했던 것이다.

장병의 웃도리와 바지는 붉은 색이었고 기치도 붉은 기였다. 머리엔 차양이 넓은 모자를 쓰고 맹렬(猛烈)의 두 글자가 쓰여진 작은 깃발을 꽂았다.

성 공격시에는 땅바닥까지 끌리는 솜바지를 입고 솜을 듬뿍 두어 화살이 깊숙이 박히지 않도록 했다. 화살촉은 전에 구리쇠를 썼지만 지금은 영토도 확장되어 쇠가 산출되는 광산도 소유했으므로 철제로 바꾸었다. 그리고 대규모로 철갑(鐵甲), 화약, 석포를 만들어 주원장의 군대는 보다 강력해졌다.

원장은 진리가 항복하자 무창에 호광행사서성(湖廣行四書省)을 설치했다. 이리하여 그의 영토는 한수(漢水) 이남, 공주(贛州) 이서, 소주(韶州=광동성 濁江) 이북, 진주(辰州=호남성 沅陵) 이동의 광대한 지역에 걸쳤다.

대하소설 주원장(2) (전3권)

2007년 4월 15일 인쇄
2007년 4월 20일 발행
2010년 11월 20일 재판
2016년 3월 15일 3판 발행
2021년 5월 20일 4판 발행
2022년 8월 1일 5판 발행

지은이 | 오   함
옮긴이 | 정   철
펴낸이 | 김 용 성
펴낸곳 | **지성문화사**
등 록 | 제5-14호(1976. 10. 21)
주 소 | 서울 동대문구 신설동 117-8 예일빌딩
전 화 | 02)2236-0654, 2952 , 2233-5554
팩 스 | 02)2236-0655, 2953 , 2238-4240

정 가 | 15,000원